SISIS NACHT INKOGNITO

Thomas Brezina:
Sisis Nacht inkognito

Alle Rechte vorbehalten
© 2023 edition a, Wien
www.edition-a.at

Lektorat: Maximilian Hauptmann
Covergestaltung: Bastian Welzer
Coverillustration: Bernd Ertl
Satz: Anna-Mariya Rakhmankina

Die in diesem Buch zitierten Verse stammen aus
dem Gedicht *Schattenküsse, Schattenliebe* von Heinrich Heine

Gesetzt in der Garamond
Gedruckt in Europa

1   2   3   4   5   —   26   25   24   23

ISBN 978-3-99001-689-3

THOMAS BREZINA

Sisis
Nacht inkognito

Kaiserin Elisabeths
dritter Fall

edition a

Mittwoch,

13.

Februar

1867

»Deine Fantasie geht schon wieder einmal mit dir durch, wie früher, als du noch ein Kind warst«, schalt sich Hofdame Ida im Stillen. Die Kaiserin konnte mit dem, was Ida in der Zeitung gelesen hatte, nichts zu tun haben.

Immer wieder sagte sich Ida das leise vor, während sie die Adlerstiege zu Elisabeths Appartement hinaufging. Ihr Schritt war bedächtiger, nicht so federnd und schnell wie sonst. Sie überlegte fieberhaft, wie sie am taktvollsten vorgehen konnte.

Um Rat fragen konnte sie niemanden am Hof. Es gab zu viele, die Elisabeth noch immer nicht die Achtung entgegenbrachten, die sie als Kaiserin verdiente. Sie wäre für diese Aufgabe weder geeignet, noch wäre sie gewillt, ihre Verpflichtungen ernst zu nehmen. Diese Meinung herrschte selbst in Teilen der kaiserlichen Familie.

Nein, niemand durfte von dem möglichen Zusammenhang erfahren, den Ida entdeckt hatte. Wahrscheinlich ahnte auch niemand außer ihr etwas davon. Als enge Vertraute der Kaiserin wusste Ida mehr als alle anderen.

Als sie den Eingang zu den Gemächern der Kaiserin erreichte, zögerte Ida. Sie öffnete die gefaltete Zeitung, die sie in der Hand trug, blätterte auf Seite drei und starrte auf die Berichte aus dem Wiener Polizeianzeiger. Die Hofdame konnte die Zeilen mittlerweile auswendig, so oft hatte sie

sie bereits gelesen. Trotzdem wanderten ihre Augen erneut darüber, als würde sie hoffen, die Wörter hätten sich in der Zwischenzeit zu neuen Sätzen angeordnet.

Im Palais Schnabel am Burgring wurde Montagvormittag der Leichnam des Besitzers von seinem Kammerdiener Karl List in der Bibliothek aufgefunden. List war davon ausgegangen, dass sich Baron Adolf von Schnabel in die Bibliothek zurückgezogen hatte. Als er trotz lauten Klopfens nicht antwortete, brach List, in Sorge um das Wohl seines Herren, die Tür auf. Der Baron lag regungslos auf dem Sofa. Er war erschlagen und erstochen worden. Der Grund für den grausamen Mord ist nicht bekannt, ebenso unbekannt ist die Herkunft des Fächers, den der Tote in seiner Linken hielt. Aufgeklappt zeigt der Fächer das Bild zweier Schwäne, deren Hälse ineinander verschlungen sind.

Ida spürte die Verpflichtung, Elisabeth zu berichten, was in der Zeitung stand, doch fürchtete sie auch die Reaktion der launischen Kaiserin.

In den letzten Wochen schwankte die Stimmung der Kaiserin von fröhlich und schwärmerisch bis unwirsch, verschlossen und niedergeschlagen. Gründe dafür hatte Elisabeth Ida aber nicht anvertraut und Ida hatte auch keine herausfinden können.

Insgeheim quälte sie die Frage, ob Elisabeth vielleicht gegenüber ihrer Frisöse Fanny Feifalik etwas angedeutet haben könnte. Die Feifalik war der Kaiserin jeden Tag so nahe wie sonst kaum jemand. Das Bürsten, Flechten und Hochstecken von Elisabeths Haaren dauerte oft Stunden. Meistens plapperte die Feifalik dabei über den neuesten Tratsch. In Idas Augen war sie eine Person, die weder Sisis Achtung noch das hohe Gehalt verdiente, das sie bezog.

Ida kam ein erschreckender Gedanke: Die Feifalik könnte Elisabeth bereits von dem schrecklichen Vorfall erzählt und sie durch ihre unbedachte Wortwahl aufgeregt haben. Davor musste Ida die Kaiserin schützen.

Ach, wenn sie sich nur irgendjemandem anvertrauen könnte. Sie fühlte sich von der Angelegenheit überfordert.

Nachdem Ida tief eingeatmet hatte, betrat sie gewohnt energisch das Zimmer der Türhüter, wo zwei Mitglieder der Leibgarde vor sich hindösten. Als sie die Hofdame hörten, schreckten sie hoch und nahmen sofort eine stramme Haltung ein.

»Zur Kaiserin«, sagte Ida.

Der größere der beiden Gardisten streckte die Hand nach der Klinke der Tür zum Appartement, um sie für Ida zu öffnen.

Die Hofdame blieb stehen. Prüfend musterte sie die beiden Männer. Sie wusste, dass die Garden aus ihrem Heimatland kamen, und stellte ihre Frage deshalb auf Ungarisch:

»Hat jemand in letzter Zeit versucht, Zutritt zu den Räumen der Kaiserin zu bekommen, den Sie nicht kannten?«

Die Garden wechselten einen kurzen Blick und schüttelten dann ihre Köpfe.

»Sie haben bei meinem Eintreten fast geschlafen«, warf ihnen Ida vor.

Die Männer streckten das Kinn energisch vor, machten aber keine Anstalten, sich zu verteidigen.

»Wenn Sie im Dienst schlafen, kann hier jeder ungesehen vorbei«, setzte Ida fort.

Nun blickte einer der Männer Ida wütend an.

»Sparen Sie sich die Empörung«, sagte die Hofdame unerschrocken. »Denken Sie besser nach, ob es nicht doch vielleicht jemandem gelungen sein konnte.«

Ida sah die Garden stumm an, aber die zwei hielten ihrem vorwurfsvollen Blick stand. Wortlos ging sie schließlich durch die geöffnete Tür. In den Räumen der Kaiserin war es still. Ida hörte nur das Knistern des Stoffes ihres Rocks. Elisabeth hielt sich nicht in einem der Salons auf und war auch nicht in ihrem Wohn- und Schlafzimmer.

»Sie wird ihre Turnübungen machen oder sich eine neue Frisur stecken lassen«, dachte Ida.

Das Toilettenzimmer aber war ebenfalls leer. Verlassen hingen die Ringe, an denen Elisabeth sonst turnte, im Türrahmen. Die Bürsten und Tiegel waren ordentlich auf dem Tisch vor dem Spiegel aufgereiht.

Es war zehn Uhr am Vormittag. Da die Kaiserin keine Ausfahrt erwähnt hatte, war Ida über ihre Abwesenheit erstaunt. Sie beschloss, nach einer Zofe zu suchen, die Auskunft über den Verbleib der Kaiserin geben konnte.

Ein leises Plätschern ließ sie herumfahren. Die Tür zu Elisabeths Badezimmer stand einen Spalt breit offen.

Saß die Kaiserin in der Wanne? Badete sie?

Um diese Zeit?

Unruhig machte Ida ein paar Schritte auf und ab. Es geziemte sich nicht, das Badezimmer ungefragt zu betreten. Wie sollte sie sich verhalten?

Die Tür wurde von innen aufgestoßen und Olga schwebte in das Toilettenzimmer. Auf den ausgestreckten Unterarmen trug sie Elisabeths seidenen Morgenmantel, als wäre er leicht wie eine Feder.

»Melden Sie der Kaiserin, dass ich dringend mit ihr sprechen muss«, verlangte Ida.

Olga, die die Augen auf den Seidenmantel gerichtet hatte, zuckte erschrocken zusammen. Die glatte Seide rutschte von ihren Armen und der Mantel sank wie ein lebloser Körper auf den roten Teppich. Mit einem vorwurfsvollen Blick bückte sich Olga, um ihn aufzuheben. Beim Aufrichten funkelte Zorn in ihren Augen. Obwohl sie im Rang unter Ida stand, zeigte sie ihr gegenüber wenig Respekt.

»Hofdamen laufen nur neben der Kaiserin her, wie ihre Hunde«, hatte Ida sie einmal zu einer anderen Zofe sagen hören. »Ohne uns aber wäre die Kaiserin weder so schön, noch wäre sie bekleidet.«

An diesen Worten war etwas Wahres dran, aber das würde Ida nie zugeben.

»Ich muss der Kaiserin umgehend eine Mitteilung machen«, wiederholte Ida drängend. Sie sprach bewusst laut, in der Hoffnung, Elisabeth würde ihre Stimme hören.

»Ida? Was ist denn? Ich will keine Störung«, rief Elisabeth aus dem Bad.

»Die Kaiserin hat keine Zeit für Sie«, zischte Olga triumphierend.

»Komm in einer Stunde wieder«, befahl Elisabeth.

»Die Kaiserin nimmt ihr Bad in Olivenöl«, erklärte Olga und ließ keinen Zweifel, dass dieses Bad der Kaiserin wichtiger war als jedes Gespräch mit der Hofdame. »Gehen Sie also«, forderte die Zofe Ida auf.

Das Bad war ein Zeremoniell, auf das Elisabeth größten Wert legte. Das Öl, hatte sie Ida erklärt, verlieh ihrer Haut eine lang anhaltende Geschmeidigkeit, die mit keiner Salbe zu erreichen sei. Olga legte den Morgenmantel auf dem Sessel beim Toilettentisch ab und kehrte ins Badezimmer zurück. Mit Nachdruck schloss sie die Tür. Wenn es möglich gewesen wäre, hätte sie Ida die Tür bestimmt gerne vor der Nase zugeknallt.

Die Zeitung in Idas Hand wog schwer wie ein Ziegelstein. Sie musste der Kaiserin von dem Artikel berichten, zu ihrem eigenen Wohl. Doch sie wollte jede Aufregung vermeiden. Und einen Befehl von Elisabeth zu missachten, kam für Ida nicht in Frage. Im Augenblick blieb ihr also nichts anderes übrig, als das Appartement unverrichteter Dinge zu verlassen.

Einen Moment lang war sie versucht, in Elisabeths Schlafzimmer zu gehen und die Schubladen ihres Sekretärs zu öffnen. Ida wusste, dass die Kaiserin darin Dinge aufbewahrte, die ihr am Herzen lagen. Wenn sie ihn darin sehen würde, gab es nichts zu befürchten ...

Sie machte einen Schritt, hielt aber sofort wieder inne. Aus dem Schlafzimmer kam eine andere Zofe und brachte einen Schlafrock aus dickem, weichem Stoff, in den Elisabeth nach dem Bad schlüpfen würde.

Die Zofe nickte grüßend, Ida erwiderte den Gruß abwesend. Wie war der Fächer in die Hand des Ermordeten gekommen? Ida hatte ihn trotz der wenigen Worte sofort erkannt: Der Bericht im Polizeianzeiger beschrieb jenen Fächer, der erst kürzlich in den Besitz der Kaiserin gekommen war. Es war nicht irgendein Fächer, den ihr irgendjemand verehrt hatte. Es handelte sich um das Geschenk eines Seelenverwandten, wie Elisabeth ihn bezeichnete.

Verschiedene Möglichkeiten gingen Ida durch den Kopf:

Der Fächer könnte gestohlen worden sein.

Oder es handelte sich um einen Fächer, der dem von Elisabeth zum Verwechseln ähnlich sah.

Vielleicht war alles nur ein dummer Zufall, der Ida in unnötige Aufregung versetzt hatte.

Aber so wirklich überzeugen konnte Ida keine dieser Möglichkeiten. Sie wollte erreichen, dass Elisabeth den Fächer zur Hand nahm und somit jeden Zweifel zerstreute. Ida musste zur eigenen Beruhigung klären, dass kein Zusammenhang zwischen dem Mord, der ganz Wien in Aufregung versetzte, und der Kaiserin von Österreich bestehen konnte.

Gräfin Elvira von Trass hielt die eiskalte Hand ihrer Tochter und versuchte sie zu wärmen. Louisa wurde von heftigem Schluchzen geschüttelt.

Der Besitzer der Leichenbestattung warf der Gräfin einen hilfesuchenden Blick zu.

»Willst du dich wieder hinlegen, mein Liebes?«, fragte die Gräfin ihre Tochter.

Louisas Gesicht lag hinter einem schwarzen Schleier verborgen. Die Worte, die sie murmelte, waren unverständlich.

»Louisa, meine Liebe, Dorothee begleitet dich nach oben in dein Zimmer«, entschied die Mutter. Sie griff nach der Glocke und läutete. Die Zofe trat sofort ein. Sie hatte mit großer Wahrscheinlichkeit gelauscht, wie es das Dienstpersonal öfter tat, besonders, wenn große Ereignisse stattgefunden hatten, über die erst wenig bekannt geworden war.

»Durchlaucht haben geläutet?« Dorothee strich nervös ihre weiße Schürze glatt, obwohl keine Falte zu erkennen war. Das Gesicht der Zofe hatte die gleiche Farbe wie der Stoff. Der Schock über die Ermordung des Barons hatte die Dienerschaft tief getroffen.

»Meine Tochter muss sich hinlegen.«

»Nicht in das Schlafzimmer«, flüsterte Louisa in Panik.

»Bringen Sie die Baronin in ihr Malzimmer«, befahl die Gräfin der Zofe. Zu ihrer Tochter sagte sie: »Lege dich auf die Chaiselongue und versuche zu schlafen. Ich lasse den Doktor rufen, damit er dir etwas Beruhigendes bringt.«

Louisa nickte gehorsam. Dorothee war sofort zur Stelle, half ihr auf und stützte die junge Frau auf dem Weg aus dem Salon.

Voll Sorge blickte ihr die Gräfin nach.

Das Palais, das erst kurz vor der Hochzeit ihrer Tochter mit dem Baron fertiggestellt worden war, schien schlagartig jeden Glanz verloren zu haben. Über den teuren Möbeln, den schweren dunkelgrünen Samtvorhängen, den Lüstern und Kerzenhaltern lag eine düstere Traurigkeit.

In einer Ecke des Salons stand der schwarze Bösendorfer Flügel, den Louisa als Geschenk zur Vermählung bekommen hatte. Sie war musisch sehr begabt, Klavierspielen und Malen zählten zu ihren Leidenschaften.

Es war erst wenige Wochen her, als Louisa zu Weihnachten *Stille Nacht, Heilige Nacht* am Klavier gespielt hatte. Sie hatte die Melodie des einfachen Liedes kunstvoll ausgestaltet und variiert und dem Weihnachtsabend damit eine besondere Stimmung verliehen. So jedenfalls hatte es ihre Mutter empfunden. Ihr Schwiegersohn, der Baron, war auf dem petrolgrünen Ledersofa gesessen, auf dem nun der Bestatter unruhig wetzte. Adolf von Schnabel hatte seinen Arm auf die seitliche Lehne gestützt und ein Glas Cognac in der anderen Hand gehalten. Während Louisa spielte, hatte er das goldbraune Getränk im Glas kreisen lassen und immer wieder versonnen einen Schluck genommen.

In den wenigen Jahren, in denen Louisa und Adolf verheiratet waren, war sie ohne ersichtlichen Grund in eine Niedergeschlagenheit verfallen, die ihren Hausarzt Doktor Jost zu dem Rat veranlasste, sie solle eine Reise in den Süden unternehmen. Man wählte Madeira als Ziel, wo ihre Tochter im vergangenen Jahr drei Monate verbracht hatte.

Zurückgekehrt war Louisa Ende November, mit einer gesunden, rosigen Frische im Gesicht, die die Gräfin bei ihr lange vermisst hatte.

Sie war zuerst vergnügt gewesen, ganz das fröhliche und herzliche Mädchen, das die Gräfin so liebte. Im Laufe der nächsten Wochen aber hatte sich wieder die Melancholie eingestellt, so als wäre Louisa nie fortgewesen.

Ein zaghaftes Räuspern riss die Gräfin aus ihren Gedanken. Sie wandte sich dem Mann zu, der ihr gegenüber auf der Kante des Sofas kauerte und seinen schwarzen Zylinder nervös auf den Knien drehte.

»Wenn ich unsere Dienste kurz vorstellen darf: Meine Familie handelt seit fast fünfzig Jahren mit Trauerwaren und Aufbahrungsgegenständen. Vor einem Jahr und einem Monat hat mein Vater die Bewilligung zur Unternehmensgründung für Leichenkondukte außerhalb der Kirche erhalten. Es handelt sich um das erste Unternehmen dieser Art in Wien und in Österreich. Klabaust und Sohn.« Der Mann, der nicht älter als zwanzig Jahre sein konnte, deutete eine kleine Verneigung an: »Ich bin der Sohn.«

»Darauf hätte er nicht hinweisen müssen«, dachte die Gräfin.

»Man hat Sie mir empfohlen. Für das Begräbnis meines Schwiegersohnes«, entgegnete ihm die Gräfin.

»Eine Ehre für uns«, beeilte sich Klabaust junior zu versichern. »Der Baron war so ein edler Mann und so großzügig gegenüber den Armen. Die Nachrufe waren ergreifend. Für ihn kommt nur ein Begräbnis erster Klasse in Frage.«

»Und das wäre…?«, hakte sie nach.

»Mein Vater hat sofort gesagt, für einen so angesehenen Mann wie den Baron Adolf von Schnabel muss es ein Begräbnis erster Klasse sein. Der Leichenwagen wird von vier Rappen gezogen, der Sarg ist aus Eiche mit Messingbeschlägen.«

»Ich verstehe.«

»Wir bieten sechs verschiedene Klassen an«, plapperte der junge Klabaust weiter.

»Was wäre dann die sechste Klasse?«, wollte Elvira wissen.

»Ein unpolierter Buchensarg, nur mit den nötigsten Einlagen versehen und die Bestattung findet ohne Trauerfeier statt.«

»Ein Begräbnis für einfachere Menschen also.«

Der Bestatter überging den Einwurf und las in einem schwarzen Notizbuch nach, bevor er die nächste Frage stellte.

»Wünscht die Familie eine offene Aufbahrung?«

Die Gräfin runzelte die Stirn. »Ist Ihnen nicht bekannt, wie Adolf ums Leben gekommen ist?«

»Natürlich. Ganz Wien redet über die Grausamkeit des Verbrechens«, räumte Klabaust junior hastig ein. »Wir verfügen aber über die neuesten Methoden der Thanatopraxie.«

»Sie müssen mein Unwissen verzeihen«, sagte die Gräfin ein wenig gereizt.

»Dabei handelt es sich um die Wiederherstellung, Rekonstruktion und Restaurierung des Gesichts des Verstorbenen«, erklärte Klabaust begeisterter, als es dem Anlass angemessen war. »Wir beschäftigen wahre Künstler auf diesem Gebiet. Die Gattin eines Verstorbenen, der erst Tage nach seinem Ertrinken aus der Donau gezogen werden konnte, hat uns versichert, ihr Mann hätte im Sarg besser ausgesehen als zu Lebzeiten.«

»Ich denke, der Sarg sollte geschlossen bleiben«, erwiderte die Gräfin und zwang sich zur Beherrschung über das taktlose Verhalten des Burschen.

»Wie Durchlaucht wünschen.«

»Die Beisetzung soll in der Gruft der Familie Schnabel auf dem St. Marxer Friedhof erfolgen.«

»Selbstverständlich. Ich werde mit meinem Vater den genauen Ablauf besprechen und darf dann Ihrer Durchlaucht die Pläne erläutern.«

»Tun Sie das.« Die Gräfin gab Klabaust mit einem Nicken zu verstehen, dass es Zeit war zu gehen. Er stand auf und verneigte sich steif.

»Darf ich Sie bitten, Ihrer Frau Tochter noch einmal mein tiefes Mitgefühl auszudrücken …«

»Danke«, unterbrach ihn die Gräfin.

Klabaust bemerkte den unwirschen Unterton in ihrer Stimme nicht und redete einfach weiter.

»Sie werden mit der Verabschiedung im höchsten Maße zufrieden sein.«

Die Gräfin schüttelte heftig die kleine Glocke, mit der sie das Personal zu rufen pflegte.

»Durchlaucht.« Karl List, der Kammerdiener von Baron von Schnabel, tauchte in der Tür auf.

Sie musste ihm keinen Auftrag erteilen, er wusste mit einem Blick, was zu tun war.

»Folgen Sie mir!« List trat neben den Bestatter. Als sich dieser nicht sofort in Bewegung versetzte, gab er ihm einen unauffälligen Stoß in den Rücken. Als der junge Bestatter und der Kammerdiener den Salon endlich verlassen hatten, atmete Elvira erleichtert aus.

Minuten später kehrte List zurück. Sein kantiges Gesicht glich einer Maske, die Elvira nie hatte deuten können. Oberlippenbart und Backenbart waren von einem tiefen Schwarz und immer sorgfältig gestutzt und geölt. Die Augen lagen unter buschigen Brauen und trotz der Fürsorglichkeit des Dieners empfand Elvira sie als kalt.

»Haben Durchlaucht noch Wünsche?«

»Ist die Tür zur Bibliothek repariert worden?«

»Noch nicht. Der Tischler will morgen wiederkommen und den Schaden provisorisch beseitigen.«

»Gut.« Das zersplitterte Holz erinnerte mit aller Brutalität an die fürchterliche Tat, die sich hinter dieser Tür ereignet hatte. Der Anblick war schon für Elvira schwer zu ertragen, wie schlimm musste er dann für ihre Tochter sein?

»Wird Durchlaucht uns noch länger beehren? Dann würde ich die Köchin mit Vorschlägen für die Mahlzeiten schicken«, unterbrach List ihre Gedanken.

»Ich warte, bis meine Tochter wieder wach ist und nehme sie dann nach Hietzing mit«, antwortete die Gräfin. »Unter keinen Umständen kann sie hierbleiben.«

»Sehr wohl.« Der Kammerdiener stand stumm und abwartend da.

»Haben Sie Doktor Jost verständigt?«, fragte Elvira.

»Der Hausdiener ist gerade unterwegs zu ihm. Ich melde, wenn der Doktor eingetroffen ist.«

»Gut. Das ist im Moment alles.«

Elvira erhob sich und der Kammerdiener trat von der Tür weg. Sie schritt an der Balustrade aus Marmor entlang und warf einen kurzen Blick hinunter in den prächtigen Stiegenaufgang. Er war vermutlich größer als die meisten Treppenaufgänge in Schlössern und nahm einen ziemlich großen Teil des Palais ein.

Die Zimmer ihrer Tochter lagen im linken Flügel. Außer dem Schlafzimmer gab es ein Ankleidezimmer, ein Badezimmer, einen Kleinen und einen Großen Salon, ein japanisches Zimmer, das die Gräfin persönlich eingerichtet hatte, und ein Zimmer, in das sich Louisa zum Malen zurückzog. Vorsichtig, damit die Tür keine Geräusche machte, drückte Elvira die Klinke nieder. Das Zimmer war groß mit hohen Fenstern, die nach Süden ausgerichtet waren. So bekam Louisa beim Malen das beste Licht.

An diesem Tag waren die schweren Vorhänge bis auf einen schmalen Spalt zugezogen. Louisa lag auf einer Chaiselongue, ein Kissen unter ihrem Kopf und eines unter ihren Füßen.

»Dorothee hätte Louisa die Schnürschuhe wirklich ausziehen können«, dachte die Gräfin verärgert.

Auf dem Weg zur Chaiselongue kam sie an dem Tisch vorbei, auf dem Louisa einige Aquarelle ausgebreitet hatte, die sie auf Madeira gemalt hatte. Blumen, die im Herbst auf Madeira blühten und idyllische Ausblicke auf das Meer von den Levadas aus. Louisa hatte ihrer Mutter erklärt, dass man so die Rinnen in den Bergen nannte, in denen das Wasser gesammelt und ins Tal geleitet wurde.

Die Zeit auf der Insel hatte Louisa neue Kraft für ihr Leben gegeben. Sie wäre gerne über Weihnachten geblieben, aber das hatte ihr Gemahl abgelehnt. Er wollte sie wieder bei sich in Wien haben. Behutsam zog die Gräfin den Rand der Wolldecke hoch, mit der Dorothee ihre Tochter zugedeckt hatte. Der Raum war trotz der winterlichen Temperaturen angenehm warm beheizt, Louisa aber fror dennoch oft. Die Gräfin schlug Louisas schwarzen Schleier zurück und küsste sie sanft auf die Stirn. Ihr Porzellanteint schimmerte hell.

»Mein Engel«, dachte die Gräfin liebevoll.

Louisas Schlaf war tief. Kein Wunder bei der Erschöpfung, die der Schock über den toten Gatten ausgelöst hatte.

Die junge Frau bewegte sich und rollte ein wenig zur offenen Seite der Chaiselongue. Dabei fiel ein kleines Buch zu Boden, das Louisa unter der Decke festgehalten haben musste. Die Gräfin bückte sich und hob es auf. Auf dem Einband aus dunkelblauem Leder war kein Titel gedruckt.

Elvira schlug das Buch auf und erkannte auf den ersten Seiten sofort die Handschrift ihrer Tochter.

Einen Moment lang zögerte sie. War es einer Mutter erlaubt, aus Sorge im Tagebuch ihrer Tochter zu lesen? Hastig blätterte Elvira durch das Buch. Ein rotes Seidenband lag zwischen den letzten beiden Seiten, auf denen Louisa etwas eingetragen hatte.

Die Eintragung war am Montag gemacht worden und bestand nur aus einem einzigen Satz.

Meine Gebete wurden erhört

Martin Stutz zog die Petroleumlampe auf seinem Schreibtisch näher zu sich. Er hasste das Zimmer, in dem es selbst an Sommertagen nie richtig hell wurde. Nun aber, mitten im Winter, benötigte er von Dienstantritt bis Dienstschluss eine Lampe.

Weil das Dokument, das vor ihm lag, wichtig war, holte er sich aus dem Nebenzimmer noch eine zweite Petroleumlampe, entzündete den Docht und stellte sie neben die erste. Er wollte schon zu lesen beginnen, hielt aber inne und schob die Lampen etwas weiter auseinander.

Sie standen nun genau an der linken und rechten oberen Ecke des Blattes. Auch damit war er noch nicht zufrieden, deshalb schob er sie wieder etwas auseinander.

Nachdem er den Aufbau erneut überprüft hatte, fing er endlich mit dem Lesen an. Bereits nach der ersten Zeile brach er ab, um Tintenfass und Feder aus der Lade seines einfachen Schreibtisches zu nehmen. Falls etwas im Bericht auszubessern war, wollte er es umgehend tun. Er rechnete nicht mit Fehlern, da er normalerweise keine machte. Aber er wollte so sorgfältig wie möglich vorgehen.

Die Tür wurde aufgerissen und ein Mann steckte den Kopf herein.

Martin wusste nicht einmal seinen Vornamen, da er ihn immer nur Lechner nannte.

»Oberkommissär Fruhstuck verlangt deinen ausführlichen Bericht über den Ringstraßen-Mord. Er hofft, du weißt bereits mehr zu berichten als gestern.«

»Ich bringe ihn in Kürze.«

»Er will ihn jetzt.«

»In Kürze«, entgegnete Martin scharf. Bissig fügte er hinzu: »Ich muss erst kontrollieren, wie viele Fehler du beim Diktat gemacht hast.«

Der Polizeiagent, sommersprossig und mit einem Seitenscheitel wie mit dem Lineal gezogen, zuckte zurück. Er sah nicht nur aus wie ein Gymnasiast, er benahm sich auch so.

Mit der Hand deutete Martin dem Polizeiagenten, zu verschwinden und die Tür hinter sich zu schließen. Nachdem die Tür ins Schloss gefallen war, konnte Stutz endlich mit dem Lesen beginnen.

Montag, 11. Februar 1867

Um 9.34 Uhr erstattete Adele Sand (geboren 1831) im Wachzimmer nächst der Hofburg Meldung über eine Gewalttat im Palais von Baron Adolf von Schnabel. Die Verständigung der Polizeioberdirektion erfolgte um 10.12 Uhr durch einen Polizeiagenten des Wachzimmers.

Als Kommissär wurde ich, Martin Stutz, eingesetzt. In Begleitung von vier Polizeiagenten habe ich mich umgehend zum Palais Schnabel begeben.

An der Einfahrt wurde ich von Karl List (geb. 1827)
erwartet. Er steht als Kammerdiener im Dienst des Ba-
ron von Schnabel und führte mich in die Beletage zu der
Bibliothek, in der der Tote gefunden worden war.

Die Tür (Doppelflügel) wies deutliche Spuren eines ge-
waltsamen Eindringens auf und stand offen.

Außer einem Schreibtisch mit Ledersessel, ist der
Raum mit einem Sofa und zwei hohen Armsesseln
möbliert, arrangiert für eine Unterredung zwischen
zwei oder drei Personen.

In einem Regal bewahrte der Baron Bücher auf. Ein
Regalbrett war für eine Sammlung kleiner Bronze-
figuren reserviert. Der grünen Patina nach handelt es
sich möglicherweise um antike Stücke, alle mit einem
Marmorsockel.

Adolf von Schnabel (geb. 1805) befand sich auf dem
linken Ende des Sofas in einer halb sitzenden, halb lie-
genden Position. Der Oberkörper ruhte auf der Lehne,
der rechte Fuß berührte den Boden.

Das Opfer trug einen Hausmantel über einem weißen
Hemd ohne Kragen und einer grauen Hose. Der Mantel
war mit einer Kordel zugebunden. Eine dünne Blutspur
auf dem Stoff gab Hinweis auf eine Verletzung an der
Brust. Es konnte eine zwei Zentimeter lange Stichwunde
festgestellt werden. Das Blut war getrocknet.

Der kahle Teil des Schädels wies eine tiefe Schlagver-
letzung auf, Blutspuren waren auf dem Boden allerdings
nicht festzustellen.

Der anwesende Hausarzt Dr. Franz Jost vermutet den Zeitpunkt der Tat irgendwann in der Nacht von Sonntag auf Montag, mindestens acht Stunden vor dem Auffinden der Leiche um 9.20 Uhr.

Während zwei der Polizeiagenten den Raum nach möglichen Gegenständen absuchten, mit denen Stich und Schlag ausgeführt worden sein konnten, begann ich mit einer näheren Begutachtung des Ermordeten. Zwischen seinem Körper und der Lehne des Sofas lag ein Glas mit dem Rest einer braunen Flüssigkeit. Dem Geruch nach handelte es sich um Cognac.

Eine Flasche Cognac aus dem Hause Croizet stand auf dem Schreibtisch. Aus der Flasche fehlte ungefähr ein Drittel des Inhalts.

Trotz erweiterter Suche vor der Bibliothek, in den Gängen und den anderen Räumen des Flügels (Kartenzimmer, Rauchzimmer, Billardzimmer, Kleiner Salon, Großer Salon und dem Ballsaal) konnte weder eine Stichwaffe noch ein Gegenstand gefunden werden, die mit dem Mord in Verbindung gebracht werden konnten.

Auffällig war der Fächer, den der Ermordete in der linken Hand hielt. Es handelt sich um ein Modell aus dünnem Bambus mit hellblauer Seide bespannt, auf die zwei Schwäne gemalt sind, deren Hälse sich ineinander verschlingen.

*Sie tun das auf eine Weise, die bei echten Tieren nicht möglich wäre. Die Malerei ist am rechten Rand mit den Buchstaben **D L** signiert. Außerdem ist der Fächer mit*

einer Inschrift unter den Schwänen versehen. Sie lautet:
In Verbundenheit der Seelen
Die Öse und der Ring, mit denen der Fächer an einer Kette befestigt werden kann, sind aus Gold.

Der Kammerdiener gibt an, den Fächer nie zuvor im Haus gesehen zu haben. Er wisse nicht, wie und wieso er in die Hand des Hausherrn gelangt sei.

Laut Karl List schien in der Bibliothek nichts zu fehlen. Er kontrollierte in meiner Gegenwart die Laden des Schreibtisches, die nicht abgesperrt waren. In der linken oberen Lade befanden sich 2.000 Gulden, in den anderen Laden zwei goldene Taschenuhren, Briefpapier, Pläne und Dokumente über die Bauarbeiten des Palais und ein Revolver der Firma Smith & Wesson, Modell 1 ½.

Da auch aus den anderen Räumlichkeiten des Palais scheinbar nichts entwendet wurde, scheidet der Verdacht auf einen Raubmord aus.

Die Untersuchung wurde auf die Räumlichkeiten der Baronin Louisa von Schnabel ausgeweitet. Laut Aussage der Zofe Dorothee Liebing fehlte auch dort auf den ersten Blick nichts.

Zum Zeitpunkt der Tat, ich gehe nach Aussage von Dr. Jost von der Nacht von Sonntag auf Montag aus, befanden sich folgende Personen des Personals im Palais:

Karl List, Kammerdiener
Adele Sand, Köchin
Dorothee Liebing, Zofe der Baronin von Schnabel

Die drei Bediensteten gaben an, sich nach neun Uhr in ihren Zimmern in der Mansarde des Gebäudes befunden und geschlafen zu haben.

Sowohl die Einfahrt als auch die Türen und Tore der drei Zugänge zum Haus waren versperrt. Karl List hatte das selbst überprüft.

Besucher wurden weder erwartet, noch hatte jemand unangemeldet vorgesprochen.

Laut Karl List war der Baron allein in der Beletage. Der Baron nannte solche Abende, wie er sie immer wieder verbrachte, seine »wohl verdienten Herrenabende«.

Baronin Louisa von Schnabel verbrachte die Nacht bei ihrer Großtante Fürstin Greta von Schrattbach in Baden und kehrte erst am Montag kurz nach Mittag in das Palais zurück.

Der Schock über den Tod ihres Gatten löste bei ihr einen Schwächeanfall aus.

Herauszustreichen ist ein letztes Detail, für das es bisher keine Erklärung gibt: Die Bibliothek war in der Früh versperrt, als der Kammerdiener nach dem Baron suchte. Von Schnabel hatte sein Bett nicht benutzt und auch nicht nach List geläutet.

Als der Baron nirgends auffindbar war, wollte der Kammerdiener in der Bibliothek nachsehen. Trotz Klopfen und Rufen erhielt er keine Reaktion seines Herren. Der Schlüssel steckte innen, wie er erkennen konnte. Aus Sorge um die Gesundheit des Barons brach er die Tür gewaltsam auf und fand von Schnabel tot auf dem

Sofa vor. Da die Bibliothek über keinen weiteren Aus-
gang verfügt und sich im zweiten Stock befindet, ist eine
Flucht des Täters durch ein Fenster ausgeschlossen.

Dazu kommt, dass alle Fenster verriegelt waren. Wie
der Täter den Raum von innen verriegeln und trotzdem
entkommen konnte, bedarf weiterer Untersuchungen.
Schlüssel zur Bibliothek besaß, laut dem Kammerdiener,
nur der Baron.

Der Ermordete wurde Opfer einer doppelten Gewalt-
tat. Der Körper des Toten wurde an die Gerichtsmedizin
übergeben. Ein Untersuchungsergebnis liegt noch nicht
vor.

Die Befragung der Hausangestellten, eine weitere
Untersuchung des Tatortes und eine Untersuchung der
Hintergründe, wieso Adolf von Schnabel ermordet wur-
de, werden in den folgenden Tagen durchgeführt.

Martin Stutz
Kommissär

Martin lehnte sich zurück.

Er hatte, wie er fand, erstklassige Arbeit geleistet. Hoffentlich sahen das seine Vorgesetzten auch so, damit er endlich auf eine Beförderung hoffen konnte. Für seine Begriffe war eine solche längst überfällig.

4

»Wollen die Ofenheizer mich rösten?«, beschwerte sich Sisi. Sie stand vor einem hohen Spiegel und sah zu, wie Olga sie mit Unterstützung von zwei anderen Zofen ankleidete.

Olga warf einen Blick zu dem hohen, weiß und gold verzierten Holzofen in der Ecke. Zu einer der jüngeren Zofen sagte sie: »Geh und sag, die Kaiserin wünscht nicht so viel Wärme.«

Das schüchterne Mädchen knickste und eilte durch eine Tapetentür in den Dienstbotengang. Die Öfen wurden alle auf der anderen Seite der Mauer befeuert, um die Hoheiten in ihren Räumlichkeiten nicht zu stören.

»Die Majestät ist empört, weil sie schwitzt. Hört's auf, den Ofen zu stopfen!«, drang die Stimme der jungen Zofe gedämpft durch die Wand.

Eine männliche Stimme brummte unwillig: »Den anderen ist zu kalt, ihr ist zu heiß.«

»Geht's, bringt's das Holz zu einem anderen Ofen!«, ordnete die Zofe an.

Sisi hörte die Schritte und das Schnaufen des Holzträgers und des Ofenheizers, als sie sich in Bewegung setzten.

Eine Zofe brachte schwarze Schnürstiefel mit leicht erhöhten Absätzen, die Sisi am Vortag ausgewählt hatte. Kniend half die Zofe Sisi beim Hineinsteigen und schnürte ihr sorgfältig die Schuhe.

»Die blauen Schuhe von gestern trage ich ein weiteres Mal. Stellen Sie sie in den Kasten«, befahl Sisi Olga.

Die Lippen der Zofe wurden missbilligenden dünn. Sisi wusste, dass es sich für eine Kaiserin nicht schickte, Schuhe ein zweites Mal zu tragen, doch das war ihr egal, wie vieles andere auch, das das steife Hofprotokoll von ihr verlangte.

»Sehr wohl, Majestät«, sagte Olga.

Im Spiegel betrachtete sich Sisi kritisch. Rock und Oberteil ihres Kleides waren aus dunkelblauem Samt, die Taille wie immer eng geschnürt. Die Zofe hielt ihr eine Jacke im gleichen Farbton hin, damit Sisi hineinschlüpfen konnte. Die Enge des Mieders und der Ärmel des Kleides machten es nicht einfach.

Olga trat hinter die Kaiserin und blickte über ihre Schulter in den Spiegel. Sie zupfte Saum und Revers der Jacke zurecht, damit die schwarzen Borten waagerecht und senkrecht ausgerichtet waren.

Eine warme Pelzkappe wurde nun gebracht, aber Sisi lehnte ab. »Ich fahre erst später los. Die Kappe kann warten.« Sie spähte über die Zofen hinweg in den Toilettenraum. »Ist die Feifalik nicht hier?«

Olga holte Luft und antwortete dann in einem etwas zu süßen Tonfall: »Sie müsse etwas besorgen und wäre in Kürze zurück, hat sie gesagt.«

»Ja eben, sie sollte etwas für mich besorgen. Aber wieso dauert das so lange?« Sisi scheuchte die Zofen mit ungeduldigen Gesten von sich weg.

»Soll ich nach ihr suchen lassen?«, fragte Olga.

»Wenn die Feifalik zurückkommt, möge sie auf der Stelle zu mir kommen.« In ihrer aufrechten Haltung, den Kopf nach oben gereckt, schritt die Kaiserin durch die Räume ihres Appartements in den Kleinen Salon. Dort stellte sie sich ans Fenster und sah hinunter in den Hof. Zwei Mitglieder des Militärs, erkennbar an ihren Uniformen, waren sicherlich unterwegs zu einer Unterredung mit dem Kaiser. Männer in schwarzen Mänteln eilten dahin, die Krägen aufgestellt.

Der Himmel war von einem winterlichen Grau, das auf die Stimmung drückte. Elisabeth war trotzdem von einer ungewohnten Beschwingtheit.

Ungeduldig trommelte sie mit den Fingern an den weißen Rahmen des Fensters. Am Klappern der Ofentür in der Wand war zu erkennen, dass der Heizer nun hier tätig war.

»Nein! Nicht nachlegen!«, rief Sisi ungehalten. Sie liebte kühle bis kalte Raumtemperaturen und war außerdem an diesem Tag von einer Wärme erfüllt, die mit ihrer Aufregung zu tun hatte.

Endlich das ersehnte Klopfen.

»Komm schnell herein!« Sisi konnte sich vor Ungeduld kaum halten.

Die Tür wurde mit Schwung geöffnet und Ida rauschte in den Salon.

»Du!« Die Enttäuschung in Sisis Stimme war nicht zu überhören. Sie bemerkte Idas betroffene Reaktion, hatte aber keine Zeit, sich darum zu kümmern.

»Elisabeth, ich … ich muss … ich habe …«

»Was stotterst du so herum?«, fuhr Sisi sie an.

Ida wich einen Schritt zurück. Sie wirkte verlegen. »Du weißt, ich bin dir immer zu Diensten und …«

»Komm zur Sache«, sagte Elisabeth.

Die Kaiserin ließ sich auf das Sofa sinken und arrangierte die Falten ihres Rockes. Ida spielte mit dem Beutel an ihrem Handgelenk, ein Zeichen für ihre Nervosität.

Bestimmt will sie um Erlaubnis bitten, ihre Familie zu besuchen, dachte Elisabeth.

»Ich möchte dir etwas zur Kenntnis bringen, das ich heute morgen in der Zeitung gelesen habe«, sagte ihre Hofdame.

So umständlich redete Ida normalerweise nicht. Elisabeth kannte sie als direkte Person.

»Sag endlich, was du zu sagen hast. Ich habe Erledigungen, die auf mich warten.«

»Erledigungen?« Ida blickte vor sich in die Luft, als stünden dort die Termine der Kaiserin für diesen Tag. »Habe ich auf eine Verpflichtung vergessen? Oder gibt es etwas, das ich für dich tun kann?«

»Weder noch. Es ist etwas Persönliches«, erwiderte Elisabeth knapp.

Ida war anzumerken, wie sehr sie diese Worte kränkten. Doch Elisabeth konnte keine Gedanken an ihre Hofdame verschwenden.

Sie hatte Wichtigeres im Kopf. Wenn die Feifalik zurückkehrte, durfte Ida nicht stören. Sie schätzte ihre Hofdame, aber in letzter Zeit waren Sisi vor allem die Dienste und die Verbundenheit von Fanny Feifalik wertvoll gewesen, und das nicht nur als begnadete Frisöse.

Ida öffnete ihren Handbeutel und stocherte mit spitzen Fingern darin herum.

»Ida, komm später wieder. Heute Abend oder morgen!«

»Aber Elisabeth …«

Es klopfte einmal kurz an der Tür und jemand trat ein, ohne eine Antwort abzuwarten.

Endlich! Es war Fanny Feifalik, die Wangen rot von der Kälte und bestimmt auch vom Laufen. Hinter Idas Rücken hielt sie einen Umschlag in die Höhe. Mit einem warnenden Blick veranlasste Elisabeth sie, ihn sofort wegzustecken.

»Majestät.« Die Feifalik deutete einen Knicks an.

Ida drehte sich um und starrte die Frisöse stumm an.

»Wie gesagt, heute Abend oder morgen.« Elisabeths Tonfall ließ keinen Zweifel daran, dass sie wünschte, allein gelassen zu werden. Sie sah, wie Ida den Mund erneut öffnete.

»Komm Fanny, ich bin mit der Frisur noch nicht zufrieden«, verkündete Elisabeth, erhob sich und rauschte aus dem Salon. Die Feifalik folgte ihr dicht auf den Fersen.

Elisabeth konnte Idas Blick im Rücken spüren. Bestimmt trug sie den gleichen enttäuschten Gesichtsausdruck wie Sisis Hund, wenn sie das Appartement verließ und ihn zurückließ.

»Ach, du gute, ahnungslose Ida«, dachte sie.

Kaiser Franz Josef betrachtete den Stapel an Akten, den die Sekretäre auf der linken Seite seines Schreibtisches aufgebaut hatten. Er schien niemals kleiner zu werden. Wann immer Franz Josef ein Papier vom Stapel nahm und nach dem Lesen oder Unterschreiben zu seiner Rechten ablegte, waren zwei neue und dickere Akten auf dem linken Stapel dazugekommen. Jedenfalls kam ihm das so vor.

Er griff nach der Petroleumlampe und drehte den Docht etwas höher, damit der Lichtschein heller wurde. Nachdem er sich die Augen gerieben hatte, zog er sein Bonjourl enger.

Bonjourl. Der Name passte zu dem langen Hausmantel, der ihn an Wintertagen beim Sitzen wärmte.

Das nächste Schreiben kam von einem Mann, der erst unlängst ein Grundstück gegenüber der neuen Oper erworben hatte, die sich gerade im Bau befand. Der Kaiser erinnerte sich an den Namen Ballatusch, weil durch den Kauf ein beträchtlicher Betrag in die Kassa des Stadterweiterungsfonds gelangt war. Ballatusch, so hatte man ihm berichtet, hätte sogar mehr als den ohnehin schon exorbitanten Preis für das Grundstück bezahlt, auf dem nun sein Palais entstand.

Wie war der Mann zu seinem Reichtum gekommen?

War es durch den Getreidehandel gewesen?

Man hatte Franz Josef darüber unterrichtet, aber er hatte es wieder vergessen.

Ballatusch schrieb seiner Majestät, wie untertänig er stets zu Diensten stünde und immer stehen werde. Er ließ in dem Brief anklingen, dass er für das neue Krankenhaus, das in Wien geplant war, gerne eine Unterstützung leisten würde. Sein Angebot umfasste den Bau von drei Pavillons für die Bettenstationen.

Der Brief endete mit der Bitte, ob der Kaiser in Erwägung ziehen könne, ihn dafür in den Stand eines Barons zu heben.

Die Spende erschien Franz Josef angemessen. Er unterzeichnete das Gesuch mit dem Wort

Genehmigt.

Eine Uhr schlug in feinen hohen Tönen. Elf Schläge und drei Doppelschläge. Viertel vor elf Uhr. Noch eine Viertelstunde bis zum zweiten Frühstück, danach stand der Besuch der nach ihm benannten Franz-Josef-Kaserne auf dem Programm, der einzige Tagespunkt, dem Franz Josef freudig entgegenblickte.

Als er nach der nächsten Akte griff, wanderte sein Blick auf das Portrait von Elisabeth. »Im Morgenlicht« hatte es der Maler Franz Xaver Winterhalter betitelt. Es zeigte Sisi in einem weißen Schlafgewand, die langen Haare offen und nach vorne gebürstet und zu einem lockeren Knoten zusammengebunden. Dieses Lächeln. Was für ein liebes Lächeln Sisi damals doch hatte. Ihr Ausdruck war unbeschwert und unbelastet gewesen, kein Mädchen mehr, sondern eine wunderschöne Frau.

»Ach Sisi«, murmelte Franz Josef. Seine Augen wanderten von den Händen seiner Frau, die sie in die weiten Ärmel des Gewandes gesteckt hatte, nach oben über ihren Hals, ihr Kinn, ihre fein geschnittene Nase, über das zarte Rot auf ihren Wangen, zu ihren Augen und dem Ansatz ihre dunkelbraunen Haare, auf deren Kraft und Länge sie so stolz war.

Was hätte Franz Josef gegeben, wenn zwischen Sisi und ihm wieder alles so wäre wie damals, als sie einander in Bad Ischl zum ersten Mal begegnet waren. Die Begegnung war von seiner Mutter, Erzherzogin Sophie, und ihrer Schwester Ludovika, Elisabeths Mutter, arrangiert worden. Eigentlich war Sisis ältere Schwester Helene für ihn vorgesehen gewesen. Sie war seit ihrer Kindheit zur Kaiserin erzogen worden, während Sisi in Drang nach Unabhängigkeit und Freiheit ihrem Vater Max nachgeriet.

Warnend hatte Franz Josefs Mutter ihm erzählt, dass Sisi als Mädchen gerne am Trapez turnte, wie ihre Brüder und Cousins. Ihr Vater hatte es im Hof von Schloss Possenhofen aufhängen lassen. Niemand schwang sich so ungestüm und furchtlos durch die Luft wie Sisi. Eines Tages war sie herabgestürzt. Man hatte um ihr Leben gefürchtet, doch hatte sie von dem Sturz keine Folgen davongetragen. Sie schien in ihrer Wildheit unverwundbar.

Franz Josef fühlte in sich noch immer die Zuneigung, die er damals für Elisabeth gespürt hatte, als sie gemeinsam durch Bad Ischl spaziert waren. Seine Mutter war gegen die Heirat gewesen, doch er hatte sich durchgesetzt. Die Blicke und manche Bemerkungen der Erzherzogin erinnerten ihn

immer wieder daran, dass sie schon damals die Ehe miss-
billigte und ihre Ablehnung seit der Hochzeit nur noch gewachsen war.

»Wie seltsam«, dachte Franz Josef. Ihm schien, dass sich
selbst auf dem Gemälde, das ihm so teuer war und die Tage
verschönerte, ein Schatten über Sisis Gesicht gelegt hatte.

Für diesen Abend nahm er sich vor, wieder an Sisis
Schlafzimmertür zu klopfen. Hoffentlich ließ sie ihn ein. Er
sehnte sich nach ihr. Aber beruhte diese Sehnsucht noch auf
Gegenseitigkeit? Franz Josef hatte Sorge über die Antwort
auf diese Frage.

Sein privater Sekretär Benedikt Steindl betrat das Arbeitszimmer. Er verneigte sich steif. Benedikt war der Sohn einer
Militärsfamilie, die den Habsburgern immer treu ergeben
gewesen war. Auf Bitten seines Vaters war er in die Dienste
des Kaisers aufgenommen worden.

Sein voriger Sekretär war in die Armee zurückgekehrt
und, wie so viele andere, in der Schlacht bei Königgrätz
gegen die Preußen gefallen. Benedikt, der damals als seine
rechte Hand fungierte, war in der Hierarchie der Kanzlei
aufgestiegen und nun ausschließlich für Franz Josef tätig
und ständig in seiner Nähe.

»Haben Sie etwas zu melden, Steindl?« Franz Josef erlaubte sich selten, untertags seinen Gedanken nachzuhän-
gen, wie er es gerade getan hatte. Er fühlte sich ertappt und
gleichzeitig in seinen Überlegungen gestört, die ausnahmsweise einmal nicht mit seiner Pflicht, sondern mit seinen
Gefühlen zu tun hatten.

»Majestät, die Abfahrt Eurer Kutsche steht bevor und Majestät wollen doch vorher sicherlich noch das zweite Frühstück zu sich nehmen.«

Der Kaiser drehte sich zu der kleinen Standuhr aus poliertem Messing auf seinem Schreibtisch. Sie hatte die Form eines Turmes mit kleiner Kuppel und auf jeder der vier Seiten ein Ziffernblatt. Franz Josef aß jeden Tag pünktlich um elf Uhr seine Mahlzeit. Bis dahin waren es noch sieben Minuten. Ungehalten deutete er auf die Uhr. Sonst schätzte er die ruhige und präzise Art seines Sekretärs, doch heute wollte er nur ungern an seine Pflichten erinnert werden.

Benedikt verstand sofort. »Ich bitte um Verzeihung, Majestät, aber die Uhr geht nach. Sie muss zum Uhrmacher. Mir ist es leider erst bei der Morgenbesprechung aufgefallen, aber ich hatte noch keine Gelegenheit, Majestät darauf hinzuweisen.«

»Wieso kann eine Uhr plötzlich falsch gehen?«, fragte Franz Josef entnervt. »In den vergangenen Tagen scheint sie mir noch in Ordnung gewesen zu sein.«

»Ich vermute, dass es auch so war.«

»Was soll das heißen?«

»Als das Gemälde der Kaiserin aufgestellt wurde, hörte ich ein Geräusch«, erklärte Benedikt. »Als ich das Arbeitszimmer betrat, um nachzusehen, haben die beiden Handwerker beteuert, es wäre nichts gewesen. Ich vermute aber, dass sie die Uhr umgestoßen haben.«

»Erst das Bild, dann die Uhr.« Franz Josef schüttelte den Kopf. Das Bild war drei Wochen zuvor von der Staffelei gefallen, auf der es so platziert worden war, dass Franz Josefs Blick jedes Mal darauf fiel, wenn er den Kopf von den Akten hob. Es musste zur Reparatur und war erst vor Kurzem von den Handwerkern wieder an seinen alten Platz zurückgebracht worden.

Das Portrait von Sisi hatte ihm gefehlt. Das Zimmer war ihm so leer erschienen wie die Hofburg oder Schloss Schönbrunn, wenn sich Sisi wieder einmal auf Reisen befand.

»Darf der Kammerdiener anrichten?«, wollte Benedikt wissen.

Mit einem Nicken gab der Kaiser zweierlei zu verstehen: Die Griesnockerlsuppe konnte gebracht werden und der Sekretär sich entfernen.

Ida hatte sich in ihre kleine Wohnung in der Mansarde der Hofburg zurückgezogen. Eigentlich hätte sie in der Nähe der Kaiserin bleiben sollen, aber zum ersten Mal, seit sie in Elisabeths Diensten stand, fühlte sie kein Pflichtbewusstsein.

Die Enttäuschung über die Bevorzugung der Feifalik war grenzenlos. Ida fühlte sich betrogen, wusste aber, dass dieses Gefühl nicht gerechtfertigt war. Die Kaiserin konnte selbst wählen, wer ihr nahe- und wer ihr näherstand. Ida hatte kein

Recht darauf, von Elisabeth in all ihre Geheimnisse eingeweiht zu werden.

»Ich bin eben eine dumme Gans«, schimpfte sie sich leise.

Um sich abzulenken, breitete sie zahlreiche Zeitungen auf dem Tisch aus. Ida hatte jedes Blatt gekauft, das sie in die Hände bekommen konnte. Sie wollte nach Meldungen über den Mord im Palais Schnabel suchen.

In der *Wiener Zeitung* wurde der Mord erwähnt, der Fächer aber nicht. Dafür stand etwas von einer »von innen verschlossenen Tür« geschrieben, die Rätsel aufgab. Der ermordete Baron wurde als ein Mann bezeichnet, der für Strebsamkeit und ausdauernde Arbeit bekannt war.

In einer anderen Zeitung wurde die Betroffenheit der Freunde des Barons geschildert, die den grausamen Mord nicht begreifen konnten. Der Baron schien keine Feinde gehabt zu haben. Erst neulich hatte er eine großzügige Spende einem Wohltätigkeitsverein zukommen lassen, den die Damen der Wiener Gesellschaft gegründet hatten.

Im *Interessanten Blatt* gab es nicht nur die Meldung über den Mord, sondern eine Spekulation über einen möglichen Damenbesuch, den der Baron gehabt haben könnte.

In Idas Kopf überschlugen sich die Gedanken. Hatte Elisabeth sie in den vergangenen zwei Wochen nicht wiederholt viel früher in ihre Wohnung geschickt als sonst? Ida hatte es für eine freundliche Geste gehalten, damit sie sich ausruhen konnte. Steckte etwas anderes dahinter?

»Sie wollte mich vielleicht nur loswerden«, überlegte Ida Es war undenkbar, dass Elisabeth mit der Kutsche zum

Palais Schnabel gefahren war. Oder? Das Palais lag nur unweit der Hofburg.

Elisabeth war schnell zu Fuß. So schnell, dass ihre Hofdamen auf Spaziergängen kaum Schritt halten konnten. Meistens wurde die Gruppe von einem Wagen begleitet, auf dem ausgeruhte Hofdamen als Ersatz für die erschöpften Damen mitfuhren. Wie Pferde wurden sie ausgewechselt, während die Kaiserin ungeduldig wartete oder einfach weiterlief.

»Halte ein, Ida, halte ein«, ermahnte sie sich.

Wieso sollte eine Kaiserin heimlich zum Palais eines Barons eilen? Sie würde dort bestimmt von den Hausangestellten gesehen werden. Falls sie dort jemand erkannte hätte und sich das Gerücht herumspräche, wäre der Skandal perfekt.

Elisabeth würde so etwas nie tun, entschied Ida. Sie würde sich nicht still und heimlich in das Palais eines Barons stehlen.

Und schon gar nicht würde sie einen Menschen ermorden! Es musste eine andere Erklärung für Elisabeths eigenartiges Verhalten und den Fächer geben, der am Tatort gefunden worden war.

Die Feifalik wusste bestimmt mehr. Ida würde es aus ihr herauskitzeln, notfalls mit Drohungen.

Aber womit sollte sie der der Feifalik drohen?

Es gab keinen anderen Menschen am Hof, den Elisabeth so schätzte wie die Frau, die für ihre kunstvollen Frisuren verantwortlich war und für die man die Kaiserin so sehr bewunderte. Die Feifalik verdiente angeblich mehr als ein

Universitätsprofessor und war doch nicht mehr als eine einfache Frisöse.

Sollte Ida sich jemandem anvertrauen?

Es kam für sie nur Oberst Latour in Frage, der Erzieher des Kronprinzen. Er besaß Verschwiegenheit und war der Kaiserin treu ergeben. Genau wie sie selbst. Sie wusste, dass er einige Tage verreist gewesen war, an diesem Abend aber müsste er wieder zurück sein.

Sie erhob sich und schlüpfte in die warme Jacke mit den Nerzmanschetten und dem Nerzkragen, einem Geschenk ihrer Mutter. Als sie durch das Michaelertor trat, tanzten kleine Schneeflocken im Licht der Gaslaternen.

Latour wohnte in der Herrengasse, in einer Wohnung, die er kürzlich erst bezogen hatte.

Vom Kohlmarkt hörte Ida lautes Gelächter. Eine Schar verkleideter Menschen kam lärmend die Straße herauf. Die Damen trugen lange schwarze Mäntel mit großen Kapuzen, die Herren trugen Frack und Zylinderhüte. Alle hatten Masken vor dem Gesicht.

Sie waren wohl unterwegs zu einem Ball. Normalerweise las Ida im *Interessanten Blatt* immer den Ballkalender, aber heute hatte es Wichtigeres gegeben.

Sie ging durch die Herrengasse bis zu einem alten Gebäude im Stil der italienischen Renaissance. Der Wind wirbelte ihr die Schneeflocken ins Gesicht. Als sie das Haus betrat, klopfte sie sich erstmals den Schnee vom Mantel.

Latours Wohnung befand sich im ersten Stock, Ida war schon einmal dort gewesen. Sie klopfte und musste, wie es ihr erschien, eine halbe Ewigkeit warten, bis ihr Josef Latour persönlich öffnete. Er war über Idas Anblick sehr überrascht und bat sie zu warten, da er nur mit Hose, Hemd und Hosenträgern bekleidet war. Eilig holte er den Rock seiner Uniform und schlüpfte hinein. Das Schließen aller Knöpfe hätte zu lange gedauert, daher ließ er die unteren offen.

In seiner betont aufrechten Haltung grüßte er Ida mit einem Handkuss, der sie erröten ließ. Sein buschiger Schnauzbart war wie immer gebürstet und ein wenig geölt. Sein dunkles Haar aber wirkte nicht so frisiert wie sonst.

Josef Latour bemerkte Idas Blick. »Die Fahrt in der Kutsche war alles andere als angenehm«, erklärte er verlegen. »Ich habe mich nach meiner Ankunft ein wenig hingelegt.«

Er führte Ida in einen Kleinen Wohnsalon und bot ihr einen Platz auf dem Sofa an. Die Möbel waren alt, die Wände kahl. »Ich bin immer noch mit der Wahl beschäftigt, welche Bilder ich aufhängen möchte«, sagte er entschuldigend. Nachdem sie sich gesetzt hatten, fragte er nach dem Grund ihres Besuchs.

Langsam und stockend begann Ida zu erzählen, was sie an diesem Tag erfahren hatte.

»Ich fühle mich wie eine Verräterin«, jammerte sie, als sie ihren Bericht beendet hatte.

»Das sind Sie keineswegs, meine Liebe«, versicherte ihr Latour. Er hatte nur zugehört und sie kein einziges Mal unterbrochen.

»Haben Sie eine Meinung dazu? Ist das alles nur dummes Gewäsch in meinem Kopf?«, wollte Ida wissen.

Der Oberst überlegte und polierte dabei mit der Handfläche einen Knopf seiner Jacke.

»Das Einfachste wäre, wenn es gelänge zu beweisen, dass es sich um einen anderen Fächer und nicht um den der Kaiserin handelt«, sagte er schließlich. »Damit wäre jeder Zusammenhang zwischen ihr und der Ermordung des Barons ausgeschlossen.«

»Wie sollen wir das anstellen?«

»Wo befindet sich der Fächer nun? Ich vermute, auf der Polizeiwache.«

»Ich kann doch nicht zur Polizeiwache am Petersplatz gehen und danach fragen«, wandte Ida verzweifelt ein.

»Ich werde überlegen, ob ich nicht jemanden dort kenne«, beruhigte Latour sie. »Schließlich war es bis vor Kurzem noch die Militärpolizeiwache. Mit ein wenig Glück finde ich einen Kameraden aus meiner Zeit im Dienst der Armee.«

Eigentlich hätte Elisabeth am Empfang einer Delegation vom Hof Queen Victorias teilnehmen sollen. Der oberste Gesandte würde, so war es angekündigt worden, eine Einladung nach London an das Kaiserpaar aussprechen. In einem solchen Moment wollte Franz Josef seine Frau gerne an seiner Seite wissen. Bereits frisiert und in einem dunkelroten Abendkleid wäre Elisabeth dafür auch bereit gewesen. Im letzten Augenblick aber täuschte sie eine Unpässlichkeit vor, die sie zwang, in ihrem Appartement zu bleiben. Sie hatte an diesem Abend wahrlich Wichtigeres zu tun.

Elisabeth wusste, wie gerne die Feifalik dabei wäre, wenn sie den Brief öffnete, den die Frisöse vom Postamt in der Wollzeile geholt hatte. Postlagernd hatte er dort gewartet. Sisi quälte die Ungeduld, ihn endlich zu lesen.

Was auch immer in dem Brief stand, war nicht für die neugierigen Augen der Frisöse gedacht, die, wie Sisi immer wieder fürchtete, gegenüber anderen genauso tratschen würde wie sie es bei ihr tat.

Endlich schlossen die Zofen die Tür. Elisabeth lag allein auf ihrem Bett, eingehüllt in ein Nachtgewand aus weichem, warmem Stoff, die langen Haare um ihren Kopf arrangiert, sodass sie nicht mit dem Körper darauf zu liegen kam. Auf ein Kopfkissen verzichtete sie, da sie fürchtete, sie könnte im Schlaf das Gesicht darauf pressen und Falten bekommen.

Durch die hohen Fenster ihres Schlafzimmers fiel vom Hof der schwache Lichtschein der Gaslaternen. Elisabeth ließ die Vorhänge im Winter zur Seite schieben, da sie das Licht aus dem Burghof jeder anderen Beleuchtung im Zimmer vorzog.

Sie spürte das Klopfen ihres Herzens. Ihre Aufregung wuchs von Minute zu Minute. Sie wollte noch ein wenig warten und die Spannung der Ungewissheit über den Inhalt des Briefes auskosten.

Von der Wand kam der hohe, feine Schlag einer Uhr. Elisabeth hatte die Standuhr von ihrer Mutter geschenkt bekommen und empfand sie als tröstende Erinnerung an ihre Kindheit auf Schloss Possenhofen. Der Uhrkasten war aus schwarzem Holz und reichlich mit vergoldeten Figuren und Girlanden versehen. Springende Pferde, ein Faun, der auf einer Panflöte spielte, und auf dem Ziffernblatt eine feine Malerei der Feenkönigin Titania verliehen der Uhr etwas Verspieltes und Zauberhaftes.

Halb zehn Uhr.

Sisi empfand es als die rechte Zeit, um aus dem Bett zu steigen und sich an den kleinen Schreibtisch am Fenster zu setzen. Dort wollte sie den Brief öffnen und lesen.

Sie hatte gerade die Füße auf den Boden gestellt, als es klopfte. Elisabeth erschrak heftig. Sie musste sich räuspern, bevor sie etwas sagen konnte.

»Ich will nicht mehr gestört werden!«, rief sie halblaut.

Vor der Tür stand Franz Josef, der vorzeitig vom Diner zurückgekehrt war. Eine Einladung nach London hatte es nicht gegeben und überhaupt war die Unterhaltung belanglos gewesen.

»Sisi, ich will nur sehen, ob es dir schon wieder besser geht.«

Franz Josefs letzter nächtlicher Besuch lag viele Monate zurück.

»Ich muss ruhen«, antwortete seine Frau hinter der Tür mit leidendem Klang in der Stimme.

»Darf ich eintreten?«

»Nein!«

Die Ablehnung war schnell und heftig gekommen. Franz Josef war es gewohnt, von seiner Frau abgewiesen zu werden, aber niemals auf eine so abrupte Art.

Zu seiner Beruhigung redete sie weiter und klang dabei versöhnlich. »Nein, Franzl, bitte lass mich einfach ruhen. Morgen werde ich wieder gesund sein.«

»Ach, Sisi …« Der Kaiser war diesmal hartnäckig. »Ach, Sisi, ich habe Sehnsucht nach dir!«

»Bitte, lass mich«, bat sie ihn. Sie klang schwach. »Ich brauche Ruhe. Versteh das.«

Franz Josef gab auf. »Schlafe gut«, sagte er und kehrte in sein eigenes Appartement zurück.

Ihn plagte ein Zweifel an seiner geliebten Frau, den er nicht benennen konnte.

Was war in letzter Zeit nur mit Sisi los?

Aus dem Hof ertönte das Klappern von Pferdehufen. Eine Frau lachte kurz auf.

Elisabeth saß auf der Bettkante und wartete, ob Franz Josef zurückkam und noch einmal eingelassen werden wollte. Es sähe ihm nicht ähnlich, aber in dieser Nacht wollte sie unter keinen Umständen, dass er sah, was sie tat.

Schließlich hielt sie es nicht länger aus. Sisi warf die Bettdecke zurück, ging bloßfüßig zum Schreibtisch und setzte sich behutsam auf den Sessel, damit er auch bestimmt nicht laut knarrte. Ihre Finger zitterten leicht, als sie nach der rechten Lade griff. Sie musste am Anfang immer etwas stärker ziehen, weil die Lade ein wenig klemmte.

Elisabeth entzündete die Kerze auf dem Schreibtisch. Die Flamme flackerte im Luftzug, der vom Fenster kam.

In der Lade lagen mehrere Briefe, die Elisabeth aufgehoben hatte. Sie blätterte die Umschläge durch, bis sie den Brief, den Fanny ihr gebracht hatte, zwischen den anderen Schriftstücken fand.

Das Kuvert war aus Büttenpapier. Zärtlich strich sie mit den Fingern über die raue Oberfläche.

Die Adresse war in eckigen Buchstaben geschrieben. Die Feder hatte an einigen Stellen gekratzt, die Striche waren unterbrochen. Elisabeth entdeckte sogar feine Tintenspritzer, als hätte der Schreiber zu fest aufgedrückt.

*Ihrer
Hochwohlgeborenen
Gabriele
Postlagernd
Wien*

Elisabeth nahm ihren Brieföffner mit dem Elfenbeingriff und öffnete damit den Umschlag. Sie musste den Brief kurz niederlegen, so heftig zitterte ihre Hand. Sisi atmete tief ein und zwang sich zur Ruhe. Mit den spitzen Fingern ihrer rechten Hand zog sie das gefaltete Blatt heraus.

Ihr Herz hämmerte unter dem Stoff des Nachthemds.

Sie faltete den Brief auf.

Ihre Augen wanderten über die wenigen Zeilen.

Sie fühlte Übelkeit in sich aufsteigen. Für ein paar Momente war sie unfähig sich zu bewegen. Ihre Arme versagten ihr den Dienst.

Elisabeth saß einfach da und starrte auf die Nachricht.

Ihr wurde schwindlig. Sie durfte nicht in Ohnmacht fallen. Zuerst musste sie den Brief wieder zwischen den anderen verschwinden lassen.

Niemand durfte ihn sehen.

Wirklich niemand.

Nachdem sie die Lade geschlossen hatte, wankte Elisabeth zum Bett. Sie wollte unter die Bettdecke schlüpfen, als sie die brennende Kerze auf dem Schreibtisch bemerkte. Auch wenn ihr die Beine fast den Dienst versagten, tappte sie zurück und blies sie aus.

Die Kerze hätte aufmerksamen Dienstboten verraten, dass sie in der Nacht am Schreibtisch gesessen war.

Endlich lag sie im Bett und blickte auf die dunkle Zimmerdecke.

Was blieb ihr zu tun?

Was?

Was nur?

Donnerstag,
14.
Februar
1867

Da war ein Klopfen. Es drang durch den Schlaf in sein Bewusstsein, aber er war zu benommen, um es einzuordnen.

Nach einer kurzen Pause klopfte es erneut, diesmal heftiger und schneller. Das Glas des Fensters klirrte gefährlich.

Martin Stutz war nun hellwach. Er fiel fast aus seinem schmalen Bett und stolperte gebückt auf das Fenster zu. Erst beim dritten Versuch schaffte er es, den Griff zu drehen und das zweite Fenster nach außen hin zu öffnen.

»Bist endlich munter?«, kam von unten eine heisere Stimme.

Als er sich vorbeugte, sah er in das runde Gesicht eines Burschen, der einen schweren grauen Umhang trug und eine lange Stange in der Hand hielt. Am oberen Ende war ein Haken mit einer Holzkugel befestigt. Es war Leopold der Anklopfer, dem er jeden Monat ein paar Kreuzer gab, damit er ihn von Montag bis Samstag weckte. Er stand neben einer Gaslaterne und grinste zu ihm herauf.

»Schau, dass du weiterkommst«, knurrte Martin und knallte das Fenster zu.

»Du schuldest mir noch Geld«, rief Leopold.

Missmutig blickte Martin in das Schwarz der Nacht hinaus. Leopold war verlässlich und pünktlich. Es musste also sechs Uhr am Morgen sein.

Im dem kleinen Zimmer lag eisige Kälte.

Nachdem er eine Kerze angezündet hatte, ging Martin durch eine schmale Tür nach nebenan in die winzige Gangküche. Eigentlich sollte die Wärme des Ofens von dort kommen, aber wahrscheinlich hatte Martin zu wenig Kohlen nachgelegt. Kohlen waren teuer und er musste sparsam sein. Er konnte sich kaum den Zins für seine einfache Wohnung mit einem Zimmer und einer kleinen Küche leisten.

Ein Blick durch die Ofentür zeigte, dass er richtig vermutet hatte. Er nahm ein paar Kohlestücke aus der Kiste, die danebenstand, und warf sie in den Ofen. Obenauf kam ein dickes Holzscheit, dem er dabei zusah, wie es in Flammen aufging.

Aus einer emaillierten Blechkanne goss Martin Wasser in einen Topf und stellte ihn auf den Ofen, der gleichzeitig auch als Herd diente.

Seine Blase drückte. Mit der Kerze in einer Hand und einem Schlüssel an einem großen Ring in der anderen, verließ er seine Wohnung und lief auf dem Gang zur Tür neben der Bassena.

Sie war verschlossen.

Nicht von außen, sondern von innen. Ungeduldig schlug Martin mit der Faust dagegen.

Als Antwort bekam er ein lautes Furzen, gefolgt von Gestank, der durch die Türritzen drang.

Er spürte die Kälte des Steinbodens selbst durch die dicken Wollsocken, die er zum Schlafen trug. Da er befürchtete, es könnten bald andere kommen, mit denen er sich die Toilette teilen musste, blieb Martin davor stehen.

Endlich dann das Geräusch von Wasser, das aus einem Kübel in das Klo gegossen wurde. Die Tür wurde aufgestoßen und ein rotgesichtiger Mann mit zerklüfteter Nase kam herausgestolpert. Er roch nach Weinbrand und taumelte an Martin vorbei.

Als Martin in die Küche zurückkehrte, war das Wasser im Kessel warm, aber noch nicht heiß. Er goss ein wenig davon in eine Waschschüssel und reinigte sich das Gesicht. Mit einer Zahnbürste, bei der die Borsten bereits wild auseinanderstanden, putzte er sich die Zähne. Danach rasierte er sich.

Das Wasser im Kessel kochte. Er goss sich eine Tasse Zichorienkaffee auf und wartete, bis das Wasser durch den Aufsatz in die Tasse darunter geronnen war. Die Zichorien hatte seine Mutter für ihn gestochen und ihm beim letzten Besuch mitgegeben. Er war froh, sie nicht extra kaufen zu müssen. Von Bohnenkaffee konnte er nur träumen.

Ohne etwas zu essen, verließ er nach dem Anziehen seine Wohnung und trat aus dem Tor des vierstöckigen Wohnhauses in die winterliche Dunkelheit hinaus. Vom dritten Gemeindebezirk, der durch die Zusammenlegung der Vorstädte Weißgerber, Erdberg und Landstraße erst vor rund 15 Jahren entstanden war, ging er zu Fuß zum Petersplatz, wo sich die Polizeioberdirektion befand.

Der einzige Lichtblick an seiner morgendlichen Routine war die Bäckerei an der Ecke Landstraße und Hauptstraße, aus der es auch um diese Tageszeit nach frischen Semmeln, Kipferln, Brot und Kuchen duftete. Martin kaufte zwei

Semmeln, wie jeden Tag. Eine aß er unterwegs im Gehen, die andere hob er sich für später auf.

In Gedanken ging er den bevorstehenden Tag durch.

Er würde einen Plan erstellen, welche Leute er zum Mord an Adolf von Schnabel befragen wollte. Sie sollten noch heute eine Vorladung in die Polizeidirektion erhalten, damit er sie so schnell wie möglich in die Mangel nehmen konnte. Natürlich würde er auch mit der Baronin reden müssen, und vielleicht sogar mit ihrer Mutter, der Gräfin. Er musste ein klares Bild bekommen, wer dieser Adolf von Schnabel gewesen war und wer ihm nach dem Leben getrachtet haben könnte. Noch dazu auf so grausame Art und Weise.

Vielleicht blieb ihm an diesem Tag genug Zeit, um die Gerichtsmedizin in der Spitalgasse aufzusuchen. Die Leiche von Baron von Schnabel war dort zur Untersuchung hingebracht worden. Die Gerichtsmediziner würden Martin hoffentlich Genaueres über die Waffen oder Gegenstände sagen können, mit denen der Baron umgebracht worden war. Wenigstens wüsste Martin dann, wonach seine Leute suchen sollten. Er hatte sich gerade die zweite Semmel schmecken lassen, als er zu seinem direkten Vorgesetzen, Oberkommissär Fruhstuck, gerufen wurde. Fruhstuck, der dem Alter nach Martins Vater hätte sein können, hatte noch unter Metternich gedient und die Polizeiagenten, die heute bei den Einsätzen vom Volksmund als »Vertraute« bezeichnet wurden, waren früher seine Spitzel gewesen.

Fruhstuck schätzte die Lage des Direktionsgebäudes in der düsteren Ecke des Petersplatzes. Zu Metternichs Zeit hatte niemand die Informanten beobachten können, die dort am Abend und in der Nacht ein- und ausgegangen waren.

Das Büro das Oberkommissärs lag zwei Stockwerke über jenem von Martin und war doppelt so groß. Von den hohen Fenstern aus hatte man einen recht guten Blick auf die Kuppel der Peterskirche.

Die Uhr an der Wand des Ganges zeigte kurz nach elf Uhr, als Martin klopfte und nach Aufforderung eintrat. Der frühere Adjutant des Oberkommissärs, der in gleicher Funktion auch jetzt noch für ihn tätig war, sah von seinem Schreibplatz auf. Er deutet mit der Hand zur halboffenen Tür, die in das Büro führte.

»Herr Oberkommissär wartet schon. Er hat Besuch.«

Martin spürte eine leichte Unruhe.

Die Brust rausgestreckt und mit betont ernstem Gesicht, betrat er, nachdem er auf den Türstock geklopft hatte, das Zimmer.

Fruhstuck war ein stämmiger Mann mit breiten Schultern, den die Gicht plagte. Er hockte an einem Tisch und winkte Martin näher heran.

Nicht nur das Büro war groß, auch der Schreibtisch, der Ofen, der Tisch mit drei Stühlen und der Schrank, in dem Fruhstuck Akten aufbewahrte, schienen Martin überdimensioniert zu sein.

Der Gast des Oberkommissärs war ein Mann, jünger als Fruhstuck, mit einem buschigen Schnauzbart und sehr gepflegtem Äußeren.

»Das ist er. Martin Stutz«, stellte Fruhstuck den Kommissär seinem Gast vor. »Er ist mit dem Mordfall Schnabel beschäftigt.«

Martin wartete darauf, den Namen des Gastes zu erfahren, aber Fruhstuck fand es nicht der Mühe wert, ihn zu nennen. So blieb Martin nichts anderes übrig, als im Zimmer zu stehen und abzuwarten, bis er erfuhr, wieso ihn der Oberkommissär sehen wollte.

»Guten Tag«, grüßte der Mann Martin. Er machte auf Martin einen fast verlegenen Eindruck. Die wachen Augen musterten ihn.

»Guten Tag«, erwiderte Martin den Gruß.

»Ich habe eigentlich meinem alten Kameraden nur einen kurzen Besuch abgestattet, da ich in der Nähe war«, erklärte der Mann.

»Alter Kamerad«, dröhnte Fruhstuck. »Ich bedanke mich, dass du das betonst, Latour. Soll ich dich einen jungen Hupfer nennen?« Er lachte lautstark.

Sollte Martin höflichkeitshalber mitlachen? Der Mann, der als Latour angesprochen worden war, lächelte kurz und begann dann zu sprechen: »Ich habe von diesem Mord gelesen. Dem Mord an Adolf von Schnabel, dem Bankier. Es ist entsetzlich, zu welchen Grausamkeiten Menschen fähig sind. Als ich gefragt habe, ob man schon Näheres wüsste oder einen Täter ins Auge hätte, hat mein Kamerad gleich nach Ihnen rufen lassen. Ich hoffe, es ist keine allzu große Unterbrechung Ihrer Arbeit.«

»Nein. Machen Sie sich keine Sorgen.«

Eine Pause trat ein.

»Der Fächer«, beendete Fruhstuck die Stille. »Was soll dieser Fächer in der Hand des Barons, das hat Latour gewundert. Und ich will das auch gerne wissen«, fuhr der Oberkommissär fort.

»Wissen Sie schon mehr?«

»Bis jetzt gibt es noch keine Erklärung dafür«, antwortete Martin.

»Willst ihn sehen, Latour?«, fragte Fruhstuck.

»Es soll keine Umstände machen.«

»Latour kann uns vielleicht helfen. Er ist ein Feinspitz, drum ist er auch der Erzieher des Kronprinzen. Du hast nach der Malerei gefragt, weil sie dir bekannt vorkommt, nicht wahr?«

Martins Erstaunen wuchs.

»Ich bitte dich, wir müssen hier keine großen Töne spucken«, gab sich Latour bescheiden.

»Holen Sie den Fächer!«, verlangte Fruhstuck von Martin.

»Wie Sie wünschen.« Martin machte sich auf den Weg in die Asservatenkammer, um den Fächer zu holen. Er kehrte damit zu Fruhstuck zurück und legte ihn vor dem Oberkommissär auf den Tisch.

»Na, was sagst du?«, wollte Fruhstuck von Latour wissen. »Wieso kennst du dich mit so etwas aus? Bist doch selbst noch immer nicht in den Ehestand getreten?«

Latour überging den Einwand. »Ich darf ihn doch öffnen?«, fragte er Martin.

»Wenn Sie das wünschen.«

Mit großer Vorsicht zog Latour den Fächer auseinander, bis er ein Halbrund bildete. Er betrachtete die blaue Seide von beiden Seiten und studierte die gemalten Schwäne. »Ein feines Stück, würde ich sagen.«

»Ist der Fächer von der Frau Baronin?«, fragte Latour.

»Es hat ihn niemand vom Personal jemals im Haus gesehen«, erklärte Martin.

»Das ist in der Tat sehr erstaunlich«, meinte Latour. Er schloss den Fächer. »Wie werden Sie vorgehen, wenn ich aus reinem Interesse fragen darf?«

»Befragungen, Nachforschungen«, antwortete Martin wortkarg. Latour schien das Erklärung genug zu sein.

»Aber was sagst du zu dem Fächer, alter Freund?«, wollte Fruhstuck hartnäckig wissen.

»Der Fächer wirkt sehr exquisit, doch kann eine solche Abbildung heute schon mit den Mitteln des Drucks vielfach hergestellt werden«, antwortete Latour.

»Die Inschrift darunter liest sich aber sehr persönlich«, warf Martin ein.

»Sie kann auch ein Motto sein«, meinte Latour. »Vor zwanzig oder dreißig Jahren trauten sich viele Menschen ihre Verbundenheit nur im Geiste zu pflegen, und mieden jeden Kontakt, um nicht in Verdacht zu geraten, an einer Verschwörung oder an der Planung eines neuen Aufstandes beteiligt zu sein. Es waren andere Zeiten.«

»Das ist gescheit«, polterte Fruhstuck. »Ich wusste doch, der Latour weiß mehr als wir alle zusammen. Halten Sie das im Gedächtnis, Stutz.«

Latour zog seine Taschenuhr an einer goldenen Kette aus seiner Westentasche und warf einen Blick darauf. »Ich muss mich verabschieden.«

»Hat er heute Unterricht, der Kronprinz?«, wollte Fruhstuck wissen.

»Jeden Tag. Außer Sonntag. Schließlich soll er eines Tages das Land regieren.«

Von Fruhstucks Büro begleitete Martin Latour die Treppe hinunter bis zum Eingangstor der Polizeidirektion. Ein verlegenes Schweigen herrschte zwischen den beiden. Die Verabschiedung fiel kurz aus. Martin sah Latour nach, als dieser mit energischen Schritten Richtung Graben ging.

Er konnte es nicht genau benennen, aber irgendetwas erschien Martin an dieser Begegnung eigenartig.

Ida hatte die Kaiserin schon oft melancholisch erlebt. An einem dieser Tage hatte Elisabeth sogar ihre Sehnsucht nach »der Schwinge des Todes« erwähnt, die sie hinwegnehmen sollte.

An anderen Tagen wurde die Kaiserin von einer völlig anderen Stimmung befallen. Dann zischte, schimpfte und giftete sie mit der Dienerschaft, dass eine Kobra vor Neid erblasst wäre, wie ein Lakai Ida gegenüber einmal festgestellt hatte. Es gab Tage, an denen Elisabeth ihre Abscheu für die Aufgaben, die man ihr aufzwingen wollte, unverhohlen zeigte. Zu anderen Zeiten war sie voller Witz darüber und verfasste Gedichte, in denen die kaiserliche Familie nicht gut wegkam.

An diesem Donnerstag aber lernte Ida eine Seite der Kaiserin kennen, die ihr bisher nicht bekannt gewesen war.

Normalerweise stand die Kaiserin gegen sechs Uhr morgens auf, nahm ein kaltes Bad, selbst im Winter, erhielt eine Massage ihres Rückens und ihrer Beine, ließ sich danach ihr schwarzes Turngewand anlegen und absolvierte ihre Übungen an der Sprossenwand, die im Toilettenzimmer aufgestellt war, oder an den Ringen im Durchgang zum Großen Salon. Neuerdings turnte sie besonders gerne am Reck, einem Gestell aus Holz, das für sie gebaut und mit Metallstangen nahe der Wand fixiert worden war.

Damit nicht wieder nur die Feifalik die Kaiserin in Beschlag nehmen konnte, erschien Ida bereits kurz nach sieben Uhr früh im Appartement. Sie schritt nicht durch die Salons, sondern wählte den Gang der Dienstboten, der hinter den Zimmern entlang führte. Es gab dort einen Tisch, auf dem das Frühstück der Kaiserin angerichtet wurde, bevor es ihr zwei, derzeit sogar drei Diener servierten.

Hatte Elisabeth lange Zeit nur eine Tasse Kaffee und ein Stück Mürbgebäck gegessen, bevorzugte sie neuerdings ein üppiges englisches Frühstück. Franz Josef hatte ihr davon erzählt. Er selbst hatte die Zusammensetzung vom englischen Botschafter geschildert bekommen und war darüber entsetzt. Für Sisi war das Grund genug, das englische Frühstück dem Wiener Frühstück demonstrativ vorzuziehen. Sie verlangte jeden Tag mehrere Streifen gebratenen Speck, ein Spiegelei, Toastbrot und außerdem noch Gugelhupf. Kaffee trank sie keinen mehr, dafür aber Tee, der für Ida nach Abwaschwasser roch.

In der Ballsaison aß Elisabeth vor einem Ball oft den ganzen Tag nichts und am Nachmittag wurde ihr Mieder nach und nach so eng geschnürt, dass man ihre Taille mit zwei Händen umfassen konnte.

Ida würde heute das Auftragen des Frühstücks überwachen und dabei unauffällig in Elisabeths Nähe gelangen. Sie hoffte, dass Elisabeth das Wort an sie richten und sie daraufhin wieder in ein vertrautes Gespräch kommen würden. So wie früher.

Wenn die Kaiserin dann im Toilettenzimmer saß und die Feifalik ihr Haar bürstete, band und steckte, wollte Ida in der Nähe bleiben, um zu erfahren, ob es Geheimnisse gab, die Elisabeth ihr verschwieg.

Das war zumindest Idas Plan. Doch von Anfang an war er zum Scheitern verurteilt.

Sie fand im Dienstbotengang zwei junge Zofen vor, die wie verängstigte Küken dastanden, die Köpfe eingezogen, die Schultern hängend. Als Ida sie fragte, was denn geschehen wäre, brachen beide in Tränen aus.

Olga kam geeilt, stampfte ungehalten mit dem Fuß auf und befahl den Mädchen, ihrer Arbeit nachzugehen.

»Was ist mit den zweien?«, wollte Ida wissen.

»Ach, diese zimperlichen Gänse!« Olga macht eine wegwerfende Handbewegung.

»Das beantwortet meine Frage nicht.«

Olga schnaufte.

»Die Kaiserin war mit der Temperatur ihres Bades nicht zufrieden und hat Wasser auf die zwei gespritzt. Sie muss wohl etwas gemurmelt haben, das die beiden als Rauswurf verstanden. Ich bin aber überzeugt, dass es so weit nicht kommen wird.«

Ida war alarmiert. »Macht die Kaiserin ihre Turnübungen?«

»Natürlich. Wie jeden Tag.«

Durch die Tür, die nur die Dienstboten benutzten, warf Ida einen Blick in das Turnzimmer.

Elisabeth hing am Reck und zog sich wieder und wieder in die Höhe. Beim Hinaufziehen stieß sie ein Stöhnen aus, das sich in Idas Ohren gequält anhörte. Beim Herunterlassen folgte ein Laut, der wie ein Jaulen klang. Vor Anstrengung war ihr Gesicht verzerrt.

Einzutreten wagte Ida nicht. Ihre Besorgnis aber war groß. Gestern noch war die Kaiserin fast ausgelassen und so gelöst wie selten erschienen. Heute schien ihre Stimmung in das genaue Gegenteil umgeschlagen zu sein.

Abzuwarten erschien Ida als ihre beste Alternative.

Unruhig ging sie im Dienstbotengang auf und ab. Das Ankleiden der Kaiserin begann. Drei Zofen waren damit beschäftigt, die Kleidungsstücke zu bringen und ihr beim Anlegen behilflich zu sein.

»Wo ist die Feifalik? Wieso ist sie zu spät?«, schimpfte Elisabeth.

Olga versprach ihr, dass man sofort nach ihr suchen würde.

»Das Frühstück ist im Wohnsalon serviert, Majestät«, hörte Ida eine Zofe sagen.

»Wollen Sie mich mästen? Ich brauche kein Frühstück. Nur eine Tasse Kaffee mit einem Schuss Milch.«

»Was war nur in die Kaiserin gefahren«, überlegte Ida. Sie hielt es für besser, sich weiterhin nicht zu zeigen.

Fanny Feifalik rauschte ein und knickste vor Elisabeth.

»Majestät, ich bitte um Verzeihung für die Verspätung, doch musste ich noch auf die neuen Bänder warten, die für die heutige Frisur benötigt werden.«

»Du hast pünktlich zu sein«, herrschte Elisabeth die sonst so hoch geschätzte Frisöse an.

»Majestät …«, in Fannys Stimme schwang Entsetzen.

»Wehe, du reißt heute wieder so an meinen Haaren beim Bürsten. Manchmal scheint mir, du willst sie mir absichtlich ausreißen!«

»Aber Majestät …«

»Wage es nicht, die Bürste auszutauschen, wenn ich sie zu sehen verlange!«

Da Elisabeth entweder in Zorn oder in Niedergeschlagenheit verfiel, wenn sich zu viele ihrer Haare in der Bürste befanden, hatte die Feifalik einen Trick entwickelt, den Ida schon einige Male beobachtet hatte. Sie tauschte die Bürsten nicht aus, sondern versteckte die Haare unter ihrer Schürze, wo sie ein Klebeband befestigt hatte. Mit recht unauffälligen Handbewegungen konnte sie die Haare auf diese Weise verschwinden lassen. Noch immer wartete Ida hinter der Dienstbotentür zu.

Die Kaiserin hatte am Toilettentisch Platz genommen, die Feifalik begann mit ihrer Arbeit.

»Schließen Sie die Türen«, befahl Elisabeth den Zofen.

Die Frauen knicksten und verschwanden eilig im Dienstbotengang. Ida deutete ihnen, sie würde das Schließen der Tür selbst übernehmen.

Nachdem die Zofen verschwunden waren, ließ Ida die Tür allerdings einen Spalt breit offen, um weiterhin alles mithören zu können.

Eine Weile blieb es im Toilettenzimmer still. Elisabeth schwieg, Fanny Feifalik sowieso. Von Zeit zu Zeit klapperte der silberne Griff einer Bürste, wenn Fanny sie auf dem Tablett ablegte.

Fanny hielt die Stille wohl nicht aus. »Majestät, soll der Vorleser kommen?«

»Nein!«

Danach wieder eine lange Pause.

»Ich muss von Sinnen gewesen sein, auf dich zu hören«, sagte Elisabeth schließlich.

»Majestät?«

»Wie konntest du meine Leichtgläubigkeit so ausnützen?«

»Aber Majestät …?« Ida konnte deutlich hören, dass sich Angst in Fannys Stimme schlich.

»Möglicherweise steckst du selbst hinter all dem.«

»Verzeihung, Majestät, aber ich verstehe nicht …«

»Es ist deine Schuld. Allein deine Schuld.«

Ida presste die Hand vor den Mund. Was war bloß geschehen?

»Aber der Brief …«, stotterte die Feifalik. »Er hat geschrieben, wie Sie sich das gewünscht haben.«

»Das hat er. Richtig. Aber du solltest lesen, was er geschrieben hat.«

Wieder trat eine Pause ein.

»Wollen Sie es mir verraten, Majestät?«, fragte Fanny kleinlaut.

»Ich bringe es nicht über die Lippen.«

Wieder Schweigen. Nur ein sehr leises Geräusch der Bürste, wenn die Borsten durch das leicht geölte, lange Haar der Kaiserin glitten. Es reichte, wenn sie saß, bis zum Boden hinab. Schließlich konnte sich die Feifalik nicht länger beherrschen.

»Ich flehe Sie an, Majestät, lassen Sie mich nicht im Unklaren!«

Elisabeth verlangte, Fanny solle die Haare hochhalten. Ihr Sessel wurde zurückgeschoben.

Ida drückte die Tür etwas weiter auf und sah, wie die Feifalik den Schwall an Haaren mit beiden Händen umfasste und in die Höhe hob. Als würde sie eine Schleppe tragen, stolperte die Frisöse hinter Elisabeth in ihr Schlafzimmer. Weil sie alles erfahren musste, huschte Ida in das Toilettenzimmer, von dem eine Tür in das Schlafzimmer führte. Sie beugte sich vor und spähte am Türflügel vorbei. Die Kaiserin stand vor ihrem Schreibtisch. Das Rütteln an einer Lade, das Kratzen auf Holz. Elisabeth blätterte zahlreiche Briefe durch und zog einen Umschlag heraus, den sie der Feifalik reichte. Danach wandte sie den Kopf ab, als würde ihr schon allein der Anblick des Briefes Schmerzen bereiten.

Fanny Feifalik faltete den Brief auf und las. Danach entglitt ihr das Papier und fiel zu Boden. Mit offenem Mund stand sie da und starrte Elisabeth an.

»Was hast du mir angetan?«, flüsterte die Kaiserin.

»Elvira, meine liebe, teure Elvira, was musst du im Leben alles erdulden?«

Fürstin Tilde von Limhart-Thayental sah ihre Freundin voller Mitgefühl an.

Elvira verrührte den Zucker, den sie in den Kaffee geschaufelt hatte. Wortlos blickte sie in die hellbraune Flüssigkeit, von der ein angenehmer Duft aufstieg.

»Wie steht es um Louisa?«, erkundigte sich die Fürstin.

»Sie ruht sich in Hietzing aus. Du weißt, liebe Tilde, wie schlecht es um ihre Nerven bestellt ist.«

»Ich dachte, der Aufenthalt auf Madeira hätte ihr geholfen?«

»Das hat er auch«, antwortete Elvira. »Aber nach ihrer Rückkehr haben sich die Beschwerden bald wieder eingestellt: Husten, Atemnot, Schwäche, unerträgliche Kopfschmerzen. Sie musste tagelang das Bett hüten und hat es, wie mir Adolf berichtete, zweitweise nur verlassen, wenn ich sie besuchen kam.«

»Wie gut, dass ich so nahe am Palais deines Schwiegersohnes wohne«, stellte Tilde fest. »Wir sind, kann man sagen, Nachbarn.«

»Ein Glück, ein wahres Glück«, pflichtete ihr Elvira bei. »Ich habe jedes unserer Treffen mit einem Besuch bei ihr verbunden.«

»Davor oder danach, das wollte ich dich schon lange fragen.«

»Davor. Danach geht es für mich doch weiter in die Rotenturmstraße, wo ich bei Professor Kobayashi Unterricht in Tuschmalerei und Japankunde erhalte. Ich habe dir davon erzählt.«

»Du und deine Leidenschaft für Japan.«

Tilde von Limhart-Thayental nahm einen Schluck von ihrem Kaffee und stellte die Tasse dann auf der geklöppelten Spitzentischdecke ab. Der Silberlöffel klirrte leise auf dem teuren Porzellan.

»Verzeih mir die aufdringliche Frage, so kurz nach dem grässlichen Vorfall, aber wie steht es um den Nachlass des Barons?«

»Tilde, es ist wirklich zu früh, darüber nachzudenken. Mein Schwiegersohn wurde noch nicht einmal beigesetzt.«

»Verzeih, bitte verzeih mir«, sagte die Fürstin schnell. »Der Schock über den Mord lässt den Tod des Barons unwirklich erscheinen. Er war erst vor drei Wochen hier und hat mir die Spende für die Errichtung der Schule zugesagt, die wir planen.«

»Mir geht es ähnlich«, pflichtete ihr Elvira bei. »Es erscheint wie ein böser Traum.«

»Erinnere mich bitte, wie alt war er? Louisa hat auf Madeira ihren zwanzigsten Geburtstag gefeiert, das weiß ich. Aber mir ist keine Feierlichkeit in Erinnerung, die den Geburtstag des Barons anging.«

»Adolf wäre nächsten Monat zweiundsechzig Jahre alt geworden.«

»Ach ja.« Tilde nickte und ließ den Altersunterschied unkommentiert. Die beiden Frauen rührten in ihren Tassen.

»Es beschäftigt mich, weil es um Louisas Zukunft geht«, nahm Tilde das Gespräch zögerlich wieder auf. Sie warf der Freundin einen Blick zu, damit ihr Elvira ein Zeichen des Einverständnisses gab, mit dem Thema fortzufahren.

Tilde hatte die Mutter der Gräfin sein können. Ob sie ihr Haar so schwarz färbte oder tatsächlich keine einzige graue Strähne hatte, war ein gut gehütetes Geheimnis. Auf jeden Fall trug die dunkle Haarfarbe dazu bei, dass Tilde jünger wirkte, als sie in Wirklichkeit war.

Sie war gepflegt und hielt auf Stil. Niemals hätte die Fürstin am Vormittag etwas anderes als ein schlichtes Kleid getragen. Unter keinen Umständen hätte sie jemals Gold- mit Silberschmuck gemischt, wie es die Ringstraßen-Baroninnen taten. Auf teure Mode und prunkvollen Schmuck verzichtete Tilde grundsätzlich. Ihr Herz gehörte den arbeitenden Menschen, den Armen und ganz besonders den Frauen. Für sie hatte Tilde den *Wiener Frauenverein für Bildung und Hilfe* gegründet. Ihr Einsatz galt in adeligen Kreisen zum Teil als edel und mutig, doch manche äußerten sich auch kritisch darüber. Diese Kritik kam vor allem von Männern, vertrat Tilde doch die Haltung, dass Frauen genauso das Recht zu wählen haben sollten.

Tildes verstorbener Ehemann, Fürst Leonhard von Limhart-Thayental, war in den letzten Jahren seines Lebens trotz seines adeligen Standes für eine konstitutionelle Monarchie mit Parlament und allgemeinen Wahlen eingetreten. Ein Sturz auf der Treppe seines Palais, nur wenige Wochen nachdem er es mit seiner Frau und zwei seiner drei erwachsenen Kinder und deren Familien bezogen hatte, setzte seinen Bestrebungen ein jähes Ende.

Die Trauer der Gräfin war groß, ihre Selbstdisziplin und ihr Wille zur Veränderung waren jedoch stärker. Drei Monate nach dem Tod des Grafen gründete sie den Frauenverein und warb in ihrem Freundes- und Bekanntenkreis um Mitglieder und Unterstützung.

Eine der ersten die sich beteiligte, war Elvira gewesen. Sie hielt die karitative Aufgabe des Vereins für ihre Pflicht, da sie auf Grund ihrer Herkunft über Rechte und Mittel verfügte, die der Großteil der Bevölkerung niemals erreichen konnte.

»Sag mir bitte, was dich beschäftigt, liebe Tilde«, forderte die Gräfin ihre mütterliche Freundin auf.

»Leonhard war um vier Jahre älter als der Baron und hat mich schon einige Zeit vor seinem Unfall über sein Testament unterrichtet«, erzählte die Fürstin. »Er zeigte mir den Aufbewahrungsort in seinem Tresor und gab mir einen der Schlüssel, den ich in meiner Schmuckschatulle versteckte. Ohne dieses Testament wären die Kinder und ich nach seinem Tod in Schwierigkeiten geraten, da der Rest der Familie Ansprüche stellen hätte können. Der Bau des Palais war noch nicht abbezahlt, da der Verkauf eines Landgutes noch ausstand. Doch Leonhards Verfügungen haben wir zu verdanken, dass wir unser Leben zwar ohne seine wunderbare Gesellschaft, aber sonst ohne größere Sorgen fortsetzen können.«

Ein Dienstmädchen trat ein und meldete, dass weitere Damen zur wöchentlichen Sitzung des Frauenvereins eingetroffen wären.

Die Fürstin und die Gräfin standen auf, um vom Teesalon in den Großen Salon des Palais zu wechseln. Tilde ging voran, Elvira folgte ihr.

»Verzeihung, Durchlaucht«, sagte das Zimmermädchen zu Elvira »Ich wollte nur fragen, ob Durchlaucht die Brosche gefunden haben? Durchlaucht waren schon gegangen, als ich heruntergekommen bin, um beim Suchen zu helfen.«

»Die Brosche?«

»Die Durchlaucht am Sonntag verloren hatten«, half das Mädchen behutsam weiter. »Durchlaucht meinten, sie könnte in der Halle sein, wo Durchlaucht den Mantel abgelegt haben.«

»Ach, diese Brosche«, rief die Gräfin aus. »Ich habe mich geirrt, ich hatte sie zu Hause verloren, nicht hier. Sie ist wieder aufgetaucht. Ich danke dir.«

Das Zimmermädchen knickste und eilte davon.

»Die Brosche«, dachte Elvira, »ja, die Brosche.«

Der Kommissär schritt durch ein großes Tor auf ein einstöckiges graues Gebäude zu. Er drückte das schwere Holztor auf und betrat eine Halle mit Steinboden. Die Wände waren in einem kalten Weiß gestrichen.

Ein Mann kam die Treppe herab, dunkle Augenringe und tiefe Furchen in den Wangen verliehen ihm etwas Unheimliches.

»Ich brauche Auskunft über Adolf von Schnabel, der gestern zur Untersuchung gebracht worden ist«, sagte Martin.

Der Mann musterte ihn ausdruckslos.

Martin schlug das Revers seines Mantels zurück. An der Unterseite hatte er seine Kokarde befestigt, das Metallabzeichen mit dem Doppeladler.

Da ein Teil der Bevölkerung nicht lesen konnte, hatte man sich entschieden, ein Zeichen zu verwenden, das alle verstanden.

Nachdem er einen Blick darauf geworfen hatte, legte der Mann auf der Treppe seinen Argwohn ab.

»Folgen Sie mir.« Er schritt im linken Teil des Gebäudes bis zu einer Tür, neben der ein Emailschild angebracht war.

Seziersaal

Martin wurde eine Treppe hinab in das Souterrain geführt. Es gab schmale Fenster, die nur knapp über dem Niveau der Straße lagen und durch die graues Winterlicht fiel. Von der Decke hingen Gaslampen, die für die Beleuchtung der Arbeit sorgten. In der Luft lag ein Geruch aus Blut, Fleisch und Wasser.

Der Steinboden und die weißen Kacheln an den Wänden gaben dem Raum noch mehr Kälte, als dort an diesem Tag ohnehin schon herrschte. Ein Ofen war nirgendwo zu sehen.

Einer der drei Tische aus gemauertem Sockel und Marmorplatte war leer, die beiden anderen waren mit weißen Laken bedeckt, unter denen sich die Umrisse von Menschen abzeichneten.

Um seine aufsteigende Übelkeit zu unterdrücken, hielt Martin den Ärmel des Mantels vor seine Nase und atmete mit Hilfe dieses Filters ein und aus. Vom anderen Ende des

Seziersaals trat ein groß gewachsener, steif wirkender Mann auf ihn zu. Er trug eine große Schürze aus gewachstem Leinen über Hemd und Anzughose. Auf sein Äußeres legte er sichtlich wenig Wert. Backenbart und Haare waren schon länger nicht mehr gestutzt worden.

»Ein Polizeiagent wegen des toten Barons«, sagte Martins Begleiter.

»Kommissär Martin Stutz«, stellte sich Martin vor. »Professor Dlauhy?«

Ein kurzes Nicken war die Antwort.

»Ich bin zum ersten Mal hier.«

»Dann gehen wir besser in mein Büro, nachdem ich Ihnen die Wunden erklärt habe«, schlug der Gerichtsmediziner vor. Martin hatte nichts dagegen.

Der andere zog das Tuch auf dem dritten Tisch ein Stück runter. Kopf und Schultern des Barons kamen zum Vorschein. Schnabel war nackt, seine Haut hatte das gelbliche Weiß von Altarkerzen.

»Treten Sie näher«, forderte Dlauhy Martin auf.

Martin blieb lieber drei Schritte vom Tisch entfernt stehen.

»Sie sehen von dort nicht viel«, sagte der Gerichtsmediziner im geduldigen Ton.

Nachdem Martin erneut durch seine Ärmeln eingeatmet hatte, kam er der Aufforderung nach.

»Wer auch immer den Mann umgebracht hat, wollte sicherstellen, dass er bestimmt tot war«, begann Dlauhy seine Erklärung. Er schlug das Tuch bis zu Schnabels Bauchnabel zurück. Martin musste seinem Magen befehlen, den Inhalt unten zu behalten. Er hielt den Blick gesenkt, damit Dlauhy nicht bemerkte, wie er den Anblick der Leiche vermied.

Der Brustkorb war geöffnet und mit groben Stichen wieder vernäht worden. Auf der linken Seite war eine kleine Wunde unter der Brustwarze zu sehen.

»Der Stich ist gerade von vorne erfolgt. Das Messer ist aber offenbar an einer Rippe abgerutscht und dann in das Herz vorgedrungen. Die Klinge muss ungewöhnlich schmal gewesen sein.«

Konnte der Professor nicht schneller zum Ende kommen? Martin wollte diesen fürchterlichen Saal so schnell wie möglich verlassen.

»Der Schlag auf den Kopf muss mit einem schweren, kantigen Gegenstand erfolgt sein«, fuhr Dlauhy fort. »Dabei wurde eine Ecke des Gegenstandes wie ein Spitzhammer verwendet. Die Schädeldecke des Opfers wurde beschädigt. Das darunterliegende Gehirn wurde nicht verletzt, innere Blutung hat es keine gegeben. Weiters …«

Genug. Martin würgte und stürzte Hals über Kopf aus dem Seziersaal die Treppe hinauf und in den nächsten Abort. Mit saurem Geschmack im Mund kam er wieder heraus.

Auf dem Gang warteten Dlauhy und sein Helfer.

»Mein Büro befindet sich im ersten Stock.«

Die Einrichtung des Arbeitszimmers war düster, wie alles in diesem Gebäude: ein schwarzer Schreibtisch mit Messingbeschlägen, Regale mit Büchern, alle mit schwarzem

Rücken, zwei schwarz lackierte Sessel für Gäste und ein leicht zerschlissener Ledersessel für Dlauhy hinter dessen Schreibtisch.

Der Professor trug eine graue Jacke aus Wollstoff, die an den Ellbogen abgestoßen war.

»Sind Sie bereit für einen mündlichen Bericht der Untersuchung? Ich werde ihn auch schriftlich nachreichen.«

»Tut mir leid wegen vorhin«, murmelte Martin, der sich innerlich für sein Verhalten schimpfte. Es war unprofessionell gewesen und hatte ihn als Anfänger erkennbar gemacht.

»Sie sind nicht der Erste, dem es so geht«, versicherte Dlauhy. Er legte die Hände auf die Tischkante und mit einem Blick aus dem Fenster auf das kahle Geäst der Bäume, schien er seine Gedanken zu sammeln.

»Feststeht, dass das Opfer, Baron von Schnabel, unter dem Einfluss von Alkohol stand«, erklärte Dlauhy. »Es war deutlich zu riechen und ich habe auch Reste in seinem Magen gefunden. Es handelt sich offenbar um Cognac, von dem er eine größere Menge zu sich genommen hat.«

»Wir haben ein Glas bei ihm gefunden und eine Flasche, von der ungefähr ein Drittel gefehlt hat«, bestätigte Martin die Erkenntnisse des Doktors.

»Ein Drittel. Gut möglich.« Dlauhy ließ seinen Blick über die grüne Lederauflage der Tischplatte wandern. »Der Mörder muss kraftvoll zugestochen haben. Die Klinge ist etwa fünf Zentimeter tief eingedrungen. Der Stich kann von vorne erfolgt sein, wahrscheinlicher aber halte ich es, dass er von oben ausgeführt wurde. Vermutlich hat der Mörder beide Hände dafür verwendet, wodurch die Wucht bedeutend größer ist, als wäre der Stich von vorne erfolgt.«

»War der Baron zur Tatzeit betrunken?«, wollte Martin wissen.

»Wie ich an seiner Leber feststellen konnte, scheint er dem Alkohol gerne und in großen Mengen zugesprochen zu haben. Das Drittel einer Flasche Cognac hätte ihn zwar berauscht, aber nicht betrunken gemacht. Ich nehme an, die Frage zielt darauf ab, ob der Baron seinen Mörder nicht bemerkt haben könnte?«

Martin nickte.

»So ist es. Ich habe im Raum keine Spur eines Kampfes feststellen können. Der Baron lag auf dem Sofa, als wäre er dort eingeschlafen. Lediglich sein rechtes Bein war von der Sitzfläche gerutscht.«

»Wenn der Baron keine Gegenwehr gezeigt hat, spricht es dafür, dass er nicht bei Bewusstsein war.«

»Gegenwehr?«

»Der Stich muss für eine unbeeinträchtigte Person spürbar gewesen sein«, führte Dlauhy aus.

»Und da er nicht sofort tödlich war, hätte der Baron versucht, den Mörder abzuwehren oder zu flüchten. Er wäre dazu im Stande gewesen.«

»Ist der Schlag auf den Kopf danach erfolgt?«, fragte Martin.

»Ich kann es nicht mit völliger Sicherheit sagen. Natürlich könnte der Baron zuerst den Schlag erhalten haben, aber da die Verletzung kaum unterblutet war, dürfte sie erst nach dem Herzstillstand zugefügt worden sein. Also haben wir es mit der umgekehrten Reihenfolge zu tun. Aber da Sie den Toten am Ort gesehen haben, wo er ermordet wurde, eine Frage: War auf dem Kissen, auf dem er lag …«

»Sein Kopf lag auf der Armlehne«, unterbrach Martin den Doktor.

»… war auf der Lehne und vielleicht auch auf dem Boden viel Blut?«

»Das ist mir nicht aufgefallen.«

Dlauhy tippte seine Fingerspitzen aneinander. »Das dachte ich mir. Die Stichwunde weist auch keine starke Blutung auf. Oder anders ausgedrückt, der Baron hat kaum geblutet. Das ist erstaunlich.«

»Welche Schlüsse ziehen Sie daraus?«

Dlauhy rieb sich mit dem Handrücken über den wilden Backenbart, was ein kratzendes Geräusch verursachte.

»Wäre der Stich zuerst erfolgt und tödlich gewesen, so hätte der Schlag einen Toten getroffen, der mit hochgelagertem Kopf nicht mehr allzu viel Blut verliert. Aber auch der Stich ins Herz hat ungewöhnlich wenig geblutet …«

Martin wartete, dass Dlauhy seine Ausführungen fortsetzte, aber dieser sah ihn nur stumm an.

»Sonst noch etwas?«, erkundigte sich Martin schließlich.

»Zu diesem Zeitpunkt nicht.«

»Ich erwarte dann Ihren schriftlichen Bericht.«

»Soll ich ihn an den Polizeioberdirektor schicken oder an den Oberkommissär?«, fragte Dlauhy. »Fruhstuck ist sein Name, wenn ich mich richtig erinnere.«

Am liebsten hätte Martin vor Wut einen Schrei ausgestoßen. Er war der Kommissär, der den Mord behandelte, nicht Fruhstuck!

»Sie schicken ihn an mich«, ordnete er in einem Tonfall an, der Professor Dlauhy eine Augenbraue heben ließ. »Martin Stutz mein Name, wie Sie wissen.«

Sie musste Latour sprechen. Ida hoffte, ihn beim Kronprinzen anzutreffen.

Der Leopoldinische Trakt, in dem sich Rudolfs Appartement befand, konnte von Elisabeths Räumlichkeiten über die Adlerstiege erreicht werden. Ida stieg ein Stockwerk höher und trat durch die Verbindungstür.

An vielen Tagen hielt sich Erzherzogin Sophie, die Mutter des Kaisers, beim Kronprinzen auf. Sie war über Franz Josefs Entschluss, die Erziehung des Kronprinzen in Elisabeths Hände zu legen, noch immer empört. Der Kaiser hatte sich, so fand sie, von seiner Frau erpressen lassen. Zwei Jahre war es nun her, dass Elisabeth Franz Josef ein schriftliches Ultimatum gestellt hatte: Entweder überließe er ihr Rudolfs Erziehung und gäbe ihr völlige Freiheit in ihren Reisen, oder sie würde ihn verlassen.

Diese Vorstellung war für den Kaiser unerträglich. Also hatte er eingewilligt.

Die Erzherzogin ließ Hofdamen wie Ida, die der Kaiserin nahestanden, stets spüren, wie groß ihre Abneigung gegen Elisabeth war. Darauf konnte Ida an diesem Tag wahrlich verzichten.

Josef Latour befand sich nicht bei Rudolf. Marie, die früher seine Aja, also sein Kindermädchen gewesen war, saß mit ihm an einem Tisch und ließ ihn laut aus einem Buch vorlesen. Überrascht bemerkte sie Ida in der Türschwelle.

»Ich suche den Oberst«, erklärte Ida und zwang sich, ruhig und sachlich zu klingen. In Wirklichkeit zitterte sie innerlich vor Aufregung.

»Er ist noch nicht zurück.«

»Zurück? Von der Polizeiwache?«

Marie, eine gutmütig wirkende, rundliche Person, runzelte die Stirn.

»Sagten Sie Polizeiwache? Mir hat er gesagt, er müsse sich um eine Verwandte kümmern.«

»Jaja, natürlich«, log Ida, war aber selbst nicht von ihren Worten überzeugt.

Sie hörte, wie hinter ihr jemand eine Tür öffnete.

»So, ich bin zurück und übernehme ...« Latour betrat den Raum und bemerkte Ida.

»Ich will weiterlesen«, verkündete Rudolf energisch. Für seine neun Jahre konnte er recht befehlend sein.

»Bald, Hoheit«, versprach der Oberst. »Ich bin in Kürze bei Ihnen.« Er deutete Ida, ihm in den Kleinen Salon zu folgen, der ihm neben den Wohnräumen des Kronprinzen zugeteilt worden war. Es gab sogar ein Schlafzimmer, falls der Unterricht oder das Befinden des Kronprinzen verlangten, dass er über Nacht bei ihm blieb.

Im Salon standen zwei Armsessel in einem stumpfen Winkel nebeneinander. Nachdem sie Platz genommen hatten, begannen Latour und Ida gleichzeitig zu reden. Sie hielten inne, entschuldigten sich beide für die Unterbrechung, um dann erneut zur gleichen Zeit mit dem Sprechen anzufangen.

»Sie zuerst«, entschied Latour schließlich.

Nun aber, zum Sprechen aufgefordert, brachte Ida kaum ein Wort heraus. Den Großteil ihres Berichts über die Geschehnisse, die sie mitverfolgt hatte, flüsterte sie dem Oberst zu. Josef Latour musste sich manchmal zu ihr neigen, um sie besser verstehen zu können.

»Was sagen Sie? Was sagen Sie dazu?«, wollte Ida wissen, als sie ihren Bericht beendet hatte.

Der Oberst lehnte sich zurück und zupfte an seinem Schnauzbart. Ida wusste, das war ein Zeichen, dass er nach einer Antwort oder Lösung suchte.

»Der Inhalt des Briefes ist die Erklärung«, sagte er langsam. Latour wandte sich Ida zu. »Mehr fällt mir im Augenblick nicht ein.«

»Und der Fächer? Haben Sie ihn sehen können?«, wollte Ida wissen.

»Ja.«

»Meinen Sie, dass er aus dem Besitz der Kaiserin ist?«

»Sie kennen die Besitztümer Ihrer Majestät besser als ich, teuerste Ida«, sagte Latour ausweichend.

»Wie sieht er aus? Wie in der Zeitung beschrieben?«

Latour bemühte sich, eine möglichst detailreiche Schilderung zu geben.

Unruhig knetete Ida ihren kleinen Beutel mit den Händen. Darin klimperten Münzen. Sie hatte kandierte Veilchen für Elisabeth aus der Hof-Konditorei Demel geholt, um sie damit zu überraschen und zu erfreuen, doch sie hatte in all der Aufregung vergessen, der Kaiserin die Veilchen zu bringen.

»Was wissen Sie sonst noch über diesen Fächer, Ida?«, wollte Latour wissen.

»Herr Oberst, der Fächer war ein Weihnachtsgeschenk an die Kaiserin«, sagte Ida langsam. Sie wog jedes Wort genau ab. Konnte sie Latour die Wahrheit anvertrauten? Ida holte tief Luft, ehe sie weitersprach.

»Aber nicht vom Kaiser.«

ZEHN WOCHEN ZUVOR

Freitag,

7.

Dezember

1866

Freiherr von Rosch, seines Zeichens Obersthofmeister Ihrer Majestät der Kaiserin, stand vor ihr im Kleinen Salon und fühlte sich sichtlich unbehaglich.

»Die Abreise soll am 20. Dezember erfolgen«, sagte Elisabeth mit Nachdruck.

»Majestät, darf ich darauf aufmerksam machen, dass Majestät im vergangenen und im vorvergangenen Jahr das Weihnachtsfest nicht mit der kaiserlichen Familie verbracht hat?«, sagte von Rosch vorsichtig. »Das Volk wird sich wundern, wo Ihre Majestät weilt, wenn es doch ein Fest der Familie ist.«

»Familie«, dachte Elisabeth verächtlich. Ihre Schwiegermutter zeigte tagtäglich, wie sehr sie Sisi verachtete, ihr Schwager Ludwig Viktor hielt sie für eine unfähige Kaiserin und die anderen Familienmitglieder schlossen sich seiner Meinung im Stillen oder auch offen an.

»Bereiten Sie meinen Salonwagen für den 20. des Monats vor. In München werde ich meinen Cousin König Ludwig besuchen und danach meine Familie treffen.«

»Majestät«, hob der Obersthofmeister an, aber Elisabeth ließ ihn nicht zu Wort kommen.

»Außerdem bringen Sie die Wünsche des Kronprinzen und meiner Tochter in Erfahrung, damit ich Geschenke für sie wählen kann.«

Der Freiherr öffnete den Mund.

»Das waren alle meine Anordnungen«, sagte Elisabeth knapp und gab ihm zu verstehen, dass er sich entfernen konnte. Von Rosch blieb keine andere Wahl, als das Appartement zu verlassen. Sisi rechnete damit, dass ihr Obersthofmeister den Kaiser aufsuchen und ihn über ihre Reise unterrichten würde.

Franz Josef würde sie spätestens am nächsten Tag aufsuchen, um sie umzustimmen. Das aber würde ihm nicht gelingen.

Ihr Entschluss war unverrückbar.

Wie erwartet, bat der Kaiser um eine Unterredung in ihrem Kleinen Salon. Elisabeth stimmte zu, da er sonst am nächsten Tag gekommen wäre. Sie wollte das Gespräch hinter sich bringen.

Franz Josef sah erschöpft aus, als er den Salon betrat. Elisabeth saß auf dem roten Sofa und blickte ihm ausdruckslos entgegen. Sie war, wenn es sein musste, auf Kampf eingestellt, hoffte aber, dass er die Sinnlosigkeit seines Bestrebens schnell erkennen und aufgeben würde.

»Ich habe den ganzen Vormittag mit Audienzen und Arbeit verbracht und will mich bei dir ein wenig ausruhen«, erklärte Franz Josef. »Wundere dich nicht, aber ich habe den Benedikt um einen Gefallen gebeten, weil mir die Audienzen viel abverlangt haben.«

Er trat zu ihr und streckte die Hand aus. Sie legte die Fingerspitzen hinein und er hauchte einen Kuss auf ihren Handrücken. Der Sekretär erschien wenig später, das Gesicht gerötet, als wäre er schnell gelaufen. In den Händen trug er eine Blechschachtel, die einige Dellen aufwies.

»Majestät.« Mit einer Verneigung stellte er die Schachtel auf dem Tisch ab. »Darf ich … soll ich … oder …?«

Elisabeth war der dunkelblonde junge Mann schon ein paar Mal aufgefallen. Er war Franz Josef sehr ergeben und ihr kam vor, er vermied es, sie anzusehen.

Dieses Benehmen tat Elisabeth gut, da die meisten anderen Bediensteten, besonders, wenn sie noch nicht lange im Dienst der Familie standen, sie oftmals anstarrten.

»Nehmen's das Paarl heraus«, verlangte Franz Josef.

Sein Sekretär öffnete den klemmenden Deckel. Die Schachtel enthielt einen einfachen Teller mit einem Paar Würstel, Senf und Krenn.

»Und das Bier? Haben Sie auf das Bier vergessen?«

»Selbstverständlich nicht.« Benedikt verließ den Raum und kehrte mit einem Krügel zurück, wie es im Wirtshaus serviert wurde. Schaum war keiner mehr zu sehen.

»Ich danke ihm!« Der Kaiser griff nach dem Würstel.

Benedikt verneigte sich. Elisabeth wollte anheben, um ihren Mann zu fragen, woher dieses Essen kam, als sie Benedikt dabei ertappte, wie er in der Tür stand und Franz Joseph aufmerksam beobachtete. Oder galt sein Blick diesmal sogar ihr?

»Haben Sie dem Kaiser noch etwas zu sagen?«, fragte ihn Elisabeth mit strenger Stimme.

»Guten Appetit wollte ich wünschen.« Mit diesen Worten verließ Benedikt endlich den Raum.

»Ist das Essen aus dem Wirtshaus?«, fragte Elisabeth mit Abscheu.

»Das hast du richtig erraten, meine Liebe.« Es knackte, als der Kaiser abbiss.

»Wieso lässt du dir das Essen nicht aus der Hofküche bringen?«, fragte Sisi.

»Weil's aus dem Wirtshaus besser schmeckt.«

Genüsslich tauchte der Kaiser die Wurst in den Senf und tunkte sie anschließend in den frisch gerissenen Krenn. Er kaute und schluckte.

»Den ganzen Vormittag lang musste ich mir alle paar Minuten die Klagen oder Wünsche der Menschen anhören«, berichtete Franz Josef. »Einer hat mich angeschrien, ich würde ihm nicht zuhören. Zwei Bauern haben behauptet, es würden ihnen von meinen Beamten die Felder vergiftet. Es hat gestunken, weil sie Winde aus allen Körperöffnungen haben fahren lassen.«

Franz Josef atmete tief durch und biss wieder vom Würstel ab. Nachdem er geschluckt hatte, kam ein weiteres Seufzen.

»Nichts strengt mich so an wie diese Audienzen. Zum Glück ist Benedikt strikt und verabschiedet die Leute oft so schnell, wie sie durch die Tür gekommen sind. Respekt vor dem Kaiser haben einige kaum.«

»Die Kaiserin wollen sie auch nur begaffen.«

»Sisi, jetzt hör aber auf. Das Volk liebt dich und will die schönste Frau der Welt sehen.«

»Ich bin kein Tier in der Menagerie von Schönbrunn.«

Franz Josef erwiderte nichts und spülte das Würstel mit dem Bier hinunter. Er schmatzte, als er das Glas absetzte. Sisi fand sein Benehmen nicht besser als das Gepolter der Bauern, über die er sich gerade beschwert hatte.

»Das Weihnachtsfest steht vor der Tür«, begann Franz Josef. Sisi machte sich bereit, ihm scharf und entschieden mitzuteilen, dass sie nicht gedachte, die Tage in der Hofburg zu verbringen.

»Sisi, hast du einen Wunsch, den ich dir erfüllen könnte?«

Die Frage überraschte Elisabeth.

Erwartungsvoll sah Franz Josef sie an.

Sisi überlegte nicht lange.

»Ein Amulett, zwei Königstiger oder ein fertig eingerichtetes Irrenhaus.«

»Ist das dein Ernst?«, fragte Franz Josef, nachdem er sein Erstaunen überwunden hatte.

»Wirkt es auf dich wie ein Scherz?«

»Ein Amulett, zwei Königstiger oder ...«

»... oder ein fertig eingerichtetes Irrenhaus.«

»Gut, dass ich dich frage«, sagte Franz Josef und klang hilflos.

»Und du? Was sind deine Wünsche?«, stellte Sisi höflichkeitshalber die Gegenfrage.

Der Kaiser winkte ab.

»Ich will gar nichts. Kein Verschwenden für mich, da ich doch alles habe, was ich brauche.«

»Wirklich nichts? Hast du gar keine Wünsche?«

Kurz huschte ein Strahlen über Franz Josefs Gesicht.

»Eine neue Blechdose, zur Aufbewahrung von Zwieback und Keksen hätte ich gerne. Die alte ist schon recht verbeult.«

Ich werde ihm eine Anstecknadel schenken, beschloss Sisi im Stillen. Die Suche nach Blechdosen überließ sie anderen Familienmitgliedern. Bei der Auswahl der Nadel würde sie wenigstens ein bisschen Freude haben und die wollte sie sich gönnen.

Sie glaubte schon, alles überstanden zu haben, als der Kaiser sagte: »Das Volk will dich auf den Bildern sehen, die man von unserem Weihnachtsfest anfertigen und verkaufen wird. Sie wollen ihre wunderschöne Kaiserin vor dem Christbaum mit ihren Kindern und dem Kaiser sehen.«

Elisabeth hatte auf diese Sätze gewartete. Und war vorbereitet.

»Trage den Zeichnern doch auf, mich in die Xylographien reinzukopieren, wie im vergangenen und vorvergangenen Jahr«, sagte sie. »Das Volk wird wieder denken, ich wäre dabei gewesen.«

Dienstag,
18.
Dezember
1866

16

Verstohlen blickte sich Ida um, aber der Kohlmarkt war menschenleer. Sie streckte die Arme zur Seite, hob den Kopf zum grauen Himmel, von dem schwere Flocken fielen, und drehte sich im Kreis, wie sie es als kleines Mädchen auf dem Gut ihrer Eltern immer getan hatte. Sie öffnete den Mund und spürte die Kälte der Flocken, die auf ihrer Zunge landeten und schmolzen.

Über Nacht hatte es zu schneien begonnen. Dächer und Straßen waren von einer dünnen weißen Schicht Schnee überzogen. Ida hatte die Hofburg kurz nach neun Uhr morgens verlassen und freudig festgestellt, dass außer ihr kaum jemand unterwegs war.

Sie drückte ihre warme Kappe noch etwas tiefer ins Gesicht, zog den Pelzkragen ihres langen Mantels hoch und steckte die Hände in den Pelzmuff, der an einer dünnen Kette um ihren Hals hing. Als sie einen Blick hinter sich warf, bemerkte sie, dass ihre Schuhabdrücke die ersten im Schnee waren.

Die Hufe von Pferden klapperten auf dem Michaelerplatz. Die Kutsche, die sie zogen, wackelte, als die Räder über das Pflaster holperten. Ein Pferd rutschte auf der eisigen Straße aus. Es wieherte erschrocken und begann zu tänzeln. Der Kutscher hatte Mühe, das Pferd wieder unter Kontrolle zu bekommen.

Im großen Fenster der K.u.K. Hofzuckerbäckerei Demel stellten zwei junge Bäcker gerade ein Kunstwerk aus Marzipan, Kuchen und Zuckerguss auf. Ida trat näher, um es genauer zu betrachten. Die Bäcker, in Idas Augen waren sie noch Buben, bemerkten sie und nickten grüßend. Einer zeigte stolz auf die Fassade der Hofburg, die in der Backstube kunstvoll nachgebaut worden war.

Der andere Bäcker griff nach einem großen Zuckerstreuer, hielt ihn über den grünen Zuckerguss, aus dem das Dach der Kuppel gemacht worden war, und ließ Staubzucker darauf rieseln.

Es war an der Zeit, ihre Erledigung zu machen, erinnerte sich Ida. Sie musste schnell zurück, denn in der Hofburg wartete Elisabeth, damit Ida ihr bei den letzten Vorbereitungen für die Reise nach München half.

Ida überquerte den Graben und steuerte auf die Buchhandlung zu. Als sie das Geschäft betrat, empfing sie wohltuende Wärme. Der Geruch von druckfrischen Büchern lag in der Luft, eine Mischung aus Papier und Leim. Die Regale waren gefüllt, auf einem Tisch wurden Bände mit Lederumschlag und Goldprägung präsentiert.

Am Tresen wartete eine Dame. Sie rieb sich die Hände, um sie zu wärmen.

Der Buchhändler trat durch einen dicken Vorhang, der den hinteren Teil des Geschäftslokals abtrennte, zu ihnen. Die Hauskappe saß schief auf seinem schlohweißen Haar, über seinem Anzugsjackett trug er eine ausgebeulte, alte Jacke aus Samt.

Obwohl er recht schlank war, ließen ihn die vielen Kleidungsstücke dick erscheinen.

»Gräfin, bitte, gestern erst eingetroffen.« Er reichte der Dame ein Buch mit rotem Ledereinband. Sie schlug es auf und las den Titel. »Es ist die Reisebeschreibung, die Sie gesucht haben«, fuhr der Buchhändler fort.

»Der Arzt und Naturforscher Philipp Franz von Siebold konnte Japan zweimal besuchen, obwohl das Land seine Grenzen für jede Form von Ein- oder Ausreise geschlossen hält.«

»Davon hat mir mein Lehrer für japanische Tuschmalerei erzählt. Vielleicht kennen Sie ihn: Professor Kobayashi.« Der Stolz in der Stimme der Gräfin war deutlich zu vernehmen.

»Der Professor aus dem fernen Japan, natürlich«, sagte der Buchhändler schnell. »Ein Kunde, ein sehr geschätzter Kunde.«

»Er wohnt nur unweit von hier.«

»Ich weiß, ich weiß. Der Professor hat großes Interesse für die Geschichte Europas, seine Geografie und Literatur.«

»Er wurde in Japan Opfer einer Familienfehde und in einer Kiste an Bord eines Schiffes außer Landes geschmuggelt«, erzählte die Gräfin mit verschwörerischer Stimme.

»Welch ein Glück, dass er in Wien gelandet ist«, antwortete der Buchhändler. »Die Verbindung von Kulturen und Völkern können wir nicht hoch genug schätzen.«

»Ich nehme das Buch und freue mich aufs Lesen.«

Dem Buchhändler wiederrum war die Freude über den Verkauf anzusehen.

»Soll ich es einpacken, Frau Gräfin?«

»Ich möchte mich zuerst noch für ein Geschenk an meine Tochter umsehen.«

»Welche Interessen beschäftigen denn das Fräulein Tochter, wenn ich fragen darf?«

»Malerei«, antwortete die Gräfin. »Aber mehr die klassische Art. Aquarelle malt Louisa besonders gerne.«

»Ich hätte da zwei Bücher mit Drucken von Blumen und Pflanzen in Südamerika, angefertigt von einem österreichischen Maler und Botaniker.«

»Die sehe ich mir gerne an. Aber bedienen Sie doch bitte in der Zwischenzeit die Dame.« Sie deutete auf Ida, die ihr dankend zunickte.

»Welche Freude am frühen Morgen«, sagte der Buchhändler zu Ida.

»Ich wünsche einen schönen Tag«, sagte Ida. Sie deutete nach draußen. »Aber das ist er ohnehin.«

»Der Zauber der Schneekristalle hat die Tristesse des Graus in neues Strahlen verwandelt.« Der Buchhändler blickte verträumt durch das Glas der Eingangstür hinaus auf den Graben.

»Sie sollten Ihre Poesie auch in einem Buch der Öffentlichkeit vorstellen«, meinte Ida.

»Sie sind zu freundlich. Aber ich bin fern vom Genius der wahren Dichter und Denker.«

»Sie sind zu bescheiden.«

»Schon gut, schon gut.«

Der Buchhändler winkte verlegen ab.

»Womit kann ich heute dienen? Ist es ein Buch für Sie oder Ihre Majestät, die Kaiserin?«

»Es soll ein Geschenk für die Kaiserin sein«, sagte Ida mit gesenkter Stimme.

»Woran haben Sie gedacht?«, fragte der Buchhändler, der nun ebenfalls fast flüsterte. »Als Hofdame Ihrer Majestät wissen Sie wohl am besten über die Vorlieben unserer wunderschönen Kaiserin Bescheid.«

Ida bemerkte, wie die Gräfin von der Seite zu ihr sah. Als sie Idas Aufmerksamkeit spürte, beugte sie sich wieder über das Buch in ihren Händen.

»Gibt es ein neues Buch über die Bade- und Kurorte des Kaiserreichs?«, fragte Ida. »Im vergangenen Jahr habe ich den Band über Karlsbad erstanden.«

»Sie haben mir damals berichtet, dass es den Gefallen der Kaiserin gefunden hat. Welch eine Freude für mich.« Der Buchhändler kam hinter der Verkaufstheke hervor. Er watschelte ein wenig.

Neben dem Tisch mit den prächtig gebundenen Büchern blieb er stehen, hob einen blauen Band hoch und reichte ihn Ida.

»Sie haben Glück. Erst gestern habe ich drei Stück der neuen Ausgabe bekommen, in der der Autor wieder ganz meisterlich und so lebendig über die Schönheiten und Qualitäten des Bades von Teplitz erzählt.«

»Teplitz?« Ida zögerte. Sie war sich nicht sicher, ob Teplitz ein Ort war, der Elisabeth interessieren würde. »Vielleicht etwas anderes. In Italien oder Griechenland?«

»Abbazia hätte ich. Es liegt in unseren Küstenlanden und erfreut sich heute der Beliebtheit der feinen Gesellschaft aus ganz Europa. Der Adel und selbst Königinnen schwören auf die heilende Luft. Ein Buch, das bei Ihrer Majestät auch wieder großen Gefallen finden wird.«

»Da bin ich nicht sicher. Vielleicht sollte es doch eher ein Band mit Gedichten sein.«

»Hier. Diese vier sind vorgestern erst eingetroffen.« Der Buchhändler deutete auf kleinere Bücher, alle mit kunstvollem Golddruck auf dem Einband.

Der Name eines Verfassers sprang Ida sofort ins Auge.

Heinrich Heine.

Er war der Lieblingsschriftsteller von Elisabeth. Nach der langwierigen Prozedur der Wäsche, wenn Elisabeths Haarpracht auf einem Tisch oder Gestelle zum Trocknen aufgelegt werden musste, hatte Ida der Kaiserin schon einige Male aus Heinrich Heines Büchern vorgelesen. Egal ob es seine Gedichte waren oder seine Reiseberichte, Elisabeth schloss immer voll Genuss die Augen, wenn sie seine Worte hörte. Sie hatte erwähnt, wie seelenverwandt sie sich dem Dichter fühlte und welche Inspiration er für ihre eigenen Gedichte war.

»Wenn er doch nur nicht so früh gestorben wäre, dann hätte ich ihm vielleicht begegnen können«, hatte sie einmal zu Ida gesagt.

Das Leder des Einbands war von feinster Güte, wie Ida sehen und mit den Fingern fühlen konnte. Sie schlug das Buch in der Mitte auf und las ein Gedicht.

Schattenküsse, Schattenliebe,
Schattenleben, wunderbar!
Glaubst du, Närrin, alles bliebe
Unverändert, ewig wahr?

Was wir lieblich fest besessen,
Schwindet hin, wie Träumereyn,
Und die Herzen, die vergessen,
Und die Augen schlafen ein.

Ob Elisabeth dieses Gedicht schon kannte? Ida wusste, wie sehr es ihr gefallen würde, drückte es doch die Stimmung aus, in der sie sich oft befand.

Der Gedichtband war das beste Geschenk, das Ida finden konnte.

Der 24. Dezember war nicht nur der Heilige Abend, sondern außerdem Elisabeths 29. Geburtstag. Statt ihr zwei Geschenke zu machen, würde Ida ihr lieber mit diesem einen Buch große Freude bereiten. Sie erkundigte sich nach dem Preis.

Als ihn der Buchhändler nannte, ließ Ida den Band enttäuscht sinken. Behutsam legte sie ihn zu den anderen auf den Tisch zurück.

»Ich fürchte, das übersteigt meine Möglichkeiten. Leider.«

»Vielleicht wollen Sie Ihrer Majestät davon berichten. Es handelt sich um ein seltenes Exemplar, das ein Jahr nach dem Tod von Heinrich Heine veröffentlich wurde.«

»Vielleicht.« Ida fand den Vorschlag des Buchhändlers etwas aufdringlich.

»Mir ist berichtet worden, dass es in Paris noch Bände gibt, die Heinrich Heine mit seiner Signatur versehen hat«, redete er weiter. »Es sollen nur sehr wenige sein und die Preise, die dafür geboten werden, sind ein Vielfaches von diesem Buch. Aber die Verbundenheit, die so ein Buch, das der Dichter selbst in Händen gehalten haben muss, wenn er es unterschrieb, diese Verbundenheit ist seinen treuen Bewunderinnen viel wert.«

»Das mag sein«, erwiderte Ida ausweichend. »Auf ein anderes Mal«, sagte sie knapp. Sie bedankte sich und wandte sich zum Gehen.

»Wir finden bestimmt ein Geschenk für die Majestät und vielleicht auch einen Roman, der Ihren Geschmack trifft«, rief ihr der Buchhändler, als Ida bereits bei der Tür war.

»Jaja, ganz sicherlich«, murmelte Ida und verließ das Geschäft.

Der Schneefall war noch stärker geworden, doch erschien er Ida nicht mehr so romantisch wie zuvor.

Mittwoch,

19.

Dezember

1866

17

Elisabeth traf die letzten Vorbereitungen vor der Abreise. Der Großteil der Kleider, die sie zum Weihnachtsfest in München tragen würde, war bereits von den Zofen in Kisten und Reisekoffer gepackt. Accessoires wie Schuhe, Handschuhe, Hüte und Gürtel ebenfalls. Es galt nur noch ein Abendkleid für den Heiligen Abend zu bestimmen. Am Nachmittag des 24. Dezembers würden ihre Mutter und ihr Vater und ihre Schwester Sophie Sisis Geburtstag feiern, bevor sie am Abend vor den geschmückten Christbaum traten.

Während Elisabeth auf dem Sofa ihres Wohnzimmers saß und sich die Kleider zeigen ließ, die in Frage kamen, ordnete Ida die Schmuckstücke in der Schatulle, die die Kaiserin auf die Reise mitnehmen wollte.

Endlich war auch das letzte Kleidungsstück gewählt und Elisabeth und ihre Hofdame blieben allein zurück.

»Ich kann meine Ankunft in München kaum erwarten«, sagte Elisabeth und lächelte verklärt.

»Die ohne mich stattfinden wird«, sagte Ida. Elisabeth bemerkte den leicht pikierten Unterton, da sie Ida zum Treffen mit ihrem Cousin, dem König von Bayern, nicht mitnehmen wollte. Es war nicht ihre Art, zu beschwichtigen, doch wollte sie keinen Missklang mit Ida.

»Ludwig und ich, wir sind nicht nur durch Familienbande verwandt.«

Ida sah von ihrer Arbeit auf. »Darf ich mir die Frage erlauben, ob du verwandt oder verbunden meinst?«

»Verbunden sind wir seit unserer Begegnung in Bad Kissingen vor drei Jahren«, gestand Elisabeth. Sie erinnerte sich, wie ihr Cousin für einen zweitägigen Besuch anreiste, aus dem dann vier Wochen wurden.

Sisi war nicht entgangen, wie Leute hinter ihrem Rücken über sie munkelten. Sie war öfters bei ausgedehnten Spaziergängen mit Ludwig beobachtet worden. Der schlanke Mann mit dem dichten, schwarzen Haar, der damals 18 Jahre alt war, wirkte auf manche an ihrer Seite wie ein Gemahl. Sein gutes Aussehen passte zu Sisis bewunderter Schönheit. Sie hatten beide diese besonders aufrechte Haltung und Eleganz und ihre Gesten, sowie ihr gemeinsames Kichern, das rasch in ernste Mienen umschlagen konnte, beeindruckten die Beobachter. Viele Briefe waren nach dieser Begegnung zwischen ihnen gewechselt worden. Elisabeth hatte sie alle aufbewahrt und mit einer blauen Schleife zusammengebunden, weil es Ludwigs Lieblingsfarbe war.

Franz Josef schätzte Sisis Begeisterung für den Bayernkönig wenig. Er empfand ihn außerdem, wie er einmal bei einem familiären Mittagessen hatte verlauten lassen, als einen »verweichlichten Romantiker ohne Pflichtbewusstsein«.

»Er scheint eifersüchtig zu sein«, hatte Ludwig Viktor, der jüngste Bruder des Kaisers, Sisi zugeraunt. »Ihr zwei, Ludwig und du, ihr hättet ein schönes Paar abgegeben. Du hättest als Königin sicherlich eine bessere Figur gemacht denn als Österreichs Kaiserin.«

Ludwig hatte Elisabeth stets mit liebevollen, poetischen Komplimenten überschüttet und mehrfach erwähnt, wie die Zeit und das Schicksal die Wege der wahren Liebe oft durchkreuzen würden.

Hatte er damit seine heimliche Zuneigung ausgedrückt? Elisabeth konnte die offensichtliche Tiefe seiner Gefühle nicht erwidern, dennoch war da diese Verbundenheit ihrer Seelen, die sie vom Rest der Welt und vor allem von den toternsten Habsburgern unterschied.

»Verwandt durch die Familie, verbunden durch den Gleichklang unserer Seelen«, lautete Elisabeths Antwort auf Idas Frage. Mehr gab es dazu nicht zu sagen.

In seinem letzten Brief hatte Ludwig angekündigt, ihr ein Geständnis machen zu müssen. Das aber konnte nur von Angesicht zu Angesicht geschehen und nicht in schriftlicher Form. Ihre Neugier und sein Drängen waren zwei Gründe, wieso Elisabeth sich entschlossen hatte, auch dieses Weihnachtsfest fernab des Kaiserhofs zu verbringen.

Als es draußen dunkel wurde, entzündete ein Lakai Kerzen in Elisabeths Zimmer. Es stand nur noch die Abendmesse auf dem Programm und die Kaiserin genoss die Gemütlichkeit, die der Raum an diesem Abend ausstrahlte.

Ida hatte sich zurückgezogen, um sich für die Messe umzukleiden. Sie würde Elisabeth zu diesem letzten Treffen mit dem Kaiser vor der morgigen Abreise begleiten.

Es klopfte. Auf Elisabeths Aufforderung hin trat der Obersthofmeister ein. Von Rosch verneigte sich mit einer kurzen, eckigen Kopfbewegung.

»Majestät, ich komme, um eine bedauerliche Nachricht zu überbringen.«

»Was ist es?«

»Es geht um den Salonwagen Eurer Majestät.«

»Ist er bereit für morgen?«

»Bei den Vorbereitungen ist aufgefallen, dass der Wagen nicht fahrtüchtig ist«, sagte von Rosch.

»Wieso nicht fahrtüchtig?«

»Die Achse eines Rades ist beschädigt und muss erneuert werden. Die Reparatur wird einige Tage dauern, vielleicht auch Wochen.« Von Rosch gab sich Mühe, betroffen dreinzublicken, doch wollte es ihm nicht so recht gelingen.

»Dann sorgen Sie dafür, dass ich auf andere Weise nach München reisen kann!«, sagte Sisi erbost.

»Ich bedaure, Majestät, aber das wäre nur mit der öffentlichen Bahn möglich, was für die Kaiserin nicht in Frage kommt. Für Ihre Sicherheit könnte nicht garantiert werden.«

»Dann nehme ich die Kutsche!«

»Unmöglich. Es ist kein Ende des Schneefalls abzusehen.«

»Wollen Sie mir sagen, dass ich meine Reise absagen muss?« Sisis Stimme wurde mit jedem Satz schärfer.

»Zu meinem größten Bedauern …«

Elisabeth sprang auf und rannte im Zimmer auf und ab. »Das hat Ihnen der Kaiser aufgetragen! Er wollte, dass mein Salonwagen als fahruntüchtig bezeichnet wird, um mich über Weihnachten in der Burg gefangen zu halten!«

»Majestät, ich versichere Ihnen, dass Seine Majestät der Kaiser …«

»Er hat mir garantiert, dass ich immer selbst und ohne Einschränkung bestimmen kann, wo ich mich aufzuhalten gedenke!«

Ida kam in den Wohnsalon geeilt.

»Elisabeth …« Als sie von Rosch sah, verbesserte sie sich schnell. »Majestät …«

»Er will mich nicht fahren lassen!«, rief Sisi und deutete auf von Rosch.

»Er behauptet, mein Salonwagen wäre gebrochen oder zerfallen oder …« Sisi warf sich auf das Sofa, nahm eines der Kissen und schleuderte es mit aller Kraft Richtung Fenster. Von Rosch, der zum Glück neben ihr stand und nicht getroffen werden konnte, machte vorsichtshalber zwei Schritte von ihr weg.

»Ich werde mir erlauben, eine Nachricht nach München zu senden, dass Ihre Majestät zu einem späteren Zeitpunkt den Besuch nachholen wird.«

Bevor Elisabeth einen neuen Wutausbruch bekam, war von Rosch aus ihrem Zimmer geeilt.

Sie fühlte Idas besorgte Miene neben sich.

»Man nimmt mir alle Freude«, beschwerte sich Sisi.

Die Hofdame trat näher. »Elisabeth, ich kann deine Enttäuschung verstehen.«

»Kannst du das?«

»Ich denke schon.« Ida suchte nach der besten Formulierung. »Aber sieh es doch so: Der Kronprinz und Gisela werden sich freuen, dass du mit ihnen Weihnachten feierst. Der Kaiser auch.«

»Der Kaiser!« Elisabeth schnaubte verächtlich. »Manchmal denke ich, hätte ich mich damals doch geweigert mitzukommen, als meine Mutter mich und Helene nach Bad Ischl gebracht und dem Kaiser zugeführt hat.«

Sie bemerkte das irritierte Zucken von Ida über das Wort »zugeführt«.

»Mein Vater hat mich gewarnt«, sprach Sisi weiter. »Er wollte mich zurückhalten. Als die Abreise nach Bad Ischl anstand, war er aber schon fort, um die Pyramiden zu besteigen.« Elisabeth ließ sich nach hinten sinken. »Er hat mir seine Liebe zur Freiheit vererbt.«

Sisi fühlte nur Abscheu für Wien, den Hof und auch den Kaiser. Als sie schließlich einsah, dass sie sich mit der Wendung anfreunden musste, erhob sie sich und ging zu ihrem kleinen Schreibtisch.

»Ich schreibe meinem Cousin und erkläre ihm, wieso ich seiner Einladung nicht nachkommen kann. Der Obersthofmeister soll den Brief mit der Post an meine Mutter mitschicken und dafür sorgen, dass er umgehend zu Ludwig gebracht wird.«

Elisabeth seufzte.

»Ich hoffe, Ludwig wird mich verstehen.«

Montag,

24.

Dezember

1866

18

»Sie wird sich freuen und ihre Anwesenheit bei der Familienfeier nicht bereuen«, dachte Franz Josef. Er fühlte so etwas wie Glück in seiner Brust, eine Regung, die er schon lange nicht mehr gehabt hatte.

Der Heilige Abend stand bevor und in Wien schneite es. Die Schneedecke der vergangenen Tage war schon viele Zentimeter hoch und da es nicht getaut hatte, war der Schnee auch noch blütenweiß und pulvrig.

Franz Josef kehrte in der Kutsche von seinem Besuch im Domkapitel zurück. Die vom Schnee gedämpften Geräusche der Pferdehufen und der Räder waren für Franz Josef ein Ausdruck von Ruhe und Frieden.

Als er im Inneren Burghof ankam, öffnete ihm ein Lakai sofort die Kutschentür. Franz Josef stieg aus und sah zum Kutschbock hoch. Der Kutscher hatte ein rotes Gesicht vom kalten Wind.

»Wärme er sich aber schnell auf«, befahl der Kaiser. »Er darf sich auch ein oder zwei Gläser Schnaps genehmigen.«

»Frohe Weihnachten, Majestät«, wünschte der Kutscher, der vor Kälte kaum sprechen konnte.

Franz Josef nickte und erwiderte den Wunsch.

In seinen Gemächern wurde er schon vom Kammerdiener erwartet, der die Uniformjacke bereithielt, die für den Abend vorgesehen war. Außerdem hatte der Diener Tee mit einem großen Schuss Rum vorbereitet, den der Kaiser sofort zu schlürfen begann.

Nach der Messe in der Hofkapelle würde sich die Familie im Spiegelsaal der Hofburg versammeln, wo die Bescherung für die Kinder stattfand. Die obersten Hofwürdenträger würden ebenfalls anwesend sein, so wie die ranghöchsten Mitglieder des Personals. In diesem Jahr würden zusätzlich noch der belgische Thronfolger und seine Frau zu gegen sein, die sich auf der Durchreise befanden und Station am Kaiserhof machten.

Mit Freude sah der Kaiser der Festivität jedoch nicht entgegen, da er all den Schmuck und die Geschenke für eine Verschwendung hielt. Er bevorzugte Sparsamkeit.

Seit dem vergangenen Jahr erhielten die Bediensteten zum Weihnachtsfest Anstecknadeln und Silbermünzen, wie am Hofe der englischen Königin Victoria. Franz Josef war gegen diesen neuen Brauch, aber Elisabeth hatte vehement dafür gestimmt. Seine Mutter, Erzherzogin Sophie, hatte behauptet, Sisi hätte den neuen Brauch nur aus Protest gegen ihn eingeführt.

Der einzige Lichtblick des Heiligen Abends war die Übergabe seines Geschenkes an Sisi. Er wollte es ihr in einem stillen Moment im Schein der Kerzen überreichen, die auf den Weihnachtsbäumen der Kinder brannten, oder später nach dem festlichen Diner. Man hatte ihm versichert, dass es Sisi mehr begeistern würde als ein Amulett. Zwei Königstiger oder ein eingerichtetes Irrenhaus konnten natürlich nur ein Scherz seiner Sisi gewesen sein.

Schließlich war es so weit.

Franz Josef wartete auf Sisi an der Tür des Saals, in dem schon alle Gäste und Familienmitglieder bereitstanden.

Elisabeth erschien zu spät und mit versteinerter Miene.

Der Obersthofmeister eilte in den Saal und gab das Zeichen zum Entzünden der Kerzen auf den geschmückten Weihnachtsbäumen. Als er zurückkehrte, ließ er beide Türflügel öffnen und das Kaiserpaar trat ein.

Selbst Franz Josef konnte sich dem Zauber nicht entziehen, der vom glitzernden Gablonzer Glasschmuck ausging, mit denen die grünen Tannenbäume behängt waren. Die Tische, auf denen sie standen, waren bis zum Boden mit glitzerndem Papier versehen, das den Saal noch heller erstrahlen ließ.

Vor jedem Tisch türmten sich die Geschenke, die für den Kronprinzen und dessen ältere Schwester Gisela bestimmt waren. Vor einem weiteren Tisch, auf dem ein Christbaum stand, hatte man Geschenke für den Kaiser und die Kaiserin abgelegt.

»Wieso musste eigentlich jedes Kind einen eigenen Tisch samt Baum haben«, überlegte der Kaiser. Warum genügte nicht jene große Tanne, die am 25. zeitig in der Früh im selben Saal aufgestellt und geputzt wurde, und vor dem sich der allergrößte Teil der Dienerschaft versammelte, damit der Kaiser und die Kaiserin ihnen ein frohes Weihnachtsfest wünschen konnten?

Wie sollte es einmal werden, wenn Rudolf und Gisela verheiratet waren und eigene Kinder hatten? Musste dann auch jedes seiner Enkelkinder einen eigenen Tisch samt Baum bekommen?

Franz Josef schalt sich im Stillen, diese Spekulationen zu unterlassen, schließlich war Weihnachten.

Elisabeth, die für den Einzug seinen angebotenen Arm angenommen hatte, zog nun die Hand zurück und ging zu den Kindern.

Gisela jubelte über das Schloss, das sie bekommen hatte und das fast über die Tischkante ragte. Die Vorderseite konnte abgenommen werden und gab den Blick frei auf mehrere Stockwerke, zahlreiche Zimmer und einen Ballsaal. Alle Räumlichkeiten waren mit winzigen, kunstvoll geschnitzten Möbelstücken ausgestattet, zwischen denen Püppchen in Kleidern und Uniformen standen.

Rudolf saß auf dem Boden vor einem raffiniert gefertigten Affen aus Blech, der auf einem hölzernen Podest befestigt war. Der Affe hielt sich mit seinen Händen an einer Reckstange fest. An der Seite besaß der Automat eine Kurbel zum Aufziehen. Schob man einen Auslöser zur Seite, kam eine Melodie aus dem Kasten und der Affe begann mit wilden Turnübungen auf dem Reck.

Immer und immer wieder wollte Rudolf, dass die Kurbel gedreht wurde. Sie ging etwas streng und deshalb musste ihm der Kaiser dabei helfen. Er sah zu Sisi hoch, die für einen kurzen Moment ein zufriedenes Lächeln zeigte.

Das Schloss und der Automat waren ihre Geschenke.

Der Kaiser trat zu den Menschen, die am Rande des Saales standen und wünschte Frohe Weihnachten. Sein Wunsch wurde vielfach erwidert, doch erschien ihm die Stimmung verkrampft und hilflos. Er gesellte sich lieber wieder zu den Kindern und ließ sich von Gisela eine Führung im Puppenschloss geben. Seine Gedanken waren aber nur bei seinem Geschenk für Sisi. Mittlerweile hatte er beschlossen, es ohne die Anwesenheit der anderen im Saal zu übergeben.

Nach einer Stunde wurde der Beginn des Festessens verkündet, zu dem sich alle an die lange Tafel begeben sollten. Dort wollte der Kaiser das Glas auf den Geburtstag seiner Frau erheben und seine Glückwünsche sprechen. Elisabeth wollte schon den Saal verlassen, um sich zum Diner zu begeben, als Franz Josef sie bat, noch einen Moment zu bleiben.

»Ich war anwesend. Ich hoffe, man gibt mein Kleid auf den Xylographien gut wieder.« Sie griff hinter sich und zog die Schleppe energisch nach vor.

»Ach, Sisi, hast du nicht die Freude aller über deine Präsenz gespürt?«, fragte Franz Josef verzweifelt.

»Wolltest du mir diese Frage stellen? Sollte ich deshalb noch bleiben?«

»Nein. Ich wollte dir mein Geschenk überreichen.«

»Sind es Königstigerbabys?«, fragte Elisabeth.

»Aber Sisi …«

»Ist es der Schlüssel zu dem eingerichteten Irrenhaus?«

»Ich bitte dich, Sisi …«

»Also ein Amulett.«

»Nein. Das erschien mir zu einfallslos. Ich hoffe, du bist zufrieden mit meiner Wahl, die einem deiner innigsten Wünsche entsprechen soll.«

»Meine innigsten Wünsche?«

Franz Josef schritt zu dem Tisch mit den Geschenken für das Kaiserpaar. An der Rückseite, verborgen hinter dem Schmuck aus Glanzpapier, der bis zum Boden reichte, stand sein Geschenk. Er hob einen Rahmen auf und trug ihn zu ihr. Erst als er vor Sisi stand, drehte er den Rahmen um und zeigte ihr das Bild, das darin eingefasst war.

Sie war so überrascht, wie er es erhofft hatte. Sisi starrte auf das Ölbild. Es zeigte Franz Josef vor einem Rappen stehend. Es war ein Franz Josef, wie er vor zwölf Jahren ausgesehen hatte, als ihre Liebe noch so jung gewesen war.

»Erkennst du ihn? Der Maler hat ihn doch gut getroffen, deinen Merry Andrew.«

Merry Andrew war Sisis Lieblingspferd. Franz Josef hatte den Auftrag erteilt, in Windeseile mit zwei anderen, älteren Gemälden als Vorlage, ein neues zu malen.

»Ich dachte, das Bild erinnert dich an gute Zeiten, wenn du meinst, die neue Zeit wäre schlechter.«

»Dann muss ich dir wohl Danke sagen.« Elisabeth griff nicht nach dem Bild, als er es ihr hinstreckte. Als seine Frau keinerlei Anstalten machte, das Geschenk in Empfang zu nehmen, brachte er es zum Tisch zurück und stellte es auf dem Boden ab. Als er sich aufrichtete, hatte Sisi den Saal schon verlassen.

19

Ida wartete im Appartement der Kaiserin. Olga, die Elisabeth begleitet hatte, um sich um den Faltenwurf des Kleides zu kümmern und die Schleppe zu tragen, bis die Kaiserin sich für einen Platz im Saal entschieden hatte, kehrte mit bekümmerter Miene zurück.

»Was ist geschehen?«, wollte Ida wissen.

»Die Herrschaften sind immer verkrampft zu Weihnachten. In diesem Jahr vielleicht noch schlimmer als sonst.«

»Was ist der Grund?«

Olgas Schweigen war Antwort genug.

Der Grund war die Kaiserin mit ihrer feindseligen und zornigen Stimmung.

Ida hoffte inständig, Elisabeth würde ihre Laune später nicht an ihr auslassen. Auf Elisabeths Schreibtisch hatte sie ein Päckchen gelegt, das sie liebevoll in bedrucktes Papier gewickelt und mit einer Schleife versehen hatte. Es war ein Buch über die Götterwelt im antiken Griechenland, das sie in einer anderen Buchhandlung entdeckt hatte. Sie hoffte, Elisabeth würde es interessant finden.

Im Schein der Kerzen saß Ida und wartete. Die Turmuhr auf der Wandkonsole schlug zu jeder Viertelstunde.

Die Tür ging auf und ein Gardist bat, eintreten zu dürfen.

Ida erhob sich.

»Ist etwas geschehen?«

»Ein persönlicher Bote von König Ludwig von Bayern hat bei uns vorgesprochen und möchte Ihrer Majestät etwas übergeben.«

»Die Kaiserin ist noch nicht vom Diner zurückgekehrt.«

»Ich werde es dem Boten bestellen.«

Bevor der Bote den Raum verlassen konnte, wurde hinter Ida die andere Türe des Appartements aufgestoßen und Elisabeth rauschte herein. Sie stolperte über den Saum ihres Kleides und stürzte gegen Ida, die sie gerade noch auffangen konnte. Elisabeth riss an der Schleppe. Das Geräusch von zerreißendem Stoff war zu hören. Ida bückte sich, um weiteren Schaden zu verhindern.

»Ein Bote ist hier für dich«, flüsterte sie Elisabeth mit warnendem Unterton zu. Der Gardist sollte Elisabeth nicht von einer Seite erleben, die einer Kaiserin nicht würdig war.

»Ein Bote, von wem?«

»König Ludwig von Bayern.«

Schlagartig schlug Elisabeths Stimmung um.

»Was ist? Wieso kommt er nicht weiter? Wieso lässt man ihn warten?«

Der Gardist salutierte und verschwand. Kurz darauf erschien ein gertenschlanker Mann in einem dunkelblauen Mantel, der bis zu den Waden reichte und seine dünne Erscheinung unterstrich.

Die Knöpfe des Mantels waren golden, Revers und Manschetten aus einem etwas helleren Blau. Die Stiefel glänzten wie frisch gewichst, das schwarze Haar war an der Seite gescheitelt und akkurat geschnitten. Unter seinem Arm hielt der Mann eine hohe blaue Kappe mit Goldborten, in der anderen Hand trug er eine Schatulle. Er verneigte sich tief.

»Treten Sie näher«, forderte ihn Elisabeth auf.

Ida stand hinter ihr und rührte sich nicht. Sie wollte keinen Moment versäumen, fürchtete aber, von Elisabeth fortgeschickt zu werden.

Der Bote machte zwei große Schritte auf die Kaiserin zu. Er verneigte sich erneut, noch tiefer als beim ersten Mal, und tat dann etwas, das Ida noch nie bei einem Boten gesehen hatte: Er ließ sich auf ein Knie sinken. In dieser Haltung streckte er ihr mit der rechten Hand die Schatulle entgegen.

Ihr Lack hatte fast das gleiche Blau wie sein Mantel. Zwei Schwäne waren aufgemalt, die einander anblickten und auf dem Wasser schwammen. Sie blickten sich auf eine friedliche Weise an.

Der Bote senkte den Kopf.

»Ihre Majestät, Ludwig II. von Bayern, bittet Ihre Majestät, die Kaiserin von Österreich, dieses Geschenk als Ausdruck seiner tiefen Wertschätzung anzunehmen.«

Elisabeth nahm es ihm ab.

Sofort verschwand die Hand des Boten in der Tasche seines Mantels, aus der er einen Umschlag herauszog. Das Papier war blau getönt, die Schrift darauf groß und geschwungen.

»Diesen Brief hat mich Seine Majestät zu überbringen beauftragt.«

Nachdem Elisabeth auch den Brief angenommen hatte, erhob sich der Bote elegant wie ein Tänzer. Er verneigte sich und sagte: »Falls Eure Majestät wünscht, dass ich eine Nachricht nach München mitnehmen soll, so würde ich im Vorraum warten oder morgen wiederkommen.«

»Morgen. Morgen am Nachmittag«, sagte Elisabeth schnell. Der Bote machte auf den Absätzen kehrt und verließ das Zimmer. Idas Neugier hätte nicht größer sein können. Sie stand noch immer da und wartete.

»Der liebe, teure Ludwig«, hörte sie Elisabeth murmeln. Sie trat an ihren Schreibtisch und stellte die Schatulle dort ab. Es klickte, als sie den goldenen Verschluss öffnete. Behutsam hob sie den Deckel der Schatulle.

»Welche Pracht«, sagte sie leise.

Sollte Ida ihr ein Zeichen geben, dass sie noch immer im Zimmer stand?

Als nächstes nahm Elisabeth den Brieföffner mit dem Elfenbeingriff und schlitzte den versiegelten Umschlag auf.

Der Brief war drei Seiten lang. Elisabeth ließ sich vor der Kerze, die am Schreibtisch stand, auf einen Sessel sinken und begann zu lesen.

Als sie fertig war, faltete sie die Seiten wieder zusammen. Stumm saß sie da, in Gedanken versunken. Sie entdeckte Idas Päckchen und nahm es hoch. Erst jetzt wurde ihr bewusst, dass sie nicht allein war.

»Verzeih, dass ich gewartet habe«, beeilte sich Ida zu sagen.

»Wie froh bin ich, dass du das getan hast«, erwiderte Elisabeth.

119

Donnerstag,
14.
Februar
1867

20

»König Ludwig II. von Bayern hat der Kaiserin also den Fächer geschickt«, fasste Josef Latour zusammen. Ida wandte sich ihm zu. »So ist es. Elisabeth hat ihn als das schönste Geschenk bezeichnet, das man ihr in langer Zeit gemacht hat.«

Der Oberst schüttelte nachdenklich den Kopf und begann wieder an seinem Schnauzbart zu zupfen.

»Umso unglublicher, dass der Fächer in die Hand eines Mordopfers gelangt ist.«

»Die Kaiserin hat mir den Inhalt des Briefes von König Ludwig verraten«, fügte Ida stolz hinzu. »Ich meine, sie hat mit niemand anderem darüber gesprochen.« Damit meinte sie besonders die Feifalik.

»Wollen Sie mir etwas darüber sagen?«

»Mittlerweile ist es ohnehin öffentlich. Ludwig wollte seine Cousine aber darüber unterrichten, bevor es irgendjemand sonst erfuhr. Er schrieb, er würde sich im Jänner mit ihrer jüngeren Schwester Sophie verloben, was er auch getan hat.«

»Ich habe davon gehört.«

»Auch wenn ich keine Expertin bin, was die Belange der Liebe angeht, so ist mir der Brief wie ein wehmütiger Abschied von einer Sehnsucht erschienen, die der König wohl gegenüber der Kaiserin gehegt hat«, sagte Ida und schaffte es dabei nicht, Latour in die Augen zu sehen.

»Soviel ich weiß, sieht ihr die Schwester ähnlich«, antwortete dieser.

Ida gab ihm recht. »Ein Grund, wieso er sich zu diesem Schritt entschieden haben könnte.«

Der Oberst erhob sich und schritt im Zimmer auf und ab, den Blick auf seine Schuhspitzen gesenkt.

»Kann es sein, dass jemand den Fächer gefälscht hat?«

Ida schüttelte den Kopf. »Außer mir und der Kaiserin hat ihn niemand gesehen. Höchstens die Feifalik, aber aus welchem Grund sollte sie ihn fälschen?«

»Dieser Kommissär, der den Mörder finden soll, erscheint mir argwöhnisch«, gestand Latour. »Ich habe mir beim Verlassen der Oberpolizeidirektion Vorwürfe gemacht, nicht subtiler vorgegangen zu sein. Anderseits ist das bei meinem alten Kameraden Fruhstuck schwer möglich. Er war schon immer ein Polterer.«

»Wenn außer uns niemand von der wahren Herkunft des Fächers weiß, so kann niemals eine Verbindung zur Kaiserin hergestellt werden.« Ida sagte es, als wollte sie sich selbst Hoffnung machen.

»Ja, das sollte nicht möglich sein. Das Symbol der Schwäne und die Farbe Blau sind als Kennzeichen des Bayernkönigs nur in hohen Kreisen bekannt, die mit dem Königshof in Verbindungen stehen.«

»Gut. Dann können wir etwas beruhigter sein«, meinte Ida.

»Ich kann Ihnen nur bedingt zustimmen, teuerste Ida. Das Verhalten der Kaiserin und dieser Brief lassen darauf schließen, dass die Majestät sehr wohl in eine Angelegenheit verwickelt sein könnte, die nicht an die Öffentlichkeit gelangen sollte.«

»Ich bin in Ungnade gefallen. Mit mir spricht sie nicht.« Ida wischte sich verstohlen mit dem Handrücken über die Augen. Die Kränkung saß tief.

»Sie spricht im Augenblick mit Ihnen nicht so vertraut, wie Sie es gewohnt waren, doch kann sich das bald ändern«, beschwichtigte sie Latour.

»Soll ich einfach zuwarten?«, fragte Ida.

»Ich fürchte, es bleibt keine andere Wahl.«

Freitag,
15. Februar
1867

21

»Wenn du dich gut anstellst, dann werden es deine Oberen ganz sicher bemerken, Martin.«

Julius Banner lächelte sein Gegenüber auf jene warmherzige Weise an, die Martin seit 25 Jahren kannte.

»Ach, Julius, du siehst immer und überall nur das Gute«, sagte Martin verbittert.

»Du weißt, ich habe keine Titel der Armee vorzuweisen und du weißt auch, wo ich herkomme. Mir kommt vor, dass ich deswegen von meinen Oberen gar nicht richtig beachtet werde.«

»Die Zeiten ändern sich, Martin«, entgegnete Julius. »Was du da aufzählst, spielt in deinem Beruf nicht mehr so eine große Rolle.«

»Du hast da nicht den Einblick, den ich habe.«

»Was dir im Leben wie ein Mühlstein um den Hals hängt, das ist dein Pessimismus«, erinnerte ihn Julius. »Und dein innerer Zorn, der einfach nicht erlöschen will.«

Stutz rührte in seinem Kaffee und schwieg. Er wusste, dass Julius recht hatte, aber so war er nun eben. Und es war nicht möglich, sich einfach zu ändern oder seine Vergangenheit ungeschehen zu machen.

Martin saß mit seinem väterlichen Freund im hinteren Teil des Café Frauenhuber, nahe beim Ofen. Julius, an dessen dürren Körper Jacke und Hose schlotterten, hatte da-

126

rum gebeten, weil er »die Kälte kaum noch aus den Knochen« bekam.

»Das Leben fügt uns Wunden zu«, unterbrach Julius die Grübeleien seines jüngeren Freundes. »Wenn wir sie heilen lassen, bleiben Narben. Sie können jucken und an manchen Tagen schmerzen, aber nur wenn wir sie immer wieder aufreißen, fangen sie erneut zu bluten an.«

Julius Banner winkte dem Ober und bestellte noch ein Brioche-Kipferl für sich. »Und du?«, fragte er Martin.

»Ein Butterbrot, bitte.«

»Wir werden nicht immer hier sitzen, Martin«, mahnte Julius. »Meine Tage sind gezählt, das muss ich dir sagen.«

»Sprich nicht so«, brauste Martin auf.

Der Mann mit der schneeweißen Haarmähne und den weißen Augenbrauen blickte ihn mit Wehmut an. Die Augen waren im letzten Jahr wässrig geworden und immer gerötet. Das war Martin genauso wenig entgangen wie der Verlust an Gewicht, obwohl Julius bei Appetit war, wie er versicherte.

»Ich kann dich nicht für alle Tage daran erinnern, dass es unsere oberste Aufgabe ist, ein guter Mensch zu sein, der Gutes will und Gutes schafft. Und dass Wut und Neid die schwersten Hemmschuhe sind, die wir anlegen können.«

»Nie werde ich verzeihen können, was man meinen Eltern angetan hat«, sagte Martin.

Seine Erinnerungen waren bruchstückhaft und setzten sich aus verschiedenen Sätzen zusammen, die er damals aufgeschnappt hatte. Seine Eltern waren nicht die einzigen Opfer gewesen. Mehrere Menschen aus der Umgebung waren bei der Explosion in der Fabrik ums Leben gekommen. Der Besitzer hatte alle Verantwortung abgestritten. Einmal war von einem »Unglück« die Rede, ein anderes Mal wurde Arbeitern die Schuld gegeben, weil sie unsachgemäß mit dem Ofen umgegangen wären.

In Martins Gedächtnis hatte sich ein Bild im wahrsten Sinne des Wortes eingebrannt, das er nie mehr loswerden konnte. Es zeigte seine Eltern, wie er sie in Erinnerung hatte, umgeben von einem Meer aus lodernden Flammen. In seinen Augen trug der Fabriksbesitzer die Schuld, doch war er, wie Martin heute wusste, niemals belangt worden.

»Die einen werden immer reicher, die anderen immer ärmer. Und die Armen müssen alles tun, was die Reichen verlangen, weil sie von ihnen abhängig sind. Aber die Reichen tragen keine Verantwortung für ihre Arbeiter, sondern kümmern sich nur um ihren Profit. Mehr Geld und noch mehr Geld, das ist alles, was für sie zählt.«

Beim Reden wurde Martin immer lauter, er bekam einen roten Kopf.

»Jetzt beruhige dich!«

Julius hatte den strengen Tonfall angeschlagen, den er bereits im Waisenhaus eingesetzt hatte, wenn seine Schützlinge nicht zu bändigen waren. Auch mit 31 Jahren fühlte sich Martin wieder wie der traurige kleine Bub, der den Kopf einzog, wenn jemand mit ihm schimpfte.

»In der Nacht träume ich immer noch von der Explosion«, erzählte Martin leise. »Ich wache dann auf und bin am ganzen Körper nass vor Schweiß.«

Der Ober brachte zwei Teller und stellte sie vor den Männern auf den Tisch. Julius brach sein Kipferl entzwei und Martin griff nach dem Messer, um das große Brot zu schneiden.

»Mit jedem Tag rückt das Vergangene weiter in die Ferne.« Julius tauchte das Gebäck in den Kaffee und biss schnell ab, bevor der aufgeweichte Teig zerfiel.

Eine Weile schwiegen die beiden.

»Welche Schritte wirst du als Kommissär setzen, was diesen grauenhaften Mord betrifft?«, erkundigte sich Julius.

»Heute gehe ich ins Palais Schnabel«, antwortete Martin. »Ich will mich noch einmal umhören, wer am Abend und in der Nacht der Tat dort anwesend war. Der Kammerdiener des Barons sagte, es wären nur er, die Köchin und eine junge Zofe der Baronin gewesen.«

»Was ist mit den Bewohnern der beiden oberen Stockwerke?«, erkundigte sich Julius. »Die Wohnungen sind bestimmt vermietet.«

Martin ließ das halbe Butterbrot sinken, von dem er gerade hatte abbeißen wollen. »Vermietet?«

»Wusstest du das nicht? Hat es dir niemand gesagt?«

»Das Palais gehörte nicht zur Gänze dem Baron?«, fragte Martin.

»Doch, doch. Aber der Baron und seine Frau bewohnen nur die ersten beiden Geschoße. Über dem Ballsaal in der Beletage gibt es sicherlich noch ein oder zwei weitere Stockwerke. Ich glaube, bei einem besonders großen Palais gibt es sogar drei.«

»Für die Dienstboten«, schlussfolgerte Martin.

Julius schüttelte den Kopf, wie er es als Lehrer immer getan hatte, wenn die Antworten der Schüler kaum weiter von der richtigen Lösung entfernt sein konnten.

»Dienstboten wohnen in der Mansarde«, erklärte er Martin. »Die Stockwerke über der Herrschaft werden vermietet. An wohlhabende Bürger, Ärzte, Rechtsanwälte, Kaufleute. Selbst die reichen Barone schätzen zusätzliche Einnahmen. Was meinst du, was so ein Palais mit den vielen Bediensteten jeden Monat kostet.«

»Es waren andere Leute im Gebäude«, murmelte Martin vor sich hin. »Für sie ist es möglich, sich Zutritt zu den Wohnräumen des Barons zu verschaffen. Sie müssen nicht eingelassen werden.«

»Wieso einer von denen aber so bestialisch morden sollte, das musst du klären. Der Grund scheint mir tief zu sitzen, wenn es kein Raubmord war.«

»Das war es nicht«, bestätigte Martin.

»Hass, mein lieber Martin, gibt scheinbar friedvollen Menschen Kräfte und Triebe, die sie sich selbst niemals zugetraut hätten«, sagte Julius mit trauriger Stimme.

»Wer wohnt über dem Baron?« Martin sprang auf. »Ich muss sofort mehr in Erfahrung bringen.«

»Lauf nur, es hat mich gefreut, dich zu sehen.«

»Am dritten Freitag im März treffen wir uns wieder hier, wie jeden Monat«, erinnerte ihn Martin.

»Wenn mir die Kraft dafür gegeben ist, werde ich kommen.«

Martin stand unschlüssig da.

»Bitte sprich nicht so. Was täte ich ohne dich? Du bist der Einzige, den ich auf der Welt habe.«

»Es ist Zeit, dass du dir eine liebe Frau suchst und in den Stand der Ehe trittst.«

»Das kann ich mir mit meinem Gehalt nicht leisten«, sagte Martin niedergeschlagen. »Dafür müsste ich zumindest Oberkommissär sein.«

»Es wird so kommen. Du bist ein tüchtiger Junge. Das habe ich vom ersten Tag an gesehen, als du in unser Heim gekommen bist.«

Noch immer konnte sich Martin nicht losreißen. Er ließ sich wieder auf den Thonet-Sessel nieder und griff nach Julius' Hand. Die Haut des älteren Mannes war trocken und kalt, darunter waren die Knochen zu spüren. Als Martin die Hand anhob, staunte er, wie leicht sie war.

Julius lächelte ihn an und strich ihm mit der anderen Hand über die Wange.

»Bleib immer aufrecht und ehrlich und lass dich nie von Zorn und Bitterkeit leiten. Versprich mir das.«

»Ich verspreche es dir. Aus ganzem Herzen.«

Danach tat der alte Erzieher etwas, das Martin einen kalten Schauer gab: Mit dem Daumen zeichnete er ihm ein Kreuz auf die Stirn, auf die Lippen und auf die Brust.

»Gehe hin in Frieden.«

Martin erhob sich langsam und konnte den Blick von Julius nicht losreißen. Sein Hals war so dünn und faltig geworden. Er füllte den Kollar nicht mehr aus, den Julius als

Priester trug. »Lauf, du hast Arbeit zu tun«, trieb ihn Julius lächelnd an.

Nachdem er sich noch einmal verabschiedet hatte, verließ Martin das Café Frauenhuber. Von draußen blickte er durch die Scheibe zurück auf seinen alten Freund und Förderer. Ohne ihn wäre aus ihm nie das geworden, was er heute war. Auch wenn Martin nach mehr strebte, verdankte er den Grundstock für alles diesem alten Mann, der gerade auf der Bank ein wenig näher zum Ofen rückte.

Der Pinsel wurde langsam durch die Schale mit der schwarzen Tusche gezogen.

Die Gräfin setzte die Spitze auf das Papier und verstärkte den Druck, als sie die geschwungene Linie malte. So wurde der Strich breiter.

Nachdem sie den Pinsel vom Blatt gehoben hatte, betrachtete sie ihr Werk. Das Bambusblatt war ihr gelungen.

Vor sich auf dem Tisch hatte sie die Tuschmalerei von zwei Bambusstämmen liegen, aus denen büschelförmig an einigen Stellen Blätter wuchsen. Es war ihr Ehrgeiz, die Zeichnung so gut zu kopieren, dass sie vom Original nicht zu unterscheiden war.

Abermals benetzte sie die Pinselspitze in der Schale. Sie hatte gerade mit dem Malen begonnen, als die Tür zu ihrem Zimmer aufgerissen wurde. Elvira erschrak und rutschte ab. Der Strich wurde viel zu lang, die Zeichnung war verdorben.

»Herrgott noch einmal, Frida, wie oft soll ich dir noch sagen, dass du anzuklopfen hast«, brauste die Gräfin auf, ohne sich dabei umzudrehen.

Zwei Hände packten sie an den Schultern. Sie schrie auf und ließ den Pinsel fallen. Tusche spritze über die Lederauflage.

»Wer ist … was soll …?«

»Verzeih, Schwesterherz.«

Die Gräfin erkannte die Stimme.

»August, jetzt ist mein Werk zerstört, an dem ich tagelang gemalt habe.«

Ihr Bruder beugte sich über sie. »Du wirst noch schmale Augen bekommen, wenn du dich nur mit deinem geliebten Japan beschäftigst.«

Elvira schob ihn fort und erhob sich.

August, der um acht Jahre jünger war als sie, machte ein Gesicht wie ein unartiger Junge, der gerade bei einer Missetat erwischt worden war.

Die Gräfin trat näher und schnupperte.

»Du hast getrunken.«

Ihr Bruder grinste noch breiter. Sein aschblondes Haar wirkte immer verstrubbelt, so sehr er es auch bürstete und mit Pomade versah.

»August, willst du enden wie Wilhelm?«

»Schwesterchen, du bist so eine Tugendwächterin. Ein Gläschen Schnaps ist doch kein Unglück, vor allem nicht bei dieser Eiseskälte. Und sei dankbar, dass ich mich um unsere Tante gekümmert habe und der Schock ihr Herz nicht endgültig zum Stillstand gebracht hat.«

»Ich will nicht, dass du so redest.«

»Und ich will ein Gläschen Cognac.«

»Du kannst Kaffee haben«, erwiderte die Gräfin barsch.

»Punsch? Hast du noch etwas von dem Punsch, den du vor Weihnachten kredenzt hast?«

»Nein.«

Ihr Bruder verließ das kleine Arbeitszimmer. Die Gräfin wusste, wohin er ging.

»Dort steht die Flasche nicht mehr«, rief sie ihm warnend hinterher.

Trotzdem steuerte August den Wohnsalon an und öffnete den Schrank, in dem immer die Kristallflaschen bereitgestanden waren. Wie angekündigt, war das Fach leer.

Missmutig ließ sich August in einen Lehnsessel fallen, dessen Holzgestell ächzte.

»Kannst du behutsamer mit meinen Möbeln umgehen?«, ermahnte ihn die Gräfin.

»Wie geht es meiner Nichte? Ist sie hier?«

Elvira ließ sich auf dem Zweiersofa nieder und griff nach der Klingel. Auf das Läuten kam ein Zimmermädchen, dessen Gesichtsausdruck man als gelangweilt, unwillig oder einfach dumm deuten konnte.

»Durchlaucht wünschen?«

»Tee für den Fürsten und mich. Dazu ein Stück des Bischofsbrots, das die Köchin heute gebacken hat.«

»Sehr wohl.«

Das Mädchen ging und schlug die Tür hinter sich zu. Elvira verzog gequält das Gesicht.

»Es ist einfach nicht möglich, ihr beizubringen, Türen leise zu schließen.«

»Wirf sie raus«, schlug ihr Bruder vor.

»Gutes Personal ist schwer zu finden.«

»Es gibt genug.«

Elvira wollte die Debatte nicht weiterführen.

»Berichte von Tante Greta«, forderte sie ihn auf.

»Ihre Freude war groß, als ich mit Louisa am Samstag zu ihr gefahren bin. Du hattest recht, Freude scheint ihr Herz zu stärken. Der Doktor, der jeden Tag nach ihr sieht, war am Sonntag sehr zufrieden mit ihrem Zustand.«

Die Gräfin nickte. »Gut, gut. Wie gut, dass ihr sie besucht habt.« Sie blickte ihren Bruder ernst an. »Ich will mir nicht ausdenken, was es bedeutet hätte, wenn Louisa Sonntagnacht im Palais gewesen wäre. Der Mörder hätte sie vielleicht ebenfalls umgebracht.«

»Erzähl mir mehr«, forderte August begierig. »Ich habe es nur in der Zeitung gelesen.«

Elvira schilderte ihm alles, was sie in den vergangenen Tagen erfahren hatte.

»Ich kenne so manchen, der Adolf den Tod gewünscht hätte«, sagte August trocken.

»Wen?«

135

»Du weißt schon«, sagte August leichthin. »Zum Beispiel die Grafen von Leitstein. Adolf hat sie aus ihrem Schloss werfen lassen, als klar war, dass sie die Schulden bei ihm nicht zurückzahlen konnten. Mein alter Freund Kilian … der arme Kerl …« August zog die Augenbrauen hoch und atmete tief aus. »Seine Mutter musste ihn finden. Er soll entsetzlich ausgesehen haben.«

Der junge Graf hatte sich erhängt.

»Adolf hat den Rest der Familie von ihrem Grund vertrieben, der seit hunderten von Jahren im Besitz der Familie von Leitstein gewesen war«, fuhr August fort. »Er soll gegenüber Freunden stolz über diesen ›Sieg‹ gesprochen haben, den er über den ›alten Adel‹ errungen hatte.«

»Du konntest ihn nicht leiden, trotzdem hast du dich in sein Palais eingemietet«, bemerkte Elvira spitz.

»Ich konnte ihn nicht leiden, ich traute ihm nicht, ich wollte in der Nähe meiner einzigen Nichte sein und ich habe ein Mietpalais in der Stadt gesucht«, lautete Augusts Erklärung.

August hatte nach dem Tod des alten Fürsten von Schrattbach ein großes Erbe bekommen.

Elvira war mehr oder weniger leer ausgegangen, da der Vater nur Monate vor seinem Tod das Testament geändert und August als alleinigen Erben eingesetzt hatte. Seine einzige Verpflichtung war es, eine jährliche Apanage an seine Mutter zu zahlen.

Den Grund für die Entscheidung ihres Vaters hatte Elvira später am Totenbett ihrer Mutter erfahren.

»Tante Greta hat beinahe einen neuen Herzanfall bekommen, als ihr ein dummer Dienstbote brühwarm von dem Mord erzählen musste«, berichtete August. »Als ich gestern am Nachmittag abgefahren bin, war sie aber wieder bei Kräften und die Nachricht, dass es ihrer liebsten Louisa gut geht, hat sie gestärkt.«

»Sie ist unsere letzte nahe Verwandte«, sagte Elvira.

»Die all ihr Hab und Gut übrigens Louisa vermachen wird«, bemerkte August.

»Hör auf so zu reden. Das ist pietätlos.«

»Wer weiß, was die arme Louisa nun erwartet? Was geschieht mit ihr, wenn Adolf ihr nichts hinterlassen hat?«

»Sie ist seine Frau!«, rief Elvira aus. »Natürlich wird sie erben.«

»Du weißt so gut wie ich, dass Adolf viele Gesichter besaß.«

»August, was ist heute mit dir?«

»Als ich von Adolfs Tod erfahren habe, ist mir bewusst geworden, wie wenig Achtung ich für ihn besitze. Ich habe keinen Kummer gefühlt, keine Trauer, nur Entsetzen über die Tatsache, dass ein Mörder in das Haus eindringen konnte und Louisa womöglich in Gefahr schwebt. Diese Diebe schrecken heute vor nichts zurück.«

»Der Kammerdiener sagt, es wäre nichts gestohlen worden«, sagte Elvira.

»Ach, wirklich?« August stutzte. »Es fehlt nichts aus Adolfs Besitz?«

»Angeblich nicht.«

Der Bruder klopfte mit der Schuhspitze auf den Boden.

»Bist du nervös?«, wollte die Gräfin wissen.

»Als ich von unserer Tante in meine Wohnung zurückkehrte«, begann August, »hatten mein Diener und das Hausmädchen frei. Ich werde das Gefühl nicht los, dass jemand
während meiner Abwesenheit in meine Wohnung eingedrungen ist.«

»Du meinst, es könnte der Mörder gewesen sein?«

»Ich meine, es fehlt etwas, von dem ich sicher bin, dass
ich es gut verwahrt habe.«

»Was?«

August sah sie stumm an.

»Ich habe dir doch von dem Ball erzählt …?«, begann er
schließlich.

»Von welchem?«, fragte Elvira.

Ihr Bruder zögerte.

»Mit wem warst du dort?«

»Mit …« Er brach ab.

»Mit wem?«, wiederholte Elvira. Oft schon hatte sie ihren
Bruder zu überreden versucht, gesellschaftliche Ereignisse
aufzusuchen und somit seinen Hass auf Frauen endlich ab-
zulegen. Eine junge Gräfin, mit der er sich verloben wollte,
hatte von einem Tag auf den anderen entschieden, ihn nicht
mehr sehen zu wollen. Es war kurz nach dem Tod ihres Vaters und die Zurückweisung war ein schwerer Schlag für den
Bruder gewesen.

»Erzähle mir davon. Du hast doch sonst keine Geheimnisse vor mir.«

»Ich dachte, ich hätte schon mit dir darüber gesprochen.«

»Ganz sicher nicht.«

Das Hausmädchen platzte in den Salon und servierte den Tee. Die Gräfin ermahnte sie, die Türe leise zu schließen, was das Hausmädchen auf dem kurzen Weg dorthin aber schon vergessen hatte. Die Tür knallte zu und wurde sofort darauf wieder geöffnet.

»Wie oft soll ich dir …«, setzte die Gräfin zu einer Strafpredigt an.

»Onkel August!«

Louisa war eingetreten. Ihre Mutter stand auf und nahm sie behutsam an den Armen. »Wie schön, dass du zu uns kommst. Aber fühlst du dich auch gut genug dafür?«

»Jaja, keine Sorge, Mama.«

August drückte seine Nichte und küsste sie links und rechts auf die Wange.

»Mein Beileid, Louisa!«

»Ist schon gut.« Louisa ließ sich neben ihrer Mutter nieder.

Nachdem eine weitere Tasse gebracht worden war, nippten die drei eine Weile an ihren dampfenden Tassen.

Louisa stellte die Untertasse auf ihr Knie und die Tasse darauf. »Mama, ist schon ein Datum für …«

»Ja, ich habe es vorhin erfahren«, erwiderte ihre Mutter, die wusste, was Louisa fragen wollte. »Montag um elf Uhr findet die Beerdigung statt.«

23

Auf dem Weg vom Café Frauenhuber zum Palais Schnabel ging Martin das Gespräch nicht aus dem Kopf, das er mit Julius geführt hatte. Die Ermahnungen seines alten Freundes ertönten immer wieder in seinen Ohren. Er hatte noch nie so eindringlich gesprochen wie heute.

Ich werde ihn nächste oder spätestens übernächste Woche besuchen, beschloss Martin. Julius lebte in einer winzigen Wohnung, die ihm von der Kirche bereitgestellt wurde und die sich neben dem Waisenhaus befand, in das Martin damals nach dem Unfall seiner Eltern gebracht worden war.

Was für ein Glück! Eine Nachbarin hatte ihn an der Hand genommen, hingeführt und abgegeben.

Auf dem Teil der Ringstraße, den der Kaiser vor eineinhalb Jahren eröffnet hatte, kamen Martin einige Frauen entgegen. Alle hatten zwei Dinge gemeinsam: einen arroganten Blick und einen steifen Gang. Sie trugen Pelz als Kappe, als Stola, als Verbrämung der Ärmel und des Kragens oder sogar als Mantel. Alles an ihnen schrie: Seht her, wie reich wir sind.

Mit gesenktem Blick und zusammengebissenen Zähnen eilte Martin vorbei.

An diesem Tag vertiefte er sich nicht in den Groll, wie es ihm Julius eingeschärft hatte. Beim Anblick der Hofburg aber spürte Martin sofort wieder seine glühende Ablehnung gegen den Kaiserhof und gegen all seine nichtsnutzigen und faulen Mitglieder, die nur vom Geld des einfachen Volkes lebten. Auch dieses Gefühl verdrängte er, allerdings mehr schlecht als recht.

Vor dem Palais Schnabel angekommen, blieb er stehen und ließ den Blick an der Fassade nach oben wandern. Er zählte vier Stockwerke, davon zwei über der Beletage, deren Balkon sich über die gesamte Länge der Front zog.

Außer der Einfahrt, die vom vorspringenden Teil des Balkons überdacht wurde, gab es zwei Eingänge an den jeweils äußeren Enden des Palais.

Alle Türen waren geschlossen. Martin wählte den rechten Eingang und blickte durch schmale Glasscheiben in einen Gang. Ein Diener, den er noch nie gesehen hatte, wartete hinter der Tür. Als er Martin durch das Glas sah, öffnete er und fragte nach seinem Begehr. Martin klappte sein Revers hoch und zeigte das Abzeichen mit dem Doppeladler. Der Diener zog sofort die Tür für ihn auf.

»Wo finde ich Karl List?«

»Ich hole ihn für Sie. Wenn Sie warten.« Dienstbeflissen eilte der Diener davon.

Karl List, steif, mit ernster Miene und in einem tadellos gebügelten Anzug, schritt kurz darauf durch den Gang auf ihn zu.

»Herr Kommissär«, sagte er statt eines Grußes.

»Ich möchte, dass Sie, die Köchin und die Zofe sich morgen Vormittag um zehn Uhr am Petersplatz in der Polizeioberdirektion einfinden.«

»Darf ich den Grund erfahren? Wir haben Pflichten zu erfüllen.«

»Welche Pflichten? Der Baron ist tot und seine Frau weilt doch bei ihrer Mutter, wenn ich mich recht erinnern kann.«

Der Kammerdiener gab keine Erklärung.

»Sie werden zu einer Einvernahme geladen.«

Für einen Moment stand Erstaunen in Lists Augen, das schnell wieder seinem emotionslosen Ausdruck wich.

»Weiters möchte ich gerne die Wohnungen sehen, die sich über den Räumen des Barons befinden.«

»Zu diesem Bereich haben wir keinen Zutritt.«

»Wie viele verschiedene Wohnungen gibt es überhaupt?«

»Vier. Davon ist aber nur eine im obersten Stock und eine darunter vermietet.«

»An wen?«

»Erstgenannte an den Onkel der Baronin, Zweitgenannte an Doktor Jost und seine Familie.«

»Es muss doch einen Zugang geben«, sagte Martin.

»Über ein Tor am anderen Ende gelangt man in das Treppenhaus, das zu den oberen Stockwerken führt.«

»Wie heißt der Onkel der Baronin?«

»August von Schrattbach.«

»Ist er zu Hause?«

»Ich verfolge das Kommen und Gehen der Herrschaften nicht.«

»Ist der Zugang von der Straße der einzige Eingang zum Stiegenhaus der Wohnungen?«, fragte Martin weiter.

»Nein. Es gibt einen zweiten vom Hof aus.«

»Hätten Sie die Güte, mich hinzuführen? Sie sprechen mit dem Kommissär, der Nachforschungen über den Mord von Baron von Schnabel anstellt.«

Der Kammerdiener sah ihn stumm an, wandte sich um und ging vor. Martin blieb nichts anderes übrig, als hinter ihm herzulaufen.

Der Aufgang in die vermieteten Stockwerke war mit einer breiten Balustrade aus Marmor und einem glänzenden Messinggeländer an der Wand versehen. Wenn er auch bei weitem nicht an die Pracht des großen Treppenhauses zur Beletage heranreichte, so zählte er trotzdem zu den feinsten, die Martin je gesehen hatte.

Als er an die Tür des Hausarztes klopfte, öffnete ihm eine junge Hausangestellte. Die Herrschaften waren alle ausgegangen. Sein Klopfen bei der Wohnung des Grafen von Schrattbach blieb unbeantwortet.

Karl List war hinter Martin geblieben und geleitete ihn wieder hinunter zum Ausgang.

»Ist Doktor Jost am Montag aus seiner Wohnung geholt worden? Hat er direkten Zutritt in das Palais?«, wollte Martin wissen.

»Er hat sich in seiner Ordination aufgehalten. Sie liegt zehn Minuten von hier entfernt.«

»Können die Mieter das Palais betreten?«

»Natürlich nicht.« List war entrüstet. »Die Zugänge sind versperrt.«

»Aber wenn man einen Schlüssel besitzt oder wenn Sie einen der Mieter einlassen? Wo würde das geschehen?«

»Durch den Innenhof, hier, wo wir uns gerade befinden.«

Martin bedankte sich. Fürs Erste hatte er genug erfahren.

»Um Himmelswillen, wieso tut sie denn das?« Franz Josef schwankte zwischen Besorgnis und Ärger.

Von Rosch, der Obersthofmeister der Kaiserin, druckste verlegen herum.

»Gründe wurden keine genannt.«

»Ist sie krank, die Kaiserin?«

»Laut ihrer Zofe ist sie gesund, nur müde.«

»Aber aus Müdigkeit lässt man doch nicht alle Verpflichtungen einer ganzen Woche aus dem Kalender streichen.«

»Ich habe mir erlaubt, Majestät darüber zu informieren, da die Kaiserin noch nie so radikal in ihren Absagen war. Sie verzichtete sogar auf den Besuch des Narrenturms, der doch geschlossen werden sollte und den sie noch einmal zu sehen gewünscht hatte.«

»Wie eigenartig«, murmelte Franz Josef.

»So waren auch meine Gedanken, als mir der Auftrag der Kaiserin bestellt wurde.«

»Hat sie etwas von einer Reise erwähnt?«, fragte der Kaiser alarmiert.

»Nein. Sie will nur in ihrem Appartement bleiben und wünscht keine Störungen.«

»Dann danke ich Ihnen, dass Sie mich unterrichtet haben.«

Benedikt trat ein, sah von Rosch vor dem Kaiser stehen und wollte sich sofort wieder zurückziehen.

»Bleiben Sie, Steindl«, verlangte Franz Josef. »Helfen Sie mir kurz. Was steht heute Nachmittag an?«

»In einer halben Stunde beginnt die Audienz, Majestät.«

»Mir bleibt auch nichts erspart«, entfuhr es dem Kaiser. Er hatte sich jedoch schnell wieder unter Kontrolle. »Bestellen Sie der Kaiserin, dass ich danach mit ihr jausnen möchten. Und Sie wissen, was ich nach der Audienz zu mir zu nehmen wünsche.«

»Nein!« Elisabeth schrie fast.

Im Spiegel des Toilettentisches sah sie Ida hinter sich stehen, die ihr den Wunsch des Kaisers gerade ausgerichtet hatte.

Während die Feifalik den Blick gesenkt hielt und sich auf das Flechten der Haare konzentrierte, jedenfalls tat sie so, war Ida zusammengezuckt, als hätte die Kaiserin nach ihr geschlagen. Sie öffnete den Mund, doch Elisabeth ließ sie nicht zu Wort kommen.

»Bestell dem Kaiser, dass ich Migräne hätte. Oder eine Magenverstimmung. Oder beides.«

Ida knickste untertänig, aber Elisabeth war noch nicht fertig. »Und wenn du zu ihm gehst, dann nimm gleich das Bild mit, das er mir zu Weihnachten geschenkt hat. Es lehnt nebenan in der Ecke, aber ich halte nur seine Rückseite aus. Also ist es wohl besser in seinen Räumlichkeiten aufgehoben!«

Als sie sich nicht sofort bewegte, herrschte die Kaiserin ihre Hofdame erneut an. »Du kannst gehen. Vergiss das Bild nicht.«

Ida eilte in das Schlafzimmer, den Kopf eingezogen, als könnte etwas von oben auf sie herabfallen. Elisabeth hörte Ida hantieren und das Zimmer durch den Dienstbotenzugang verlassen. Eine steinerne Miene starrte ihr aus dem Spiegel entgegen. Entsetzt bemerkte sie die Falten neben ihren Mundwinkeln. Sie zwang sich, die Wangen locker zu lassen. Diese Falten durften sich nicht eingraben.

Fanny Feifalik, sonst immer ein Plappermaul, gab keinen Ton von sich.

Elisabeth sah sie im Spiegel an und fühlte einen Hauch von Mitleid. Ihr fehlte der Tratsch, den Fanny immer brachte, aber der Zorn auf die Frisöse war größer als die Neugier.

In welche entsetzliche, unmögliche Situation hatte die Feifalik sie gebracht? Es war allein ihre Schuld, hatte sie Elisabeth doch vielfach versichert, niemand könnte sie erkennen.

Das aber war ein Irrtum gewesen.

Ein Irrtum, der für die Kaiserin nun eine Bedrohung darstellte und von der sie nicht wusste, wie sie abzuwenden war. Fürs Erste hatte sie beschlossen, sich weder in der Hofburg noch öffentlich zu zeigen. Dieser Entscheid gab ihr ein Gefühl von Sicherheit. Sie fühlte aber, dass sie etwas unternehmen musste.

»Geh und bring mir ein Glas Wasser«, verlangte sie von Fanny.

»Ich rufe nach dem Zimmermädchen.«

»Nichts tust du. Hast du mich nicht verstanden? Du bringst mir das Wasser.«

Die Frisöse nickte halb erschrocken, halb gehorsam, legte dann den Kamm weg und eilte davon.

Elisabeth öffnete die Lade ihres Toilettentisches. Sie musste schnell handeln, denn die Feifalik durfte nicht sehen, was Elisabeth bereit war zu tun. Sie nahm eine kleine Schere aus der Lade, griff mit den Fingerspitzen der linken Hand ein paar Haare von der Seite ihres Kopfes und schnitt sie ab.

Als sie die Schere weglegte, traten ihr Tränen in die Augen. Sie zog durch die Nase auf und begann, die langen Haare über die Finger aufzuwickeln. Wie eine Schnur band sie die Haare in der Mitte zusammen und steckte sie in die Tasche ihres Kleides.

Keinen Moment zu früh. Die Feifalik kehrte mit einem vollen Glas Wasser zurück, das Elisabeth bis zum Ende der langen Prozedur des Steckens der Haare keines Blickes würdigte.

Als Fanny fertig war, entließ Elisabeth sie grußlos. Sie fühlte sich so geschwächt und verletzlich wie selten zuvor.

Als geklopft wurde, schrie sie: »Keine Störungen, habe ich gesagt.«

Die Tür wurde trotzdem geöffnet. Ein Mann, in der Hand eine Arzttasche, trat ein.

»Ich brauche Sie nicht, Doktor Seeburger«, sagte Elisabeth energisch.

Der Hausarzt des Kaiserpaares ließ sich davon nicht abschrecken. Sein rundes Gesicht strahlte immer etwas Gütiges und Beruhigendes aus, so auch an diesem Tag.

»Majestät, es herrscht Besorgnis um Sie.«

»Dazu besteht kein Grund«, versicherte ihm Elisabeth.

Doktor Seeburger trat mit seinem väterlichen Lächeln neben sie.

»Man sagt, Sie könnten sich überanstrengt haben.«

»Dem ist nicht so.«

»Ist es eine Niedergeschlagenheit, eine Melancholie?«

»Auch nicht.«

»Was bewegt Sie dann?«

»Nichts. Wieso kann man die Kaiserin nicht einfach einmal so sein lassen, wie sie ist?«

Doktor Seeburger stellte seine Tasche auf den Toilettentisch zu den Bürsten und Kämmen. Er öffnete sie und entnahm ihr eine Spritze.

»Majestät, ich kann Ihnen eine leichte Dosis Morphium verabreichen. Es hilft, eine düstere Stimmung, die uns grundlos erfasst, zu erhellen.«

»Nein, das brauche ich nicht.«

»In geringen Dosen ist Morphium sehr hilfreich. Ich gebe es auch zur Schmerzlinderung, wie nach Ihrem letzten Reitunfall.«

»Nein, nein und noch einmal nein. Ich danke, Doktor Seeburger.« Elisabeth rauschte aus dem Zimmer und knallte die Tür hinter sich zu.

26

Ratlos stand Ida mit dem Bild in der Hand im Treppenhaus. Sie konnte es unter keinen Umständen in die Gemächer des Kaisers bringen. Deshalb eilte sie nach oben in ihre kleine Wohnung, um es dort vorübergehend zu verstecken. Sie entschied sich, es in einen Spalt zwischen Bettende und Wand zu schieben.

Ausnahmsweise führte sie Elisabeths Anweisung nicht aus. Sie ging nicht zum Kaiser, um zu bestellen, was ihr Elisabeth aufgetragen hatte. Falls er wirklich zu ihr kam, würde Ida behaupten, dass ihm Elisabeths Wunsch nicht ausgerichtet worden war.

Sie glaubte nicht, dass die Kaiserin an diesem Tag noch Wünsche äußern würde und wollte deshalb in ihrer Wohnung bleiben. In den vergangenen Tagen war sie nicht zum

Lesen der Zeitungen gekommen. In jeder Ausgabe wurde ein weiterer Teil des Fortsetzungsromans abgedruckt, den sie mit Spannung verfolgte.

Ida freute sich darauf und würde anschließend die Kreuzstickerei eines Spitzentaschentuchs fortsetzen, das sie mit ihren Initialen versah.

So kam es, dass Ida wenig später am Fenster der Mansarde saß und auf dem Tisch die Zeitungen ausbreitete. Es handelte sich um die Ausgaben vom Mittwoch, vom Donnerstag und vom heutigen Freitag.

Sie hatte gar nicht nachgesehen, ob es noch weitere Berichte über den Mordfall gegeben hatte. Ida blätterte suchend die Zeitungen durch, wurde aber nicht fündig.

Nun wollte sie sich endlich dem Roman widmen. Das neue Kapitel war im unteren Drittel der ersten Seite abgedruckt. Darüber prangte eine Überschrift, die Ida erstaunte.

Wann kommt die Gitterverordnung?

Was sollte das bedeuten?

Sie überflog die Zeilen darunter und musste innerlich lachen. Worüber die Zeitungen so alles schrieben. Es ging um eine neue Vorschrift, kraft derer die Kanäle in der Innenstadt endlich vergittert werden sollten. Seit dem Mittelalter bildeten Kanäle und verbunden Keller ein unsichtbares Netz unter den Wiener Straßen. Obdachlose lebten darin, um nicht von der Polizei aufgegriffen zu werden.

Ida wusste, dass es einen Einstieg am Karlsplatz und einen an der Wienzeile gab, doch wer wusste schon, wie diese Gänge miteinander verbunden waren, wo sie hinführten und wer sie benutzte? Es bestand die Gefahr, dass sich Diebe dieses unterirdische Netzwerk zunutze machen könnten.

»Es musste sich dabei um einen übelriechenden Zugang zu einem Haus handeln«, dachte Ida. Als bräuchte sie einen Ausgleich für ihren Geruchssinn, las sie anschließend noch einen Bericht über das Gewächshaus des Kaisers, wo es gelungen war, Rosen im Winter zu ziehen. Angeblich hätte er einen Strauß mit neunundzwanzig Stück Elisabeth an ihrem Geburtstag zu Weihnachten überreicht, was erst jetzt bekannt geworden war.

Tatsächlich erinnerte sich Ida, Rosen in Elisabeths Wohnzimmer in einer Vase gesehen zu haben. Nur waren es bestimmt nicht so viele gewesen.

Endlich konnte sie sich dem Roman widmen. Der Titel lautete *Antonia*. Die Geschichte handelte von einem Waisenkind namens Antonia, das von einem Dienerpaar aufgenommen wurde und das nach und nach die wahre Herkunft des Mädchens entdeckte. Als sich Antonia, schon erwachsen, in einen jungen Grafen verliebte, mussten die Stiefeltern ihr verraten, dass er mit großer Sicherheit ihr Bruder war, was Antonia in Verzweiflung stürzte.

Manchmal bekam Ida beim Lesen feuchte Augen, weshalb sie es niemals in Gegenwart anderer getan hätte. Ihre Stimmung wurde lautstark unterbrochen, als jemand an ihre Tür hämmerte. Ida erhob sich widerwillig, um nachzusehen, wer es war.

Auf dem Gang stand Fanny Feifalik. Es war aber nicht die schnippische, manchmal hochnäsige Frisöse, sondern eine Frau, die in Tränen aufgelöst Ida um den Hals fiel und heftig schluchzte.

»Aber Fanny, was ist denn?« Nie zuvor hatte Ida sie mit ihrem Vornamen angesprochen.

»Ich habe die Kaiserin ins Unglück gestürzt«, schniefte Fanny. »Dabei habe ich ihr doch nur ihren sehnlichsten Wunsch erfüllt. Jetzt wird sie mich aus dem Dienst entlassen, ich ahne es schon.«

»Wenn ich nur wüsste, wovon Sie reden.«

Fanny rann die Nase. Sie fingerte nach einem Taschentuch, fand aber keines.

»Kommen Sie rein«, bat Ida die Friseuse herein. Sie blickte den Gang auf und ab, ob jemand Fannys Ausbruch gehört haben könnte. Zu sehen war niemand und um diese Zeit waren die anderen Bediensteten noch bei der Arbeit in der Etage des Kaiserpaares.

Das erste Zimmer in Idas Wohnung diente als Wohnzimmer und war mit einem Sofa ausgestattet, auf das Ida die Frisöse niederdrückte. Weil sie ständig und sehr unfein durch die Nase aufzog, holte Ida eines ihrer Taschentücher und reichte es Fanny. Dankend nahm diese es an und schnäuzte sich laut hinein.

Ida setzte sich neben sie und betrachtete sie von der Seite.

»Es ist schon im Jänner passiert«, erklärte Fanny durch das Taschentuch. »Da hat die Kaiserin jeden Tag gejammert, wenn ich ihr die Haare gemacht habe.«

VIER WOCHEN ZUVOR

Freitag,
18.
Jänner
1867

»Das Lachen, es ist mir eine Qual«, beschwerte sich die Kaiserin. »Wenn du wüsstest, wie ich sie alle beneide, wenn sie durch die Gassen ziehen.«

»Es ist Fasching«, sagte Fanny. »Da kann jeder einmal so richtig ausgelassen sein.«

»Jeder, nur ich nicht«, sagte Elisabeth bitter. »Erst vorgestern, als ich mit dem Kaiser in der Kutsche aus der Hofoper gekommen bin, habe ich sie wieder gesehen. Die Frauen in langen Umhängen mit weiten Kapuzen, die Männer in Frack und Zylinder. Sie sind dahingestolpert, wohl alle schon beschwipst. Wie gut sie sich unterhalten haben! Ich habe zum Kaiser gesagt, dass ich ihnen das Vergnügen neidig bin, worauf er meinte, wir würden doch ohnehin bald zum Hofball gehen.«

»Der Hofball findet schon in einer Woche statt«, fügte Fanny hinzu. »Im Zeremoniensaal wird schon alles auf Hochglanz gebracht.«

»Der Ball bei Hof?« Elisabeth schnaubte. »Um Schlag sieben Uhr müssen wir einziehen, hinter uns die Erzherzöge und Fürsten und all die hohen Tiere des Heers. Den ganzen Abend wird der Kaiser mit ihnen und allen Gästen aus anderen Ländern parlieren und kein einziges Mal tanzen. Ich aber muss mit Damen reden, deren Gesellschaft ich nicht gesucht habe und die mich langweilen, nichts als langweilen.«

»Freuen Sie sich auch nicht auf die Vorstellung im Hoftheater heute Abend, Majestät?«, versuchte es Fanny weiter. »Was wird denn gegeben?«

»Ein Shakespeare«, antwortete Elisabeth. »Richard III. oder IV. oder sonst einer. Alles nur Tragödien. Das Einzige, womit ich mich ablenken kann, sind die Frisuren der Darstellerinnen. Aber seit du nicht mehr im Hoftheater arbeitest, sehen sie alle fürchterlich aus.«

Elisabeth erinnerte sich an den Abend, als sie nach der Vorstellung im Theater nach dem Namen der Frisöse gefragt hatte, die für die Frisuren der Hauptdarstellerin verantwortlich war. Sie waren ihr schon mehrmals aufgefallen. So hatte sie Fanny Feifalik kennengelernt und ihr die Stelle als Frisöse bei Hof angeboten. Fanny hatte unverschämt hohe Forderungen gestellt, was Elisabeth nicht abgeschreckt, sondern vielmehr beeindruckt hatte. Sie hatte Anweisung gegeben, darauf einzugehen, da sie Fanny unbedingt in ihrem Dienst haben wollte.

»Wenn sie wenigsten den Sommernachtstraum wieder einmal zur Aufführung bringen würden«, sagte Elisabeth sehnsüchtig. Sie wollte ihre geliebte Feenkönigin Titania die Verse sprechen hören, die sie auswendig kannte.

Fanny begann Haarsträhnen der Kaiserin zu drehen und kunstvoll rund um den Kopf hochzustecken.

»Au! Du hast mich gestochen. Pass besser auf.«

»Verzeihung, Majestät.«

Die Stimmung der Kaiserin verschlechterte sich mit jedem Satz, den sie von sich gab. Fanny kannte diesen Ablauf, der entweder in einer Migräne endete, in welchem Fall sie die ganze Frisur wieder auflösen und die Kaiserin zum Hinlegen vorbereiten musste, oder damit, dass Elisabeth ihre üble Laune mit ständigem Geschimpfe an ihr ausließ. Die Majestät musste auf andere Gedanken gebracht werden.

»Wenn Sie einen Wunsch frei hätten, was würden Sie sich wünschen, Majestät?« Fanny sah Elisabeth fragend über die Schulter im Spiegel an. »Oder ist es zu frech von mir, das wissen zu wollen?«

Elisabeth hatte sofort eine Antwort parat.

»Einen Tag lang nicht mehr Kaiserin sein, sondern eine ganz gewöhnliche Frau«, sagte sie und ihre Stimme nahm einen verträumten Ton an. »Eine Fürstin oder eine Gräfin sein, die einen Ball besuchen kann, ohne von den Augen der Anwesenden gelöchert zu werden. Ich wünschte mir, mich mit einem Galan zur Musik zu bewegen, ausgelassen zu sein. Eine solche Nacht wäre schon genug, mich richtig glücklich zu machen.«

»Das ließe sich einrichten«, sagte Fanny.

»Unmöglich. Man erkennt mich doch überall.«

»Ich kann eine Perücke besorgen.«

»Was nützt eine Perücke? Mein Gesicht ist auf so vielen Bildern zu sehen.«

»Eine Perücke in einer anderen Haarfarbe«, schlug Fanny vor.

»Am besten rotblond. Alle kennen die Kaiserin nur mit ihrem dunklen Haar. Keiner vermutet Sie mit rotblonden Haaren.«

»Trotzdem wäre es mir nicht angenehm, mein Gesicht zu zeigen.«

»Sie können es hinter einem Fächer verbergen oder einer Maske. Oder beidem.«

»Wo, schlägst du vor, soll ich in dieser Maskerade hingehen?«

Auch das hatte sich die Feifalik schon überlegte. »Auf die Wiener Redoute. Sie findet in den Redoutensälen statt, am Josefsplatz, so nahe, dass Majestät fast zu Fuß hingehen könnte.«

»Unmöglich. Und in der kaiserlichen Kutsche kann ich auch nicht vorfahren.«

»Aber in einem Fiaker, wie viele alle andere auch.«

»Aber was soll ich anziehen?«, fragte Sisi.

»Auf der Redoute trägt jeder einen Domino. Einen schwarzen Mantel mit weiten Ärmeln und einer Kapuze.«

»Und darunter?«

»Ein Ballkleid. Die Farbe abgestimmt auf das Innenmuster des Dominos, das immer kariert ist.«

»Ich fürchte noch immer, dass man mich erkennen würde.«

»Auf die Haare setzen wir einen kleinen Dreispitzhut.« Die Feifalik war nun kaum zu bremsen. »Majestät, niemand hat Sie jemals so gesehen und keiner wird erraten, wer die elegante Dame sein könnte.«

So sehr die Idee Elisabeth reizte, plagten sie noch Zweifel. »Ist es nicht sehr unbequem, die ganze Zeit eine Maske vor dem Gesicht tragen zu müssen?«

»Sie nehmen eine Maske an einem Stab, den Sie leicht halten können«, sagte Fanny. »Wir müssen eine Maske finden, die mit Lack verziert ist und glänzt. Das lenkt von den Augen ab, die durch die Gucklöcher blicken.«

»Aber ich kann doch nicht allein auf diese Redoute gehen«, wandte Elisabeth ein.

»Nein, nein, Sie müssen eine Vertraute mitnehmen«, bestätigte Fanny. »Ich bin immer mit meiner Freundin Rosa gegangen, früher einmal.«

»Warum kommst du nicht mit mir mit?«, schlug Elisabeth vor. Sie erkannte, dass Fanny freudig überrascht war, aus Anstand aber zögerte und sich zierte.

»Majestät, ich bin doch nur eine Friseuse.«

Elisabeth überging den Einwand. »Fanny, kannst du alles arrangieren? Du musst dann auch so einen Domino tragen. Aber wo bekommen wir die her? Ich brauche auch ein neues Ballkleid, das nicht aussieht wie ein Kleid der Kaiserin.«

»Sie können Ihre Hofdame beauftragen.«

»Ida? Unmöglich. Die gute Ida wird sofort alle Bedenken aufzählen, die ihr einfallen. Wenn ich es trotzdem tue, wird sie vor Sorge vergehen. Nein, Ida kann nicht eingeweiht werden.«

»Dann Olga, Ihre Zofe«, schlug Fanny vor. »Sie kann bestimmt alles beschaffen. Und sie redet mit keinem darüber.«

Elisabeth überlegte nicht lange. »Ruf sie zu mir. Ich will mit ihr reden. Aber gegenüber allen anderen hältst du deinen Mund, hast du verstanden?«

»Sehr wohl, Majestät.«

Samstag,
2.
Februar
1867

28

Aus dem Spiegel blickte eine Frau, die Elisabeth fremd war.

»Und du meinst, die Perücke wird auf meinem Kopf halten?«, fragte sie die Feifalik immer wieder.

»Es war nicht einfach, Ihre Haare darunter zu verstecken, aber die Perücke ist gut fixiert, es kann kein Malheur geschehen«, versicherte ihr die Feifalik. Elisabeth entging nicht der ungeduldige Unterton der Frisöse. Allerdings war er ihr egal, für sie zählte nur die kribbelnde Erregung über das bevorstehende Ereignis.

Wie ungewohnt doch das Rotblond war, dachte sie. Es stand ihr nicht, weil ihre Porzellanhaut dadurch zu farblos wirkte. Das natürliche Dunkelbraun ihrer Haare war ein Kontrast, der ihren feinen Teint betonte.

Vor dem Spiegel hob Elisabeth die schmale Maske mit den Katzenaugen vor ihr Gesicht und blickte durch die Löcher. Sie musste Fanny recht geben: Niemand würde in ihr die Kaiserin erkennen. Elisabeth würde die Maske ständig hochhalten, auch wenn ihr der Arm deswegen abfiel.

Die Ohrgehänge und die feine Halskette mit den kleinen Brillanten waren aus Fannys Besitz und viel billiger als der Schmuck, den Elisabeth sonst trug. Sie hatte ein weites Abendkleid aus goldgelbem Stoff gewählt, mit einem Glockenrock, der bei jedem Schritt schwang. Auf dem Sofa lagen die beiden Dominos bereit. Während Fanny verschwand, um sich mit Olgas Hilfe umzuziehen, nahm Elisabeth ihren Mantel hoch und betrachtete ihn von allen Seiten.

Der leichte Stoff flog im Luftzug, das karierte Futter blitzte auf.

Als Fanny in das Wohnzimmer der Kaiserin zurückkehrte, war sie eine andere Frau. Statt des schwarzen Kleides und der weißen Schürze, die sie im Alltag trug, fiel nun dunkelrote Seide an ihr herab, da und dort gerafft und mit einem breiten Gürtel gebunden.

»Dreh dich im Kreis«, verlangte Elisabeth.

Fanny Feifalik streckte die Arme zur Seite und tat ihr den Gefallen. Der weite Rock hob sich ein wenig und erinnerte an einen Kreisel, mit dem Rudolf gespielt hatte, als er noch ein kleiner Bub war.

Olga betrat den Raum. Ihre Miene zeigte, dass sie Lob erwartete. Weil die Kaiserin jedoch stumm blieb, sprang Fanny ein.

»Sie haben das alles vortrefflich gemacht, Olga. Ich denke, Ihre Majestät ist zufrieden.«

»Sehr«, fügte Elisabeth schnell hinzu, die Fannys Wink verstand. Olga lächelte geschmeichelt und sagte: »Ich habe mein Bestes gegeben, auch wenn es nicht einfach war, die Kleider und die Dominos zu beschaffen und dabei allen neugierigen Fragen auszuweichen.«

»Wir sind Ihnen zu Dank verpflichtet«, sagte Fanny.

Schlagartig verfinsterte sich Olgas Gesicht. Sie konnte es nicht ausstehen, wenn die Frisöse so tat, als wäre sie höhergestellt als eine Zofe.

»Unter keinen Umständen darfst du mich mit meinem Namen anreden oder mit Majestät«, schärfte die Kaiserin der Feifalik ein.

»Welchen Namen soll ich verwenden?«

»Vielleicht einen griechischen, oder Titania.«

»Ist das nicht zu auffällig?«, gab Fanny zu bedenken.

»Olga, was schlagen Sie vor?«, wollte Elisabeth von der Zofe wissen.

»Vielleicht Gabriele, das ist der Name meiner Lieblingsschwester.«

»Er gefällt mir. Du nennst mich also Gabriele«, entschied die Kaiserin. Sie stockte erneut. »Man darf nicht sehen, wie wir die Hofburg verlassen. Man könnte es dem Kaiser melden.« Fanny hatte daran gedacht.

»Wir warten bis zum Wechsel der Leibgardisten«, sagte sie. »Während der Wechsel stattfindet, verlassen Sie und ich das Appartement in den Dominos, die Kapuzen tief ins Gesicht gezogen. Wir rufen einen Gruß zurück, als wäre die Majestät noch in Ihren Räumen. Olga soll hinten in der Ecke stehen, winken und husten. Sie könnte das Kleid tragen, das Majestät gestern am Abend angehabt hatte. Die Gardisten werden so denken, Sie wären in Ihrem Appartement und würden sich von Besucherinnen verabschieden.«

»Raffiniert«, entfuhr es Olga. Ein solches Kompliment aus ihrem Munde war eine Seltenheit.

»Auf dem Ballhausplatz wird ein Fiaker auf uns warten und uns zum Zugang der Redoutensäle auf dem Josefsplatz bringen«, schilderte Fanny einen weiteren Teil ihres Planes.

Die Kaiserin befühlte ihre Taille, die eng geschnürt war. Ganz bewusst hatte sie an diesem Abend darauf verzichtet, das Schnüren so extrem vornehmen zu lassen, wie es für Elisabeth üblich war.

Das tat nur die Kaiserin. In dieser Nacht sollte niemand denken, dass die Dame im gelben Domino etwas mit ihr zu tun hatte.

Elisabeth fiel etwas Wichtiges ein. »Olga, achten Sie darauf, dass Ida nichts von dem erfährt, was ich heute Abend vorhabe. Sagen Sie ihr, falls sie nach mir sehen möchte, die Kaiserin hätte sich schon hingelegt.«

Olga war anzumerken, wie sehr sie das Vertrauen genoss, das ihr Elisabeth in diesem Moment erwies. Es blieb noch ein wenig Zeit bis zur Abfahrt, die Elisabeth allein verbringen wollte.

Sie forderte Fanny auf, im Salon auf sie zu warten. Als die Frisöse und die Zofe das Zimmer verlassen hatten und die Tür hinter ihnen ins Schloss fiel, trat Elisabeth an ihren kleinen Sekretär am Fenster und zog die Lade auf.

Sie trug bereits ihre langen Handschuhe aus blassgelber Seide, daher rutschte die Lackschatulle fast aus ihren Fingern, als Elisabeth sie hochhob. Es gelang ihr, das Kästchen zu öffnen, ohne die Handschuhe auszuziehen, und den Fächer zu entnehmen. Sie wollte ihn bei sich tragen. Als Talisman.

Zärtlich öffnete sie den Fächer und küsste die Seide. Sie hielt die Malerei näher an die Lampe und bewunderte die feinen Pinselstriche.

In Verbundenheit der Seelen

Der Spruch hätte nicht treffender sein können.

Sie fühlte sich dem Bayernkönig tief im Inneren nahe, auch wenn diese stille Sehnsucht für immer würde unerfüllt bleiben müssen.

Elisabeth schloss den Fächer und steckte ihn in die Schärpe, die sie als Gürtel um ihre Mitte geschlungen hatte. Von hier konnte sie ihn jederzeit herausziehen, wenn sie Kühlung brauchte oder Schutz vor den Blicken der Leute.

29

Der geschlossene Fiaker mit Fanny und Elisabeth musste hinter anderen Kutschen warten, bis er schließlich vor dem Eingang der Redoutensäle zu stehen kam, der von Feuerschalen auf hohen Metallständern erleuchtet wurde.

Überall Masken. Links und rechts schwarze Mäntel, die sich beim Gehen bauschten. Vielstimmiges Gelächter. Herren, die den Frack mit Würde trugen, andere, denen anzusehen war, wie unwohl sie sich darin fühlten.

Was für ein Treiben und Gedränge.

Elisabeth war es nicht gewohnt, mit dem gemeinen Volk einen Ballsaal zu betreten. Der Kaiser und sie trafen immer erst kurz vor Beginn ein und wurden von einem Obersthofmeister an die Spitze des Zuges der Gäste geleitet, den sie anführten.

Noch etwas war für Elisabeth neu: Keiner starrte sie an, als sie mit Fanny die Treppe nach oben stieg. Menschen gingen neben ihnen, redeten, aber niemand glotzte sie an.

Was für eine Befreiung!

Im Saal brannten überall Gaslampen und Kerzen. Ihr Schein wurde von den Kristalllüstern und dem Gold der Stuckatur gestreut wie Sternenlicht.

»Wir gehen auf die Galerie«, entschied Fanny und dirigierte die Kaiserin zur Treppe, die einen Stock höher auf den ausladenden Balkon führte, von dem aus sie freien Blick auf das bunte Treiben im Saal hatten.

Die beiden Frauen fanden Platz an einem kleinen Tisch direkt an der Brüstung.

Die Musik begann zu spielen und es wurde getanzt.

Elisabeth, die Maske immer vor dem Gesicht, ließ den Blick über die Köpfe der Feiernden wandern.

Nicht alle tanzten. Manche promenierten am Rand des Saales, andere standen beisammen und unterhielten sich.

Es dauerte nicht lange und Elisabeth begann sich zu langweilen. Sie hatte sich den Abend aufregender und interessanter vorgestellt. Da Fanny und sie aber ohne Herrenbegleitung gekommen waren, schienen sie dazu verdammt, auf der Galerie herumzusitzen. Die Kaiserin wollte sich schon bei Fanny beschweren, als ihr ein Mann auffiel, der unten im Saal stand.

Warf er Blicke zu ihr hoch? Oder bildete sie sich das nur ein?

Der Mann hatte eine gerade, aber nicht steife Haltung, der Frack saß wie angegossen und eine schwarze Maske verdeckte seine Stirn, die Augen und die Nase. Von seinen Haaren war nicht viel zu erkennen, da er einen Dreispitz mit langer Feder trug.

Blitzte da etwas Blondes an der Seite seiner Maske auf? Elisabeth war nicht sicher, da das Licht im Saal zu schummrig war.

Wieder sah der Mann zu ihr hinauf, als er aber bemerkte, dass Elisabeth seinen Blick erwiderte, drehte er den Kopf schüchtern zur Seite.

»Gabriele, unterhaltest du dich gut?«, erkundigte sich die Feifalik.

Elisabeth deutete mit der Maske nach unten, nahm sie aber schnell wieder vor ihr Gesicht.

»Dort ... der Herr. Kennst du ihn?«

Fanny lachte auf. »Selbst wenn, würde ich ihn in dieser Verkleidung nicht erkennen.«

Eine Weile beobachtete die Kaiserin den Mann weiter. Wie alt er wohl sein mochte? So alt wie sie? Älter? Oder gar jünger?

Auf einmal war er aus ihrem Blickfeld verschwunden. Sie sah suchend über die Köpfe der Feiernden, reckte den Hals, erhob sich leicht vom Sessel, konnte ihn aber nicht mehr finden.

Wie enttäuschend. Sie ließ sich wieder in den Sessel sinken.

Das Lachen der anderen ging ihr auf die Nerven. Sie unterhielten sich gut, während Elisabeth genauso allein und einsam war wie gewöhnlich.

Dort!

Neben der Säule auf der linken Seite. Sie sah den Mann nur von hinten. Er nahm den Dreispitz ab und strich sich über das dunkelblonde Haar.

»Fanny, kannst du den Herren zu mir bitten?«

»Welchen, Ma …« Fanny bremste sich gerade noch rechtzeitig ein und sagte laut: »Wen meinst, liebe Gabriele?«

Die Kaiserin deutete mit der freien Hand zu der Stelle, wo sie den Mann gerade noch gesehen hatte. Da eine Gruppe von Leuten vorbeiging, hatte sie ihn aus den Augen verloren.

»Den Großen, mit dem Dreispitz und den blonden Haaren. Schnell, sonst ist er fort«, drängte Elisabeth.

So kam es, dass Fanny Feifalik von der Galerie in den Saal eilte und in die Richtung ging, die ihr die Kaiserin gezeigt hatte.

Die Leute, die Elisabeth die Sicht verstellten, zerstreuten sich. Der Mann war verschwunden. Diesmal drückte ihr die Enttäuschung noch schlimmer als beim ersten Mal auf die Brust. Elisabeth zog den Fächer heraus, öffnete ihn und fächelte sich Luft zu.

Es erschien ihr auf einmal stickig im Saal.

Hätte sie doch nur nicht …

»Gabriele, es ist jemand hier, der dir Gesellschaft leisten möchte«, hörte sie Fanny hinter sich sagen.

Als sich die Kaiserin umdrehte, sah sie neben der Frisöse einen Mann, der sich höflich verneigte.

Er trug einen Dreispitz, unter dem ein paar blonde Haarspitzen vorlugten. Der Frack saß, die Maske war …

War sie jene, die sie vorhin gesehen hatte?

»Gute Unterhaltung«, wünschte Fanny, noch ehe Elisabeth etwas sagen konnte und sich entfernte.

Auf einmal überkam Elisabeth eine ungekannte Verlegenheit. Wie sollte sie sich verhalten? Seit ihrer Heirat mit dem Kaiser hatte sie eine solche Situation nicht mehr erlebt. Wortlos zeigte sie mit dem Fächer auf den leeren Sessel neben sich.

Der Mann setzte sich gehorsam. Elisabeth fächelte nervös und mit schnellen Bewegungen.

»Wenn Ihnen zu heiß hier ist, so lassen Sie uns doch ein wenig durch die Gänge in die anderen Säle wandeln. Dort ist es bestimmt etwas angenehmer«, schlug der Mann vor.

»Vielleicht sollten wir das tun«, sagte Elisabeth leise. Sie schloss den Fächer und steckte ihn weg.

Der Herr erhob sich und bot ihr seinen Arm an.

Schweigend gingen sie zur Treppe. Er führte sie zum Ausgang des Saales.

»Ich weiß gar nicht, mit wem ich das große Vergnügen habe«, versuchte der Mann ein Gespräch zu beginnen.

»Gabriele, nennen Sie mich Gabriele.«

»Sehr erfreut, es ist mir eine Ehre.« Der Mann verneigte sich erneut. Er hob an etwas zu sagen, aber Elisabeth ließ ihn nicht dazu kommen. Sie redete einfach drauf los, ihre Stimme war leise, die Sätze schnell.

»Kommen Sie oft auf solche Bälle? Ich bin das erste Mal hier.«

»Bei mir ist es auch der erste Besuch.«

»Sie sind allein hier, nicht wahr?«

»Diese Frage könnte ich auch stellen.«

»Sie sind allein. Nicht wahr?«, wiederholte Elisabeth bohrend.

»So ist es.« Sie gingen dahin. Immer wieder kamen ihnen andere Besucher entgegen. Auch im nächsten Saal spielte eine Musikkapelle und es wurde getanzt.

»Wollen Sie tanzen?«, fragte er.

»Aber keinen Galopp«, verlangte Elisabeth.

»Es hört sich für mich nicht nach einem Galopp an.«

Er hob einen Arm und Elisabeth legte ihre Hand in die seine. Sachte ließ er seine Hand unter den Domino gleiten und umfasste ihre Hüfte. Elisabeth berührte seinen Rücken kaum. Sie begannen nach links und rechts zu schaukeln und sich schließlich langsam zu drehen.

»Die Kaiserin sieht man nie auf einer solchen Veranstaltung«, sagte Elisabeth vorsichtig.

Ihr Partner zögerte mit der Antwort.

»Ich meine, der Kaiser und sie bevorzugen wohl vornehmere Bälle«, fügte Elisabeth hinzu.

»Die Redoute ist vornehm«, antwortete ihr Tanzpartner.

»Schon, schon.« Eine Pause trat ein. »Kennen Sie die Kaiserin?«

»Nur aus der Ferne. Im Prater habe ich sie reiten gesehen.«

»Das soll sie gut können, das Reiten«, wagte sich Sisi weiter vor.

»Das Pferd scheint unter ihr zu schweben.«

»Sie hat eine gute Hand dafür, sagt man.«

»Auf den Straßen sagt man auch, dass die Kaiserin Hunde und Pferde dem Volk vorzieht.«

Elisabeth zuckte unwillkürlich zusammen. Sie wusste von diesem Gerede, trotzdem traf es sie, die Meinung von diesem Mann zu hören. Er hielt wahrscheinlich nicht viel von ihr. Bevor sie noch etwas einwerfen konnte, fuhr er fort.

»Aber alle reden auch von ihrer außergewöhnlichen Schönheit, ihrer schlanken Taille und der eleganten Figur, die sie immer macht. Man bewundert die Kaiserin. Viele wollen deshalb die gleiche Frisur wie sie.«

Diese Worte schmeichelten Elisabeth.

»Sie ist noch jung, die Kaiserin«, merkte sie an.

Ihr Tanzpartner überlegte. »Nun ja, ich würde sie nicht mehr jung nennen.«

Am liebsten hätte ihn Elisabeth fortgestoßen. Was unterstand er sich?

»Sie ist sicher älter als ich, aber das ist doch nicht alt«, sagte sie. Sie blickte durch die schmalen Augenschlitze der Maske zu ihm hoch. »Was schätzen Sie, wie alt bin ich?«

»Dreißig«, kam sofort als Antwort.

Diesmal hatte Elisabeth genug. Sie blieb stehen und entzog sich seinen Armen.

»Was ist denn geschehen? Habe ich etwas Falsches gesagt?«, fragte der Mann betroffen.

»Sie sind unhöflich.« Elisabeth trat zur Seite und von den Tanzenden weg. Er folgte ihr. »Sie können gehen«, fuhr sie ihn barsch an.

»Da müssen Sie mir schon den Grund für Ihre plötzliche Abneigung erklären«, verlangte der Mann. »Sie bitten mich zu sich, Sie wollen mit mir tanzen, und wenn ich Ihre Frage ehrlich beantworte, dann schicken Sie mich fort, weil Sie genug von mir haben. Dieses Benehmen scheint euch Frauen allen gleich zu sein.«

Elisabeth war erschrocken über seine heftige Reaktion. Gleichzeitig aber gefiel ihr seine Direktheit, die sie nicht gewohnt war.

»Wir verdienen Komplimente mehr als eine falsche Einschätzung«, entgegnete sie.

»Ach, Sie sind jünger? Das dachte ich mir, doch wollte ich nicht, dass Sie meinen, Sie wären eines der Mädchen, die man zu Recht als Gänschen bezeichnet.«

Nun lachte Elisabeth auf. »Sie verstehen es gut, Ausreden zu finden.«

Er stand unschlüssig vor ihr.

»Lassen Sie uns weiterwandeln«, schlug Elisabeth vor.

»Wenn Sie das wünschen, sehr gerne.«

So kam es, dass die zwei plaudernd und lachend durch die Redoutensäle zogen, tanzten, sich dann wieder setzten und ihr belangloses Gespräch fortsetzten. Es entging Elisabeth nicht, wie viele der Damen und Herren neugierig näherkamen, vielleicht auch um ihre Gespräche zu belauschen. Es wurde rund um sie getuschelt und verschiedene Namen adeliger Familien waren zu hören. Es gefiel Elisabeth, die »Unbekannte im gelben Domino« zu sein, deren wahre Identität alle gerne erfahren hätten. Mittlerweile aber wusste Elisabeth, dass die Verkleidung so gut war, dass keiner sie durchschauen konnte.

Immer wieder tauchte Fanny vor Elisabeth auf und gestikulierte, dass es Zeit für den Aufbruch wäre. Sie erschien besorgt über den kleinen Aufruhr, den die Kaiserin in ihrer Verkleidung auf der Redoute verursachte.

»Ich werde diese Nacht nie vergessen«, hauchte Elisabeth.

»Werde ich Sie wiedersehen?«, wollte der Mann wissen.

Das war unmöglich, wusste die Kaiserin. Gleichzeitig aber genoss sie die Stunden so sehr, viel zu schnell waren sie vergangen.

Es war weit nach Mitternacht und Fannys Drängen, den Ball zu verlassen, wurde immer heftiger.

»Sie können mir schreiben«, schlug Elisabeth vor.

»An welche Adresse?«

»Postlagernd Wien.«

»Wieso nicht an Ihre richtige Adresse?«

Diese Frage fand Elisabeth etwas aufdringlich, aber sie war nicht um eine Antwort verlegen.

»Sie müssen wissen, ich bin stets auf Reisen. Einmal München, dann Paris, dann wieder Athen und Rom. Man wird dafür sorgen, dass mich Ihr Brief erreicht, verlassen Sie sich drauf.«

»Und an welchen Namen …?«

»… einfach nur Gabriele.«

Mit einem energischen Hüsteln trat Fanny vor die Kaiserin.

»Liebste Freundin, es ist nun wirklich Zeit …«

»Wie schade, wie jammerschade«, sagte der Mann. »Wollen Sie mir zum Abschied wenigstens die Hand reichen?«

Elisabeth streckte ihm ihre rechte Hand entgegen, die im langen Handschuh steckte. Er nahm sie behutsam, hob die Hand leicht an, beugte sich vor und hauchte einen angedeuteten Kuss darauf. Als er sich aufrichtete, zog Fanny die Kaiserin zum Ausgang hinunter, wo die Fiaker warteten. Sie bestiegen den ersten und Fanny wies den Kutscher an, nach Hernals zu fahren.

»Wieso nach Hernals?«, wollte Elisabeth überrascht wissen.

»Weil ich fürchte, er könnte uns folgen«, flüsterte Fanny. »Er darf nicht wissen, dass Sie in die Hofburg zurückkehren.«

Verträumt summte Elisabeth die Melodie, zu der sie getanzt hatte.

»Wer ist der Herr gewesen?«, wollte Fanny wissen.

Erst da wurde Elisabeth bewusst, dass sie in ihrer Aufregung nicht einmal nach seinem Namen gefragt hatte. Er hatte sich vorstellen wollen und vielleicht hatte er es sogar getan, sie jedoch musste es überhört haben. Aber er würde schreiben. Elisabeth war überzeugt davon. Dann würde er seinen Brief bestimmt mit seinem Namen unterzeichnen. »Jeden Tag musst du von nun an zum Postamt gehen und nach einem postlagernden Brief an Gabriele fragen«, trug sie Fanny auf.

In der Hofburg angekommen, gelangten die zwei über die Adlerstiege zum Appartement der Kaiserin. Fanny schlug vor, Elisabeth sollte im Treppenhaus warten. Sie selbst ging zu den Leibgarden und sagte, dass sie umgehend zur Kaiserin musste und sie ihre Ankunft melden sollten. Als die Gardisten den Raum verließen, holte Fanny Elisabeth schnell herein und deutete ihr, nebenan versteckt zu warten.

Die Leibgardisten kehrten zurück und erklärten, die Kaiserin antworte nicht auf ihr Klopfen. Sie würde wohl schlafen.

»Dann warte ich in ihrer Nähe und bereite alles für den Morgen vor. Sie wünscht eine aufwendige Frisur, die einige Zeit in Anspruch nehmen wird.«

Die Gardisten fanden daran nichts Außergewöhnliches, da man Fanny Feifalik und ihre Tätigkeit kannte. Sie ließen sie ein. Als die Tür hinter ihr zufiel, tauchte Elisabeth aus der Dunkelheit auf und die beiden Frauen gingen gemeinsam zum Schlafzimmer, wo Fanny der Kaiserin noch die Frisur löste und beim Entkleiden half.

Rund um Elisabeth schien sich der Raum zu drehen. Sie konnte sich nicht erinnern, jemals in einer so beschwingten Stimmung gewesen zu sein.

Was für ein Erlebnis! Sie würde lange davon zehren. Die Briefe ihres Verehrers würden diese Freude verlängern.

Nachdem Fanny sie verlassen hatte, fiel Elisabeth der Fächer ein. Sie wollte ihn in die Schatulle zurücklegen, bevor am Morgen die Zofen kamen.

Aber der Fächer war fort.

Elisabeth schüttelte das Kleid, das wie ein lebloser Körper über einem Sessel lag. Sie nahm eine Kerze und suchte den Boden ab. Sie untersuchte jede Stofffalte und drückte den Domino mit den Händen. Vielleicht war der Fächer in das Futter gerutscht?

Doch er war nicht zu finden.

Was für ein schrecklicher Verlust. Elisabeth tat das Herz weh. Sie hatte das Gefühl, als wäre das unsichtbare Seelenband zwischen Ludwig und ihr zerrissen worden. Und es war ihre Schuld.

Vielleicht aber lag der Fächer irgendwo in den Redoutensälen. Vielleicht hatte ihn jemand gefunden und er wurde für die wahre Besitzerin aufbewahrt. Sie würde Fanny am Morgen den Auftrag geben, danach zu fragen.

Freitag,

15.

Februar

1867

30

Als Fanny von Elisabeths Auftrag berichtete, nach dem verlorenen Fächer zu suchen, schlug Ida die Hände vor das Gesicht. Während die Frisöse weiterredete, murmelte Ida in einem fort: »Oh mein Gott, mein Gott, mein gütiger Gott.«

Die Feifalik sank in sich zusammen. Noch nie hatte Ida sie so kleinlaut erlebt.

Langsam nahm Ida die Hände wieder von ihrem Gesicht. Sie seufzte. »Das ist nur der Anfang der Erklärung.«

Fanny drehte erstaunt den Kopf zu ihr. »Erklärung? Wofür eine Erklärung?«

»Wissen Sie es nicht? Haben Sie es nicht in der Zeitung gelesen?«

»Ich habe keine Zeit, um Zeitung zu lesen«, entgegnete Fanny. Sie hatte schnell wieder zu ihrer alten Überheblichkeit zurückgefunden.

»Der Mord im Palais«, erklärte Ida. »Der Baron, der erstochen und erschlagen wurde und den Fächer der Kaiserin in der Hand gehalten hat.«

»Den Fächer?«, fragte Fanny ungläubig. »Den Fächer, den sie von ihrem Cousin zu Weihnachten geschenkt bekommen hat?«

»Welchen sonst, Sie dummes Ding«, brauste Ida auf.

»Nennen Sie mich nicht dummes Ding«, empörte sich Fanny.

Ida wollte ihr schon eine Grobheit sagen, ließ es dann aber bleiben. »Frau Feifalik, wir sind beide erregt und besorgt. Kein Streit.«

Fanny nickte.

»Seit drei Tagen zermartere ich mir das Hirn, wie der Fächer der Kaiserin in die Hände des Toten gelangt sein könnte«, erzählte Ida.

»Es muss ihn jemand auf der Redoute gefunden haben«, meinte die Feifalik.

»Ob es der Baron selbst war? Meinen Sie, Baron von Schnabel könnte auf der Redoute gewesen sein?«

»Ich kenne den Mann nicht.«

Ida wusste auch kaum etwas über ihn. Er sei sehr reich gewesen und hätte die Tochter eines Grafen geheiratet, die um vierzig Jahre jünger war als er. In der Zeitung war er als großzügiger Spender verschiedener karitativer Einrichtungen beschrieben worden.

»War ein alter Mann auf der Redoute? Haben Sie jemanden gesehen, der den Fächer vielleicht aufgehoben hat? Denken Sie nach«, bedrängte Ida die Frisöse.

»Es waren hunderte Leute dort«, sagte Fanny verzweifelt, »und unter den Masken war das Alter schwer auszumachen.«

»Nehmen wir an, der Baron war auf dem Ball«, begann Ida. Sie sprach mehr zu sich selbst als zu Fanny. »Er findet den Fächer und nimmt ihn mit. Vielleicht hat er sogar gesehen, wer ihn verloren hat, aber er will den Fächer der schönen Frau behalten.«

»Was hat er dann damit getan?«

»Er hat ihn gehütet wie ein kostbares Stück. Und als sein Mörder kam, hatte er ihn in der Hand.«

»Der Fächer ist der Beweis, dass die Kaiserin heimlich auf der Redoute war«, jammerte Fanny.

»Niemand kann wissen, dass er ihr gehörte. Nur wir sind eingeweiht, höchstens noch Olga, aber die tratscht nicht.«

»Es kommt ja noch viel schlimmer«, platzte es aus Fanny heraus.

»Die Kaiserin wurde erkannt! Deshalb ist sie auch so wütend auf mich. Sie wirft mir vor, die Verkleidung wäre nicht gut genug gewesen.«

»Wer hat sie erkannt? Woher wissen Sie das?«

»Der Brief ...«, stammelte Fanny.

»Welcher Brief?« Ida dämmerte, wovon Fanny sprach. »Der Brief, den Sie für die Kaiserin vom Postamt besorgt haben?«

»Ja, dieser Brief.«

»Was steht drinnen?«, wollte Ida wissen.

»Der Herr, mit dem die Kaiserin Zeit verbrachte, schrieb, er hätte sofort gewusst, dass es sich um die Majestät handle. Seine Worte waren alles andere als freundlich. Er schrieb, er würde das Geheimnis nur dann für sich behalten, wenn sie ...« Fanny brach ab.

»Wenn sie was?«

»Die Kaiserin ließ mich nicht weiterlesen. Und verraten hat sie es mir auch nicht.«

»Er erpresst sie?« Ida konnte es kaum glauben. »Was ist das für eine fürchterliche Person.«

»Die Kaiserin hat alle Verpflichtungen aus dem Kalender streichen lassen«, sagte Fanny und war wieder den Tränen nahe. »Sie will nicht ausgehen und niemanden sehen. Sie tobt bei jeder Kleinigkeit. Sie wird mich rauswerfen.«

»Dafür sind Sie zu gut als Frisöse«, entgegnete Ida. »Sie wird Sie behalten.«

»Was soll ich tun? Ich will gutmachen, wenn ich etwas falsch gemacht habe.«

Auch wenn sie Fanny gerne hätte zappeln lassen, Ida brachte es nicht über ihr Herz.

»Sie haben getan, was Sie versprochen haben: Sie haben der Kaiserin einen Wunsch erfüllt«, beruhigte Ida mit sanfter Stimme. »Der Zufall hat Elisabeth und Ihnen dabei aber ein paar schlimme Streiche gespielt. Es gilt herauszufinden, welchen Weg der Fächer genommen hat. Und wer der Herr ist, der unsere Majestät bedroht.«

»Nur wir können der Kaiserin helfen«, sagte Fanny.

»Nur wir.« Ida strich mit den Händen über den Stoff ihres Rockes. »Auch wenn wir den Moment fürchten, müssen wir die Majestät darüber aufklären, was wir hier besprechen. Möglicherweise hat sie etwas gesehen oder gehört, das uns weiterhelfen kann.«

»Ida, die Majestät befindet sich in einem Zustand, wie wir ihn alle noch nie erlebt haben. Ich fürchte, sie wird uns nicht anhören wollen.«

Damit konnte die Feifalik recht haben, wusste Ida. Trotzdem mussten sie es versuchen.

»Wir holen uns Unterstützung«, entschied Ida.

»Wen?« Fanny wischte sich mit einem Taschentuch das verheulte Gesicht ab.

Für Ida kam nur einer in Frage: Josef Latour.

Der Bote traf kurz nach drei Uhr nachmittags ein und wurde zur Gräfin in den Salon geführt. Er überreichte das Schreiben mit den Worten: »Der Kommissär hat mich beauftragt, eine Antwort von Baronin von Schnabel zurückzubringen.«

Elvira öffnete den Brief und überflog die Zeilen. Danach sah sie von ihrem Platz auf dem Sofa zu dem Boten auf.

»Meine Tochter befindet sich noch immer im Zustand des Schocks. Das Begräbnis ihres Gemahls wird am Montag stattfinden. Ich nehme nicht an, dass sie in den Tagen danach in der Lage sein wird, für eine Befragung zur Verfügung zu stehen.«

Der Bote, mit der Arroganz seiner Unerfahrenheit und Jugend, verzog keine Miene. »Ich soll Kommissär Stutz den Tag nennen, an dem die Baronin in der Polizeioberdirektion am Petersplatz erscheinen wird. Entweder um neun Uhr am Morgen oder um vier Uhr am Nachmittag.«

»Bestellen Sie Kommissär Stutz, dass die Mutter der Baronin, Gräfin Elvira von Trass, bereit ist, ihn eine Woche nach den Begräbnisfeierlichkeiten hier in Hietzing zu empfangen. Wenn es die Gesundheit meiner Tochter zulässt, wird sie anwesend sein, sonst wird er mit mir Vorlieb nehmen oder seine Fragen auf einen späteren Zeitpunkt verschieben müssen.« Der Bote machte nicht den Eindruck, als wäre er bereit zu gehen.

Elvira griff zur Glocke und läutete nach dem Hausmädchen. Sie kam schneller als erwartet und schlug dem Boten die Tür in den Rücken, weil dieser so knapp dahinterstand.

»Der Herr will gehen«, sagte Elvira kühl.

Wortlos drehte sich der Bote um und verließ den Salon.

»Impertinent!«, dachte Elvira. Was erlaubte sich so ein Polizeiagent? Die Zeiten wurden rauer. Das Volk verlor immer mehr Achtung vor dem Adel. Dem echten Adel. Nicht dem gekauften Adel. Ihre Familie hatte einen Stammbaum aufzuweisen, der Jahrhunderte zurückreichte. Die Männer, die der Kaiser gegen viel Geld zu Baronen gemacht hatte, konnten einen solchen Stammbaum hingegen nicht vorweisen.

Elvira musste an den Scherz denken, den eine ihrer Freundinnen im Frauenverein erzählt hatte. Der Kaiser wäre ein *Sehadler*. »Wen er sieht, den adelt er!«

Sie ging durch den Vorraum der Villa zum Treppenaufgang. An der Wand rechts vom Eingang hing das Gemälde, das Elvira und ihren Mann Wilhelm ein Jahr nach ihrer Hochzeit zeigte. Er wirkte noch etwas steif, angestrengt, eine würdevolle Haltung einzunehmen, ihr Lächeln war unsicher.

Graf Wilhelm von Trass und seine Frau Elvira, geborene Fürstin von Schrattbach.

Wie so oft, wenn sie an dem Bild vorbeikam, blieb Elvira stehen und betrachtete es. Es löste in ihr eine Mischung aus Wehmut, Trauer, Wut und Verzweiflung aus.

»Wieso nur, Wilhelm, wieso?«, dachte sie. Weil sie der Kummer zu übermannen drohte, riss sich Elvira los und wandte sich Richtung Treppe.

Von oben kam ihr Louisa entgegen, noch immer leichenblass.

»Mama«, sagte sie leise und begann zu schluchzen.

»Louisa, mein Schatz, komm zu mir, wir setzen uns in den Salon und trinken Tee.« Sie streckte die Hand nach ihr aus, aber Louisa blieb auf der Stufe stehen, schüttelte stumm den Kopf und lief dann wieder nach oben. Elvira folgte ihr.

Sie fand Louisa auf dem Bett des Gästezimmers, das sich gegenüber Elviras Schlafzimmer befand. Sie hatte sich auf den Bauch geworfen und das Gesicht im Kissen vergraben. Ein Schluchzen schüttelte ihren ganzen Körper.

Elvira setzte sich auf die Bettkante und streichelte ihr über den Rücken.

»Mein Engel, mein Schätzchen, ist es so schlimm?«

Louisa nickte, ohne den Kopf zu heben.

»Der Verlust schmerzt, aber die Trauer wird ihn mit jedem Tag erträglicher für dich machen.«

»Nein, nein, so wird es nicht sein«, heulte Louisa. Ihre Stimme war gedämpft, weil sie ins Kissen sprach.

»Vertrau mir, glaube mir, ich habe das alles durchgemacht, als wir deinen Vater verloren haben.«

»Nein, nein, das ist anders. So ganz anders.«

»Wenn ich nur verstehen würde, was dich so erregt, Louischen ...«

Louisa stemmte sich hoch und Elvira half ihr, sich aufzusetzen. Mutter und Tochter saßen eine Weile schweigend nebeneinander auf der harten Kante des Bettes. Die Gräfin wärmte Louisas Hand zwischen ihren eigenen, wie sie das schon getan hatte, als Louisa noch ein kleines Mädchen gewesen war. »Der Schmerz wird leichter, glaube mir, bitte.«

»Das ist es nicht, Mama.« Louisa konnte nicht aufhören zu weinen. Ihre Mutter nahm ein Taschentuch und wischte damit die Tränen weg.

»Was ist es dann? Wieso willst du es mir nicht sagen?«

Louisa blickte ihre Mutter fest an.

»Mama, ich bin schuld. Ich habe Adolf umgebracht.«

»Es ist dringend, soll ich bestellen. Sehr dringend.«

»Morgen vielleicht. Oder besser nächste Woche«, sagte Elisabeth.

»Es geht um eine Angelegenheit, die sich nicht aufschieben ließe«, beharrte Olga.

»Sag dem Oberst, er soll es mir schreiben, ich kann niemanden empfangen.«

»Der Oberst hat mir versichert, er wird notfalls warten, bis Ihre Majestät einen Augenblick Zeit für ihn hat.«

»Was ist denn mit dem Kronprinzen los? Wieso macht er Ärger und warum kann sein Erzieher nicht handeln, ohne mich zu quälen?« Elisabeth empfand ihre eigenen Worte als etwas theatralisch, aber alle sollten wissen, dass sie litt und in ihrem Leid nicht weiter belästigt werden wollte.

»Die Antwort kann Ihnen nur der Herr Oberst geben«, erwiderte Olga. Ohne von Elisabeth eine Aufforderung dazu erhalten zu haben, verließ sie das Schlafzimmer. Elisabeth dachte schon, sie hätte wieder ihre Ruhe, da hörte sie ein Räuspern an der Tür. Sie drehte sich aufgebracht um.

Josef Latour neigte den Kopf und schloss die Tür hinter sich.

»Majestät, was ich Ihnen mitzuteilen habe, ist sogar wichtiger als der Kronprinz, der keinen Grund zur Klage gibt.«

»Wichtiger als der Kronprinz?«

»Es geht um Sie, Majestät, Ihre Sicherheit und Ihren guten Ruf.«

Samstag,

16.

Februar

1867

Er ließ die drei Bediensteten absichtlich warten. Sie sollten im kalten, dunklen Gang ausharren, das würde sie einschüchtern.

Martin glaubte, sie dadurch zermürben zu können, damit sie ihm nicht mit Lügen kämen, sondern bereit waren, die Wahrheit zu sagen.

Zuerst ließ er die Köchin von einem Polizeiagenten in sein Zimmer führen.

Ihr stand die Angst ins Gesicht geschrieben.

Martin hatte einen weiteren Polizeiagenten namens Arnold zu sich geholt, der alles, was die geladenen Personen aussagten, protokolieren sollte.

»Name und Datum der Geburt?«, wollte er von der Köchin wissen.

»Sand, Adele Sand, 4. Juli 1831.«

Nach einem prüfenden Blick, ob der Polizeiagent alles aufgeschrieben hatte, begann Martin mit der Befragung. Vor ihm lag ein Papier mit mehreren Fragen, die er für dieses Gespräch vorbereitet hatte.

»Schildern Sie genau, was Sie am Abend des 10. dieses Monats getan und wo Sie sich aufgehalten haben.«

Die Köchin redete in bruchstückhaften Sätzen und knetete ständig ein Taschentuch in den Händen. Sie schilderte Alltägliches, das Martin belanglos erschien. Es ging um den

Speiseplan, das Kochen und das Anrichten und die Reinigung der Küche, die sie beaufsichtigte.

»Was haben Sie unternommen, als Sie Ihre Pflichten erledigt hatten?«

»Der gnädige Herr hat keine weiteren Wünsche gehabt. Feierabend. Ich habe Feierabend gemacht. In meiner Kammer. Oben, unter dem Dach.«

»Ach ja. Sie leben dort allein?«

Die Köchin wirkte entrüstet.

»Selbstverständlich.«

»Es kann also niemand bezeugen, dass Sie allein in Ihrer Kammer waren?«

»Ich bin gemeinsam mit der Dorothee nach oben gegangen. Sie kann das bezeugen.«

»Und wo war der Kammerdiener List?«, fragte Martin.

»Beim gnädigen Herren, glaube ich.«

»Wie war der Baron zu Ihnen?«

Adele Sand begann wieder, das Taschentuch in ihren Händen zusammenzupressen. »Nett. Recht nett. Ich habe ihm die Speisepläne vorgeschlagen und nach seinen Wünschen gefragt.«

»Die Pläne haben Sie mit ihm besprochen, nicht mit der Baronin?«

Er beobachtete, wie die Köchin zögerte.

Sie druckste herum.

»Die Baronin hat keine Entscheidungen getroffen?«, versuchte es Martin erneut.

»Der Baron hat das lieber selbst getan.«

»Das sollte wohl heißen, dass sie nichts zu sagen hatte«, dachte Martin bei sich.

Die Köchin behauptete, sich schlafengelegt zu haben und am Montag, wie jeden Tag, um fünf Uhr morgens aufgestanden zu sein.

Ab halb sechs Uhr stand sie in der Küche und begann mit den Vorbereitungen für den Tag.

»Wie haben Sie von dem Mord erfahren?«, lautete Martins nächste Frage.

»Der Karl ist in die Küche gekommen. Er war weiß wie ein Tischtuch und hat zuerst keinen geraden Satz sagen können. Dann hat er gerufen, dass man zum Wachzimmer laufen soll und den Doktor Jost holen.«

»Zuerst das Wachzimmer?«, fragte Martin. »Dann erst der Ruf nach dem Arzt?«

»Vielleicht auch umgekehrt.« Adele wirkte verunsichert. »Es ging alles so schnell und wir standen unter Schock. Der gnädige Herr ... am Abend war er noch so lebendig gewesen.«

Martin stellte zahlreiche weitere Fragen, die Antworten aber erschienen ihm ohne Bedeutung zu sein.

»Wer kann den Baron umgebracht haben?«, fragte er zum Abschluss.

»Ich kenne niemanden, der so was Schreckliches tut«, beteuerte die Köchin. »Es muss niemand sein, den Sie persönlich kennen. Es kann jemand sein, mit dem der Baron bei seinen Geschäften zu tun hatte, jemand aus dem Kreis der Freunde oder sogar der Familie.«

»Jössas Maria und Josef, Sie wollen doch nicht sagen, dass die Baronin oder …«

Die Köchin brach ab.

»Wieso denken Sie sofort an die Baronin?«, hakte Martin nach.

»Weil der Baron keine Geschwister hat und seine Eltern nicht mehr leben. Er hat nur ein- oder zweimal Besuch gehabt von einem Cousin, der lebt aber in Frankfurt.«

»Sie meinen, seine Familie waren seine Frau und deren Mutter und Verwandte?«

»Ihr Onkel, der Fürst von Schrattbach, der wohnt in der Wohnung im oberen Stockwerk. Er hat die Baronin manchmal besucht.«

Nach einer Stunde entließ Martin die Köchin. Sie war sichtlich erschöpft und wankte aus seinem Zimmer. Martin schickte Arnold, sie zurückzuholen. Adele starrte ihn an, als hätte sie ein Todesurteil zu erwarten.

»Ich habe eine Frage vergessen.« Aus der Lade des Schreibtisches nahm Martin den blauen Fächer, öffnete ihn, drehte ihn in der Luft und zeigte Vorder- und Rückseite.

»Haben Sie diesen Fächer schon einmal gesehen? Ich meine, vor dem Mord?«

»Nein.«

Adeles Antwort war schnell gekommen und klang überzeugend.

»Wieso hat ihn der Baron in der Hand gehalten?« Martin gab nicht auf.

»Das weiß ich wirklich nicht. Wieso nur, wieso?«

»Danke«, sagte Martin enttäuscht.

Bevor es sich der Kommissär noch einmal anders überlegen konnte, war Adele schon davongeeilt.

Ida konnte den Blick nicht von Elisabeth nehmen.

Wie verändert sie doch aussah. Die Schminke konnte die Ringe unter ihren Augen und die Furchen in ihren Wangen nicht verdecken.

»Gezeichnet, das ist das Wort«, dachte Ida.

Elisabeth war von den Ereignissen gezeichnet. Ida hatte endlich loswerden können, was sie bereits am Mittwoch in der Zeitung entdeckt hatte, fürchtete aber noch immer einen neuerlichen Wutausbruch der Kaiserin.

Der Ausbruch kam nicht. Stattdessen vergaß Elisabeth zum ersten Mal, seit Ida in ihren Diensten stand, auf die kerzengerade Haltung und den aufrechten Hals. Sie sank in sich zusammen.

»Nichts als Enttäuschungen im Leben«, hörten Ida, Fanny Feifalik und Oberst Latour die Kaiserin murmeln.

Ida fiel nichts ein, was sie zum Trost erwidern konnte. Elisabeth tat ihr so unendlich leid. Die Kaiserin hielt die Zeitung in der Hand und las noch einmal die Meldung über den Mord an Baron von Schnabel. Ihre Lippen formten tonlos die Worte der Meldung.

... Der Grund für den grausamen Mord ist nicht bekannt, ebenso unbekannt ist die Herkunft des Fächers, den der Tote in seiner Linken hielt. Aufgeklappt zeigt der Fächer das Bild zweier Schwäne, deren Hälse ineinander verschlungen sind....

Die Kaiserin blickte auf zu den drei, die ihr gegenüber auf dem Sofa im Großen Salon saßen.

»Er muss ihn gefunden haben. Er muss auf dem Ball gewesen sein und den Fächer aufgehoben haben, als er mir runtergefallen ist.«

»So muss es gewesen sein«, versicherte Fanny schnell. »Oder aber ...« Sie schnappte hörbar nach Luft. »Oder aber er hat ihn gestohlen.«

»Das hätte ich bemerkt«, entgegnete Elisabeth. »Ich hatte den Fächer in meinen Gürtel gesteckt. Von dort kann ihn niemand rausziehen. Nicht, ohne dass ich es merke.«

»Der Brief ... der Brief ....« Ida setzte ein drittes Mal an und hoffte, Elisabeth würde den Satz fortführen.

»Der Brief ... also ...«

»Was meinst du?«

Fanny senkte den Blick. »Ich habe Ida von dem Brief erzählt.«

Elisabeth holte Luft und machte bereits Anstalten, Fanny zu beschimpfen, ließ es dann aber bleiben.

»Der Brief kann unmöglich von dem Baron stammen«, sagte sie stattdessen. »Niemandem außer meinem Ballbegleiter habe ich gesagt, postlagernd an mich zu schreiben.«

»An Gabriele«, ergänzte Fanny schnell.

»Natürlich nicht an die Kaiserin«, sagte Elisabeth energisch.

Josef Latour hatte die meiste Zeit nur dagesessen und an seinem Bart gezupft, während Ida der Kaiserin über den Mord und den Fund des Fächers berichtet hatte.

»Majestät«, begann er und schien sich jedes Wort genau überlegt zu haben. »Majestät, wir stehen zu allen Zeiten bereit, Ihnen dienlich und behilflich zu sein. Dafür wäre es aber gut, die volle Wahrheit über den Brief zu erfahren.«

Die Kaiserin blickte ihn stumm an, erhob sich dann und verließ den Salon. Während sie fort war, tuschelte Ida mit den anderen.

»Ich meine, sie vertraut uns.«

»Das empfinde ich auch so«, stimmte Latour zu.

Mit einem Umschlag in der Hand kehrte Elisabeth zurück. Sie reichte ihn dem Oberst, der ihn öffnete und den

Brief herauszog. Ida, die neben ihm saß, beugte sich ein wenig zu ihm hin, um ihn auch lesen zu können. Sofort hielt ihr Latour das Papier näher hin.

Ich weiß, wer Sie sind und wo Sie sich am Abend des 2. dieses Monats aufgehalten haben.

Weiß es auch der Kaiser?

Weiß er, mit wem Sie Unterhaltungen führen und tanzen?

Was würde geschehen, wenn er davon erführe?

Was wäre die Folge, wenn ganz Wien davon erführe?

Ich bin bereit, mein Stillschweigen zu wahren, wenn Sie sich erkenntlich zeigen. Fürs Erste mit einer Strähne Ihrer Haare in der vollen Länge. Senden Sie diese in einem Umschlag postlagernd an Oberon.

Sie haben dazu nicht länger als sieben Tage Zeit.

»Eine Haarsträhne?« Das Zupfen des Obersts am Bart wurde schneller. »Kein Geld, kein Schmuck, kein Gold, sondern eine Strähne.«

»Was für ein Name! Oberon!«, entfuhr es Fanny.

»Der Feenkönig in Shakespeares *Sommernachtstraum*. Der Gemahl von Titania«, erklärte Ida. Wie konnte das die Feifalik nicht wissen?

»Haben Sie das Begehr des Unbekannten erfüllt?«, fragte Latour.

»Die Strähne wartet in meinem Frisiertisch«, antwortete die Kaiserin beschämt.

»Der Brief ist nicht datiert«, stellte der Oberst fest.

Ohne Aufforderung plapperte Fanny los. »Er muss am Montag oder am Dienstag im Postamt eingegangen sein, denn am Freitag war er noch nicht da, als ich gefragt habe. Ich bin erst am Mittwoch wieder in die Wollzeile gekommen, um im Postamt nachzufragen.«

Ida erschrak.

»Das bedeutet, Oberon will die Strähne sehr bald. Vielleicht bis spätestens Montag.«

»Gut«, sagte Latour. Er klatschte mit der Rechten auf seinen Oberschenkel.

»Das ist also der Ultimo. Heute und morgen ist das Postamt geschlossen, am Montag soll der Brief postlagernd an Oberon deponiert werden. Es ist zu spät, ihn von außerhalb Wiens absenden zu lassen. Wir werden einen Gassenbuben schicken, der den Brief hinbringt. Ich kenne da einen, der für einen solchen Auftrag verlässlich ist.«

»Was wird der Mann mit der Locke tun?«, fragte Elisabeth beunruhigt.

»Er wird sie nicht bekommen, denn der Umschlag wird leer sein«, antwortete Latour. »Ich werde dafür sorgen, dass herausgefunden wird, wer ihn abholt.«

»Wie wollen Sie das machen?«, wollte Ida wissen.

»Mein Bursche, der Kalle, unterstand mir früher beim Militär und ist mir noch einen Gefallen schuldig.« Latour wandte sich an die Kaiserin. »Mein Vorhaben braucht Ihr Einverständnis, Majestät.«

»Das haben Sie«, sagte Elisabeth matt. Sie blickte ins Leere. »Wie kann ich mich nur so getäuscht haben in diesem Menschen?«

Ida konnte nicht zurückhalten, was ihr auf der Zunge brannte.

»Was ist, wenn es nicht der Baron war, der den Fächer gefunden hat?«

Alle blickten zu ihr.

»Aber wie soll er sonst in seine Hand gekommen sein?«, rief Fanny.

»Vielleicht hat ihn der Mörder gefunden«, sagte Ida.

Elisabeth zog die Augenbrauen zusammen. »Der Mörder? Du meinst, er könnte mit meinem Fächer in der Tasche herumgelaufen sein und ihn nach der Bluttat beim Baron gelassen haben?«

»Vielleicht.«

»Aber was sollte der Grund dafür sein?«

»Ich weiß es auch nicht.«

Elisabeth erhob sich und begann im Zimmer herumzugehen. »Ida hat recht. Es könnte der Mörder gewesen sein. Dann war es kein Zufall, dass der Fächer bei diesem Baron geblieben ist. Er wurde ihm absichtlich in die Hand gelegt.« Sie wandte sich Ida zu.

»Auch wenn ich noch keine Ahnung habe, wie ich es anstellen werde, ich will wissen, wie so etwas möglich sein kann.«

»Name?«

»Dorothee Liebing.«

»Wann geboren?«

»1846. Am 27.Oktober.«

»Sie sind als Zofe der Baronin im Dienst.«

»Sehr wohl.« Martin musterte die junge Frau auf der anderen Seite seines Schreibtisches. Sie saß auf der Sesselkante, eine kleine, abgewetzte Lederhandtasche auf den Knien.

»Schildern Sie mir, was Sie am Abend des 10. gemacht haben.«

»Ich hatte frei. Die Baronin war mit ihrem Onkel zu ihrer Großtante nach Baden gefahren. Gegen fünf Uhr habe ich das Palais verlassen.«

»Wohin sind Sie gegangen?«

»Gefahren. Mit der Pferdestraßenbahn. Auf die Wieden.«

»Sie meinen, in den 4. Bezirk.«

»Ja, die Wieden«, sagte Dorothee störrisch.

»Was haben Sie dort gemacht?«

»Ich wollt zum Tanz gehen. Aber ich habe mich im Tag geirrt. Der Tanz war am Samstag.«

»Und dann?«

»Um halb acht war ich zurück und bin in mein Zimmer in die Mansarde gegangen. Enttäuscht war ich, weil ich gehofft habe, den Hubert wiederzutreffen.«

Martin hob fragend die Augenbrauen.

»Wir tanzen gerne. Er ist nett.«

»Aha. Und von halb acht Uhr an waren Sie in Ihrem Zimmer?«

»Nein.«

»Nicht? Wo sonst?« Dorothee druckste herum.

»Raus mit der Sprache!«

»Ich war beim Herrn Baron.«

»Das haben Sie aber bei der ersten Befragung am Montag nicht angegeben.«

»Weil der Schreck so groß war. Ein Mord. In unserem Haus!«

»Wann waren Sie beim Baron?«

»Um neun.«

»Aus welchem Grund?«

»Weil ich ihn bitten wollte, meinen Lohn zu erhöhen. Weil die anderen Zofen in anderen Palais mehr bekommen als ich. Und weil die Baronin mich oft so lange braucht, dass ich nur wenig Schlaf bekomme. Ich arbeite für zwei manchmal.«

»Hat er der Lohnerhöhung zugestimmt?«, fragte Martin.

»Er hat geschlafen.«

»Geschlafen?«

»Er lag auf dem Sofa und hat sich nicht bewegt.«

»Hat er noch gelebt?«

Dorothee brach in Tränen aus. »Ich habe doch nicht gedacht, dass ihn wer umgebracht haben könnte. Deshalb bin ich wieder gegangen.«

»Moment!« Martin hob die Hand. »Die Bibliothek war offen. Der Baron lag auf dem Sofa. Haben Sie eine Wunde an seinem Kopf bemerkt?«

»Nein. Er hat geschlafen. Er war ...« Die Zofe stockte.

Als sie nicht weitersprechen wollte, sagte Martin heftig: »Reden Sie. Das kann wichtig sein. Es ist ein Verbrechen, dem Kommissär etwas zu verheimlichen.«

Der Druck wirkte.

»Er war betrunken, glaube ich«, sagte Dorothee. »Im Zimmer hat es nach Weinbrand gerochen.«

»Sie sind einfach wieder gegangen?«

Dorothee nickte.

»Wieso sind Sie um neun Uhr am Abend zu ihm, wenn Sie mehr Geld haben wollen?«

»Weil er dann meistens ...« Sie deutete mit den Händen, als müsse das mittlerweile klar sein, »weil er da oft schon getrunken hatte. Ich dachte, er ist dann milder.«

»Und weiter?«

»Ich habe mich schlafen gelegt. Und mir vorgenommen, am Montag, wenn die Baronin zurückkommt, sie um mehr Lohn zu bitten.«

»Was können Sie über die Baronin sagen?«

»Nur das Beste«, kam es sofort von Dorothee. »Nur das Allerbeste. Sie ist eine so feine und freundliche Frau. Sie war immer gut zu mir. Immer.«

»Und der Baron?«

»Er …«, sie suchte nach den richtigen Worten, »er hat seine Launen gehabt.«

»Welche Launen?«

»Er war nicht immer gut zu sprechen.«

Martin machte sich im Kopf eine Notiz, den Kammerdiener ausführlich über die Getränke zu befragen, die der Baron zu sich genommen hatte.

»Können Sie mir das genauer schildern?«

»Sie wissen schon«, sagte Dorothee. Mehr war aus ihr nicht herauszubekommen.

»Was denken Sie, wer ihn umgebracht haben könnte?«

Die Zofe schüttelte nur den Kopf. Martin bemerkte, wie sie die Lippen zusammenpresste, als müsste sie ein Wort dahinter verbergen.

»Sagen Sie, was Sie denken. Das ist Ihre Pflicht.«

Dorothees Augen wurden groß.

»Der Schatten.«

»Wer?«

»Der Schatten.«

»Was meinen Sie damit?«

»Ich habe ihn ein paar Tage zuvor gesehen«, sagte Dorothee leise. »An der Wand des Stiegenhauses. Ein Schatten im Licht der Laternen. Wir mussten jeden Abend alle entzünden, das wollte der Baron so. Und wenn ich von der Baronin gekommen bin, da habe ich den Schatten an der Wand gesehen.«

»Wessen Schatten soll das gewesen sein?«

»Ich weiß es nicht. Es war ein Mantel ... ich glaube, mit einer Kapuze. Die Ärmel wie Flügel.«

»Haben Sie nicht nachgesehen, um wen es sich handelt?«

»Als ich ins Treppenhaus hinuntergesehen habe, war er bereits fort.«

»Sonntagnacht war er wieder da?«, fragte Martin.

»Die Laternen im Treppenhaus waren alle gelöscht, bis auf eine, am oberen Ende der Treppe.«

»Wer hat sie gelöscht?«

Dorothee hob die Schultern und ließ sie langsam wieder sinken. Sie wusste es nicht.

»War der ›Schatten‹ auch am Sonntag da?«, wollte Martin wissen.

Die Zofe nickte. »Ich glaube schon.«

»Sie glauben? Das können Sie in der Kirche tun. Hier müssen Sie es wissen.«

Eingeschüchtert schlang die Frau die Arme um sich, als müsse sie ihren Körper vor dem Kommissär schützen. Alle Versuche von Martin, von ihr mehr zu erfahren, blieben erfolglos.

Schließlich entließ er sie.

36

Die Uhr am Schreibtisch des Kaisers schlug sechs Uhr.

Draußen war es längst dunkel. Der Kammerdiener machte höflich darauf aufmerksam, dass der Kaiser sich umkleiden müsste, weil er ein Diner mit dem französischen Botschafter hatte. Danach stand der Ball der Industrie auf dem Programm.

Franz Josef rieb sich die Augen, die vom Lesen brannten. Er hatte das Angebot für eine zweite Lampe zurückgewiesen, musste nun aber feststellen, dass ihm das Lesen bei wenig Licht schwerer fiel als früher.

Es wurde geklopft.

Benedikt trat ein.

»Majestät.«

»Was gibt es denn noch, Steindl?« Das Erscheinen seines Sekretärs bedeutete entweder eine Katastrophe, eine eilige Besprechung mit den Befehlshabern der Armee oder bloß eine andere Arbeit, die keinen Aufschub duldete.

Benedikt trat zögernd näher.

»Majestät, ich brauche eine Entscheidung.«

»Was für eine Entscheidung? Habe ich nicht schon genug Entscheidungen in dieser Woche getroffen?«

»Es geht um ein Schreiben, das ich für Seine Majestät erhalten habe.«

»Von wem ist es?«, fragte Franz Joseph.

»Das ist der Grund, weshalb Sie entscheiden müssen, was damit geschehen soll. Ich kenne den Absender nicht.«

»Was heißt, Sie wissen nicht, wer das Schreiben geschickt hat?«

»Majestät, ich habe heute Nachmittag am Graben ein Buch in der Buchhandlung für meine Mutter bestellt. Es soll ein Geburtstagsgeschenk sein. Auf dem Rückweg habe ich auf einmal das Gefühl bekommen, es folgt mir jemand. Als ich mich umgedreht habe, war da eine Frauengestalt.«

»Steindl, etwas schneller, der Kammerdiener ist schon ungeduldig.«

»Ich kann nicht viel über die Frau sagen«, fuhr Benedikt fort. »Sie hat einen dieser Kapuzenmäntel getragen, die jetzt so modern sind. Ihr Gesicht war darunter nicht zu sehen, auch nicht ihr Kleid. Sie ist neben mich getreten und hat mir diesen Umschlag gereicht. ›Für den Kaiser, ist von größter Wichtigkeit‹, hat sie gesagt und ist sofort darauf davongeeilt. Ich war perplex. Als ich ihr nach bin, war sie schon in die Wallnerstraße abgebogen und ich konnte sie nicht mehr finden.«

»Eine Bittstellerin vielleicht?«

»Der Mantel hat teuer ausgesehen. Ich bin kein Spezialist, aber der Stoff war fein. Meine Mutter besitzt einen ähnlichen Mantel, den sie gerne in der Faschingszeit trägt.«

Benedikt trat einen Schritt nach vorne.

»Das ist der Brief.«

Benedikt streckte dem Kaiser einen Umschlag entgegen.

»Er ist nicht adressiert und auch nicht mit einem Absender

versehen. Wer ihn mir übergeben hat, muss aber wissen, dass ich für Ihre Majestät arbeite.«

Franz Josef blickte auf den Brief, unschlüssig, was er damit machen sollte. Er könnte ihn der Kanzlei überlassen, die sich darum kümmern würde. Was ihn aber davon abhielt, war die Art und Weise, wie der Brief an ihn gesandt worden war. Jemand wollte ihm persönlich eine Mitteilung machen, und zwar nicht auf offiziellem Wege.

»Geben Sie her!«

Benedikt machte einen weiteren Schritt nach vorne und Franz Josef zog ihm das Kuvert aus der Hand.

Hinter ihm wurde gehüstelt. Der Kammerdiener stand in der Tür.

»Ich komme!« An Benedikt gewandt sagte der Kaiser: »Sie können sich zurückziehen.«

Der Kammerdiener half Franz Josef, die Hose zu wechseln und in die Galauniform zu schlüpfen. Für den Ball stand schon sein Säbel bereit. Die rot-weiß-rote Schärpe lag frisch gebügelt auf dem Tisch.

Auf dem Weg zum Speisesaal blieb der Kaiser stehen. Er hatte den Brief in die Tasche der Uniform gesteckt. Da im Augenblick ausnahmsweise niemand in seiner Nähe war, riss er den Umschlag auf.

Eine gefaltete Seite.

Franz Josef öffnete sie.

Er las den einzigen Satz, der darauf stand. Einmal. Dann ein zweites Mal. Und ein drittes Mal.

Wie gut, dass er den Brief selbst geöffnet hatte.

37

Was bildeten sich diese Grafen ein? Sie dachten wohl, sie stünden über dem Gesetz. Martin hätte fast losgebrüllt vor Zorn, als ihm der Polizeiagent die Antwort der Gräfin Trass überbracht hatte.

Ihm waren gerade noch rechtzeitig die warnenden Worte seines Mentors Julius eingefallen. Er schien, seit Martin ein kleiner Bub gewesen war, ein Feingefühl dafür zu besitzen, Martin darauf hinzuweisen, wenn er in Schwierigkeiten zu geraten drohte.

Als er dem Oberkommissär Bericht über die Vernehmungen erstattet hatte, kam dieser mit einem interessanten Vorschlag: Martin sollte zum Begräbnis des Barons gehen.

»Ein Mörder kann es manchmal nicht lassen, zuzusehen, wie sein Opfer in der Erde versenkt wird, damit es auch bestimmt nicht mehr aufstehen kann«, hatte Fruhstuck in seiner gewohnt rauen Art gemeint.

Martin würde seinem Vorschlag folgen. Er hatte in Erfahrung bringen können, dass Baron von Schnabel am Montag um elf Uhr auf dem St. Marxer Friedhof beigesetzt werden sollte.

Es war halb sieben Uhr abends, aber Martin verspürte keine Lust, nach Hause in seine kleine, kalte Wohnung zu gehen. Der Hausmeister hatte vorhin den Ofen noch einmal tüchtig angeheizt. In seinem Amtszimmer war es nun wohlig warm. Auf dem Schreibtisch lagen die schriftlichen Aufzeichnungen der drei Aussagen. Martin las sich durch, was der Kammerdiener zu berichten gehabt hatte.

Karl List
Geboren 3. März 1827
Seit fünf Jahren Kammerdiener
bei Baron von Schnabel

Was List ausgesagt hatte, deckte sich mit dem, was er am Montag bei der Befragung im Palais gesagt hatte. Es waren aber einige neue Details dazugekommen:

Laut Kammerdiener List verfügte der Getränkeschrank in der Bibliothek immer ausreichend über Cognac, verschiedene Schnäpse und Orangenlikör, von dem sich die Baronin von Zeit zu Zeit ein Glas hatte einschenken lassen.

List beschreibt den Baron als einen Mann »mit Kanten«. Dem Alkohol hätte er immer dann stärker zugesprochen, wenn er sich allein im Palais befand und die Baronin bei ihrer Mutter oder anderen Verwandten weilte.

Der Onkel der Baronin, Fürst August von Schrattbach, wäre nur dann zu Besuch zu seiner Nichte gekommen, wenn sich Baron von Schnabel auswärts befand.

Die beiden Männer verstanden sich nicht gut. Die Baronin wäre von Zeit zu Zeit nach oben in die Wohnung ihres Onkels gegangen. Allerdings wäre das nicht oft geschehen, da es ihr Mann nicht gerne sah.

List gab an, dass er manchmal Besucher eingelassen hätte, deren Namen er nicht kannte. Der Baron hatte sie angekündigt und Auftrag gegeben, sie weiterzuführen. Es waren Herren, die, wie List mitbekam, mit starkem Akzent sprachen. Er vermutete, dass sie aus Russland, Spanien oder Italien kamen, konnte aber keine genauen Angaben machen.

Der Baron hätte seine Gäste immer oben an der Treppe erwartet und List zugerufen, er möge die Herren in sein Arbeitszimmer oder in die Bibliothek führen und sie danach nicht mehr stören.

Keiner dieser Herren wäre aber an den Tagen vor dem Mord an der Tür erschienen. In welcher Verbindung sie zum Baron standen, war ihm nicht bekannt.

Angesprochen auf den »Schatten«, den die Zofe Liebing erwähnt hatte, antwortete List erst nach einigem Überlegen. Er hätte von dem Schatten gehört und ihn vermutlich auch einmal gesehen, allerdings hatte er ihn für eine Motte gehalten, die vor die Flamme der Laterne geflogen war.

List, wie auch die anderen Bediensteten, gab an, keine Idee zu haben, wer den Baron getötet haben könnte.

Auch zum Fächer sagt er aus, ihn noch nie zuvor im Haus des Barons gesehen zu haben.

Noch einmal studierte Martin den Bericht vom Montag.

Wie konnte die Bibliothek des Barons von innen versperrt worden sein?

Ein geheimer Ausgang aus der Bibliothek kam kaum in Frage.

Er hatte List bei der Befragung darauf angesprochen. List behauptete, nie davon gehört zu haben und auch noch nie ein Anzeichen dafür entdeckt zu haben. Weder Martin noch einem seiner Polizeiagenten war bei der Durchsuchung des Tatorts irgendetwas aufgefallen.

Die zweite Möglichkeit war, dass sich der Mörder in der Bibliothek versteckt hatte. Nachdem List die Tür aufgebrochen hatte und in die Küche gelaufen war, konnte der Mörder den Raum und auch das Palais verlassen. Allerdings stand beim Eingang zur Straße von frühmorgens bis in die Nacht ein Hausdiener, der Besucher nach ihren Namen fragte und einließ. Der Hausdiener hatte niemanden das Palais verlassen gesehen. Die Einfahrt war verschlossen, die anderen Ausgänge, soweit sich das noch feststellen ließ, ebenfalls.

Martin malte ein paar große Fragezeichen auf das Papier.

Er streckte sich. Sein Rücken schmerzte und er hatte großen Hunger. An diesem Abend würde er sich ein Gulasch im Wirtshaus gönnen. Mit zwei, nein, drei Semmelknödeln. Er legte die Berichte in die mittlere Schreibtischlade und schloss sie ab. Der Schlüssel hing an einem Ring, an dem noch andere klimperten. Nachdem er die Petroleumlampe gelöscht hatte, verließ er sein Zimmer und schloss von außen ab. Als er den Schlüssel drehte, fiel ihm etwas ein.

209

Ob das möglich war? Er rief im nächtlichen Gang nach dem Kanzleidiener, der sein Zimmer am anderen Ende hatte. Der Mann wieselte diensteifrig herbei.

»Können Sie mein Zimmer auf- oder abschließen?«

»Da müsste ich den Reserveschlüssel holen«, antwortete der Kanzleidiener.

»Tun Sie das.«

Es dauerte eine Ewigkeit, bis der Mann zurück war. Martins Magen gab knurrende Geräusche von sich.

»Ist das der richtige Schlüssel?«

Der Kanzleidiener steckte ihn ins Schloss, drehte ihn und öffnete die Tür.

»Geben Sie her«, verlangte Martin. Er steckte den Ersatzschlüssel innen an und schloss die Tür. »Holen Sie eine Lampe«, befahl er. Wieder vergingen einige Minuten. Der Diener kam mit einer Petroleumlampe, deren Glaszylinder ziemlich verrußt war, zurück. Der Lichtschein sollte aber ausreichen.

Vorsichtig steckte Martin seinen eigenen Schlüssel ins Schloss. Er drehte ihn und verlangte dann nach der Lampe. Als er sie an das Schloss hielt, konnte er auf der anderen Seite den Zweitschlüssel stecken sehen. Als er mit der Faust kräftig gegen die Tür schlug, zuckte der Diener zusammen und der Schlüssel fiel innen zu Boden.

Es war also möglich, eine Tür abzuschließen, wenn der andere Schlüssel noch halb im Schloss hing. Allerdings konnte das nur jemand tun, der einen zweiten Schlüssel besaß. Wer kam dafür in Frage? Wer besaß einen Zweitschlüssel für die Bibliothek des Barons?

Sonntag,

17.

Februar

1867

38

Franz Josef war nach der Morgenmesse in sein Arbeitszimmer zurückgekehrt. Am Schreibtisch sitzend, betrachtete er den anonymen Brief, den er am Vortag erhalten hatte.

Sollte er Sisi darauf ansprechen?

Wer schickte ihm diese Zeile?

Eine andere Möglichkeit wäre, mit seiner Mutter darüber zu reden. Allerdings wäre das, wie Öl ins Feuer zu gießen. Er kannte ihre Abneigung gegen Sisi und litt darunter.

Fragen Sie die Kaiserin, wo Sie am 2. Februar gewesen ist

Was für eine seltsame Aufforderung. Es war so gut wie unmöglich, dass die Kaiserin ungesehen die Hofburg verließ, also müsste er nur den Obersthofmeister fragen, oder Auftrag geben, sich bei den Leibgardisten umzuhören.

Aber würde das nicht Verdacht erregen und neugierige Fragen zu Tage fördern?

Franz Josef sah in das lächelnde Gesicht des Portraits seiner Frau.

Was ging in ihr nur vor? Wieso, fragte er sich erneut, erfreute ihn das Gemälde von ihr nicht mehr auf die gleiche Weise, wie es das so lange Zeit getan hatte?

Ihm kam ein eigenartiger Gedanke: Hatte ihn der Fluch endlich eingeholt, der gegen ihn ausgesprochen worden war?

Es war die Mutter des Grafen Lajos Batthyány, erster Ministerpräsident des Königreichs Ungarns, gewesen, die den Fluch ausgesprochen hatte.

Ungarn bereitete Franz Josef viele Sorgen und Kopfzerbrechen.

Während der Unabhängigkeitsbestrebungen war Batthyány verhaftet und trotz vieler Proteste und Gesuche um Gnade zur Hinrichtung verurteilt worden. Er hatte in der Zelle einen Selbstmordversuch unternommen, der missglückte. Danach war er erschossen worden.

Franz Josef hatte sein Gnadengesuch abgelehnt. Als dessen Mutter davon erfuhr, soll sie ihn verflucht haben. So war es ihm zumindest übermittelt worden.

»Himmel und Hölle sollen sein Glück vernichten, sein Geschlecht soll vom Erdboden verschwinden und er selbst soll heimgesucht werden in den Personen derer, die er liebt! Sein Leben sei der Zerstörung geweiht und seine Kinder sollen elend zugrunde gehen!«

Seine Tochter Sophie war im Alter von nur zwei Jahren gestorben. Es war auf einer Reise durch Ungarn gewesen. Sisi hatte das Kind entgegen dem Anraten seiner Mutter mitgenommen.

»… und er selbst soll heimgesucht werden in den Personen derer,
die er liebt!«

Franz Josef liebte Sisi, auch wenn er das Gefühl hatte, sie entglitt ihm mit jedem Tag weiter an einen Ort, an den er ihr nicht folgen konnte. Wie lange noch, bis sie völlig unerreichbar sein würde?

Sollte sich der Fluch fortsetzen? Sollte er Sisi ganz verlieren? Die Vorstellung war unerträglich.

Energisch nahm er den Brief und zerriss ihn. Es gab keine bösen Flüche und ein Kaiser durfte nicht abergläubisch sein. Die Papierschnipsel ließ er von einem herbeigerufenen Lakaien in den Ofen werfen und verbrennen.

Der Zweifel an Sisis Treue nagte aber weiter an ihm.

Wenigstens hatte sie das Familienessen nicht abgesagt, zu dem sich Franz Josef nun begab. Gleich danach wollte er mit ihr reden. Wenn sie ihm Gelegenheit dazu gab.

39

»Ich werde es ihm sagen.«

Elisabeth sah Ida an, als wollte sie ihre Zustimmung und ihren Segen.

»Du willst ihm sagen, dass du auf der Redoute warst?«

»Ja, ich werde es dem Kaiser gestehen. Ich habe niemandem etwas zuleide getan.«

»Du hast gegen das Hofprotokoll verstoßen«, machte sie Ida aufmerksam.

»Na und? Das tue ich fast jeden Tag. Die Hofburg steht noch immer und Schönbrunn hat auch keine Risse davon bekommen.«

Elisabeth spürte in sich einen Mut, der sie schon vor geraumer Zeit verlassen hatte. Der Reiz, sich zu behaupten und durchzusetzen und der Drang nach Freiheit erwachten in ihr langsam wieder zum Leben.

»Hast du keine Angst, dass es ein Skandal wird?«, fragte Ida vorsichtig.

»Hast du keine Sorge, dieser entsetzliche Mensch mit seinen Erpressungen könnte mehr über deine Tändelei am Ball herumerzählen?«

Ida ließ keinen Zweifel, dass sie Elisabeths Idee nicht gut fand, was Sisi ärgerte. Sie hatte es sich am Morgen in Gedanken ausgemalt, wie sie ihr Gewissen durch das Geständnis erleichtern würde. Leider konnte sie Idas Einwände nicht einfach zur Seite wischen, weil Elisabeth ihr insgeheim recht geben musste.

»Und dann wäre da noch der Fächer«, fügte Ida hinzu.

Elisabeth winkte mit beiden Armen. »Genug, es reicht, du hast es mir ausgeredet. Ich werde es verschieben. Ich warte noch zu. Aber ich sage nicht, dass du recht hast. Meine Offenheit gegenüber dem Kaiser macht es diesem fürchterlichen Menschen schwer, seine Drohung umzusetzen.«

»Was den Kaiser anbetrifft, ja. Was den ganzen Hof und das Volk angeht hat er jedoch weiter alle Karten in der Hand.«

Elisabeths Hochstimmung war verflogen.

»Herr Oberst!«

Karl, genannt Kalle, schlug die Haken zusammen, salutierte und stand stramm, als würde er an einer Militärparade teilnehmen.

»Wir sind hier nicht in der Armee, Kalle«, erinnerte ihn Latour schmunzelnd. »Weder du noch ich sind noch im Dienst.«

»Sehr wohl, Herr Oberst. Ich habe verstanden.«

»Du setzt dich jetzt und wirst mir genau zuhören.«

»Wie Herr Oberst wünschen.«

Latour sah dem Mann zu, wie er in seinem schlechtsitzenden Anzug auf dem Sessel in seinem Wohnzimmer herumwetzte und versuchte, eine Position zu finden, die einerseits Haltung besaß, andererseits aber auch bequem war.

»Jetzt lehn dich einfach zurück, ich hole uns Kaffee.«

»Ich darf die Tassen tragen. Und die Kanne.«

»Nein, du bleibst sitzen! Das ist ein Befehl.«

Diese Worte wirkten.

»Wie geht es deiner lieben Mutter und wie geht es in der Wäscherei?«

Kalle kam ihm in die Küche nachgelaufen.

»Meine Mutter sendet ihre Grüße. Ich arbeite jetzt mit ihr und bringe die Wäsche zu den Leuten und kassiere das Geld.«

»Eine gute Tätigkeit für Kalle«, dachte Latour. Kalle war ihm in der Armee zugeteilt worden und hatte bei einem Feldeinsatz eine Kopfverletzung erlitten. Danach war eine Veränderung mit ihm vor sich gegangen. Er war derselbe korrekte und verlässliche Soldat geblieben, aber wurde von Panik erfasst, sobald er Schüsse hörte. Kalle brauchte viel Schlaf und Ruhe und war nicht mehr belastbar. Latour hatte damals veranlasst, dass Kalle in die Kaserne versetzt wurde. Dort fand sich ein verständnisvoller Militärarzt, der Kalle Dienstuntauglichkeit bescheinigte und ermöglichte, dass er in Ehren entlassen wurde.

Latour war gleichzeitig in die Zentralkanzlei Kaiser Franz Josephs versetzt worden. Er begleitete den Kaiser nicht nur auf Reisen, sondern wurde auch als Bote nach Madeira gesandt, wo die Kaiserin lange Zeit weilte. Bei diesen Besuchen entwickelte sich eine enge und sehr persönliche Beziehung zwischen ihm und der Kaiserin, worauf sie ihm später die Erziehung des Kronprinzen übertrug – gegen den Willen des Kaisers.

»Meine Mutter lässt Ihnen ausrichten, wie dankbar wir Ihnen sind, dass Sie sich damals im Heer für mich so eingesetzt haben«, sagte Kalle. »Wenn Sie Wäsche gewaschen brauchen, dann bekommen Sie das bei uns immer kostenlos.«

Latour lächelte. »Ich lasse deine Mutter grüßen und bedanke mich. Bei Bedarf komme ich auf das Angebot zurück. Aber heute habe ich einen anderen Auftrag für dich.«

Latour trug das Tablett mit zwei Tassen und der Kaffeekanne ins Wohnzimmer. Dort goss er für sie beide ein.

Latour nahm einen Schluck.

»Kalle, du magst doch Kaffee, wenn ich mich recht erinnere.«

Als Antwort leerte Kalle die Tasse in einem Zug und grinste verlegen.

»Gut, das hätten wir geklärt«, sagte Latour lachend. »Du wirst ab Morgen im Kaffeehaus sitzen und dort auf jemanden warten.«

»Auf wen?«

»Das weiß ich nicht.«

»Aber Herr Oberst, wie soll ich dann wissen, ob es der richtige ist?«

»Gegenüber des Postamts in der Wollzeile gibt es ein Kaffeehaus«, erklärte Latour. »Dort nimmst du dir den Tisch am Fenster, von dem du zum Ausgang der Post siehst. Du lässt das Tor nicht aus den Augen, hast du verstanden?«

»Das sollte nicht weiter schwierig sein!«, sagte Kalle.

»Du wartest, bis ein Beamter der Post herauskommt und mit seinem Taschentuch winkt«, fuhr Latour fort. »Dann verlässt du deinen Platz und folgst dem Mann, der vor dem Beamten geht.«

Der Beamte, der für die Abholung von postlagernden Briefsendungen zuständig war, würde, sobald jemand den Brief für »Oberon« abholte, diesem jemand zum Ausgang folgen und Kalle mit dem Taschentuch ein Zeichen geben. Ein großzügiger Vorschuss und die Aussicht auf mehr, würde dafür sorgen, dass er nicht vergaß.

»Und was mache ich dann?«, wollte Kalle wissen.

»Du folgst dem Mann, bleibst aber auf Abstand«, erklärte Latour. »Pass ja auf, dass er dich nicht bemerkt. Du musst herausfinden, wohin er geht. Wenn er ein Haus betritt, warte eine Stunde, ob er auch darin bleibt. Erst dann kommst du zu mir und meldest mir den Ort.«

»Sie können sich auf mich verlassen, Herr Oberst.«

»Gut, dann warte ich auf deinen Bericht. Und noch etwas ...« Latour erhob sich, um Kalle zur Tür zu begleiten. »Deine Rechnung werde ich begleichen. Du kannst trinken und essen, so viel du willst.«

Kalle konnte sein Glück kaum glauben.

Mittwoch,

20.

Februar

1867

Sie log.

Martin Stutz war überzeugt, dass ihn die Baronin anlog. Da mochte sie noch so schüchtern ständig zu Boden blicken und über ihren Rock streichen. Wenn sie nicht die Unwahrheit sagte, dann verheimlichte sie zumindest etwas.

»Er war Ihnen also ein guter Ehemann?«, hakte Martin erneut nach. Die Gräfin funkelte ihn warnend an, sagte aber nichts. Davon ließ sich Martin nicht beeindrucken.

Der Besuch des Begräbnisses war ohne Erkenntnisse geblieben. Baron Schnabels Sarg wurde von seiner trauernden Witwe, ihrer Mutter und deren Bruder begleitet. Ihnen folgte ein Trauerzug von mindestens hundert Personen. Niemand war Martin auffällig erschienen. Er hatte versucht, nach dem Begräbnis den Unterhaltungen der Trauernden zu lauschen, konnte aber nichts Brauchbares aufschnappen.

Martin war noch immer sauer, dass man ihn so lange hingehalten hatte. Erst heute hatte er die Erlaubnis erhalten, die Baronin in ihrer Villa in Hietzing zu befragen.

Er hatte sie erneut in die Polizeioberdirektion vorgeladen. Ein Attest ihres Arztes Doktor Jost hatte jedoch bescheinigt, dass der Gesundheitszustand der Baronin das nicht zuließ.

Martin hatte die Gräfin und ihre Tochter darauf in das Palais geladen, um mit ihnen die Örtlichkeiten gemeinsam zu besichtigen. Auch das aber hatte Doktor Jost untersagt.

Nun saß Martin also im Salon der Gräfin in ihrer Villa. Es war keine der eleganten, großen Villen, die sich Reiche und Adelige in der Nähe von Schloss Schönbrunn hatten erbauen lassen, sondern eher ein großes Haus, das denen wohlhabender Bürger glich. Die Einrichtung ließ Prunk vermissen. Martin sah keine Kristalllüster und auch keine vergoldeten Kerzenhalter.

»Sie haben also am Samstagvormittag das Palais verlassen haben, um Ihre Großtante zu besuchen, und sind bis Montag geblieben. Ist Ihnen vor Ihrer Abreise nichts Ungewöhnliches an Ihrem Gatten aufgefallen?«, fragte er Baronin von Schnabel. »Keine Unruhe?«

»Nein.«

»Wieso wollten Sie Ihre Großtante eigentlich ausgerechnet an diesem Wochenende besuchen?«

Die Gräfin antwortete an Stelle ihrer Tochter.

»Mir war mitgeteilt worden, dass meine Tante, die schon länger bettlägerig ist, in keinem guten Zustand war.«

»Wieso sind Sie nicht selbst zu ihr gefahren, sondern haben stattdessen Ihre Tochter und Ihren Bruder geschickt?«

Der Blick der Gräfin hätte nicht verächtlicher sein können. »Weil ich eine Verpflichtung hatte, die ich weder verschieben noch absagen konnte.«

»Und welche Art von Verpflichtung war das?«

Martin genoss es zu beobachten, wie schwer es der Gräfin fiel, die Ruhe zu bewahren. Er schaffte es vielleicht, die beiden in eine Ecke zu treiben, aus der sie nicht mehr herauskamen.

»Ich bin die Vizepräsidentin des ersten Wiener Frauenvereins für Bildung und Hilfe«, erklärte die Gräfin mit kaum verhohlener Wut. »An diesem Sonntag fand die jährliche Wahl des Vorstandes statt, die wir laut Gesetz durchführen müssen. Wir hatten schon zwei andere Termine aufgrund von Erkrankung unserer Mitglieder absagen müssen.«

»Und wurden Sie wiedergewählt?«, wollte Martin wissen.

»Ja. Einstimmig.«

Er befragte Louisa über die Fahrt nach Baden, den Aufenthalt bei ihrer Großtante und die Rückkehr am Montag. Die Antworten fielen alle kurz, aber klar aus.

»Als seine Ehefrau müssen Sie doch einen Verdacht haben, wer Ihrem Mann nach dem Leben getrachtet hat«, wechselte Martin das Thema. »Einen Raubmord schließen wir nämlich aus.«

»Adolf hat in meiner Gegenwart nie über seine Geschäfte gesprochen«, erwiderte Louisa.

»Sie vermuten den Mörder also unter seinen beruflichen Verbindungen?«

»Das hat meine Tochter nicht behauptet, das wollen Sie ihr in den Mund legen«, fuhr die Gräfin ärgerlich dazwischen.

Vielleicht war er ein wenig zu weit gegangen. Martin durfte nicht riskieren, dass sie sich bei einem seiner Vorgesetzten über ihn beschwerte. Man hatte ihm vielfach einen behutsamen Umgang mit höhergestellten Persönlichkeiten nahegelegt. Einer seiner Kollegen hatte wegen einer Beschwerde eines Erzherzogs sogar seine Stelle verloren.

Also versuchte Martin eine andere Strategie.

»Es scheint, laut derzeitigem Stand der Dinge, kein Testament Ihres Mannes zu geben.«

Beide Damen schwiegen.

»Man möchte meinen, ein Mann seines Alters und seines Vermögens, noch dazu ohne Kinder, sollte geregelt haben, was nach seinem Tod mit den Besitztümern geschieht.«

Louisa sah ihn ausdruckslos an.

»Hat er nie darüber gesprochen?«, fragte Martin.

»Nein.«

»Hat es niemals ein Gespräch darüber gegeben, was mit seinem Erbe geschehen wird?«

»Nein.«

»Da der Baron keine Geschwister hatte und seine Eltern bereits verstorben sind, wird sein Besitz ohne ein Testament Ihnen zufallen, Baronin.«

Louisa sah zu ihrer Mutter. »Ist das so?«

»Wenn der Herr Kommissär es sagt …«

»Die Einzige, die vom Tod des Barons also einen Nutzen hat, sind Sie.«

Gräfin Elvira von Trass erhob sich.

»Es reicht. Sie gehen jetzt besser.«

Störrisch blieb Martin sitzen.

»Ich werde mich bei Ihren Obersten beschweren und außerdem meinen Freundinnen über Ihr unverschämtes Verhalten berichten.« Die Stimme der Gräfin war gespannt wie ein Drahtseil.

»Sie verfügen über beste Beziehungen zur Kaiserlichen Kanzlei. Es ist eine Schande, wie Sie mit meiner Tochter umgehen. Ich will mir nicht ausdenken, wie Sie mit Leuten verfahren, die nicht in unserem Stande stehen. Unser Verein kennt zahlreiche Vorfälle, bei denen unschuldige, arbeitende Menschen ins Gefängnis geworfen wurden oder sogar hingerichtet werden sollten, weil Leute wie Sie mit Anschuldigungen kamen und Ihnen vom Richter mehr Glauben geschenkt wurde als der einfachen Bevölkerung.«

Julius hatte wieder einmal recht behalten mit seiner Warnung. Martin musste seinen Zorn auf die obere Gesellschaft beherrschen lernen. Er erhob sich, machte aber noch keine Anstalten, den Salon zu verlassen. Er musste die Angelegenheit auf irgendeine Weise bereinigen.

»Verzeihen Sie mir meinen Diensteifer«, sagte er mit gespieltem Bedauern. »Es liegt mir fern, hier Anschuldigungen vorzubringen, vielmehr komme ich meiner Pflicht nach, den Schuldigen dieses Verbrechens zu finden.«

»Tun Sie das«, entgegnete die Gräfin. »Aber nicht hier.«

»Wie viel?« Der Kellner wiederholte für Latour den Betrag, doch der Oberst dachte, sich verhört zu haben.

»Das ist die Rechnung meines Adjutanten, sind Sie sicher? Oder hatte er auch Gäste?«

Der gemütliche Oberkellner lachte, dass sein Bauch hüpfte. »Da haben Sie einen recht gefräßigen Burschen, Herr Oberst. Er hat es sich schmecken lassen.«

»Elf Paar Würstel, zwölf Stück Apfelstrudel, fünfzehn Melange und zwei Stück Torte«, las Latour vom Zettel, den ihm der Oberkellner hingelegt hatte.

»Der Bursche kann essen, das kann ich Ihnen sagen.«

Latour bezahlte und gab dem Kellner ein dickes Trinkgeld.

Im Postamt hatte Latour das gleiche am Schalter für die postlagernden Sendungen getan. Der Beamte hatte ihn durch die kleinen runden Brillengläser dankbar angestrahlt. »Ich kann es gut gebrauchen. Meine Frau hat Zwillinge bekommen.«

»Ich danke Ihnen noch einmal.« Der Oberst verließ das Postamt und eilte durch die abendlichen Gassen.

Die Gaslaternen, die vor gar nicht so langer Zeit aufgestellt worden waren, leuchteten in der winterlichen Dunkelheit.

Eine Turmuhr schlug sechs Mal.

Sechs Uhr.

Die vergangenen zwei Tage waren zermürbend gewesen. Der Oberst war überzeugt gewesen, dass »Oberon« bereits am Montag den Brief abholen würde. Aber »Oberon« war nicht erschienen, wie ihm Kalle am Abend berichtete. Und auch am nächsten Abend nicht. Latour hatte begonnen, an seiner Idee zu zweifeln.

Am Mittwoch war er nach einem schmerzhaften Besuch bei seinem Zahnarzt beim Postamt vorbeigekommen. Sein

Blick wanderte zum großen Fenster des Cafés, aber Kalle war nicht zu sehen. Der Oberkellner berichtete, Kalle wäre vier Stunden zuvor aufgesprungen und fortgelaufen.

Wo steckte er jetzt?

Latours Dienst beim Kronprinzen war für diesen Tag beendet und er beschloss, in seine Wohnung in der Herrengasse zurückzukehren. Als er das schwere Holztor aufdrückte, wurde die Tür der Hausmeisterwohnung aufgerissen. Sie lag direkt neben dem Eingang. Frau Schmick, die Hausmeisterin, musste hinter der Tür gelauert haben.

»Herr Oberst, da sind Sie endlich!«

Latour verstand ihren Tonfall nicht. In ihm schwang eine Erleichterung mit, als wäre er von den Toten auferstanden.

»Guten Abend, Frau Schmick.«

»Es geht mich nichts an, aber es treibt sich allerhand Gesindel herum. Deshalb habe ich mindestens zweimal jede Stunde nachgeschaut.«

»Was mussten Sie nachsehen?«

»Dieser Bursche. Der Schasaugate.«

Latour schüttelte kurz den Kopf, weil er den Ausdruck noch nie gehört hatte. »Was sagten Sie gerade?«

Die Schmick bemühte sich nun, genau nach der Schrift zu reden, was sich bei ihr, die immer Dialekt sprach, sehr verkrampft anhörte.

»Der Burscherl, der Schasaugen hat!«

Noch immer verstand Latour nicht, was sie meinte.

Die Hausmeisterin deutete mit dem Finger vor ihren Augen einen gekreuzten Blick an.

»Ein Schielender?«, fragte Latour nach.

»Schielend. Ja, so sagen das die feinen Leute wie Sie. Schasaugat sagen wir.«

Sofort wusste Latour, wen sie meinte: Kalle. Er hatte einen Silberblick, wie der Oberst es ausgedrückt hätte.

Ohne sich um das weitere Gerede der Schmick zu kümmern, stürmte Latour immer zwei Stufen auf einmal nehmend in den ersten Stock zu seiner Wohnung.

»Ich hoff', er hat am Gang nicht in eine Ecke gwischerlt«, rief ihm die Hausmeisterin nach.

In jedem Stockwerk brannte eine Lampe. Kalle stand neben der Wohnungstür des Obersts.

»Kalle, na endlich!«

»Alles erledigt, Herr Oberst.«

»Du hast den Mann verfolgt?«

»Nein.«

»Nicht verfolgt? Du weißt nicht, wo er hingegangen ist, nachdem er aus dem Postamt gekommen ist?«

»Doch.«

»Ja, was denn nun, Kalle?« Es war einer der seltenen Fälle, in denen Latour die Geduld verlor.

»Ich habe ausgeführt, was Sie mir aufgetragen haben«, erklärte Kalle eifrig.

»Als das Taschentuch geschwenkt wurde, bin ich losgegangen. Sofort. Bis zur Halbgasse. Dort habe ich vor dem Haus Nummer fünf gewartet. Nach einer Stunde bin ich zur Wohnung des Herrn Oberst gekommen, um Bericht zu erstatten.«

»Der Mann ist bis zum Spittelberg in die Halbgasse gegangen?«, wiederholte Latour ungläubig.

»Nein.«

Um ein Haar hätte Latour Kalle am Revers des Mantels
gepackt, um ihn so lange zu schütteln, bis er endlich zur
Vernunft käme.

Mit allergrößter Beherrschung sagte er: »Kalle, du sagst,
dass du den Mann verfolgt hast. Du hast mir eine Adresse
genannt. Handelt es sich dabei um den Mann, hinter dem
der Postbeamte das Taschentuch geschwenkt hat?«

»Nein, Herr Oberst.«

»Kalle, du bringst mich in Rage.«

»Bitte nicht aufregen, Herr Oberst«, sagte Kalle verzweifelt. »Es ist nur so ... Der Mann war eine Frau!«

»Eine Frau? Eine Frau schreibt einen solchen erpresseri-
schen Brief und will eine ganze Haarsträhne von mir?«

Elisabeths Erstaunen war genauso groß wie das des
Obersts, als er zum ersten Mal davon erfuhr.

»Handelt es sich nicht vielleicht um einen Mann, der sich
als Frau verkleidet hat?«, warf Ida ein. Die Kaiserin saß mit
Ida und Latour im Kleinen Salon, vor ihnen auf dem Tisch

ein großer Teller mit Faschingskrapfen. Elisabeth hatte in diesen Tagen alle Sorgen über ihre schlanke Taille beiseitegeschoben und ließ sich die Köstlichkeit schmecken. Die Krapfen waren dick mit Staubzucker bestreut, der in der Nase kitzelte, wenn sie abbiss.

»Kalle mag eine Kopfverletzung erlitten haben. Seine Begeisterung für das weibliche Geschlecht hat darunter aber nicht gelitten.« Latour griff zu und nahm sich auch einen Krapfen. »Er erkennt eine Frau, wenn er sie vor sich hat.«

Ida konnte den Krapfen auch nicht länger widerstehen. »Aber wer ist die Frau?«

Oberst Latour betrachtete seinen Krapfen, aus dem die orangefarbene Marillenmarmelade rann. Kindlicher, als Elisabeth es ihm zugetraut hätte, leckte er sie ab.

»Laut seiner Beschreibung ist die Frau klein«, erzählte der Oberst, nachdem er den Mund wieder frei hatte. »Kleiner als Sie, Ida. Bekleidet war sie mit einem langen Mantel, der zu groß für sie schien. Ihr Haar hatte sie unter einer Ballonkappe verborgen. Ihr Schritt war eilig. Den Kragen hatte sie aufgestellt, als wollte sie ihr Gesicht verbergen. Ihre Gestalt aber, so sagt Kalle, ist zierlich, der Gang grazil. Es war also kein Mann, der sich als Frau verkleidete, sondern eine Frau, die den Eindruck erwecken wollte, ein Mann zu sein.«

»Ich will wissen, um wen es sich handelt«, sagte Elisabeth drängend.

»Es ist heute zu spät gewesen, um zu Fuß zur Halbgasse zu gehen«, sagte Latour. »Daher habe ich alles weitere auf morgen verschoben.«

»Eine Frau, die vortäuscht, ein Mann zu sein, und die von Ihrem Namen weiß, den Sie nur auf der Redoute verwendet haben, und von der postlagernden Adresse«, fasste Ida zusammen. »Aber wohnt jemand, der eine Redoute besucht, in dieser Gegend? Mir erscheint das nicht möglich.«

»Es gilt, mehr über diese Frau herauszufinden, Ida.« Elisabeth sah die Hofdame auf eine Weise an, die klar machte, dass Ida sich selbst darum kümmern sollte.

Ida verstand.

Latour gefiel der Vorschlag. »Das wäre gut, denn ich habe morgen Früh ein Treffen mit den Lehrern des Kronprinzen, das ich nicht verschieben kann. Ich selbst wäre erst am Nachmittag in der Lage, auf den Spittelberg zu fahren.«

»Ida, man darf nicht erkennen, dass du vom Hof kommst«, warnte Elisabeth.

»Daran habe ich auch gerade gedacht«, erwiderte Ida. »Ich werde mir ein Straßenkleid von einem Zimmermädchen ausleihen. Außerdem fahre ich mit dem Fiaker nicht direkt vor das Haus.«

Elisabeth wünschte ihr Glück. »Ich kann nicht erwarten zu hören, was du herausfindest.«

Donnerstag,
21.
Februar
1867

44

Die wöchentliche Versammlung des Wiener Frauenvereins für Bildung und Hilfe war beendet. Wie jeden Donnerstag gab es zum Abschluss im Salon nebenan Kaffee, Orangenpunsch oder ein Glas Likör. Die Damen standen oder saßen und plauderten.

Die Sitzung war wie immer mit großem Ernst verlaufen. Es war über die finanzielle Situation des Vereins gesprochen worden, die nicht rosig aussah. So viele Familien brauchten Hilfe. Der Plan, eine Schule neben den Fabriken in Inzersdorf zu errichten, musste für einige Zeit beiseitegelegt werden. Dabei wäre eine Schule in der Nähe des Arbeitsplatzes der Eltern für viele Kinder von Wichtigkeit gewesen.

Fürstin Limhart-Thayental gesellte sich zu Elvira.

»Die Begräbnisfeierlichkeit ist gut abgelaufen, hat man mir berichtet. Ich konnte leider nicht teilnehmen, da mich die Schmerzen im Rücken ans Bett gefesselt hatten.«

»Es war ein langer Zug«, berichtete die Gräfin. »Die meisten Leute waren geschäftlich mit Adolf verbunden. Louisa ist von August und mir begleitet und gestützt worden.«

»Friede seiner Seele«, sagte die Fürstin.

Elvira musste an den Kommissär denken. Sie berichtete, dass sie ihn beim Begräbnis gesehen hatte. Sie hatte ihn für einen Schaulustigen gehalten. Seine bohrenden Blicke hatte sie als unpassend und impertinent empfunden.

»Bestimmt ist er jung und will die Leiter nach oben klettern«, lautete die Meinung der Fürstin.

»Wenn nur alles schon vorüber wäre«, seufzte Elvira.

»Du meinst, wenn man den Mörder ausfindig gemacht hätte.«

»Wenn das überhaupt möglich ist.«

»Wieso zweifelst du daran?«

»Weil ...« Elvira sah sich um, ob jemand mithören könnte, aber die anderen Mitglieder des Frauenvereins standen zu weit entfernt. »Weil ich immer schon Zweifel an der Rechtmäßigkeit von Adolfs Geschäften hatte.«

Die Fürstin schob sie zu zwei ausladenden Armsesseln in einer Ecke des Salons und bedeutete ihr, sich zu setzten. Sie selbst ließ sich mit einem gequälten Gesichtsausdruck in den anderen sinken.

Elvira bemerkte zum ersten Mal, dass die Schmerzen im Gesicht ihrer Freundin deutliche Spuren hinterlassen hatten.

»Soll Doktor Jost zu dir kommen?«, bot sie an. »Er besitzt wunderbare Mittel zur Behandlung starker Schmerzen. Ich weiß es von Wilhelm.«

»Hat er nicht diese neue Arznei bekommen? Morphium?«

»Auch die hat ihm Doktor Jost verabreicht. Vor allem aber gegen seine Niedergeschlagenheit, du weißt ...« Elvira brach ab.

Die Fürstin beugte sich zu ihr und strich Elvira über den Arm.

»Du hast den Verlust nie überwunden. Ich kann es dir nachfühlen.«

»Nein, das kann niemand«, erwiderte Elvira.

Die Fürstin lehnte sich zurück, sichtlich überrascht von dem unerwartet harten Tonfall.

»Verzeih mir«, beeilte sich Elvira zu sagen. »Aber in nur einem Jahr habe ich viel verloren. Nicht nur Wilhelm.«

»Du hast nie darüber gesprochen«, bemerkte die Fürstin. »Du hast mir nie mehr erzählt, als alle anderen erfahren haben. Ich will nicht aufdringlich erscheinen, aber Wilhelms Erkrankung hatte doch Gründe, nicht wahr?«

Elvira blickte zur Decke. Als sie sich wieder der Fürstin zuwandte, war sie entschlossen, ihr die Wahrheit zu sagen.

»Wilhelm wollte seinem Vater beweisen, dass er mehr Geschäftstüchtigkeit besaß, als der alte Graf von ihm annahm«, sagte Elvira leise. »Wilhelm konnte ihm nie etwas recht machen. Er galt immer als der Schwächling, seit er ein Kind war. Und meine Familie hat auch nicht viel besser von ihm gedacht.«

»Bewundernswert, wie du dich durchgesetzt hast, um ihn zu heiraten«, warf die Fürstin mitfühlend ein.

»Ich habe in Wilhelm diesen liebevollen Menschen gesehen, wie sie so selten sind. Das hat mir mehr bedeutet als alles andere.«

Durch die Heirat mit einem Grafen war aus Fürstin Elvira eine Gräfin Elvira geworden, in den Augen ihrer Eltern ein Abstieg.

Noch dazu mit einem Mann, der keine sonderlichen Erfolge vorweisen konnte, weder in der Armee noch im gesellschaftlichen Leben. Er arbeitete für die Güter seiner Familie, aber in der Rolle eines gewöhnlichen Verwalters, weil ihm sein Vater nicht mehr Verantwortung zubilligte.

»Wilhelm und ich hatten Träume. Wir wollten andere Wege gehen als unsere Eltern«, sagte Elvira. Ihr Blick ging an der Fürstin vorbei, auf etwas gerichtet, das in der Vergangenheit lag.

»Wir wollten eine bessere Welt schaffen, auch wenn wir nicht genau wussten, wie.«

»So, wie du es in unserem Verein tust«, warf die Fürstin ein.

»Ja. Das ist wohl die einzige Erfüllung, die ich im Leben finde.«

»Bitte entschuldige, dass ich dich darauf angesprochen habe. Ich wollte dich nicht aufregen.«

Elvira war entschlossen, ihre Geschichte zu Ende zu erzählen. Auch, wenn ihre alte Freundin dann ihre Meinung über sie ändern sollte. »Wilhelm hat auf Anraten von Experten Geld in Südamerika investiert. In Goldminen.«

»Ich muss gestehen, dass mir solche Gerüchte zu Ohren gekommen sind«, sagte die Fürstin. »Die Minen wären aber nicht so ergiebig gewesen wie vermutet.«

Elvira nickte. »Die Minen hatten nur taubes Gestein. Das investierte Geld war aufgebraucht und wir hatten keinen Gewinn gemacht.«

»Wie entsetzlich. So habt ihr euer Vermögen verloren.«

Elvira atmete tief durch. »Meine Mitgift und den Vorschuss, den Wilhelm auf sein Erbe bekommen hatte. Leider aber war das nicht alles.«

»Nicht alles?«, fragte die Fürstin entsetzt. »Noch mehr? Welches Geld?«

»Wilhelm hat die Besitztümer seiner Familie belehnt«, gestand Elvira. »Er besaß kurze Zeit eine Vollmacht seines Vaters, die er für den Verkauf eines Grundstückes brauchte. Im Vertrauen auf das, was man ihm über die Goldminen versprochen hatte, lieh er sich Geld und hat die Güter als Sicherheit angegeben. Auch dieses Geld war fort.«

Fürstin Limhart-Thayental legte den Kopf fragend zur Seite. »Man hat den von Trass ihre Besitztümer genommen? Das wäre mir neu. Da hat sich doch nie etwas verändert.«

»Nein. Nur am Besitz, der Wilhelm als Erbe einmal zustehen würde und an der monatlichen Apanage, die er bekam. Sein Vater hat ihn enterbt, aus dem Schloss geworfen und alle Zahlungen eingestellt.«

»Das verstehe ich nicht. Und die Schulden? Wer hat sie abgedeckt?«

Als Elvira den Mund öffnete, um zu antworten, traten zwei Damen zu ihnen, um sich zu verabschieden. Andere schlossen sich an. Es blieb keine Gelegenheit mehr, das Gespräch fortzusetzen. Elvira stellte fest, wie spät es schon war. Auch sie musste aufbrechen. Sie musste noch zu ihrer Unterrichtsstunde in japanischer Malerei bei Professor Kobayashi in die Rotenturmstraße.

Als sie das Anwesen der Fürstin verließ, musste sich Elvira eingestehen, nicht ganz ehrlich mit ihrer alten Freundin gewesen zu sein. Es gab außer dem Frauenverein noch etwas in ihrem Leben, das sie mit Glück erfüllte.

45

Die Halbgasse war eng. Eine Pferdekutsche wäre beim Durchfahren an vorspringenden Erkern vielleicht hängen geblieben. Die Häuser waren zwei oder drei Stockwerke hoch und machten auf Ida den Eindruck, als würden sie sich leicht nach vorne beugen.

Zwischen den Dächern war ein schmaler Streifen Himmel zu erkennen, an diesem Tag von grauen Schneewolken verhangen. Eiskalter Wind fegte durch die Gasse. Das graue Kleid, das Ida sich von einer Zofe geliehen hatte, war dünn, der Stoff des Mantels schützte auch nicht so gut gegen die Kälte wie ihre eigene, wesentlich teurere Kleidung.

Sie fröstelte und spannte alle Muskeln an, um sich auf diese Weise ein wenig zu wärmen.

Die Fenster der Häuser waren geschlossen. Im Erdgeschoss waren einige von innen beschlagen, sodass Ida nicht in die Wohnungen sehen konnte.

Die Gegend wirkte auf Ida bedrückend. Graues Katzenkopfpflaster, braune oder graue Häuser, von denen der Verputz teilweise abfiel, und kein einziger Mensch unterwegs.

Das Haus, in dem »Oberon« verschwunden war, wirkte, als würde sich das langgestreckte Dach in der Mitte leicht durchbiegen. Das Bogentor war einmal dunkelgrün gewesen, doch die Farbe schon recht verwittert.

Ida drückte die schwarze Eisenschnalle hinunter.

Das Tor ließ sich, wenn auch nur schwer, nach innen öffnen. Sie ging durch ein niedriges Gewölbe in den Innenhof. In der Mitte befand sich ein Brunnen mit Ziehwinde und Holzeimer. Von dort blickte Ida zum oberen Stockwerk hinauf. Die Wohnungen waren über eine Außenbalustrade zu erreichen, zu der sich über die Fassade wilder Wein hinaufwand. Jetzt, im Winter, waren die Blätter abgefroren und welk.

Im Hof zählte Ida fünf Wohnungstüren, im ersten Stock sechs. Hinter welcher Tür war die Frau zu finden, die den Brief abgeholt hatte?

Ida roch gekochten Kohl. Jemand bereitete also Mittagessen zu. Unentschlossen stand sie da und drehte sich langsam im Kreis. Sie hoffte, Stimmen zu hören, wurde aber enttäuscht.

Sollte sie an jede Tür klopfen?

Was sollte sie sagen, wenn jemand anderer öffnete als eine zierliche Frau?

Sie kam sich hilflos vor.

Hinter ihr quietschte das Haustor. Sie fuhr herum und sah eine alte Frau mit einem kleinen Sack auf dem Rücken. Auf einen Stock gestützt, humpelte sie heran.

»Soll ich Ihnen helfen?«, bot Ida an. Die Frau musste älter als ihre Großmutter sein.

»Das wär' nett.« Die Frau ließ den Jutesack fallen, der scheppernd auf dem Pflaster des Hofes landete. Ida ging, um ihn aufzuheben und musste feststellen, dass der Inhalt schwerer war, als sie vermutet hatte.

»Was haben Sie denn da drinnen?«, wollte sie wissen.

»Das geht Sie gar nix an«, fauchte die Frau.

»Entschuldigung.«

»Nicht gestohlen. Nur geborgt. Im nächsten Winter gebe ich sie zurück.«

Weil ihre Neugierde groß und der Sack nicht zugebunden war, öffnete ihn Ida und warf einen Blick hinein. Er enthielt Kohlen.

»Ich kann kein Holz sammeln gehen. Viel zu weit bis zum Wald«, erklärte die Alte. »Aber ich muss doch heizen.«

»Ist schon gut.« Ida schloss den Sack und hob ihn hoch. »Wo soll er denn hin?«

Die alte Frau deutete zu einer Wohnungstür in der Ecke des Hofes. Ida trug ihn ein Stück, musste ihn dann aber abstellen und kurz Kraft schöpfen.

»Nicht nachziehen. Sonst reißt er«, ermahnte die Frau Ida.

Ida war es ein Rätsel, wie die Alte ihn überhaupt auf dem Rücken tragen konnte. Sie fühlte einen prüfenden Blick von unten. Die Frau musterte sie mit ihren wachen, dunklen Augen.

»Sie sind eine feine Dame«, sagte sie.

»Wie kommen Sie denn darauf?«

»Weil nur eine feine Dame eine Haut hat wie Porzellan.«

»Sie übertreiben.«

»Nicht lügen, das ist eine Sünd'!«

Die Frau ging voran und schloss die Tür mit einem großen Schlüssel auf. Dahinter befand sich ein kleines, dunkles

Zimmer mit Bett, Tisch, Sesseln, einem Schrank und einem Kanonenofen.

Ida wurde nicht eingelassen. Die Frau deutete ihr, den Sack gleich neben der Tür abzustellen.

»Vergelt's Gott.«

»Ich wünsche einen schönen Tag«, sagte Ida gedehnt, um Zeit zu gewinnen. Sie suchte fieberhaft nach der richtigen Frage, mit der sie etwas über die Frau herausfinden konnte, die sie suchte.

»Sie leben sicherlich schon lange hier.«

»Seit ich ein kleines Mädchen war«, antwortete die alte Frau. »Das ist lange her.«

»Ach, ich … also … wie soll ich sagen … ich …«, stammelte Ida, unschlüssig, wie sie ihre Frage formulieren sollte.

Die Alte beugte sich vor. »Suchen Sie den Herrn Gemahl? Meinen Sie, er kann bei der da sein, dort oben?« Die alte Frau zeigte auf eine der Wohnungstüren.

»Wie meinen Sie das?«

»Dort oben wohnt eine, die ist immer ganz angemalt.« Die Alte deutete auf Augen und Lippen. »Und zu der kommen allerhand Mannsgebilder. Verschiedene Mannsgebilder.«

»Nein, nein, ich bin nicht verheiratet«, sagte Ida schnell.

Die Frau lächelte und zeigte dabei ihren fast zahnlosen Mund. »Wär' keine Schand', den Gatten in flagranti zu erwischen und ihm tüchtig die Leviten zu lesen.«

»Nein, ich bin hier, weil … also, ich habe die genaue Beschreibung vergessen … die Beschreibung der Wohnung … wo sie liegt …«

Ida hoffte, die Frau würde irgendwann einsetzen und ihr weiterhelfen. Aber es geschah nicht.

Die Alte sah sie wieder von unten an. Sie schwieg. Ida auch. Eine peinliche Pause trat ein. Schließlich murmelte Ida, dass sie nun los müsse …

»Sie haben doch noch gar nicht g'funden, wo Sie hinwollen«, erinnerte sie die Alte.

»Ja. Aber … ich dumme Gans habe den Zettel zu Hause liegen gelassen.«

»Ist es die Nagy, die Sie suchen? Die Malerin?« In der Art, wie die Alte den Beruf aussprach, schwang Spott mit.

»Malerin? Sie ist zierlich und nicht so groß wie ich«, wagte Ida einen Vorstoß.

»Dachte ich mir doch. Die Nagy. Die, die Frauen nackert malt. Soll es ein Bild für den Herrn Verehrer werden?«

Ida wollte protestieren, bremste sich dann aber ein und lächelte verlegen.

»Die Nagy ist oben, letzte Tür.« Die alte Frau deutete mit einer Kopfbewegung auf das Ende der Galerie.

»Danke. Und einen guten Tag wünsche ich.«

Zumindest hatte Ida einen Nachnamen in Erfahrung bringen können. Steckte hinter dieser Malerin etwa der geheimnisvolle »Oberon«?

Oberkommissär Fruhstuck machte eine Miene als plagten ihn starke Magenschmerzen.

»Viel haben Sie aber noch nicht herausfinden können, Stutz. Von Ihnen hätte ich mir mehr erwartet.«

Martin, der auf der anderen Seite des Schreibtisches stand, hatte wieder einmal Mühe, seinen Groll zu verbergen. Er fühlte sich wie ein Schüler, der zum Direktor gerufen worden war, um dort seine Tracht Prügel zu beziehen.

»Ich bin sicher, es hat jemand die Bibliothek abgeschlossen, der einen zweiten Schlüssel besitzt.«

»Jajaja, das haben Sie vorhin schon zweimal gesagt. Aber wie bringt uns das zu dem Mörder? Ich will jemanden vor Gericht bringen können. Ein Mörder gehört an den Strang.«

»Ich meine, der Kreis der Leute, der die Tat begangen haben kann, wird dadurch kleiner.«

»Jajaja, das haben sie auch schon dreimal gesagt.« Der Oberkommissär klang gelangweilt. »Aber wie klein? Wer kommt denn für Sie in Frage?«

»Es kann jemand vom Hauspersonal gewesen sein«, sagte Martin. »Und warum? Wenn doch angeblich nichts gestohlen wurde?«

Dafür hatte Martin noch keine Erklärung. Überhaupt lag der Grund für den Mord weiter im Ungewissen, was das Finden des Täters umso schwieriger machte.

»Der Kammerdiener hat von Männern aus verschiedenen Ländern gesprochen, die den Baron geschäftlich aufgesucht haben«, versuchte es Martin weiter. »Es kommt auch einer von ihnen in Frage.«

»Haben Sie die Namen?«, fragte Fruhstuck spitz. »Wo sind die Herren zu finden? Und wie soll denn einer von ihnen ins Haus gekommen sein, wenn doch alles versperrt war? War ein Fenster eingeschlagen? Oder eine Tür aufgebrochen?«

»Nein«, gab Martin zu. »So viel ich bis jetzt in Erfahrung bringen konnte, nicht.«

»Stutz, Sie haben noch bis zum Montag Zeit, den Mörder zu nennen. Sonst übergebe ich Ihrem Kollegen die Angelegenheit.«

»Aber Herr Oberkommissär, ich …«

»Sie können gehen.«

Martin biss die Zähne zusammen. Die Fäuste an die Hosennähte gepresst, verließ er das geräumige Büro und stapfte wütend einen Stock hinunter zu seiner »Zelle«, wie er sein Büro nannte. Drinnen angekommen, warf er die Tür hinter sich zu. Wie ein Raubtier lief Martin zum Fenster und wieder zurück. Hin, her. Hin, her. Hin, her.

Die Baronin. Er traute ihrem schüchternen Gehabe nicht. Die Baronin verbarg etwas. Wenn er doch jemanden wie sie etwas härter angehen dürfte: drohen, einschüchtern, schreckliche Szenarien erfinden, welche Strafe sie und auch ihre Mutter erwartete, wenn er herausfand, dass sie ihm etwas vorenthielt oder ihn gar anlog. Aber all das war ihm untersagt und die Gräfin war ohnehin schon schlecht genug auf ihn zu sprechen. Er fürchtete, sie könnte die angedrohte Beschwerde an seine Obrigkeiten wahr machen.

Der Fächer! Er war so beschäftigt mit der abgeschlossenen Bibliothek gewesen, dass er das einzige Beweisstück in seinem Fall völlig vergessen hatte. Martin schloss den Holzschrank auf und nahm den Pappkarton heraus. Er hob den Deckel und ging mit der Schachtel zum Fenster.

Einen solchen Fächer besaß nur eine Dame aus höheren Kreisen. Der Erzieher des Kronprinzen hatte sich danach erkundigt. Dieser Fächer stellte bisher die einzige Verbindung zwischen dem Opfer und seinem Mörder dar. Er öffnete den Fächer und studierte die aufgemalten Schwäne. Ein großer Könner musste sie auf die Seide gepinselt haben. Rechts davon hatte er seine Initialen hinterlassen: *D L*

Die Buchstaben waren übereinander gemalt und nicht nebeneinander. Sie standen schräg unter dem Satz, der ins Wasser des Sees geschrieben stand, auf dem die Schwäne schwammen:

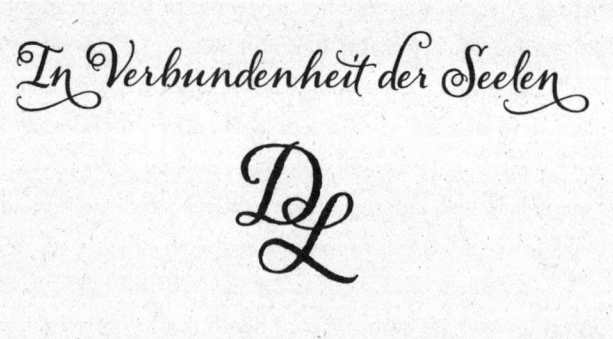

Wie war dieser Künstler ausfindig zu machen?

Auf dem täglichen Weg von seiner Wohnung zu seinem Arbeitsplatz ging Martin manchmal durch die Tuchlauben. Dort gab es ein Geschäft für feinste Stoffe. Er sah immer wieder noble Kutschen davor.

Dort könnte er den Fächer zeigen. Vielleicht bekam er eine Auskunft, die ihn weiterbringen würde. Er benötigte dringend einen Erfolg in der Sache Baron von Schnabel.

Hinter der Tür war nichts zu hören. Ida hatte das Ohr an das Holz gepresst. Das Fenster zum Hof war beschlagen, wie so viele andere auch.

Da fiel ihr das Ofenrohr auf, das über ihrem Kopf durch die Wand kam. Rauch stieg daraus auf. Der Rauch wurde heller und dichter. Jemand hatte also im Ofen nachgelegt.

Es gab nichts zu verlieren, nur zu gewinnen. Ida klopfte.

»Ja, bitte?«

Was sollte sie sagen?

»Guten Tag, ich … ich habe von Ihnen gehört und …«

Die Tür wurde aufgerissen.

Vor Ida stand eine junge Frau. Kalles Beschreibung traf genau auf sie zu: Klein, langes Haar, zierliche Gestalt und hinter ihr an der Wand sah Ida einen langen Mantel und eine Ballonkappe hängen.

Volltreffer.

Aus der Wohnung kam der Geruch von Farbe. Ida erkannte eine Staffelei mit einem halbfertigen Bild, ein altes Sofa an der Wand gegenüber und einen kleinen Tisch mit Pinseln und Paletten.

Die Frau war in eine alte Wolljacke gewickelt, die ihr viel zu groß war. Ihre Hände steckten in gestrickten Handschuhen, die die Fingerspitzen freiließen. Jacke, Hände und ihr Gesicht waren übersät mit kleinen und größeren Farbspritzern und Flecken.

»Ich bin nicht billig, aber gut«, platzte die Frau heraus.

»Nagy ist der Name?«, erkundigte sich Ida vorsichtig.

»Nathalie Nagy, ja. Wer hat Ihnen von mir erzählt?«

»Wollen Sie die ganze Wärme aus der Wohnung lassen?«, fragte Ida.

Die Frau öffnete die Tür etwas weiter. »Kommen Sie herein. Sind Sie wegen eines Portraits hier? Oder soll es ein ›persönliches‹ Bild von Ihnen sein?«

Ida vermutete hinter dieser Ausdrucksweise einen Akt.

»Oder sind Sie wegen einem der Bilder der Kaiserin hier?«

Die Frage traf Ida unerwartet. Sie konnte ihre Überraschung nicht verbergen. »Bild der Kaiserin?«, stammelte sie.

»Ich kann neun verschiedene anbieten und einige ›Spezialitäten‹«, sagte Nagy nicht ohne Stolz.

Fassungslos starrte Ida die kleine Person an. Der Vergleich war vielleicht nicht charmant, aber sie erinnerte sie an einen dieser frechen kleinen Hunde, die sich aufführten, als wären sie riesige Doggen.

»Ich würde gerne sehen, was Sie anzubieten haben«, sagte Ida langsam.

Nathalie trat vor eine niedrige Tür, die in den Nebenraum führte, griff hinter sich und zog sie zu.

»Sie sind nicht wegen der Bilder hier.« Mit dem Daumen deutete sie über ihre Schulter. »Sie wollen ein Bild von sich. Im Stil von Rubens. Oder Botticelli. Als Venus. Oder als liegende Schönheit mit Schleier.«

Die Vorstellung, sich vor dieser energischen, kleinen Person nackt auszuziehen und hinzulegen, erschien Ida widerlich.

Als könnte sie ihre Gedanken lesen, sagte Nathalie: »Sie müssen nicht Modell sitzen. Ich meine, mit dem Körper. Den male ich so und Sie kommen nur zwei oder drei Mal, damit ich Ihr Gesicht richtig treffe. Ich bin schnell. Das Bild kann in zehn Tagen fertig sein, muss dann aber noch eine Weile trocknen. Manche verschenken es, wenn es noch feucht ist. Wir spannen einfach Fäden über den Rahmen, damit keiner in die Ölfarbe greift.«

Ida schluckte und tat, als wollte sie ein Husten unterdrücken. Auf ein kräftiges Räuspern ließ sie einen heftigen Hustenanfall folgen. Sie griff sich an die Brust, beugte sich vor und machte ein paar hilflose Schritte. Die Malerin eilte auf sie zu und griff nach ihren Armen, damit Ida nicht stürzte. Sie half ihr zu dem Sofa, wo sich Ida auf die Kante sinken ließ. Noch immer hustete sie sich die Seele aus dem Leib.

»Ich bringe Ihnen Wasser«, sagte Nathalie. Sie nahm den Krug, der bei der Waschschüssel stand. »Ich muss welches vom Brunnen holen.« Nathalie lief aus der Wohnung, die Tür ließ sie angelehnt.

Ida, noch immer hustend, nützte den unbeobachteten Moment, stand auf und war mit wenigen Schritten auf der anderen Seite des Zimmers bei der Tür, die Nathalie vorhin geschlossen hatte. Sie musste die Schnalle mit beiden Händen fest hinunterdrücken, damit sich die Tür aufstoßen ließ.

Im Nebenraum stand ein Doppelbett, das Bettzeug zerwühlt. Das einzige andere Möbelstück war eine alte Holzkommode. Überall, auf dem Boden und auf der Kommode, standen gerahmte Bilder. Auch unter dem Bett konnte Ida einige liegen sehen. Sie machte einen Schritt in den Raum.

An der Wand links und rechts von der Tür hingen Gemälde in unterschiedlichen Größen. Eines davon stach Ida besonders ins Auge. Schnell verließ sie das Zimmer wieder, schloss die Tür und stolperte zum Sofa. Dort setzte sie ihr Husten fort.

Nur Augenblicke später kehrte Nathalie in die Wohnung zurück. Sie goss Wasser in eine Blechtasse und reichte sie Ida. Das Wasser war eiskalt und tat ihrem Hals nicht unbedingt gut. Trotzdem trank sie es gierig.

»Danke!«, sagte sie und reichte Nathalie den leeren Becher zurück. Die Malerin nahm ihn wortlos entgegen. Nach einigem Räuspern konnte Ida wieder sprechen. Sie erkundigte sich nach den Preisen der Gemälde. Die Höhe, die sie genannt bekam, erschien ihr nicht weiter schlimm.

Ida entging nicht, dass sich das Verhalten der Frau verändert hatte. Die Malerin war zurückhaltender, antwortete immer nur mit knappen Sätzen und erschien …

War sie erschrocken?

»Ich muss überlegen«, sagte Ida schließlich und ging auf die Wohnungstür zu. Nathalie begleitete sie.

»Wie heißen Sie?«, wollte Nathalie wissen.

Nach einem kurzen Moment der Stille, in dem sich die beiden Frauen Auge in Auge gegenübergestanden waren, sagte Ida betont ruhig: »Gabriele. Gabriele Wien.«

Danach verließ sie die Wohnung, eilte die Treppe hinunter und über den Hof. Sie blickte nach oben, um festzustellen, ob ihr die Malerin nachsah, doch diese war in der Wohnung geblieben. Auf der Straße angekommen, musste Ida zu Atem kommen. Hatte sie richtig gehandelt?

Oder hatte sie zu viel verraten?

»Die hohe Kunst!«, sagte Professor Kobayashi.

Elvira liebte seinen Akzent.

Der Professor war vor zwanzig Jahren aus seiner Heimat Japan nach Wien gekommen und sprach fließend Deutsch. Seine Muttersprache aber gab seinen Worten einen runden, rollenden Klang, der bei Elvira einen angenehmen Schauer auslöste.

»Shunga ist eine Kunst, die nicht überall die Achtung genießt, die sie verdient, finden Sie nicht auch, Elvira?«

»Ich stimme zu.« Elviras Stimme war ein Flüstern.

Der Professor hatte sie heute in sein Schlafzimmer geführt, in dem Holzschnitte die Wände zierten. Kobayashi wollte sie mit ihr an diesem Nachmittag eingehend studieren.

Wie bei jedem seiner Vorträge hatte er Elvira einen Kimono übergeben und ihr angeboten, ihn anzulegen, um mit allen Sinnen in den Unterricht einzutauchen. Er selbst trug einen weiten Hausmantel aus Seide, den er, wie so vieles andere, aus Japan nach Österreich hatte bringen lassen.

Von einem Wandtisch hob er eine flache Porzellanschale hoch, aus der zarte Dampfschwaden aufstiegen. Er reicht sie Elvira. Vorsichtig griff sie mit beiden Händen danach und hielt sie unter ihre Nase, um den Duft des Tees einatmen zu können. Weil er noch zu heiß war, um ihn zu trinken, pustete sie behutsam auf die goldbraune Oberfläche und beobachtete das leichte Kräuseln. Schließlich nippte sie.

Auch der Professor trank.

Als er die Tasse abgesetzt hatte, fragte er: »Schmeckt Ihnen der Tee?«

»Der Tee schmeckt noch besser, als er riecht«, lobte sie.

Kobayashi gefiel ihr, obwohl er nicht dem entsprach, was man gutaussehend nennen würde. Sein Gesicht war zu rund und seine Gestalt zu füllig. Trotzdem strahlte er eine beruhigende Männlichkeit aus, die Elvira erregend fand.

Besonders gefiel ihr das tiefschwarze, dichte Haar des Professors, das einen starken Kontrast zu seiner hellen, aber nicht blassen Haut bildete.

»Wollen wir die Bilder ansehen, die Sie gemalt haben?«, fragte Kobayashi.

Elvira zögerte und folgte dem Professor nicht, als er das Schlafzimmer verlassen wollte, um in den Kleinen Salon zurückzukehren.

»Ist diese Kunst nie verboten worden in Ihrer Heimat?«, fragte sie stattdessen mit Blick auf die Shunga-Holzschnitte.

Kobayashi trat an ihre Seite. Sie konnte die Nähe seines Körpers fühlen und musste sich zusammenreißen, damit er nicht bemerkte, wie sie erschauderte.

»Erotik ist für die Augen der Menschen bestimmt, die sich dieser hohen Kunst hingeben wollen«, erklärte Professor Kobayashi. »Die Shunga-Holzschnitte werden nicht in der Öffentlichkeit gehandelt, sondern nur von Liebhabern dieser Kunstform in einem kleinen Kreis. Außer Ihnen habe ich noch niemandem, der mich besuchen kam, diese Bilder gezeigt.«

»Die Darstellung der ...« Elvira fand keine Worte. Sie machte eine wage Handbewegung zu dem Mann auf dem Bild, der nur mit einem geschlungenen Tuch bekleidet war. »Also die ...« Elvira konnte es nicht aussprechen.

»Die etwas übertriebene Darstellung der Erektion des Phallus ist ein Preisen der Manneskraft«, erklärte der Professor fachkundig. Die Frau, die mit gespreizten Beinen vor dem Mann lag, den Kimono hochgeschoben, war ebenfalls auf eine Weise gezeichnet, wie es in Europa kaum denkbar gewesen wäre.

»Die Vereinigung ist ein Akt des Göttlichen und der höchsten Wertschätzung der Verbindung zwischen Mann und Frau«, fuhr Kobayashi fort. »In Japan steht dabei oftmals die Hingabe an die Lust im Mittelpunkt, anders als hier, wo, wie mir scheint, der Geschlechtsakt ausschließlich der Zeugung vorbehalten sein soll.«

»Die Unterschiede zwischen Ihrer Heimat und meiner sind in manchem groß«, sagte Elvira, die sich von den Darstellungen nicht losreißen konnte.

»Widmen wir uns nun Ihren Zeichnungen.« Der Professor ging vor und Elvira blieb nichts anderes übrig, als ihm zu folgen. Sie tat es widerwillig.

Auf dem Tisch im Wohnzimmer ausgebreitet lagen die zehn Tuschezeichnungen, die Elvira angefertigt und in einer Mappe gebracht hatte. Sie wartete auf das Urteil und die Kommentare des Professors.

Kobayashi betrachtete jedes Blatt eingehend, nickte manchmal, verzog ein anderes Mal kurz den Mund, lächelte sogar und tippte mit dem Finger immer wieder auf Details. Seine Meinung gab er erst am Ende ab.

»Ich darf Ihnen sagen, dass Sie meine beste Schülerin sind. Ihre Art, den Pinsel zu führen, kann fast schon als meisterlich bezeichnet werden. Sie übertreffen mein eigenes Können.«

Elvira lächelte stolz, aber auch ein wenig verlegen. Sie war Lob nicht gewohnt.

Der Professor erklärte, wie sie die Bambusblätter oder den Nebel über den Hügeln noch feiner ausführen konnte. Dabei stand er dicht neben ihr und seine Hand streifte mehrere Male über die von Elvira.

»Ich würde gerne zehn oder besser zwanzig Blatt Japanpapier von Ihnen kaufen«, sagte sie, als er seine Ausführungen beendet hatte.

Der Professor richtete sich erstaunt auf. »So viele? Sie haben erst vor vier Wochen zwanzig erworben. Ich sehe aber nur zehn Malereien vor mir liegen.«

»Es gelingt nicht jedes Bild.«

»Elvira, Sie sollten kein Bild wegwerfen, nur weil Sie es nicht als gelungen empfinden.«

»Das Japanpapier, es wird manchmal zu weich …«

»Darüber haben wir gesprochen«, unterbrach sie der Japaner. »Das Papier quillt unter zu viel Feuchtigkeit auf und wird gallertartig. In diesem Fall müssen Sie es wieder trocknen lassen, bevor Sie weitermalen.«

Er überlegte kurz. »Habe ich Ihnen erzählt, was die Frauen meiner Vorfahren taten, wenn sie ein Kind gebaren, das nicht erwünscht war?«

»Haben Sie das?«, fragte Elvira zurück.

»Vielleicht habe ich es einem anderen Schüler erzählt …«

»Sie machen mich neugierig.«

Kobayashi machte eine wegwerfende Handbewegung. »Nein, ein anderes Mal vielleicht. Ich will Ihre Nerven nicht anstrengen. Wie ich gelesen habe, sind Sie kürzlich erst einer großen Prüfung unterzogen worden.«

»Ja, so ist es«, sagte Elvira und seufzte. »Und die Prüfung ist noch nicht zu Ende.«

»Unsere Zeit ist es leider fast«, meinte der Professor.

Elviras Bedauern war mindestens ebenso groß.

»Meine nächsten Schüler haben allerdings für heute abgesagt«, fügte Kobayashi hinzu. »Würden Sie gerne noch einmal die Shunga-Holzschnitte ansehen?«

Elvira fühlte, wie ihr das Blut in die Wangen schoss.

»Wollen Sie mir folgen?« Elvira hatte die Schwelle des Schlafzimmers noch nicht überschritten, als sich schon der Gürtel ihres Kimonos löste und zu Boden fiel. Wie es der Professor bei einem ihrer ersten Besuche geraten hatte, trug sie darunter keine Unterwäsche.

49

Franz Josef drehte die Karte hin und her. Die Rückseite war leer. Auf der Vorderseite stand ein einziger Satz:

Haben Sie die Kaiserin nach Ihrem Verbleib am 2. Februar gefragt?

Die zweite Nachricht war auf die gleiche Weise an seinen Sekretär übergeben worden wie die erste. Erneut war eine unbekannte Frau neben Benedikt getreten, als er die Buchhandlung am Graben verlassen hatte, wo er das Geburtstagsgeschenk für seine Mutter abgeholt hatte.

Die Frau in Mantel mit Kapuze hatte ihm den Umschlag hingestreckt und war sofort Richtung Tuchlauben davongeeilt. Benedikt war ihr nach, aber sie war eine gute Läuferin und er hatte es nicht geschafft, sie einzuholen. So hatte er sie aus den Augen verloren.

Der Kaiser drehte die Karte immer wieder zwischen seinen Fingern. In ihm nagten Argwohn und Eifersucht, gleichzeitig aber auch Zorn, dass ihn eine unbekannte Person in solche Unruhe stürzen konnte. Er, der das Land regierte, sollte in einem solchen Fall höchste Gelassenheit bewahren und sich um die Amtsgeschäfte kümmern.

Außerdem war es Franz Josef peinlich, dass sein Sekretär Kenntnis von diesen Schreiben hatte. Benedikt kannte den Inhalt nicht, aber allein die Form der Übergabe war nichts, das bekannt werden durfte.

Benedikt galt als verschwiegen und Franz Josef hatte keinen Grund, an dieser Verschwiegenheit zu zweifeln. Vielleicht sollte er doch die Wachen einschalten. Es konnte sich um einen üblen Scherz handeln. Es gab noch immer genügend Aufständische in Wien, die alles daransetzen würden, ihm Schaden zuzufügen und ihm Unfähigkeit zu unterstellen. Der Kaiser seufzte. Es gab nur einen einzigen Weg, wie er mit dieser Angelegenheit umgehen konnte.

50

Als der sechste Schlag der Turmuhr verklungen war, betrat Martin das Geschäft. Eine junge Frau kam ihm entgegengeeilt. »Wir schließen schon.«

»Ich habe nur eine kurze Frage.«

Als die Verkäuferin etwas erwidern wollte, klappte er sein Revers vor und zeigte das Abzeichen mit dem Doppeladler. »Ich bin von der Polizeidirektion.«

Der Ausweis verfehlte selten seine Wirkung. Die Verkäuferin wurde blass und zappelte verlegen.

»Was wollen Sie denn bei uns?«, fragte sie unbeholfen.

»Ich brauche eine Auskunft über einen Fächer.«

»Wir führen aber keine Fächer.«

»Sind Sie hier die erfahrenste Person?«

»Rosa, Sie können gehen«, sagte jemand herrisch. Eine stattliche Dame in langem Rock und weißer Bluse mit Schultertuch tauchte aus dem hinteren Bereich des Geschäfts auf. Martin zeigte erneut sein Polizeiabzeichen.

»Haben Sie auch einen Namen?«, wollte die Frau wissen.

»Martin Stutz. Polizeiagent und Kommissär für den Mord an Baron von Schnabel. Sie haben vielleicht davon gehört.«

»Was wollen Sie hier?«

»Sie kennen sich doch mit Stoffen aus.«

»Das will ich meinen«, sagte die Frau, die sich als Frau Teuchner vorstellte.

»Das Tuchgeschäft befindet sich seit fast hundert Jahren im Besitz der Familie Teuchner und Söhne, K.u.K. Tuchhändler. Wir zählen Erzherzoginnen und auch Ihre Majestät, die Kaiserin, zu unserer Kundschaft. Sie sprachen von dem ermordeten Baron. Ich sage Ihnen gleich, Baroninnen finden bei uns kaum, was ihren Geschmack trifft. Unsere Stoffe sind zu gediegen und klassisch.«

In den Holzregalen lag ein Stoffballen über dem anderen. Auf einem langen Holzpult war einer der Ballen halb ausgerollt worden, um einer Kundin das feine, schimmernde Gewebe zu zeigen.

»Meine Frage bezieht sich auf diesen Fächer.« Martin stellte die Schachtel auf das Pult und hob den Fächer behutsam heraus.

Mit spitzen Fingern öffnete er ihn.

»Haben Sie eine solche Malerei von Schwänen schon einmal gesehen? Sie erscheint mir sehr exquisit.«

Frau Teuchner hob ein Lorgnon hoch, das sie an einer dünnen Kette um den Hals trug. Sie beugte sich über den Fächer und begutachtete ihn. Als sie sich wieder aufrichtete, bat sie Martin zu warten und verschwand im hinteren Teil des Geschäfts. Nach ein paar Minuten, in denen Martin sich die Stoffe näher ansehen konnte, kehrte sie zurück, eine Zeitschrift in der Hand.

»Das ist eine Modezeitschrift aus München, die ich viermal im Jahr beziehe, um für meine Kundinnen auf dem neusten Stand zu bleiben und immer zu wissen, was die Moden der Saison sind. In gehobenen Kreisen, Sie verstehen.«

»Was für ein Geschwätz«, dachte Martin und nickte mit einem dünnen Lächeln.

Die Tuchhändlerin blätterte in der Zeitschrift. Auf jeder Seite gab es Zeichnungen von Damen in Kleidern, einmal länger, einmal kürzer, mit Rüschen und ohne, ausgeschnitten oder hoch geschlossen.

»Hier!« Frau Teuchner drehte die Zeitschrift zu ihm. Er sah einen Mann mit tadellos frisierter schwarzer Haarmähne in einer Uniform mit weißen Hosen und breiter Schärpe. Von seinen Schultern hing ein Mantel, der kunstvoll in große Falten gelegt war.

»König Ludwig II. von Bayern«, erklärte Frau Teuchner.

Jetzt wusste Martin, woran ihn der Umhang erinnerte. So sah ein Krönungsmantel aus, wie er ihn auf Ölgemälden gesehen hatte. Das Innenfutter war weißes Hermelin mit schwarzen Strähnen.

»Ich verstehe den Zusammenhang zum Fächer nicht.«

Frau Teuchner blätterte erneut um. Da sah Martin eine Vase, deren Malerei die gleichen Schwäne zeigte wie der Fächer. Sie standen einander im Wasser schwimmend gegenüber und hatten die Hälse verschlungen.

»Der Bayernkönig ist bekannt für seinen besonderen Stil und Geschmack«, erklärte Frau Teuchner. »Der Schwan zählt zu seinen liebsten Symbolen und er bevorzugt die Farbe Blau. Man geht davon aus, dass er die Modewelt damit beeinflussen wird, spätestens bei seiner Vermählung mit Prinzessin Sophie, der Schwester unserer Kaiserin.«

»Die Kaiserin kennt den Bayernkönig also?«

»Er ist ihr Cousin.«

»Der Fächer könnte der Kaiserin gehören?«, fragte Martin.

Empört schnaubte Frau Teuchner und klang dabei wie ein gereiztes Tier. »Sagten Sie nicht, der Fächer hätte mit dem Baron zu tun?«

»Ich meine …«

»Rosa hat mir gesagt, dass der Fächer in der Hand des Ermordeten gefunden worden ist«, sagte Frau Teuchner und betrachtete Martin argwöhnisch. »Sie hat das aus der Zeitung. Wie können Sie sich unterstehen, unsere Kaiserin damit in Zusammenhang zu bringen?«

Martin erkannte die Sinnlosigkeit dieses Gespräches. Er bedankte sich und verließ eilig das Geschäft.

»Sie werden nicht glauben, was ich berichten kann«, sagte Ida aufgeregt. Sie zögerte fortzufahren, weil Olga anwesend war.

Elisabeth saß im Toilettenzimmer, den Kopf in den Nacken gelegt. Olga strich mit einer Spatel aus Elfenbein eine ölige Creme auf das Gesicht der Kaiserin. Sie war über die Störung durch Ida sichtlich wenig erfreut.

»Die Creme Celeste kann einmassiert werden oder als Gesichtsmaske wirken«, sagte Olga, als würden sanfte Worte die Wirkung der Creme verstärken. »Die Mischung aus weißem Wachs, Walrat und Mandelöl wurde erst heute für Ihre Majestät gemischt und die Hofapotheke hat mir versichert, dass diese Creme Ihrer Haut Schutz vor der Winterkälte geben wird.«

»Wir nehmen sie heute als Maske,«, entschied Elisabeth. Nachdem Olga alle Partien abgedeckt hatte, entließ Elisabeth sie. Sie betrachtete sich kurz im Spiegel. So durfte sie sonst niemand sehen. Ihr Gesicht glänzte an mehreren Stellen.

»Erzähl endlich«, trug sie Ida auf.

»Es war wie in einem Traum«, begann Ida atemlos. »In einem Traum, der von dir handelt, Elisabeth. Wohin ich gesehen habe, überall waren Bilder von dir in diesem Zimmer.«

»Was sind es für Bilder?«

»Portraits von dir. Bilder, die dich in deinen schönsten Kleidern zeigen. Es gibt ein Bild von dir, auf dem du reitest.«

»Im Damensattel?«

Ida musste kurz überlegen. »Ja, im Damensattel.«

»Ich hasse den Damensattel«, sagte Elisabeth mürrisch.

»Es gibt auch Bilder vom Kaiser und dir«, fuhr Ida fort. »Er sieht darauf aus wie auf dem Bild, das er dir zu Weihnachten geschenkt hat.« Als sie die Worte ausgesprochen hatte, traf die Erkenntnis Ida wie ein Schlag. »Auf diesem Bild ist auch das gleiche Pferd wie das, auf dem du reitend dargestellt bist.«

»Vielleicht ist das Gemälde von dieser ›Künstlerin‹«, ätzte Elisabeth.

Das konnte Ida nicht ausschließen. Es erschien ihr sogar sehr wahrscheinlich.

»Aber wieso gibt der Kaiser Nathalie Nagy diesen Auftrag?«, überlegte sie laut. »Wieso nicht bei einem großen Künstler wie Winterhalter, der auch die anderen Portraits von dir gemalt hat?«

Elisabeth hatte keine Erklärung.

»Sag du es mir.«

»Das kann ich nicht«, gab Ida zu. »Aber die Malerin ist wie besessen von dir. Es ist in dem anderen Zimmer rund um das Bett kaum noch Platz.«

»Sie wird ein gutes Geschäft mit den Bildern machen«, lautete Elisabeths Erklärung. »Man sagt mir ständig, wie verrückt die Leute danach sind. Obwohl sich die meisten nur Drucke leisten können und keine Ölbilder.«

»Elisabeth, du hast einmal ein Bild erwähnt, das der Kaiser in seinem Arbeitszimmer aufbewahrt«, sagte Ida. »Ein Bild vom Maler Winterhalter.«

»Franz Josef hat es sich gewünscht. Es zeigt mich in einem Nachtgewand, die Haare vor der Brust zu einem losen Knoten geschlagen. Er hat es gegenüber von seinem Schreibtisch stehen, auf einer Staffelei.«

»Die Nagy hat auch so ein Bild gemalt!«

»Das kann nicht sein«, meinte Elisabeth. »Das Bild kennen nur der Kaiser, die Mitarbeiter aus seiner Kanzlei, der Kammerdiener und vielleicht seine Mutter. Aber die Erzherzogin wird es niemandem beschreiben, darauf kannst du dich verlassen.«

»Wenn ich das Original einmal sehen könnte, dann könnte ich sagen, wie ähnlich ihm das Bild bei der Nagy wirklich ist.«

Elisabeth überlegte. »Der Kaiser ist heute auf einer Tanzveranstaltung, wenn ich mich richtig erinnere. Ich habe mich streichen lassen. Soll er allein hingehen und sich amüsieren.«

Ida drückte mit ihrer Miene das Missfallen über diese Bemerkung aus. Elisabeth überging es.

»Er sollte schon aufgebrochen sein«, sprach sie weiter. »Wir können in sein Arbeitszimmer gehen, damit du dir das Bild ansehen kannst.«

»Einfach so?« Ida klang nervös.

»Ich bin die Kaiserin. Wer sollte mich aufhalten?«

»Aber ich kann doch nicht ...«

»Du bist meine Hofdame und Vertraute, die mich begleitet.«

»Meinst du wirklich?«

»Ida, es gilt herauszufinden, woher diese Malerin ihr Wissen und ihre Unverfrorenheit hat.«

»Elisabeth!« Ida schlug die Hand vor den Mund. »Mir ist gerade ein schrecklicher Gedanke gekommen.«

»Sprich ihn aus, sonst erstickst du noch daran.«

»Der Wunsch nach einer Haarsträhne«, sagte Ida leise. »Kaum eine andere hat so langes, schönes Haar wie du. Ich habe in Romanen gelesen, dass Verliebte manchmal um Locken bitten.«

»Willst du damit sagen, es handelt sich um einen Verliebten, der Teile von mir besitzen möchte?«

»Der Mann von der Redoute.«

»Du meinst, er schickt die Malerin zum Postamt und benutzt sie als Postillion?«, fragte Elisabeth.

»Wer sonst könnte eine Locke von dir verlangen? Wer kommt sonst auf eine solche Idee?«

»Jene Leute, die Bilder von mir bei sich zu Hause hängen haben wollen«, sagte Elisabeth. »Es gibt viele Narren auf der Welt. Begleite mich das nächste Mal bei einem Besuch der Irrenhäuser und Heilanstalten der Stadt. Du wirst dort Verrückte kennenlernen, die sich sogar einbilden, ich zu sein!«

Das alles überstieg Idas Vorstellungsvermögen. Elisabeth drängte zum Aufbruch. Vorher aber musste ihr die überschüssige Creme vom Gesicht gewischt werden. »Sonst sehe ich aus, als stünde mir der Schweiß auf der Stirn.«

Elisabeth schritt, den Kopf energisch in die Höhe gestreckt, von ihrem Wohn- und Schlafzimmer in den Rauchsalon ihres Mannes, wo der Geruch von Zigarren und Zigaretten in der Luft lag. Von dort ging es in Franz Josefs Großen Salon und weiter in sein Schlafzimmer. Als sie sich zu Ida umdrehte, hatte diese die linke Hand wie eine Scheuklappe der Fiakerpferde an die Seite ihres Kopfes gelegt, als hätte sie Angst, bei einem Blick auf des Kaisers Bett zu einer Salzsäule zu erstarren.

Energisch öffnete Elisabeth die Tür zum Arbeitszimmer. Ausgerechnet dort gab es weder Kerze noch Lampe. Sie trug Ida auf, eine Lampe aus dem Schlafzimmer mitzunehmen, was ihre Hofdame in ärgste Verlegenheit stürzte.

»Dort … das ist das Bild.« Elisabeth deutete zu dem ovalen Goldrahmen.

»Das ist es! Genau das ist es.«

»Was? Diese Malerin hat solch ein Bild bei sich stehen?« Elisabeth konnte es kaum glauben.

»Ja. Es ist genau dieses Bild. Es hat auch die gleiche Größe, wenn ich mich richtig entsinne.«

»Aber woher weiß sie, wie dieses hier aussieht?«

»Es ist wie abgemalt, das Bild bei ihr.«

»Eine Kopie nennt man das«, erklärte Sisi.

Die beiden Frauen standen vor dem Portrait und blickten es grübelnd an.

»Winterhalter hat sein Atelier in Paris. Diese Malerin wird ihn wohl kaum dort aufgesucht haben«, sagte Elisabeth zweifelnd.

»Wo kann sie es dann gesehen haben?«, fragte Ida.

»Das weiß ich nicht«, gab Elisabeth zu. »Aber wenn nicht dort, kann sie es nur hier gesehen haben.«

Ida rang nach Luft. »Diese Frau kann in die Hofburg und in die kaiserlichen Appartements? Das muss der Oberste der Hofwachen erfahren. Der Kaiser und du, ihr seid nicht sicher.«

»Ida, Contenance«, sagte Elisabeth ruhig. »Es geht doch nicht nur darum, dass sich jemand hier einschleicht, sondern darum, dass die Person das Bild abmalt. Meinst du nicht, es würde auffallen, wenn jemand hier steht und malt?«

»Ich bin manchmal eine dumme Gans«, sagte Ida kleinlaut.

»Es gilt zu überlegen, wie ich dem Kaiser von der Affäre erzähle«, sagte Elisabeth fast mehr zu sich selbst als zu ihrer Hofdame.

»Was willst du mir erzählen?«

Die beiden Frauen drehten sich erschrocken um. In der Tür zum Schlafzimmer stand der Kaiser in Galauniform, auf der die polierten Knöpfe glänzten.

Ida vergaß gar, sich zu verabschieden und stürzte Hals über Kopf davon.

Da sie die falsche Richtung einschlug, öffnete sie die Tür ins Konferenzzimmer.

Als sie den Irrtum erkannte, machte sie kehrt, traute sich aber nicht am Kaiser vorbei und lief in das Zimmer des Kammerdieners. Danach ward sie nicht mehr gesehen.

Kaiser und Kaiserin standen sich schweigend gegenüber.

»Ich wollte ohnehin mit dir reden«, sagte Franz Josef. Er fühlte in sich eine nie dagewesene Kälte gegenüber seiner Frau, gleichzeitig aber war da auch seine tiefe Zuneigung, wie am ersten Tag ihrer Begegnung. Diese widerstreitenden Gefühle verwirrten ihn. Was machte Sisi nur mit ihm?

»Ich wollte auch mit dir reden«, sagte Elisabeth.

»Dann wollen wir also reden.«

»Hier? Im Stehen?«

»Komm halt nach nebenan.«

»Dein Großer Salon ist ungemütlich und das Rauchzimmer ist mir zu stinkig«, sagte Sisi.

Franz Josef seufzte.

»Dann mach halt du einen Vorschlag.«

»In meinem Wohnzimmer. Lass mich vorausgehen und komm in fünf Minuten nach. Ich will sichergehen, dass wir ungestört sind.«

So kam es also, dass Franz Josef mit Elisabeth in der Ecke ihres Wohn- und Schlafzimmers beim Ofen saß und nicht wusste, wie er das Gespräch beginnen sollte.

Sisi kam ihm zum Glück zuvor. »Franzl, ich muss dir ein Geständnis machen.«

54

Die Behauptung, Sisi müsse in ihr Wohnzimmer vorauseilen und prüfen, ob sie auch wirklich ungestört sein konnten, war nur eine Ausrede gewesen, um Zeit zu gewinnen. Wie sollte sie Franz Josef von der misslichen Angelegenheit erzählen, in die sie geraten war? Schließlich suchte Elisabeth nicht weiter nach den passenden Worten, sondern redete einfach drauf los.

»Franzl, ich will hier nicht immer im goldenen Käfig sitzen«, begann sie.

»Aber Sisi, alle wollen doch nur …«

»Hör mir zu und unterbrich mich nicht.«

Gehorsam hielt der Kaiser den Mund geschlossen, als Elisabeth über ihren Wunsch sprach, sich einmal unbefangen auf einem Ball zu vergnügen. Sie schilderte die Maskerade, die sich Fanny für sie ausgedacht hatte, das heimliche Verlassen der Hofburg und die Redoute, auf der sie sich erst gar nicht so wohl gefühlt hatte.

Ihre Begegnung mit dem maskierten Kavalier schwächte sie ab. Sie wären einander einfach beim Wandeln durch die Säle begegnet und sie hätte Lust auf einen Tanz gehabt. Auch den Namen Gabriele und die postlagernde Adresse behielt Elisabeth für sich.

Schließlich gab sie dem Kaiser mit einer Geste zu verstehen, dass sie vorläufig am Ende ihres Berichts angelangt war.

Der Kaiser lächelte sie freundlich an. Er konnte ihr wohl niemals böse sein.

»Da bin ich jetzt aber froh, dass du mir das alles gesagt hast.«

»Bist du das?«, entgegnete Elisabeth, ein wenig überrascht.

»Man macht sich so seine Gedanken und ist erleichtert, wenn die Wahrheit nicht so schlimm ist.«

»Ach, Franzl.« Sisi lächelte kurz. Dann aber fiel ihr der Grund des Besuches von Franz Josef ein. »Du wolltest auch mit mir reden, hast du vorhin erwähnt. Was gibt es? Wieso bist du nicht auf dem Ball?«

»Ich wollte eben mit dir reden.«

Sisi senkte den Kopf leicht. »Das klingt nach etwas Fürchterlichem. Wenn du verlangst, dass deine Mutter die Erziehung des Kronprinzen übertragen bekommt, dann kennst du meine Antwort schon jetzt.«

»Nein, nein, das ist es doch gar nicht.« Franz Josef war verlegen, wie es Sisi kaum von ihm kannte. »Du bist mir so fern erschienen in letzter Zeit. Manchmal, wenn ich das wunderbare Bild von dir angesehen habe, dann war es mir fast fremd. Das ist noch nie vorgekommen.«

»Fremd? Wie meinst du fremd?«

»Anders. Als hättest du dich verändert.«

»Ich will das Bild noch einmal sehen.« Sisi sprang auf.

»Aber was hast du denn? Ich wollte dich nicht verärgern.«

»Das hast du auch nicht. Ich will das Bild sehen.« Elisabeth stürmte durch die Räume der Appartements voraus, der Kaiser hinter ihr her.

»Wir brauchen noch mehr Lampen, bei dir ist es so finster«, beschwerte sich Sisi. Sie hielt eine Petroleumlampe vor das Ölgemälde und leuchtete es von oben nach unten ab. Franz Josef besorgte zwei weitere Lampen und stellte sich zur ihr.

»Der Rahmen musste repariert werden, weil das Bild runtergefallen war«, erzählte er. »Vor ein paar Wochen war das.«

»Ist er hier repariert worden?«, wollte Sisi wissen.

»Nein. Außer Haus.«

»Das Bild war also eine Zeit lang nicht hier.«

»Ich habe es nicht absichtlich weggestellt, wenn du das meinst«, verteidigte sich Franz Josef.

»Nein, natürlich hast du das nicht.« Sisi streckte den Finger aus und berührte den Rand der Leinwand, dort, wo eine Falte ihres Gewandes gezeichnet war.

Die Fläche erschien ihr nicht so glatt wie bei anderen Bildern. Sie hatte noch nicht viele berührt, aber als Mädchen Malunterricht gehabt.

Elisabeth besah sich die gemalten Haare genauer, die der große Maler Winterhalter so meisterlich getroffen hatte. Es hatte eine Strähne am Ende gegeben, eine dünne Strähne, die recht vorwitzig von den anderen zur Mitte hin wegstand. Elisabeth erinnerte sich, wie sie mit dem Maler darüber gesprochen und er ihr die Perfektion des Imperfekten erklärt hatte.

An diese Strähne erinnerte sie sich genau. Deshalb konnte sie nun sagen, dass das Bild nicht das echte war. Die Locke am Ende, die nur aus ein paar Haaren bestand, fehlte.

»Franzl, warst du dabei, als das Bild zu Boden gefallen ist?«, fragte Elisabeth, ohne den Blick von dem Gemälde zu nehmen.

»Nein, man hat es mir nur verschämt gestanden.«

»Wer hat sich um die Reparatur des Rahmens gekümmert?«

Franz Josef musste nicht lange überlegen.

Elisabeth riss die Augen auf, als sie hörte, wer dafür verantwortlich war.

»Was ist mit dir? Du siehst aus, als wärst du einem Geist begegnet«, sagte Franz Josef.

»Ich kann es dir heute nicht sagen. Du musst mir Zeit geben und vertrauen.«

»Du redest in Rätseln, Sisi!«

»Weil ich die Lösung selbst noch nicht kenne. Aber ich finde sie heraus. Verlass dich drauf.«

»Natürlich, meine liebe Sisi. Du hast mein Vertrauen. Voll und ganz.« In der Art, wie Franz Josef das sagte, schwang Erleichterung mit.

»Deinem Blick entgeht nichts«, lobte ihn Sisi.

Er lächelte geschmeichelt.

Zwischen ihr und Franz Josef herrschte in diesem Moment Einklang, wie sie ihn beide schon lange nicht mehr gefühlt hatten. Sie spürte den sehnsüchtigen Blick des Kaisers, sah das Verlangen in seinen Augen.

Sisi lächelte wieder.

Es war dieses geheimnisvolle, stille und gleichzeitig liebevolle Lächeln, das Franz Josef so liebte und auf dem Portrait vergeblich gesucht hatte.

»Sisi«, sagte er leise. »Meine geliebte Sisi. Ich will nicht, dass du dich nur langweilst. Aber du kennst meine Pflichten und die Amtsgeschäfte, die immer mehr zu werden scheinen.«

»Franzl«, erwiderte sie. »Lass uns das alles heute Abend vergessen.«

Freitag, 22. Februar 1867

55

Elvira hatte ihrer Tochter eingeschärft, Haltung zu bewahren und so wenig wie nur irgendwie möglich zu sprechen. In ihrer aufrichtigen und ehrlichen Art durfte es nicht geschehen, dass ihr auch nur ein Wort über das Schuldeingeständnis entglitt, das sie ihrer Mutter gegenüber gemacht hatte.

Louisa war auch mit 21 Jahren das zarte und feinsinnige Mädchen geblieben, das sie seit Kindheitstagen gewesen war. Sie begeisterte sich für die Natur, studierte voller Hingabe Bücher über Fauna und Flora und konnte sich stundenlang in ihre Malereien vertiefen.

Sie wollte nicht damit aufhören, sich selbst die Schuld für den Tod des Barons zu geben. Was sie Elvira unter Tränen gestanden hatte, war für die Mutter zutiefst schockierend und traurig gewesen. Niemals aber durfte Louisa zu irgendjemandem so reden wie zu ihrer Mutter.

Louisa hatte in der Mitte des Sofas Platz genommen, die Gräfin im Lehnsessel daneben, sodass sie ihre Tochter von der Seite im Auge behalten konnte.

Der Advokat saß mit zwei Vertretern seiner Kanzlei den Damen gegenüber. Seine ganze Erscheinung war genauso grau wie sein Anzug. Die beiden Herren, die zahlreiche Papiere aus ihren ledernen Aktentaschen zogen, schienen ihm in Sachen Ausdruckslosigkeit nachzueifern. Hinter ihnen standen drei Männer, die für den Baron gearbeitet hatten, alle mit toternsten Mienen. Sie hatten der Baronin bereits beim Begräbnis ihr Beileid ausgedrückt und es bei der Begrüßung im Salon des Palais erneut getan.

Darüber hinaus wirkten sie aber nicht, als ob sie auch nur einen Funken Mitgefühl für sie hätten. Ganz im Gegenteil. Auf Elvira strahlten sie eine Feindseligkeit aus, die alarmierend war.

Wir hätten auch einen Advokaten zur Unterstützung rufen sollen, fiel der Gräfin ein. Nun aber war es zu spät.

Da es kein Testament gab, war Herr Braun in seiner Funktion als Advokat des verstorbenen Barons gekommen, um Louisa über einige Dinge in Kenntnis zu setzen. Nachdem er ein paar Seiten der Akten überflogen hatte, begann er mit seinem Vortrag.

»Die Kanzlei Braun & Wollmann hat seit mehr als zehn Jahren die Rechtsangelegenheiten von Baron Adolf von Schnabel geregelt und von ihm Vollmachten besessen, die mit seinem Tod erloschen sind. Das Gericht sieht Sie, Frau Baronin, als die rechtmäßige Erbin der Besitztümer Ihres Gatten, die sich aus diesem Palais und dem Grundstück, auf dem es errichtet wurde, und diversen Konten in verschiedenen Bankhäusern zusammensetzen. Die Verbindlichkeiten, die der Baron eingegangen ist, sind wesentlich geringer als die Höhe des Vermögens, sodass Sie mit keinen Forderungen zu rechnen haben, die nicht erfüllt werden können.«

»Das kann zu deiner Beruhigung beitragen, Louisa«, sagte die Gräfin. Die drei stehenden Herren wurden unruhig.

Einer räusperte sich laut.

»Wie wohl ich Sie aber aufmerksam machen muss, dass der Baron an einigen Transaktionen und Geldgeschäften beteiligt war, die noch keinen Abschluss gefunden haben«, fuhr Braun weiter aus.

Damit gab er das Wort an die anderen drei weiter. Die Gräfin war keine Geschäftsfrau, wusste aber genug, um zu verstehen, dass hohe Beträge in Spekulationen steckten, deren Ausgang ungewiss waren. Ihr Schwiegersohn schien die Natur eines Spielers besessen zu haben, der den Nervenkitzel von hochriskanten Geschäften geschätzt hatte. Viele Male waren diese Geschäfte schon zu seinem Vorteil ausgegangen, aber Garantie gab es keine dafür.

»Wir werden selbstverständlich alle Geschäfte im Sinne des Barons fortsetzen«, versicherte einer der drei Herren.

Die Tür des Salons wurde geöffnet und Karl List trat ein.

»Fürst von Schrattbach.« Hinter ihm erschien der Fürst.

August nickte den Gästen kurz zu. Dann ging er zu Elvira und Louisa, küsste seine Nichte auf die Stirn und seine Schwester links und rechts auf die Wange.

»Tut mir leid, dass ich mich verspäte«, sagte er. »Ich hatte noch ein Treffen mit zwei meiner engsten Freunde.« Er nannte die Namen und die Bankhäuser, für die sie tätig waren.

Elvira entging die Reaktion der drei stehenden Herren nicht. Bisher waren ihre Münder dünne Striche in den hochmütigen Gesichtern gewesen. Nun sanken die Mundwinkel herab und jeglicher Hochmut war verschwunden. Die Herren wirkten besorgt.

»Liebe Louisa, meine Freunde sind gerne bereit, dir und meiner geliebten Schwester hilfreich zur Seite zu stehen.«

Nun ließen die Herren die Schultern sinken.

Herr Braun drehte sich nach hinten und wechselte einen Blick mit den Männern. Nicht mehr so sicher wie vorhin, sagte er: »Ich weiß nicht, ob eine solche Vertretung zulässig ist. Aber meine Kanzlei wird gerne prüfen, wie die Rechtslage aussieht und …«

Er wurde von August unterbrochen. »Das können Sie gerne tun. Aber es ist zu klären, wer die Erbin des Vermögens in Zukunft vertreten wird: Sie oder Kollegen, von denen ich einige zu meinem Freundeskreis zählen kann.«

Betretenes Schweigen trat ein. Elvira glaubte eine gewisse Feindseligkeit zu fühlen, die von den drei Herren ausging. Louisa musste geschützt werden.

»Können wir die Unterredung für heute zu einem Ende bringen?«, fragte sie.

Der Advokat schob die Blätter zusammen, die von seinen Adlaten sofort eingesammelt und in den Taschen verstaut wurden.

»Selbstverständlich.«

Die Verabschiedung bestand nur aus Nicken. Die Mitarbeiter des Barons setzten mehrere Male an, etwas zu sagen, ließen es dann aber bleiben.

Als alle gegangen waren, ließ sich August in den Lehnsessel fallen, aus dem gerade erst der Advokat aufgestanden war. »Ich brauche einen Cognac, aber einen doppelten.«

»August«, sagte die Gräfin mahnend.

»Einen dreifachen«, lautete die Antwort ihres Bruders auf die Bemerkung.

»Danke, Onkel«, sagte Louisa. »Ich wüsste nicht, was wir ohne dich tun sollten.«

»Die Angelegenheit wird nicht ganz einfach, darauf wurde ich bereits aufmerksam gemacht. Es wird gemunkelt, dass einige Geschäfte deines Mannes dubioser Natur sind. Man wird versuchen, Licht in dieses Dunkel zu bringen.«

Wieder wurde die Tür des Salons geöffnet. Der Kammerdiener wollte jemanden melden, aber noch bevor er sprechen konnte, trat der Polizeikommissär schon ein.

»Lassen Sie nur, man kennt mich«, sagte er zu Karl List.

Der Diener verharrte kurz, unentschlossen, was er tun sollte.

»Danke, Karl, der Herr Kommissär hat recht. Wir haben schon seine Bekanntschaft gemacht«, sagte die Gräfin.

Louisa blickte erschrocken zu ihrer Mutter, die ihr ein beruhigendes Lächeln schenkte.

»Sie kommen ohne Anmeldung«, bemerkte Elvira. »Woher wussten Sie, dass wir heute hier sind und nicht in Hietzing?«

»Mein Besuch galt dem Personal, das ich erneut befragen werde. Der Diener hat erwähnt, dass Sie hier anzutreffen wären.«

»Ach ja, hat er das.« Elvira sprach betont gelassen.

»Es ist gut, dass ich Sie hier antreffe«, fuhr der Kommissär fort. Sein Blick blieb an August hängen. »Darf ich erfahren, in welcher Beziehung Sie zur Baronin stehen?«

»Ich bin ihr Onkel. August von Schrattbach. Ihr Name ist mir nicht bekannt. Meine Schwester hat Sie nie erwähnt.«

Elvira applaudierte im Stillen ihrem Bruder für den Rüffel, den er der Arroganz dieses Beamten gegeben hatte.

»Martin Stutz, Kommissär in der Angelegenheit des Mordes an Baron von Schnabel.«

»Wieso ist es gut, dass Sie uns hier antreffen?«, kam Elvira auf seine Bemerkung zurück.

Stutz griff in seine Manteltasche und zog den Fächer heraus, den der Tote in der Hand gehalten hatte.

»Ich konnte in Erfahrung bringen, dass dieser Fächer …« Martin brach absichtlich mitten im Satz ab.

Während Elvira und ihr Bruder die Pause ertrugen, die entstand, ertrug Louisa das Schweigen nicht.

»Was ist mit dem Fächer?«, fragte sie. »Was haben Sie in Erfahrung gebracht?«

Martin überlegte genau, was er als nächstes sagte. »Besteht eine Verbindung, oder bestand eine Verbindung, zwischen dem Kaiserhaus und dem Baron?«

Elvira schüttelte fassungslos den Kopf. »Was bringt Sie auf eine solche Idee?«

Ihr Bruder deutete, ihn sprechen zu lassen. »Natürlich bestand eine Verbindung.«

Der Kommissär war von der Aussage überrascht. Er richtete sich auf, als könnte ihm sonst ein Wort entgehen.

»Woher, meinen Sie, hat der Baron seinen Titel?«, fragte August ironisch. »Ritter von Schnabel. Der Kaiser hat ihn ihm verliehen. Der Betrag, den der Gemahl meiner Nichte dem Kaiser dafür gespendet hat, ist mir nicht bekannt. Sie können aber davon ausgehen, dass ein kleines Vermögen in die Staatskasse geflossen ist.«

Die Enttäuschung über diese Erklärung war Stutz anzumerken.

»Ich meine, besteht eine Verbindung, die den Fächer in der Hand des toten Barons erklären könnte?«

Spott lag in der Stimme des Fürsten, als er antwortete. »Sie meinen, ob die Kaiserin dem Baron den Fächer als Geschenk überlassen hat?«

»Wie kommen Sie auf diese Möglichkeit?«, bohrte Stutz sofort nach.

Elvira blickte beunruhigt zwischen ihrem Bruder und dem Kommissär hin und her.

»Du beliebst zu scherzen, nicht wahr, August? So wie du es eben gerne tust.«

»Es handelt sich bei dem Fächer um ein seltenes Stück«, sagte Stutz. »War der Baron vielleicht bekannt als Sammler solcher Kostbarkeiten, die eigentlich für Damen bestimmt waren?«

»Nein!«, entgegnete die Gräfin entschieden. »Was sind das für Unterstellungen, die Sie hier schon wieder wagen?«

»Adolf hat stets belächelt, was mich erfreut hat«, erzählte Louisa. »Ein solcher Fächer in seiner Hand wäre unvorstellbar gewesen. Für ihn hätte er weder Bedeutung noch Wert gehabt.«

»Haben Sie eine Idee, wie der Fächer dann zu ihm und in seine Hand gekommen ist?«, fragte Martin.

»Nein.« Louisa überlegte noch einmal. »Nein, er hat höchstens Reitgerten in der Hand gehalten.«

»Reitgerten?«

»Er besaß viele davon.«

Die Gräfin erhob sich. »Herr Kommissär, wir würden es schätzen, dass Sie uns das nächste Mal informieren würden, wenn Sie das Palais zu besuchen gedenken und mit der Dienerschaft der Baronin sprechen wollen. Da die Baronin wieder in ihre Räume zurückkehren wird, braucht sie das Personal.«

»Ich will nur ein paar Fragen bezüglich des Fächers stellen«, erklärte Stutz.

»Tun Sie das. Aber ich bitte, dass Sie dafür nicht zu viel Zeit in Anspruch nehmen.«

»Ich nehme nur so viel Zeit, wie es braucht«, erwiderte Stutz und erntete dafür einen vernichtenden Blick der Gräfin.

Latour erkannte das Haus anhand von Idas Beschreibung sofort. Er ging durch den Hof und am Brunnen vorbei in den ersten Stock zur Wohnung von Nathalie Nagy und klopfte. Keine Antwort.

Er klopfte erneut, aber weiterhin tat sich nichts. Der Oberst trat ans Fenster, schirmte das Licht mit den Händen von seinen Augen ab und versuchte so, einen Blick in die Wohnung zu werfen. Viel sah er nicht. Nur eine Staffelei und eine offene Reisetruhe. Er trat an das Geländer des Innenbalkons und blickte in den Hof hinunter.

Eine alte Frau kam aus einer Wohnung. Sie ging auf einen Stock gestützt zum Brunnen und warf einen Kübel in die Tiefe. Die Winde drehte sich, während sich das Seil abwickelte, an dessen Ende der Eimer hing.

»Guten Tag«, rief der Oberst.

Der Nacken der Frau schien steif. Sie hatte Mühe, nach oben zu blicken.

»Die ist nicht da«, sagte sie.

»Sie meinen die Malerin?«

»Ja, die. Sie ist fort.«

»Was meinen Sie mit ›fort‹? Ist Sie ausgegangen?«

»Da war ein Mann, der hat mit ihr eine Kiste weggetragen. Zu einem Pferdefuhrwerk«, erklärte die Frau mit brüchiger Stimme.

»Hat die Malerin gesagt, wann sie zurückkommt?«

»Nein.«

»Wann hat sie das Haus verlassen?«

»Gestern schon«, krächzte die Frau. »Am Abend. Anständige Frauen gehen um diese Zeit nicht mehr in den Gassen herum.«

»Danke.« Latour wandte sich wieder der Tür zu. Dahinter gab es nur ein Bild, das er unter allen Umständen ha-

284

ben wollte. Falls die Malerin es schon fortgeschafft hatte, musste es ihm gelingen, herauszufinden, wo es sich befand. Wahrscheinlich wusste sie gar nicht, welche Kostbarkeit sie in Händen hielt.

Unten quietschte die Winde. Die alte Frau kurbelte und schnaufte heftig. Latour ging in den Hof und half ihr. Er goss das Wasser in den Blechkrug, den sie mitgebracht hatte, und trug ihn für sie bis zur Tür der Wohnung.

Weiter wollte sie ihn nicht vorlassen.

»Hat jemand im Haus noch einen Schlüssel zur Wohnung der Malerin?«, fragte er ganz nebenbei.

»Natürlich der junge Mann, der fast jeden Tag gekommen ist. Der hat einen Schlüssel.«

»Ach ja.«

Latour stellte nicht sofort die nächste Frage, damit die Frau nicht misstrauisch wurde. Er redete kurz über das kalte Wetter, was die Frau mit heftigem Jammern über ihren Rücken quittierte, und wollte erst dann wissen, ob ihr mehr über den jungen Mann bekannt war.

»Ein recht feiner Herr, würde ich sagen.«

Das war alles.

Latour wünschte einen schönen Tag und trat in die Kälte hinaus. Vom grauen Himmel fielen kleine Schneeflocken.

Die Haustüren wirkten alt und nicht sehr stabil.

Dagegen zu werfen traute Latour sich nicht, da es zu viel Lärm gemacht hätte.

Vielleicht reichte schon ein starkes Pressen mit der Schulter aus.

Ein paar Minuten später gab er auf. Seine Schulter schmerzte und sein keuchender Atem erinnerte an das Geräusch einer Dampflokomotive.

Der Schneefall wurde dichter. Lange konnte er nicht mehr hierbleiben.

Er war bis auf die Knochen durchgefroren.

Endlich klopfte es.

Im Kleinen Salon gab die Kaiserin Ida ein Zeichen, nachzusehen. Ida öffnete die Tür einen kleinen Spalt breit.

»Die Kaiserin wünscht, nicht gestört zu werden.«

Von draußen kam die Stimme eines Lakaien.

»Der Kaiser ersucht, dass Ihre Majestät diesen Brief sofort beantwortet.«

»Wo ist der Brief? Ich werde ihn der Kaiserin übergeben.«

»Der Kaiser verlangt, dass der Brief persönlich übergeben wird.«

»Warten Sie.« Ida schloss die Tür eine Spur zu heftig. Sie wandte sich Elisabeth zu, die die Maske am dünnen Stab vor ihre Augen hob.

Im Salon saß nicht mehr die Kaiserin von Österreich, sondern die geheimnisvolle Gabriele.

Josef Latour sah nur die Möglichkeit, später noch einmal zurückzukommen und verließ das Gebäude. Er war die Gasse schon ein Stück hinuntergegangen, als er hinter sich das Klappern von Hufen hörte. Als er sich umsah, erblickte er ein Fuhrwerk, das gerade in die Gasse einbog. Ein stämmiges Pferd zog einen schweren Leiterwagen. Vorne saß ein Kutscher, dick vermummt, einen Schal um das Gesicht gewickelt. Vom Wagen sprang eine zweite Person.

Klein.

Trotz übergroßen Mantels zierlich.

Latour hatte Glück.

Der Kutscher und die zierliche Person verschwanden im Haus, das Latour gerade erst verlassen hatte. Er lief zurück, wartete aber im Torbogen, bis sie oben auf der Balustrade angelangt waren.

Es war die Malerin. Sie schloss die Tür zu ihrer Wohnung auf und trat ein. Der Kutscher folgte ihr.

Als Latour die eisernen Stufen nach oben eilte, rutschte er aus und kippte nach hinten. Es gelang ihm gerade noch, den Handlauf zu packen und sich festzuklammern. Die Stufe unter seinen Sohlen war vereist und Latour hatte Probleme, Halt zu finden. Endlich stand er wieder aufrecht.

Da kamen die Malerin und der Mann aus der Wohnung. Sie trugen die Truhe, die er durch das Fenster gesehen hatte.

Der Oberst trat ihnen entgegen und versperrte den Weg.

Die Frau sah auf. Sie trug die Ballonkappe, die Kalle beschrieben hatte. Der Ausdruck in ihren Augen ließ erkennen, dass sie nichts Gutes erwartete.

»Ich bin gekommen, ein Bild zu holen«, sagte Latour mit betonter Ruhe.

Der Kutscher wurde hektisch, sein Blick zuckte zwischen dem Oberst und der Malerin hin und her.

»Ich hab' nichts damit zu tun«, beteuerte er.

»Dann gehen Sie«, bot Latour an.

»Bleib da«, verlangte die Malerin, aber der Kutscher drängte sich schon am Oberst vorbei und eilte die Treppe hinunter. Er rutschte auf derselben Stufe aus wie zuvor Latour, konnte sich aber nicht mehr fangen. Hals über Kopf stürzte er in die Tiefe. Dort blieb er regungslos liegen.

»Was haben Sie gemacht?«, fuhr ihn die Malerin an. Sie wollte dem Mann zu Hilfe kommen, aber Latour packte ihren Arm und hielt sie mit eisernem Griff fest.

Stöhnend kam der Kutscher zu sich und kämpfte sich auf die Beine. Er taumelte hin und her, als er im Bogengang verschwand. Allzu schlimm schien es nicht um ihn bestellt.

»Das Bild«, verlangte Latour.

»Sie können alle haben«, lautete das Angebot der Malerin. »Was zahlen Sie dafür?«

»Ich will nur ein bestimmtes Bild.«

»Hören Sie, ich habe es nur nachgemalt, weil er mir das Blaue vom Himmel versprochen hat«, erklärte Nagy. »Er hat gelogen. Jetzt weiß ich es. Er hat nie daran gedacht, die Bilder zu verkaufen, damit wir Geld bekommen und heiraten können. Er hat behauptet, er will mit mir fortlaufen, nach Italien. Aber in Wirklichkeit ist er besessen von ihr. Er wollte sie überall um sich haben. Er hat ihr Bild angesehen, wenn er mit mir im Bett war. Er hat nur an sie gedacht und nie an mich.«

Latour brauchte einen Moment, diese Wendung der Ereignisse zu verdauen.

Nagy fuhr fort: »Er hat behauptet, dass ihm seine Mutter heimlich Geld schicken würde, obwohl es der feine Vater verboten hätte. Er konnte Gabriele, wie seine Mutter angeblich hieß, deswegen nur postlagernd schreiben. Sie antwortete an Oberon, weil sie ihn so in seiner Jugend genannt hätte. Alles Lügen, auf die ich hereingefallen bin.«

»Sie haben die Briefe abgegeben und abgeholt«, sagte Latour. »Wussten Sie wirklich nicht über den wahren Inhalt Bescheid?«

»Ich dachte, es ist Geld«, antwortete Nagy. »Er hat mir versichert, seine Mutter würde uns schützen, denn sein Vater würde einer Verbindung nie zustimmen.«

»Wissen Sie, was er wirklich getan hat?«

»Ich kann es mir denken«, gab die Malerin zu. »Es hat sicher mit der Kaiserin zu tun. Aber es interessiert mich nicht mehr. Es ist aus. Ich will ihn nie wieder sehen.«

»Und ich möchte das Portrait der Kaiserin mit den verschlungenen Haaren. Auf der Stelle.«

»Das habe ich nicht mehr.«

»Wo ist es?«, fragte Latour.

Er hielt noch immer den Arm der Frau umklammert.

»Er hat es gestern mitgenommen.«

»Wohin?«

»Zu sich in die Wohnung«, sagte Nagy. »Zumindest nehme ich das an.«

»Wo ist die Wohnung?«

»In der Wipplingerstraße.«

»Welches Haus?«

Die Malerin konnte es beschreiben. Latour ließ sich zur Sicherheit in ihre Wohnung führen. Er wollte Gewissheit haben, dass das Bild wirklich nicht mehr hier war. Auch die Truhe musste sie öffnen, aber Nagy hatte ihn nicht angelogen. Das Bild war fort.

Der Oberst machte sich auf den Weg. Als er die Gasse hinunterging, hielt er sich dicht an der Hauswand. Das Pflaster war vom Schnee in eine Rutschbahn verwandelt worden.

Sollte er einen Fiaker nehmen? Oder zu Fuß in die Wipplingerstraße? Was war bei diesem Wetter schneller?

»Die Majestät ist bereit«, sagte Ida vor dem Kleinen Salon.

Als er in der Türöffnung erschien, war Elisabeth auf den ersten Blick sicher, dass er der Mann war, mit dem sie auf der Redoute getanzt hatte. Was für ein schändliches Verhalten, ihre Offenheit so zu missbrauchen.

Als er seinen Fuß in den Salon gesetzt hatte, blieb er wie festgewachsen stehen. Hinter ihm zog Ida energisch die Tür zu.

»Welch' Freude, dass wir uns hier wiedersehen«, sagte Elisabeth und bemühte sich um einen ruhigen Ton. Es fiel ihr schwer, da sie innerlich vor Zorn bebte.

Er war es. Der Sekretär des Kaisers war der Mann, der sich auf der Redoute so charmant gegeben hatte. Es war alles Fassade, hinter der sich ein durchtriebener und bösartiger Mensch verbarg.

Benedikt hatte sich schnell wieder unter Kontrolle und nahm eine stramme Haltung ein.

Ja, Elisabeth hatte keine Zweifel. Die gleiche Größe, die gleiche Gestalt, die gleiche Haltung wie ihr Begleiter in jener der Ballnacht.

»Ich habe den Befehl des Kaisers, der Kaiserin eine Nachricht zu überbringen«, sagte Benedikt steif. »Können Sie mir sagen, wo ich sie antreffen kann?«

Die Enttäuschung traf Elisabeth wie ein schwerer Schlag.

Erkannte er sie nicht? War er es doch nicht? Alles an diesem Mann stimmte mit dem Galan des Balles überein. Elisabeth dachte sich die Maske in sein Gesicht und den Dreispitz auf seinen Blondschopf. Sie hätte schwören können, dass er es war.

Doch seine Stimme war höher. Er sprach langsamer und hatte ein feines Stottern, das er zu verbergen versuchte.

Was sollte sie tun?

Sie war überzeugt gewesen, den Erpresser gefunden zu haben. Nun sah sie der Sekretär des Kaisers in einer Maskerade, die nicht für seine Augen bestimmt war.

Aber Benedikt war auf jeden Fall dafür verantwortlich, dass ihr Portrait aus dem Arbeitszimmer von Franz Josef fortgebracht und an seine Stelle eine Kopie gestellt worden war.

Elisabeth ließ die Maske sinken.

»Erkennt er seine Kaiserin nicht?«, fragte sie, um die peinliche Pause zu beenden.

»Majestät? Was für eine Verkleidung.«

Er spielte das Erstaunen schlecht, dachte Elisabeth. Sie misstraute ihm durch und durch.

»Was bringt er mir vom Kaiser?«

Benedikt streckte ihr einen Umschlag aus dickem, handgeschöpftem Papier entgegen. »Der Kaiser bittet Eure Majestät, dieses Schreiben zu lesen und mir eine Antwort mitzugeben.«

»Er gebe es mir.« Sie nahm ihm den Umschlag ab und ging damit zum Tisch neben dem Sofa. Dort lagen schon ihr Brieföffner mit Elfenbeingriff und zwei weitere Briefe bereit.

Nachdem sie den Umschlag aufgeschlitzt hatte, zog Elisabeth ein Blatt aus wesentlich billigerem Papier heraus. Sie überflog die Zeilen und öffnete dann die beiden anderen Umschläge, um auch ihnen ein Schreiben zu entnehmen. Die drei Blätter legte sie nebeneinander.

Ihre Augen wanderten von einem zum anderen und wieder zurück. Aus den Augenwinkeln beobachtete sie, wie Benedikt mehr zu erkennen versuchte, sie aber verstellte ihm den Blick.

»Ich kann mich des Eindrucks nicht verschließen, dass ich es mit Oberon zu tun habe«, sagte Elisabeth langsam.

Sein erschrockenes Zucken entging ihr nicht, obwohl sie ihm halb den Rücken zukehrte. Langsam wandte sie sich um.

»Er ist ein Dieb und ein Erpresser.«

Benedikt schaffte es, die Beherrschung zu wahren. Die Vorwürfe prallten an ihm ab.

»Majestät, ich bedaure, wenn meine Dienste nicht zu Ihrer Zufriedenheit waren.«

»Wer hat ihm von Gabriele erzählt?«, fuhr Elisabeth fort. »Wer hat ihm die Adresse genannt, unter der sie zu erreichen ist?«

»Ich verstehe nicht, wovon Majestät reden.«

Elisabeth beschloss, in die Offensive zu gehen. »Er hat das Gemälde beim Schreibtisch des Kaisers fortgebracht und durch eine Kopie ersetzt.«

»Was denken Sie von mir?«

Auch seine Empörung klang für Elisabeth nicht echt.

»Er hat das echte Bild bei einer Frau gelassen, einer Malerin, wahrscheinlich um es für viel Geld zu verkaufen.«

»Majestät!« Benedikts Stimme zitterte.

»Die Malerin hat den Brief vom Postamt geholt«, fuhr Elisabeth fort. Sie wollte ihrem Gegenüber zeigen, wie viel sie wusste und ihn so aus der Reserve locken. »Den Brief an ›Oberon‹. Der Postbeamte erinnert sich, dass auch sie es war, die einen Brief für Gabriele gebracht hat, postlagernd Wien.«

»Majestät! Wofür halten Sie mich?« Das Grauen schlich sich langsam in Benedikts Gesicht.

»Ich kann erkennen, dass Ihre Notiz an den Kaiser, die Sie mir soeben übergeben haben, in derselben Handschrift verfasst ist wie die Drohung an mich und die Frage an den Kaiser, ob er wisse, wo ich mich am 2. Februar aufgehalten habe.«

Benedikts Lippen bebten, aber er blieb stumm.

»Der Kaiser weiß es. Er wusste es immer schon«, log Elisabeth, um Benedikt allen Wind aus den Segeln zu nehmen. »Das echte Portrait wird in dieser Stunde zurückgeholt.«

Der Sekretär des Kaisers rang nach Luft. Er drehte sich um und wollte flüchten, aber vor der Tür stand Ida und versperrte ihm den Weg. Benedikt stürzte zur zweiten Tür des Saals, riss sie auf und prallte zurück. Von dort kam ihm Fanny Feifalik entgegen.

»Ich flehe Sie an, Majestät, lassen Sie mich gehen.« Benedikt sprang zum Fenster und riss es auf. Kalte Luft fegte in den Saal. »Sonst springe ich in den Tod«, drohte er.

Die drei Frauen riefen gleichzeitig: »Nicht!« Benedikt aber schwang ein Bein über das Fensterbrett.

»Zurück!«, befahl Elisabeth, nun in Panik.

»Nur, wenn Sie mich gehen lassen.«

»Die Leibgarde wird ihn aufhalten«, raunte Ida leise Elisabeth zu.

»Sie können erlangen, dass ich die Hofburg verlassen kann«, sagte Benedikt drängend. »Sonst will ich lieber aus dem Leben scheiden.«

»Fanny, Ida, begleitet ihn«, ordnete Elisabeth an.

Benedikt zögerte, als traue er diesem Befehl nicht.

»Er bekommt freies Geleit«, versicherte ihm die Kaiserin. »Vorher muss er mir aber sagen, woher er Gabriele kennt.«

»Sie haben den Namen laut genug genannt, sodass ihn jeder hören konnte, der in Ihrer Nähe stand.«

»Sie waren also auf der Redoute«, schloss Elisabeth. »Aber Sie haben nicht mit mir getanzt?«

»Sie haben mich verschmäht!« Zorn funkelte in Benedikts Augen und entstellte sein sonst so emotionsloses Gesicht.

Die Feifalik stieß ein »Jessasna!« aus.

»Da waren zwei«, fiel ihr ein. »Da waren zwei Herren, die fast gleich ausgesehen haben. Der eine aber stand näher bei der Stiege, die ich heruntergekommen bin.«

»Sie haben mich verschmäht«, wiederholte Benedikt hasserfüllt.

»Er hat zu mir hinaufgeblickt. Er war das also?«, fragte Elisabeth.

»Sie haben mir Augen gemacht, dann aber den anderen gewählt.«

Benedikt begann heftig zu keuchen. Er rang nach Luft und wankte.

Fanny fing an sich zu verteidigen. »Aber ich habe doch nur den Herren angesprochen, der dort stand. Er hat ausgesehen wie der Herr, den mir Majestät gezeigt hat.«

Doch Benedikt hörte sie nicht mehr. Er gestikulierte heftig mit der Rechten, verlor das Gleichgewicht und drohte, rücklings aus dem Fenster zu kippen. Die drei Frauen stürzten nach vorne, um ihn vor dem Absturz zu retten.

Sie bekamen seinen Arm nicht mehr zu fassen.

 60

»Du brauchst diese Räume nie betreten, Liebes.«

Elvira legte ihrer Tochter den Arm um die Schulter.

»Aber wenn ich weiter hier wohnen soll, kann ich die Türen nicht immer nur verschlossen halten«, erwiderte Louisa leise. »In geraumer Zeit, wenn das Trauerjahr vorbei sein wird und es kein Aufsehen erregen kann, werden wir die Kleidung deines Mannes an die Bedürftigen verschenken. Mein Verein kennt viele Empfänger, die dankbar dafür sein werden. Wir lassen versteigern, was er Wertvolles hinterlassen hat, und du spendest den Erlös dem Verein. Deine großzügige Geste wird dankbar angenommen werden.«

»Und die Bibliothek, das Sofa, der Teppich …?«

»Wir werden alles entfernen lassen, doch musst du Geduld haben«, sagte Elvira. »Nichts wird dich mehr an das grausige Geschehen erinnern.« Die beiden Frauen standen an der Balustrade des Treppenaufgangs im Palais Schnabel.

»Mama, du meinst, es ist nicht meine Schuld?«, fragte Louisa schwach. »Adolfs Tod. Du bist sicher, dass nicht ich ihn umgebracht habe?«

Elvira sah sich sofort prüfend um, ob einer der Dienstboten Louisas Worte gehört haben könnte. »Davon bin ich überzeugt«, flüsterte sie leise und sehr eindringlich. »Louisa, du musst diese Vorstellung endlich vergessen.«

»Aber ich habe jeden Abend gebetet, Gott möge mich von ihm befreien.«

»Ich glaube nicht, dass der Herr solche Wünsche erhört oder erfüllt.«

Louisa sah sie stumm an.

»Schluss jetzt. Reiß dich zusammen«, verlangte die Gräfin energisch. »Geh und male. Das bringt dich auf bessere Gedanken und wird dich beruhigen.« Die Tochter zog sich zurück. Unschlüssig stand Elvira in dem langen Gang. Sie würde die Nacht hier bei ihrer Tochter verbringen. Was aber sollte sie mit dem angebrochenen Abend anfangen?

August kam aus dem Salon, ein Glas Cognac in der Hand.

»Ich möchte dich etwas fragen, das mich beschäftigt.«

»Und das wäre?« Elvira deutete auf das Glas. »Ist dir die Frage nach dem zweiten oder dem dritten Cognac gekommen?«

»Das ist noch immer der erste, den ich mir eingeschenkt habe.«

»Wir müssen hier nicht herumstehen.« Elvira fühlte ihre Gereiztheit und mahnte sich innerlich zur Ruhe. Sie zog sich mit ihrem Bruder in den Salon zurück.

»Mein Erinnerungsvermögen ist vielleicht nicht immer das beste«, begann August, »aber ich entsinne mich, dass du mich am ersten Sonntag im Februar in meiner Wohnung aufgesucht hast. Du warst zum Mittagessen bei Louisa geladen. Ich auch. Aber ich habe verschlafen.«

»Das mag sein. Es ist nichts Ungewöhnliches.«

August strich sich über die aschblonden Haare. Es war eine Geste, die von Nervosität zeugte. »Ich erinnere mich, dass du nach oben in meine Wohnung gekommen bist, um nach mir zu sehen«, fuhr er fort. »Mein Kammerdiener hat dich eingelassen. Das heißt, nein, er hatte frei. Du hast dich selbst eingelassen mit dem Schlüssel, den ich dir einmal übergeben habe. Für Notfälle.«

»Komm zur Sache«, drängte die Gräfin.

»Ich lag im Bett, weil die Vorhänge meines Schlafzimmers geschlossen und es stockfinster war. Ich hatte nicht bemerkt, dass längst Mittag war, da ich in der Nacht erst sehr spät nach Hause gekommen bin. Ich hatte einen Ball besucht.«

»August, was soll dieses Herumgerede?« Elvira trat ans Klavier, öffnete den Deckel und spielte im Stehen mit nur einer Hand ein paar Takte eines Walzers.

»Ich habe dir von meiner Bekanntschaft am Ball erzählt, nicht wahr?«

»Du warst angeheitert. Dein Schlafzimmer hat nach Schnaps gerochen. Ich habe nicht genau hingehört, worüber du gesprochen hast.«

»Ich weiß, dass ich dir von einer Bekanntschaft erzählt habe«, insistierte August.

»Und ich meine, ich habe auch den Fächer erwähnt, den ich gefunden habe.«

»Fächer? Warum reden heute alle von einem Fächer?« Elvira rutschte der Klavierdeckel aus der Hand und knallte zu.

»Kannst du dich wirklich nicht erinnern, dass ich von einem blauen Fächer gesprochen habe, der Ähnlichkeit mit dem Fächer besitzt, der bei Adolf gefunden wurde?«

Die Gräfin kam durch den Raum auf August zu. »Was ist nur in euch alle gefahren? Kann mir das jemand verraten? Willst du behaupten, du hättest mit dem Mord etwas zu tun und würdest nun von deinem schlechten Gewissen gequält werden?«

»Es geht um den Fächer, den uns der Polizeikommissär gezeigt hat.«

»Ich verstehe einfach nicht, was du meinst.«

»Elvira«, sagte August ernst, »ich könnte schwören, diesen Fächer in der Lade meines Nachttisches aufbewahrt zu haben. Aber dort ist er nicht mehr. Und ich kann auch schwören, dass die Dame, mit der ich auf der Redoute eine angenehme Zeit verbracht habe, die Kaiserin war.«

»Die Kaiserin? Der Kaiser und die Kaiserin haben die Redoute besucht?« Elvira klang überrascht.

»Nein, es war nur die Kaiserin«, sagte August. »Und sie trug eine rotblonde Perücke. Ihre Begleiterin hat mich angesprochen, ob ich der Dame im gelben Domino nicht ein wenig Gesellschaft leisten wolle. Ich habe bald geahnt, dass es die Kaiserin sein könnte.«

Seine Schwester fasste ihn fest an der Hand.

»August, willst du behaupten, der Fächer stammt aus dem Besitz der Kaiserin?«

»Sie hatte einen Fächer im Gürtel eingesteckt, den ich auf dem Boden fand, nachdem wir uns verabschiedet hatten.«

»Das sind Aussagen, die du nicht beweisen kannst«, mahnte Elvira. »Wenn diese Gerüchte Leuten am Hof zu Ohren kommen, kannst du dir damit den Zorn des Kaisers zuziehen.«

»Meinst du, ich soll einfach schweigen?«

»Reden ist Silber, Schweigen ist Gold.«

Der Kammerdiener trat ein und brachte auf einem Silbertablett einen kleinen Umschlag. Er enthielt eine handgeschriebene Karte mit einer Einladung der Fürstin Limhart-Thayental für den Samstag zu einer Jause:

Man hat mir gesagt, dass du mit Louisa in das Palais zurückgekehrt bist, und ich vermute dich dort die nächsten Tage. Wenn dir der Samstag also nicht gelegen kommt, so können wir auch einen anderen Tag wählen.

Elvira wies den Kammerdiener an, der Fürstin zu antworten, dass sie die Einladung gerne annehme.

Sie musste raus aus dem Palais und war für jede Ablenkung dankbar.

Benedikt stürmte in sein Wohnzimmer, nur mit einem Anzug bekleidet. Wo war sein Mantel geblieben?

Der Sekretär hauchte in seine Hände. Er zitterte am ganzen Körper. Mit einem Aufschrei sprang er zu einer Kommode und suchte sie ab.

»Suchen Sie das hier?«

Latour trat aus dem Schlafzimmer, das ovale Portrait der Kaiserin in den Händen.

Es lag etwas Irres in Benedikts Blick. Er bebte und keuchte.

»Sie machen den Eindruck, als wären Sie auf der Flucht«, stellte Latour mit ruhiger Stimme fest.

Latour konnte trotz der Kälte Schweißtropfen auf Benedikts Stirn sehen.

»Die Malerin Nagy hat mir Interessantes erzählt«, fuhr der Oberst fort.

»Ich werde mich erschießen«, kündigte Benedikt an.

»Die Entscheidung obliegt Ihnen, aber ich halte nichts davon, auf diese Weise aus dem Leben zu scheiden.«

Benedikt brach in Tränen aus. »Was habe ich getan. Was habe ich nur getan?«

»Darüber können Sie die nächsten Jahre lange nachdenken«, erwiderte Latour. »Sie werden jetzt ein Schreiben aufsetzen, in dem Sie Ihren Dienst beim Kaiser quittieren. Die Begründung lautet, dass sie einer Berufung folgen, um eine Mission der Kirche in Afrika zu unterstützen. Sie verlassen Österreich auf der Stelle und reisen nach Genua, wo Sie sich einschiffen. In frühestens fünf Jahren, mit dem Beweis der Erfüllung Ihrer Mission, können Sie zurückkehren. Ihre unheilvolle Schwärmerei für die Kaiserin sollten Sie dann abgelegt haben. Wenn nicht, rate ich Ihnen, den Aufenthalt zu verlängern.«

Benedikt starrte den Oberst an. Seine Augen schnellten wild hin und her, als würde er nach einem Ausweg suchen. Doch er fand keinen.

»Haben Sie Papier und Tinte bereit?«, fragte Latour.

»Und wenn ich es nicht tue?«, wollte Benedikt leise wissen.

»Dann stünde Ihnen fürs Erste eine Anklage wegen Diebstahls des Portraits der Kaiserin bevor, was einen Schatten auf Ihre Familie werfen würde. Von den Drohbriefen an den Kaiser gar nicht zu reden. Wollen Sie das?« Benedikts Schweigen war Antwort genug.

»Im Dienste der Kirche in Afrika zu missionieren, einem inneren Ruf folgen, wird hingegen von allen als ehrenhaft angesehen.«

Latour deutete auf Benedikts Schreibtisch. »So kann sogar eine Person wie Sie edel wirken.«

62

Am Abend nach dem Diner der kaiserlichen Familie hatte Elisabeth Ida, Fanny Feifalik und Latour zu einer Unterredung in ihr Wohnzimmer bestellt. Die Kaiserin befand sich, wie Ida zu ihrer Zufriedenheit erkannte, in guter Stimmung.

»Ein verwegener Bursche«, stellte Elisabeth fest. »Einen Moment lang hatte ich gedacht, er stürzt wirklich in den Tod.«

»Er ist geklettert, wie ein Aff' in der Menagerie«, sagte Fanny.

Benedikt hatte das Rohr gepackt, das vom Dach bis in den Hof reichte und durch das der Regen abrinnen konnte. Daran war er hinuntergeklettert.

Er hatte Glück, dass in diesem Moment keine Wachen und keine anderen Leute anwesend waren, die ihn sehen konnten. Es war ihm gelungen, die Hofburg ungehindert zu verlassen. Dem Sekretär des Kaisers stellte niemand viele Fragen, selbst wenn er ohne Mantel ins Schneegestöber lief.

»Ich habe ein Anliegen«, begann Elisabeth schließlich, »mit dem ich mich nur an euch wenden kann.«

Drei Augenpaare waren auf sie gerichtet.

»Der Fächer, der bei Baron von Schnabel gefunden wurde, ist ohne Zweifel jener, den ich am Ball verloren habe. Ich will ihn zurück. Aber vor allem will ich erfahren, wie er in die Hand eines Toten kommen konnte. War es der Mörder, der ihn dort hinterlassen hat? Wieso hätte er das tun sollen? Oder war der Fächer doch im Besitz des Barons? In diesem Fall möchte ich herausfinden, wie er zu ihm gekommen ist.«

Ida blicke nach links und rechts, zur Feifalik und dem Oberst. Beide schwiegen und waren genauso ratlos, wie Ida es selbst auch war.

So viele Fragen. Wie sollten sie die Antworten finden?

»Der Baron war sicherlich nicht der Mann, den ich zu Ihnen geschickt habe, Majestät«, versicherte Fanny Feifalik. »Er ist viel zu alt.«

»Er kann den Fächer aufgehoben und eingesteckt haben«, ereiferte sich Elisabeth. »Vielleicht ist er so in seinen Besitz gekommen.«

Latour versuchte, die Kaiserin zu beruhigen. »Steindl hat mir glaubhaft versichert, nichts von einem Fächer zu wissen. Genauso wenig hat er mit dem Mord an Baron von Schnabl zu tun. Wenn allerding der wahre Mörder erst einmal entlarvt ist, dann wird die Polizei bestimmt bereit sein, Ihnen den Fächer zu übergeben, damit Sie ihn wieder in Händen halten können. Ich werde Überlegungen anstellen, ob ich durch meine Verbindung zu einem Oberkommissär der Polizei in dieser Sache etwas erwirken kann.«

Elisabeth nickte.

»Sie haben etwas Wichtiges gesagt, Latour: Wenn der Mörder entlarvt ist. Aber wann wird das sein? Vielleicht nie.«

Der Oberst musste zugeben, dass der zuständige Kommissär auf ihn einen ehrgeizigen, aber nicht unbedingt raffinierten Eindruck machte.

»Ich beauftrage euch, Überlegungen anzustellen, wie man den Mörder ausfindig machen könnte«, sagte Elisabeth.

Es klang wie eine Bitte, nicht wie ein Befehl. Dennoch zögerte keiner der drei.

Samstag,
23.
Februar
1867

63

Wieso war ihm das nicht schon früher eingefallen?

Martin hätte sich für das Versäumnis ohrfeigen können. Der Vorgang war so simpel und könnte im besten Falle den Mörder überführen.

Seine morgendliche Routine von Toilette, Waschen und Kaffee erledigte er in Windeseile. Draußen war es noch dunkel, als er von seiner Wohnung aufbrach.

Am besten war es, wenn er ohne Ankündigung im Palais Schnabel mit mehreren Polizeiagenten eintraf. Sie wussten, wie vorzugehen war. Jedenfalls hoffte er das.

Ob er die Bewilligung seiner Vorgesetzten einholen musste? Da die Durchsuchung im Palais Schnabel stattfinden würde, gab es sicherlich Bedenken, vielleicht würde ihm sein Vorhaben auch untersagt werden. Das konnte und wollte er nicht riskieren, wenn er die Angelegenheit bis zum Montag zu einem Ende bringen sollte.

Als er die Polizeioberdirektion erreichte, stand sein Entschluss unerschütterlich fest. Da seine Kollegen so früh aber noch nicht anwesend waren, musste er auf ihr Eintreffen warten und sich gedulden. Das fiel ihm schwer.

In seinem Zimmer zündete er zwei Petroleumlampen an. Es war eiskalt. Weil er nicht auf den Hausmeister warten wollte, warf Martin selbst Kohle und Holz in den Ofen, in dem noch die letzten Reste der Glut des Vortages glommen.

Es dauerte und benötigte einiges Pusten, bis die Flammen zu lodern begannen.

Martin, der vor dem Ofen gekniet hatte, richtete sich stöhnend auf.

Die Kälte setzte seinen Gliedern zu. Sie waren steif und schmerzten. Auf dem Boden neben seinen Schuhen sah er einen Umschlag. Das billige braune Papier weckte in ihm eine Erinnerung. Diese Umschläge hatte es im Heim gegeben, in dem er aufgewachsen war. Jeder Zögling hatte einen davon, in dem sein Ausweis, seine Taufurkunde und Zeugnisse aufbewahrt wurden, bis er alt genug war, das Heim zu verlassen.

Auf dem Umschlag stand Martins Name, aber keine Adresse. Jemand musste ihn also persönlich gebracht und unter der Tür durchgeschoben haben.

Es war ein kurzer Brief von einem Mann, dessen Namen Martin nicht kannte. Wahrscheinlich handelte es sich um den Mesner der Kirche, in der Julius noch immer Pfarrer war.

Martin öffnete den Brief und überflog ihn.

Julius war am vergangenen Mittwoch verstorben. Das Begräbnis war für Samstag um elf Uhr festgesetzt worden.

Samstag war heute.

Hin- und hergerissen zwischen seiner Arbeit und der langen Verbundenheit mit Julius, entschied sich Martin, dem Menschen, der sein wichtigster Begleiter in seiner Jugend gewesen war, nun auf seinem letzten Weg Geleit zu geben.

Die Durchsuchung musste warten, bis er am Nachmittag zurückkam.

64

Ihre Schuhe fanden auf einmal keinen Halt mehr. Idas Fuß wurde in die Höhe gerissen und sie landete rücklings auf ihrem Hinterteil. Ein stechender Schmerz fuhr ihr durch den ganzen Rücken.

Sie hatte die eisige Stelle des Pflasters übersehen, was höchst unangenehme Folgen hatte.

»Dumme Gans«, schimpfte sie sich im Stillen. Sie sollte besser achten, wohin sie trat, statt ständig über diesen Mord zu grübeln. Er hatte sie schon genug ihrer Ruhe gekostet.

Ein Herr kam gelaufen und half ihr auf.

»Geht es wieder? Soll ich Sie stützen?«, bot er an.

»Nein, nein, ich kann schon weitergehen«, versicherte Ida.

Das Schneetreiben wurde dichter. Der Schmerz verursachte Ida Übelkeit. Sie machte ein paar zaghafte Schritte, musste dann aber gleich wieder stehenbleiben.

»Ich kann Sie begleiten.« Der Herr war noch immer an ihrer Seite.

»Der Weg ist zu lang«, sagte Ida schwach. »Vielleicht kann ich mich in der Buchhandlung ein wenig ausruhen und wieder zu Kräften kommen.« Sie deutete auf den Eingang, der sich unmittelbar vor ihr befand. Idas Ziel war eigentlich die Stoffhandlung in den Tuchlauben gewesen, wo sie einen Besuch der Kaiserin in der nächste Woche vereinbaren wollte. Wie es aussah, würde sie die kurze Strecke aber nicht schaffen. Besser, sie blieb beim Buchhändler und wartete, bis der Schmerz nachließ.

»Wie Sie wünschen.« Der Herr ging voraus und öffnete die Tür für sie. Es waren keine Kunden im Geschäft. Der Buchhändler stand am Tresen und blätterte in einem dicken Folianten.

»Um Himmels willen!«, rief er entsetzt, als sie hereingehinkt kam.

»Es ist schnell wieder gut, ganz sicherlich. Ich muss mich nur etwas ausruhen«, versicherte Ida. Die Aufmerksamkeit, die sei erregt hatte, war ihr peinlich. Sie bedankte sich erneut bei dem Herrn und gab ihm zu verstehen, dass er gehen konnte.

»Wollen Sie eine Tasse Kaffee?«, fragte der Buchhändler besorgt. »Ich habe auch frischen Gugelhupf. Meine Schwester hat ihn gebacken. Ein Stück vielleicht? Mit Rosinen?«

»Kaffee wäre gut«, sagte Ida. Sofort verschwand der Buchhändler hinter dem Vorhang, wo sie ihn hantieren hörte.

Sie musste es unbedingt bis zum Tuchhändler schaffen. Elisabeth hatte trotz der Vorkommnisse Lust bekommen, in Zukunft mehr Bälle zu besuchen und wollte mit der Auswahl der Stoffe für die Kleider beginnen.

Ida versuchte sich zu setzen, aber die Schmerzen in ihrem Hinterteil waren noch zu schlimm. So blieb sie stehen.

Der Buchhändler kam mit einer großen Tasse dampfendem Kaffee und einem Teller mit einem dicken Stück Gugelhupf. Wie versprochen steckten viele Rosinen im Kuchen.

Der Kaffee schmeckte Ida und auch der Gugelhupf mundete.

Sie hatte in der Früh wenig gegessen und das kleine Frühstück stärkte sie.

»Frau Gräfin, wie gut, dass Sie gekommen sind«, begann der Buchhändler. »Ich habe gehofft, dass Sie die Sehnsucht nach einem Buch wieder zu mir führen würde.«

»Leider war es diesmal ein Unfall, aber Bücher habe ich immer gerne«, sagte Ida kauend. Sie ermahnte sich, nicht mit vollem Mund zu reden.

Plötzlich änderte sich das Gesicht des Buchhändlers. Es nahm einen sorgenvollen Ausdruck an. Er blickte um sich, als müsste er prüfen, dass sie allein waren.

Dann beugte er sich zu Ida und sagte mit gesenkter Stimme: »Es ist etwas Seltsames geschehen, das ich bis heute nicht verstehen kann. Ich wusste auch nicht, wie ich damit umgehen soll, weil ich doch nur ein einfacher, kleiner Buchhändler bin und keine Kenntnis habe, wie hohe Herrschaften verfahren.«

»Sie sprechen in Rätseln«, sagte Ida.

Der Buchhändler verschwand hinter der Theke, wo er herumkramte. Als er sich erhob, hielt er einen Umschlag in Händen.

Schon wieder ein Brief, dachte Ida erschrocken. In letzter Zeit hatten Briefe nichts Gutes bedeutet.

»Er ist für Ihre Majestät, die Kaiserin.«

Ida verschluckte sich und musste husten. Sie rang nach Luft und der Buchhändler klopfte ihr auf den Rücken, um die Brösel aus ihrem Hals zu bekommen. Endlich konnte Ida wieder atmen.

Der Brief war adressiert an:

An Ihre Majestät, die Kaiserin
Hofburg

»Frau Gräfin, das ist nicht alles«, sagte der Buchhändler. »Es lag ein Zettel daneben, auf dem Ihr Name als Überbringerin genannt wurde.«

»Sie erlauben sich einen Scherz«, sagte Ida.

»Nein, nein«, beteuerte der Mann. »Ich habe den Brief und den Zettel hier auf dem Tresen vorgefunden.«

»Aber wer hat beides dorthin gelegt?«

»Das ist es ja.« Der Buchhändler blickte Ida ratlos an. »Ich weiß es nicht. Es war Kundschaft im Geschäft. Gleich mehrere Leute. Die meisten zum ersten Mal, ich habe sie nicht gekannt. Alle hatten es eilig und als die Leute schließlich gegangen waren, lag da der Brief.«

»Sie kannten niemanden?«, hakte Ida nach.

»Es war ein guter Tag. Ständig ist die Türe auf- und zugegangen. Können Sie den Brief Ihrer Majestät überbringen? Oder ist das unverschämt?«

Was sollte sie tun? Wahrscheinlich war es nur ein Bittgesuch, wie sie Elisabeth oft erhielt. Sie verstand aber nicht, wieso jemand sie persönlich, Ida, Hofdame der Kaiserin, als Botin auserwählt hatte.

»Geben Sie ihn mir, ich werde mich darum kümmern«, sagte sie und nahm den Brief an sich.

Es dauerte noch eine Weile, bis die Schmerzen erträglich genug wurden und sie sich auf den Rückweg machen konnte. Bis zum Stoffgeschäft schaffte sie es heute nicht mehr, sie würde Elisabeth vertrösten müssen.

Die Kaiserin war ohnehin nicht in ihrem Appartement, da sie in Laxenburg mit dem Kaiser eine Schlittenfahrt unternahm. Sie wollten das frische Weiß genießen, bevor er zu tauen begann.

Der Brief musste warten.

»Nimm Platz, meine Teuerste.« Fürstin Limhart-Thayental deutete auf die andere Seite des kleinen Tisches. Es war derselbe Platz, wo sie mit Elvira am Donnerstag nach dem Treffen gesessen war. »Du musst verzeihen, dass ich mich zur Begrüßung nicht erheben kann, aber die Gliederschmerzen sind heute zu heftig.«

Elvira sah die dicke Decke, die die Fürstin über ihre Knie gebreitet hatte.

»Wie ich dir schon sagte, hat Doktor Jost Arzneien, die ich empfehlen kann.«

»Sie mögen die Schmerzen dämpfen, doch hat man mir von allerhand anderen Wirkungen berichtet, die weniger erfreulich sind.« Die Fürstin winkte ab. »Ich halte mich lieber tapfer, meine Liebe.«

Zwei Zimmermädchen in weißen Schürzen und Hauben brachten eine große Kanne, zwei Tassen und einen Teller mit kleinen Kuchenstücken.

»Wie schön, dass du meiner Einladung folgen konntest.« Die Fürstin lächelte Elvira über den Tisch hinweg an. »Bitte greif zu.« Sie winkte einem der Mädchen, das ein paar Schritte entfernt wartete. »Schenk der Gräfin Tee ein.«

»Ich kann mir schon selbst nehmen«, sagte Elvira.

Nachdem beide Tassen gefüllt waren, entließ die Fürstin die Mädchen und trug ihnen auf, die Tür zu schließen.

Eine Weile nippten die beiden Frauen an ihrem Tee.

»Wir sind am Donnerstag unterbrochen worden, als du mir etwas über Wilhelms unglückliche Spekulation und die Folgen erzählt hast«, begann die Fürstin. »In mir ist der Eindruck geblieben, es gibt noch etwas, das dich belastet.«

Elvira rührte in ihrer Tasse, obwohl sie keinen Zucker hineingegeben hatte.

Schnell sagte die Fürstin: »Falls du meine Frage für zu aufdringlich hältst, dann bitte vergiss sie und lass uns über etwas anderes sprechen.«

Statt zu trinken, löffelte Elvira nun den Tee. Schließlich legte sie den Löffel weg und blickte der Fürstin fest in die Augen.

»Ich weiß, dass das, was mich seit Jahren quält, bei dir sicher aufgehoben ist.«

»Darauf kannst du dich verlassen«, versprach die Fürstin.

»Du hast gefragt, wieso Wilhelms Familie keinen Schaden erlitten hat, wo er doch die Ländereien belehnt hatte.«

»Ja, wer hat die Schulden ausgeglichen?«, fragte die Fürstin.

»Wilhelm wurde gezwungen, ein Geschäft einzugehen.«

»Mit seinem Vater? Gegen die ihm zustehende Erbschaft?«

»Nein.« Elviras Stimme wurde hart. »Der Preis für die Rettung des Besitzes und des Erlasses aller Schulden war unsere Tochter Louisa.«

»Louisa? Der Preis?« Die Fürstin stellte ihre Tasse ab. Ihre Hand zitterte. »Wilhelm hat sich darauf eingelassen?«

»Es blieb ihm nichts anderes übrig, liebe Tilde. Wilhelm hat Louisa erläutert, in welche Bredouille er die Familie gebracht hatte und was die einzige Rettung war: ihre Verheiratung.«

»Aber das ist doch einige Jahre her«, sagte die Fürstin erschrocken. »Louisa war damals noch ein halbes Kind.«

»Sie ist sehr sensibel und körperlich zart, doch ihr Verstand war immer schon schnell. Ihre Lehrer haben das oft betont. Sie hat zugestimmt.« Elvira seufzte. »Aus Liebe zu ihrem Vater, zu mir und zu den Großeltern. Sie wusste, wenn sie es nicht tat, würde das unser Ende sein.«

Die Fürstin blickte in ihre Tasse. Ohne aufzuschauen, sagte sie leise: »Es war also der Baron, der die Schulden beglichen hat.« Elvira nickte nicht einmal.

»Man kann sagen, dass er Wilhelm erpresst hat.«

Elviras Stimme triefte nun vor Wut und Verachtung. »Erpressung. Das war es. Er hat Wilhelms verzweifelte Situation ausgenutzt, um unsere zauberhafte Louisa zur Frau zu bekommen. Niemals hätten wir dieser Verbindung sonst zugestimmt. Wilhelm war der Überzeugung, genauso wie ich, dass eine junge Frau selbst aussuchen und entscheiden sollte, mit wem sie die Ehe eingeht.«

»Meine Güte«, sagte die Fürstin. Sie war von dem Gehörten sichtlich aufgewühlt. »Auch wenn der Baron unserem Verein viel Geld zukommen ließ, so ist er mir doch sonst oft wie ein widerlicher Gockel erschienen, der mit seinem Geld um sich geworfen hat, dass einem beim Zusehen das Schaudern kam.« Fürstin von Limhart-Thayental redete sich in eine immer größere Rage. »Wie bin ich froh, dass du mir diese Geschichte erzählt hast. Nie habe ich diese Beziehung verstehen können.«

Die Gräfin atmete so schnell und heftig, als wäre sie gelaufen. »Man soll nicht schlecht über Tote reden, aber wie soll man das vermeiden, wenn es um eine solche Tat geht.«

Die Fürstin senkte die Stimme. »Fast ist man geneigt zu denken, es wäre ein Glück, dass er kein weiteres Unheil auf dieser Erde anrichten kann.«

»Wenn du wüsstest, liebe Tilde ...«, murmelte Elvira.

»Wenn ich was wüsste?«

Doch die Gräfin hatte bereits das Thema gewechselt.

»Ich bin davon überzeugt, dass Wilhelms Erkrankung auf Grund seiner Scham, seines Kummers und seiner Vorwürfe entstand, die er sich Tag und Nacht machte«, sagte Elvira.

»Er konnte nicht mehr schlafen, weil er Louisa ›verkauft‹ hatte, wie er es nannte. Schlief er endlich einmal ein, wachte er schreiend in den frühen Morgenstunden wieder auf. Die Dosis an Kokain und Morphium, die ihm Doktor Jost verschreiben musste, wurde immer höher. Dazu kam, dass er abends zusehends dem Weinbrand verfiel. Es war ein billiges Zeug, dass er sich heimlich von einem Kutscher besorgen ließ. Ich habe erst nach seinem Tod erfahren, dass die Mischung von Alkohol und den schmerzlindernden Substanzen nicht ungefährlich ist. Doktor Jost hatte Wilhelm davor gewarnt, aber er hat jede Vorsicht in den Wind geschlagen. Drei Monate nach Louisas Vermählung habe ich ihn leblos an seinem Schreibtisch gefunden.«

»Wie entsetzlich«, sagte die Fürstin. Eine Pause trat ein. Schließlich nahm sich die alte Dame ein Herz und fragte: »Was verbirgt sich hinter deiner Andeutung, es gäbe noch anderes über den Baron zu sagen?«

»Tilde, ich bringe es kaum über die Lippen.«

»Du musst es nicht tun, wenn es dich zu sehr schmerzt.«

Elvira schauderte, als sie an den Nachmittag in der Adventszeit zurückdachte. Sie hatte Louisa abholen wollen, um Weihnachtseinkäufe mit ihr vorzunehmen. Stattdessen hatte sie von einem schrecklichen Geheimnis erfahren, das ihr Leben für immer verändern sollte.

Donnerstag,
13.
Dezember
1866

66

»Die Baronin hat sich hingelegt. Sie ist unpässlich, soll ich Ihnen mitteilen.« Dorothee war anzusehen, dass sie nicht die Wahrheit sagte.

»Ich will trotzdem zu ihr«, verlangte Elvira.

»Bitte, Frau Gräfin, die Baronin hat mir in aller Deutlichkeit aufgetragen, niemanden zu ihr zu lassen.«

»Ich bin nicht niemand, ich bin ihre Mutter.«

Dorothee sah sie voller Bedauern an. Sie kämpfte offensichtlich mit sich selbst. Mehrere Male öffnete sie den Mund, sprach aber dann doch nicht.

»Was verbergen Sie vor mir, Dorothee?«, fragte Elvira. »Ich will es auf der Stelle erfahren.«

Die Zofe schüttelte stumm den Kopf.

»Gehen Sie mir aus dem Weg.« Elvira wollte Dorothee zur Seite schieben, die sich aber kräftiger erwies, als man es ihr zutrauen würde.

»Bitte, ich darf nicht. Bitte, für das Seelenheil Ihrer Tochter, lassen Sie die Baronin, bitte«, flehte die Zofe.

»Um das Seelenheil meiner Tochter zu retten, muss ich wissen, was mit ihr los ist und was sie mir verheimlichen will.« Elvira stieß Dorothee mit beiden Händen so fest gegen die Brust, dass diese zur Seite stolperte und gegen die Wand fiel. Elvira eilte an ihr vorbei in Louisas Schlafzimmer. Als die Gräfin die Tür aufriss, fand sie das Bett jedoch leer.

Dorothee kam Elvira nachgelaufen, die bereits im Salon nach ihrer Tochter suchte. Doch auch dort war sie nicht. Als Elvira die Tür zum Malzimmer aufriss, fand sie Louisa auf der Chaiselongue liegend vor.

»Kind, was ist denn?« Elvira lief zu ihr.

Louisa lag auf dem Bauch und hatte das Gesicht im Kissen verborgen.

»Mein Engel, was ist geschehen?« Als Elvira sich neben Louisa hinkniete und ihr über das Haar strich, spürte sie das Schluchzen ihrer Tochter. »Louischen, bitte, sieh mich an. Du musst mir sagen, was geschehen ist. Ich will dir nur helfen.«

Weinend schüttelte Louisa den Kopf.

Dorothee stand in der Tür. »Bitte, Frau Gräfin, bitte lassen Sie die Baronin.«

»Ich gehe erst, wenn ich weiß, was mit ihr ist. Und Sie lassen uns jetzt in Ruhe.« Elvira stand auf und scheuchte die Zofe auf den Flur hinaus. Danach schloss sie mit Nachdruck die Tür und sperrte sie ab. Als sie sich umdrehte, war Louisa aufgestanden. Ihr Gesicht war tränenverschmiert, sie zitterte am ganzen Körper.

»Kind, um Himmels willen.« Die Gräfin lief zu ihr und wollte sie in den Arm nehmen, aber Louisa wich zurück.

»Fass mich nicht an!«

»Louisa!« Elvira war entsetzt und erschrocken zugleich über die Reaktion ihrer Tochter. »Ich bin es, deine Mutter.«

»Mama, bitte versteh doch. Ich kann nicht …« Sie begann erneut zu weinen.

Elvira sagte nichts. Sie trat ans Fenster, blickte in das Grau des Winternachmittags hinaus und wartete.

»Ist dir etwas angetan worden?«, fragte sie leise, den Blick aus dem Fenster gerichtet.

Louisas Antwort ging in ihrem Schluchzen unter.

»Ist dir von deinem Mann etwas angetan worden?«

Ihre Tochter blieb stumm.

»Hat er getrunken?«

»Du darfst nichts zu ihm sagen«, flehte Louisa schließlich. Ihre Stimme zitterte. »Kein Wort. Du musst gehen, bevor er zurück ist. Er soll dich nicht sehen. Sonst wird alles nur noch schlimmer.«

»Was meinst du damit, Kind?«

»Er hat Schuldscheine, sagt er. Er kann Onkel August zerstören, wenn er will.«

»Das hat er gesagt?«

Als sich Elvira umdrehte, stand eine zusammengesunkene Louisa hinter ihr. Abermals wollte Elvira sie tröstend in den Arm nehmen, aber Louisa streckte sofort eine Hand aus, um sie auf Distanz zu halten.

»Um Himmels willen, mein Kind, bitte sage mir, was mit dir geschehen ist«, flehte Elvira.

»Die Gerte«, presste Louisa unter Tränen hervor. Mit jedem Wort wurde ihr Zittern heftiger. »Er benutzt sie ... um mich ... wie ein Pferd ... er ...«

Elvira fühlte sich, als drang die Bedeutung dieser Worte aus weiter Ferne zu ihr. Sie musste sich bemühen, um zu begreifen, was Louisa sagte.

»Er hat dich mit der Reitgerte geschlagen?«

In Louisas Schweigen lag die schreckliche Wahrheit.

»Ich habe meinen Rücken im Spiegel gesehen«, flüsterte sie.

»Zeig ihn mir. Zieh deine Bluse aus«, verlangte die Gräfin. Sie half ihr beim Öffnen der Knöpfe. Der Anblick, der sich ihr bot, war so entsetzlich, dass Elvira die Faust vor den Mund pressen musste, um nicht zu schreien.

Noch nie in ihrem Leben hatte sie so viel Wut und Abscheu für einen Menschen verspürt wie in diesem Moment für den Baron.

Samstag,

23.

Februar

1867

67

»Das arme Kind.« Die Fürstin hatte Tränen in den Augen.

»Sie wollte nicht mit mir kommen«, sagte Elvira. Jedes Gefühl war aus ihrer Stimme gewichen, als sie sich an diesen Tag erinnerte. »Sie hat mich angefleht, zu gehen und kein Wort darüber zu verlieren. Ich war völlig machtlos, Tilde.«

Verzweiflung schlich sich in Elviras Blick. »Ein paar Tage später habe ich Louisa erneut besucht. Sie war in etwas besserer Verfassung, aber immer noch sehr zurückhaltend. Meine Fragen hat sie nicht beantwortet und viele Male versichert, dass alles wieder in Ordnung sei. Es wäre nur ein einmaliger Vorfall gewesen.«

»Auch als einmaliger Vorfall ist eine solche Tat nicht entschuldbar«, sagte die Fürstin aufgebracht.

»Zu Weihnachten haben Louisa und Adolf das verliebte Paar gegeben«, erzählte Elvira weiter. »Er hat sie reich beschenkt, mit einer Diamantkette und einem Armband. Sie hat alles darangesetzt, mir glaubhaft zu machen, dass ich mir keine Sorgen zu machen brauchte.«

»Du hattest deine Zweifel.«

»Ja, die hatte ich. Und auch wenn Louisa nicht zu mir gesprochen hat, so bin ich überzeugt, dass er es wieder getan hat. Vor wenigen Wochen.«

»Es fällt mir schwer auszusprechen, was mir durch den Kopf geht.«

Die Fürstin wollte nach der Kanne greifen, verzog aber mitten in der Bewegung vor Schmerz das Gesicht.

»Ich mache schon.« Elvira goss für beide nach.

»Sie muss erleichtert sein, dass er tot ist«, bemerkte die Fürstin.

»Kurz nach dem Tod des Barons fand ich durch Zufall Louisas Tagebuch«, gestand die Gräfin. »Ich fand es neben Louisa, als sie eingeschlafen war. Es war ihr aus den Händen gerutscht. Am Tag, als man die Leiche des Barons fand, hatte sie notiert: ›Meine Gebete wurden erhört‹.«

»Man kann es ihr nicht verdenken.«

»Sie fühlt sich schuldig, ohne es zu sein«, sagte Elvira. »Sie war, als Adolf ermordet wurde, in Baden. Ich habe ihr eingeschärft, niemals in Gegenwart anderer über ihre Gewissensbisse zu sprechen. Die arme Seele denkt, ihr Wunsch, von diesem Peiniger befreit zu werden, hätte ihn getötet.«

»Sie ist, wie du richtig gesagt hast, liebe Elvira, von größter Feinfühligkeit und größtem Verantwortungsbewusstsein. Wenn sich das arme Kind nur bald beruhigt. Vielleicht sollte sie wieder verreisen. Madeira hat ihr gutgetan.«

»Ich hoffe, dass Ruhe einkehrt«, sagte Elvira.

»Das wird geschehen, wenn der Mörder gefasst ist.«

»Meinst du, erst dann wird es soweit sein?«, fragte Elvira.

»Wir können wohl davon ausgehen, dass er in den Kreisen zu finden ist, mit denen der Baron seine Geschäfte gemacht hat«, sagte Tilde. »Dort aber halten die Männer zusammen. Sie verstehen es geschickt, sich als Ehrenmänner zu geben. Keiner wird das Nest des anderen beschmutzen. Viel eher wird man versuchen, einen Sündenbock zu finden, auf den man alles schieben kann. Jemand aus niedrigeren Kreisen. Erinnere dich: Erst letztes Jahr gelang es uns, eine Näherin aus dem Gefängnis zu holen, die einen Grafen ermordet haben soll. Dabei war es ein Mann aus nobler Gesellschaft, der den Grafen aus Eifersucht erschlagen hat. Die Schuld der armen Näherin zu geben, war einfacher, auch wenn es schlussendlich nicht geklappt hat.«

»Ich erinnere mich genau«, sagte Elvira. »Der Kommissär, der mit Adolfs Mord betraut ist, erscheint mir wie ein kleiner Hund, der sich in alles festbeißt und nicht gewillt ist loszulassen, nur um zu beweisen, wie stark er ist.«

»Sei auf der Hut, Elvira«, schärfte ihr die Fürstin ein. »Wenn unsere Hilfe gebraucht wird, weil ein unschuldiger Mensch nur aufgrund seines Standes ins Gefängnis soll, dann werden wir unser Bestes tun, um ihn vor ungerechter Strafe zu bewahren.«

»Du kannst dich auf mich verlassen, Tilde.«

»Das weiß ich doch.«

Im Laufe ihres Gesprächs war die Fürstin immer stärker zusammengesunken. Sie konnte ihre Schmerzen nicht mehr verbergen.

»Ich glaube, es ist Zeit für mich, den Rest des Tages liegend zu verbringen«, sagte sie. »Das ist schonender für meine Knochen.«

68

Elisabeth hatte rote Wangen, als sie von der Schlittenfahrt zurückkehrte. Franz Josef und sie hatten den Ausflug im Schneegestöber genossen. Unter den Decken, dicht an ihn gelehnt, hatte sie sogar seine Hand gehalten. Nicht förmlich, wie in der Öffentlichkeit, sondern zärtlich wie damals, als ihre Liebe noch jung war. Wieder zurück in der Hofburg, trug Elisabeth ihren Zofen auf, ein heißes Bad für sie vorzubereiten. Sie war trotz Pelzen und Decken durchgefroren.

Ohne anzuklopfen, kam Ida in Sisis Schlafzimmer geeilt.

»Ich muss dich sofort sprechen. Allein. Mit allen Türen geschlossen.«

»Ida, kann es nicht warten? Mir ist kalt …«

»Nein, das kann es nicht. Ich gehe sofort wieder, wenn der Brief nichts von Bedeutung enthält. Dann entschuldige ich mich für die Aufdringlichkeit.«

»Sagtest du Brief?« Sisi klang alarmiert.

Ida zog den Umschlag aus der Tasche ihres Kleides. Sie berichtete, wie sie dazu gekommen war. Elisabeth jedoch unterbrach ihre Zofe.

»Gib ihn her, ich öffne ihn und dann ist Ruhe.«

»Ich sollte ihn dir persönlich bringen. Das stand auf dem Zettel«, wiederholte Ida bereits zum dritten Mal.

Der Brieföffner kam wieder zu Ehren. Elisabeth faltete das Papier auf. Sie überflog die Zeilen einmal.

Dann ein zweites Mal. »Um Himmels willen, was ist es diesmal? Eine neue Drohung?«, fragte Ida atemlos. Elisabeth winkte sie zu sich. Gemeinsam lasen sie den Brief.

Majestät,

wie es zum Verlust Ihres Fächers kam und wie er in die Hand von Baron von Schnabel geraten ist, wird von mir als Geheimnis gehütet. Daran geknüpft ist aber eine Bitte, eine klare Bedingung: Schützen Sie mit allen Mitteln, die eine Kaiserin hat, eine unschuldige junge Frau vor Gefängnis und Galgen. Sie ist im Haushalt der Baronin von Schnabel tätig und dort ihre Zofe. Ihr darf kein Unrecht widerfahren, dass sie vielleicht mit dem Tod bezahlen muss. Sie hat, dafür verbürge ich mich, nicht getan, was man vielleicht von ihr behaupten wird.

Majestät, entziehen Sie diese Frau einer Gerichtsbarkeit, die sie nicht verdient, da sie keinen Mord begangen hat.

Es gab keine Unterschrift.

Elisabeth faltete den Brief langsam wieder zusammen.

»Ich fürchte, jemand überschätzt den Einfluss einer Kaiserin. Auch ich stehe nicht über den Gesetzen.«

Ida tippte mit dem Finger immer wieder auf den Brief in Elisabeths Hand.

»Der Schreiber des Briefes kennt den Mörder. Den wahren Mörder.«

»Aber wieso liefert er ihn nicht aus?«, überlegte Elisabeth laut.

Ida hatte einen Verdacht. »Vielleicht, weil er selbst der Mörder ist.«

Elisabeth klopfte mit dem Brief in ihre offene Hand. »Von wem ist der Brief?«

»Der Buchhändler konnte es mir nicht sagen.«

»Eine Zofe im Haushalt eines Barons …« Elisabeth blickte nachdenklich ins Leere. »Es gibt eine Möglichkeit, wie ich mehr über sie erfahren kann. Das wird nötig sein, falls ich ihr tatsächlich Schutz gewähren soll.«

»Wovon sprichst du?«

»Ich gebe eine Audienz, die niemals im Protokoll des Obersthofmeisters stehen wird.«

Sonntag,

24.

Februar

1867

69

Er konnte nicht mehr warten.

Als er am Samstag vom Begräbnis seines alten Mentors Julius zurückkehrte, war es bereits zu spät gewesen, um das Palais noch durchsuchen zu lassen. Martin wollte den Sonntag nicht tatenlos verstreichen lassen.

Bereits in den frühen Morgenstunden saß er an seinem Schreibtisch und studierte seinen ersten Bericht, den er über den Ort des Geschehens bei der Auffindung des Opfers erstellt hatte.

So groß seine Trauer um Julius auch war, Martin hatte einen Beruf, den er sehr ernst nahm. Die Polizei kannte keinen freien Sonntag. Er würde nicht zur Messe gehen, auch wenn sich Julius das gewünscht hätte. Er würde im ganzen Palais Schnabel nach den Waffen suchen lassen, mit denen der Baron getötet worden war. Er glaubte fest an seinen Verdacht, dass in den Räumen der jungen Baronin oder in den Zimmern der Dienerschaft etwas gefunden werden würde.

Ein spitzer Gegenstand oder ein dünnes Messer wurden laut Beschreibung von Professor Dlauhy gesucht. Und ein schwerer, eckiger Gegenstand. Vielleicht ein Hammer. Wenn er nicht gereinigt worden war, klebten vielleicht noch Blut und Haare daran.

Martin fielen noch andere Dinge ein, auf die die Beschreibung eckig und schwer passte: In der Bibliothek waren kleine Statuen gestanden. Wahrscheinlich aus Griechenland oder Ägypten, er kannte sich in solchen Fragen nicht aus. Jede Figur war auf einem Marmorsockel befestig. Es gab sie in allen Größen.

Eckig und schwer.

Wieso hatte er nicht gleich daran gedacht?

Der Mörder konnte eine der Figuren genommen und wie einen Hammer geschwungen haben.

War die Figur danach zurückgestellt worden?

»Alle Sockel auf Blutspuren untersuchen«, schärfte er sich ein. Diese Aufgabe wollte er selbst übernehmen.

Für Martin hieß es warten, bis andere Kollegen eintrafen. Es war erst sechs Uhr morgens. Ein langer Tag lag vor ihm.

70

Die Schmerzen in Idas Rücken waren noch zu spüren, trotzdem hatte sie Elisabeth zugesagt, den Auftrag auszuführen, den ihr die Kaiserin erteilt hatte. Zurück in ihrer Wohnung waren ihr dann aber Zweifel gekommen. Sie brauchte Unterstützung und hatte eine Zofe, die neben ihr wohnte, gebeten, Oberst Latour eine Nachricht zu bringen.

In der Nachricht bat sie den Oberst, sie in ihrer Wohnung zu besuchen. Eine Stunde später erschien er bereits bei ihr.

»Es schickt sich nicht, Sie heraufzubitten und in meinen Räumen zu empfangen, aber es ist mir leider auf Grund des Sturzes nicht möglich, zu Ihnen zu kommen«, entschuldigte sich Ida.

Der Oberst beteuert, kein Problem darin zu sehen. Immerhin handelte es sich um einen Notfall und bei einem solchen galten andere Regeln.

Als ihm Ida beschrieb, was sich ereignet hatte und was die Kaiserin nun vorhatte, erschien Latour einen Moment lang überrascht.

»Eine ungewöhnliche Idee der Kaiserin«, stellte er fest. »Ich bin nicht sicher, ob die Zofe bei der gewünschten Audienz reden wird, aber ich verstehe, dass es der einzige Weg ist, mehr zu erfahren.«

»Würden Sie mich in der Kutsche zum Palais Schnabel begleiten?«, fragte Ida.

Latour war sofort bereit dazu.

»Ich werde aber in der Kutsche warten, das Ansprechen der Zofe müssen Sie selbst übernehmen. Wenn ich es tue, würde sie wahrscheinlich davonlaufen oder sogar um Hilfe rufen.«

Ida war ratlos.

»Ich kann unmöglich läuten und nach ihr verlangen. Aber wo soll ich sie ansprechen?«

»Die Gebräuche des Haushalts des verstorbenen Barons von Schnabel sind mir nicht bekannt, doch denke ich, dass sie Ähnlichkeit mit jedem anderen herrschaftlichen Haushalt haben«, meinte Latour. »Der Sonntagvormittag ist dem

Kirchgang vorbehalten. Wer nicht unbedingt etwas vorbereiten muss, hat die Erlaubnis, zur Messe zu gehen.«

»Ob das bei einem Baron auch so ist?«

»Bleiben wir bei den Bediensteten und nehmen wir an, es ist üblich«, sagte der Oberst. »Es gibt zwei Möglichkeiten: Entweder die Zofe verlässt das Haus oder sie bleibt zurück. Verlässt sie es, kann sie von Ihnen angesprochen werden. Sie übergeben ihr den Brief der Kaiserin und wenn es noch nötig ist, werden Sie Ihre Überredungskünste einsetzen.«

Ida hatte vor sich auf dem Tisch einen Brief liegen, der oben die Krone und den Namenszug *Elisabeth* trug und von der Kaiserin persönlich geschrieben und unterzeichnet worden war.

Ich möchte,
dass Sie den Aufforderungen
meiner Hofdame Ida Folge
leisten und Ihr zu einer
Audienz in der Hofburg
folgen.

Ida und Latour fuhren in einer geschlossenen schwarzen Kutsche am Palais Schnabel vor. An der Kutsche war kein Hinweis auf das Kaiserhaus zu sehen.

Der Kutscher erkundigte sich nach dem Ausgang der Bediensteten und half Ida dort auszusteigen. Latour fuhr mit ihm wieder zum Haupteingang. Er wollte dort warten und beobachten, ob die Herrschaften, die das Palais bewohnten, zur Kirche aufbrachen.

Ida wartete in der Kälte einige Schritte vom Eingang der Bediensteten entfernt. Sie schien kein Glück zu haben. Nur eine rundliche Frau in einer grauen Pelerine verließ das Palais. Ida trat auf sie zu und bat sie um ein Wort. Die Frau musterte sie argwöhnisch. Ida behauptete, auf der Suche nach einer freien Stelle zu sein und fragte, ob sie vielleicht als Zofe hier arbeiten könnte.

Die Frau schüttelte energisch den Kopf.

»Die Dorothee macht ihre Arbeit zur vollsten Zufriedenheit der Baronin. Eine zweite Zofe wird hier kaum gebraucht.« Sie beäugte Ida prüfend. »Aber in der Küche wird jemand gebraucht. Für Hilfsdienste.«

Die Frau gab zu verstehen, dass sie die Köchin war und Ida dem Kammerdiener vorschlagen könnte, der über eine Einstellung entscheiden musste. »Er steht dem Haushalt vor, seit der Baron …« Sie brach ab und bekreuzigte sich. Umständlich erklärte sie, dass der Kammerdiener das Gesuch der Baronin oder ihrer Mutter vortragen musste, die aber beide derzeit kaum zu sprechen waren. Also müsste sich Ida gedulden.

Danach hatte es die Köchin eilig, um nicht zu spät zur Messe zu kommen.

»Geht sonst keiner zur Kirche?«, wollte Ida wissen.

»Nein. Nur ich.« Es war zu hören, dass der Köchin diese Tatsache missfiel.

Ida humpelte um die Ecke, wo die Kutsche wartete. Sie berichtete Latour durch das Fenster, was sie erfahren hatte.

Auch er hatte etwas zu erzählen. »Ich habe zwei Frauen in der Kutsche aus dem Palais fahren sehen.«

»Das müssen die Baronin und die Mutter gewesen sein«, gab Ida ihr neu erworbenes Wissen weiter.

»Uns bleibt damit nur, um Eintritt ins Palais zu bitten und nach der Zofe zu fragen«, meinte Latour. »Ich vermute, dass es einen Türsteher gibt oder ein Diener öffnen wird. Überlassen Sie diese Herrschaften mir und bleiben Sie an meiner Seite, Ida.«

Er stieg aus und bot ihr den Arm an. Ida hängte sich dankbar ein.

Latour zog an einem Messinggriff neben der hohen Haustür. Drinnen schellte die Glocke. Es dauerte nicht lange, bis ein Mann in grauen Hosen und schwarzer Jacke erschien.

»Könnte der Kammerdiener sein«, raunte Latour Ida aus dem Mundwinkel zu.

»Ja, bitte?«, sagte er, wobei seine Augen prüfend an ihnen auf und ab wanderten.

Latour nahm seine militärische Haltung an und sprach in einem befehlenden Tonfall, der aus seiner Zeit dort stammen musste. Ida hatte ihn noch nie so reden gehört. »Darf ich, bevor wir Ihnen den Grund unseres Besuches sagen, um Ihre Stellung hier im Haushalt fragen?«

»Ich stehe im Auftrag der Baronin der Dienerschaft vor«, erwiderte der Mann mit einem Anflug von Überheblichkeit.

Ida erschien das Gehabe der zwei Männer wie ein stiller Machtkampf. Sie räusperte sich.

»Wir hätten gerne die Zofe der Baronin gesprochen.«

»Dorothee? Weswegen?« Der Diener trat einen Schritt vor, als müsse er sie am Eintreten hindern.

Nun ging Ida aufs Ganze. »Sie sind bestimmt des Lesens kundig.«

Die Empörung über die Unterstellung, er könne vielleicht nicht lesen, stand dem Diener ins Gesicht geschrieben.

»Die Kaiserin will die Zofe zu einer Audienz empfangen.«

»Sie belieben zu scherzen.«

Ida holte den Brief hervor und hielt ihn dem Kammerdiener hin. Er nahm ihn und sah ihn mit größter Verwunderung an.

»Die Ladung ist keine Einladung, sondern eine Vorladung«, erklärte Latour.

»Ich möchte die Begründung für diese ›Vorladung‹ erfahren«, forderte der Diener. Er versuchte, die Oberhand in diesem Gespräch zu behalten. »Sonst muss ich annehmen, dass das Schreiben nicht echt ist.«

Latour und Ida wechselten einen fragenden Blick. Sollten sie die Wahrheit sagen?

Der Diener wollte die Tür schließen. »Sie gehen besser.«

»Warten Sie«, sagte Ida schnell. »Die Kaiserin ist um den persönlichen Schutz der Zofe gebeten worden. Es hat mit dem Mord am Baron zu tun.«

Der Diener starrte sie ungläubig an.

»Woher soll ich wissen, dass das die Wahrheit ist?«

Latour machte ihm ein Angebot. »Kommen Sie mit. Sie können die Zofe in die Hofburg begleiten. Ob die Kaiserin auch Ihnen eine Audienz erteilt, wird Ihre Majestät selbst entscheiden.«

Eine Stunde später traf Kommissär Martin Stutz mit drei Polizeiagenten im Palais ein. Der Hausdiener der öffnete, wollte ihn nicht einlassen. Er wisse nicht, wo der Kammerdiener sei, er wäre mit der Zofe in einer Kutsche fortgefahren. Stutz solle wiederkommen, wenn List oder die Herrschaft zurück waren.

Das kam für Martin nicht in Frage. Er gab seinen Begleitern den Befehl, den besprochenen Auftrag auszuführen.

Der Diener wurde zur Seite geschoben und die drei Polizeiagenten eilten in die Beletage, um mit der Suche zu beginnen.

Martin warf vom Gang aus Blicke auf ihre Tätigkeit.

Die Polizeiagenten fanden sichtlich Gefallen daran, ungehindert in allen Schränken und Laden wühlen zu dürfen. Er konnte schon wieder Julius' Warnung in seinem Kopf hören, aber er schob sie beiseite. Er musste jetzt ohne Rücksichten oder Bedenken vorgehen, um am Montag dem Oberkommissär den Namen des Mörders präsentieren zu können. Ihm blieb nicht mehr viel Zeit.

Die Audienz fand im Kleinen Salon statt. Elisabeth war erstaunt über die Meldung, dass der Kammerdiener darauf bestanden hatte, die Zofe zu begleiten, empfand seine Anwesenheit aber nicht als störend. Sie ordnete an, dass er mitkommen sollte. Ida und Latour würden ebenfalls anwesend sein. Elisabeth gewährte nur wenige Audienzen. Noch nie zuvor war eine davon so abgelaufen wie diese.

Ihr gegenüber saßen in den weiß-goldenen Armsesseln mit roten Bezügen die Zofe und der Kammerdiener. Sie selbst hatte sich auf dem Sofa niedergelassen, Ida hatte einen Sessel zu ihrer Linken gewählt, Latour den zu ihrer Rechten.

Die Gäste waren vom Prunk des Salons und der Präsenz der Kaiserin sichtlich eingeschüchtert. Die Art, wie sie auf den Sesseln kauerten, erinnerte an Spatzen auf einem Dachgiebel. »Darf ich Ihre Namen erfahren?«, begann Elisabeth das Gespräch.

»Karl List, ehemaliger Kammerdiener von Baron von Schnabel, Vorstand der Dienerschaft und des Haushalts im Auftrag der Gräfin von Trass für ihre Tochter Louisa von Schnabel.«

»Ein langer Name«, merkte Elisabeth mit einem kleinen Lächeln an. »Und Ihr Name?«, wollte sie von der jungen Frau wissen.

Die Zofe ließ die Schultern hängen und hatte den Blick zu Boden gerichtet. Sie trug ein schwarzes Kleid, das bis zu den Knöcheln reichte und darüber einen schwarzen Umhang. Die warme Kappe, die ihren Kopf bedeckte, hatte sie nicht abgenommen. In dieser Bekleidung fühlte sie sich allerdings sichtlich unwohl.

Der Kammerdiener hob an, für die Zofe zu antworten. Mit einer energischen Handbewegung befahl ihm Elisabeth, das zu unterlassen.

Endlich öffnete die Zofe den Mund.

»Dorothee Liebing, Majestät.«

»Sie sind die Zofe der Baronin, nicht wahr?«

»Woher wissen Sie das?«, platzte List heraus. Abermals gab ihm Elisabeth ein Zeichen, zu schweigen. Freundlich deutete sie auf Dorothee.

»Sehr wohl, das bin ich, Majestät.«

Elisabeth überlegte, wie sie das Gespräch weiterführen sollte.

»Es ist an mich ein Ersuchen herangetragen worden, Sie vor einer Strafe zu bewahren, die Sie nicht verdienen. Können Sie mir erklären, was damit gemeint sein könnte?«

Dorothee riss die Augen auf. Sie schnappt nach Luft, griff sich an die Brust, sah hilfesuchend um sich, verdrehte die Augen und kippte zur Seite. Sie fiel in Ohnmacht.

»Was erlauben Sie sich!«

Die Gräfin war mit Louisa von der Messe in der Michaelerkirche zurückgekehrt und hatte die Polizeiagenten beim Durchwühlen der Laden ihrer Tochter angetroffen. Einer von ihnen hielt gerade eine Unterhose hoch und betrachtete sie von allen Seiten.

»Ich werde mich bei Ihrem Vorgesetzten beschweren«, drohte Elvira.

»Der bin ich«, sagte jemand hinter ihr.

Es war dieser impertinente Kommissär. Sie hätte es sich denken können.

»Verlassen Sie auf der Stelle das Palais!«, verlangte Elvira.

»Erst, wenn wir in Händen halten, was wir hier mit höchster Wahrscheinlichkeit zu finden glauben.«

»Haben Sie irgendwelche Beweise für Ihre Vermutung?«

»Behindern Sie nicht die Arbeit meiner Polizeiagenten. Ist es nicht auch in Ihrem Interesse zu erfahren, wer Ihren Schwiegersohn so brutal ermordet hat?« Der Kommissär sah die Gräfin herausfordernd an. »Mir scheint, Ihnen liegt nichts daran und Sie haben größeres Interesse, dass der Mörder nie gefunden wird.«

»Was sind das für Unterstellungen?«

»Als Eigentümerin dieses Hauses fordere ich Sie auf, zu tun, was meine Mutter verlangt«, hörte Elvira ihre Tochter sagen. Sie hatte sie noch nie so bestimmt erlebt. »Suchen Sie in den Kreisen, in denen mein Mann gerne verkehrte. Haben Sie das schon getan?«

»Louisa?« Elviras Überraschung hätte nicht größer sein können.

Martin Stutz zögerte. Seine Leute hatten die Arbeit unterbrochen und sahen ihn fragend an.

»Wir setzen die Suche in den Zimmern des Personals fort. Sie befinden sich in der Mansarde, wenn ich mich richtig erinnere.«

»Nein!«, schrie Elvira auf.

»Gehen Sie suchen!«, befahl der Kommissär den drei Polizeiagenten.

»Nein, das werden Sie nicht tun.« Elvira versuchte die vier Männer am Verlassen des Raumes zu hindern.

»Gräfin, Ihr Verhalten lässt mich vermuten, dass Sie dort oben etwas wissen, das wir nicht finden sollten.«

»Wie kommen Sie auf einen solchen Gedanken?«, fuhr Louisa dazwischen.

»Niemand, der ein reines Gewissen und keine Sorge hat, dass wir etwas finden können, das den Mörder überführt, verhält sich so«, erklärte der Kommissär kühl.

Elvira fühlte sich in die Enge getrieben. »Lassen Sie diese haltlosen Anschuldigungen. Uns obliegt der Schutz der Dienerschaft.«

Martin ignorierte die Gräfin. »In die Mansarde«, befahl er.

Dorothee war von List und dem Oberst auf das Sofa gelegt worden. Noch immer war sie ohne Bewusstsein. Latour lief los, um Riechsalz zu besorgen.

Die Kaiserin neigte sich zu Ida. Sie sprach sehr leise. »Das Verhalten ist ein Hinweis, dass die Zofe weiß, was gemeint ist.«

Latour kehrte mit einem kleinen Fläschchen zurück. »Die Zofe Ihrer Majestät hat es mir gegeben. Ich hoffe, es ist das richtige.«

Elisabeth persönlich schraubte den Deckel ab und hielt die Öffnung des Fläschchens unter Dorothees Nase. Die junge Frau schlug die Augen auf und begann zu würgen.

Der Geruch war stark und scheußlich, wie Ida aus eigener Erfahrung wusste.

Mit Hilfe von List richtete sich Dorothee auf. Der Diener nahm ihre Beine vom Sofa, sodass sie aufrecht saß. Elisabeth setzte sich zu ihr und griff nach Dorothees Hand.

»Mein Gott, Kind, Ihre Hand ist eiskalt.« Latour wurde aufgetragen, heiße Schokolade bringen zu lassen. Beruhigend sagte Elisabeth zu der jungen Zofe: »Ich will Sie gerne schützen, doch weiß ich nicht, wovor.«

Die Kaiserin nahm das anonyme Schreiben vom Tisch und las einige Zeilen vor.

... Schützen Sie mit allen Mitteln, die eine Kaiserin hat, eine unschuldige junge Frau vor Gefängnis und Galgen. Sie ist im Haushalt der Baronin von Schnabel tätig und dort ihre Zofe.

Ihr darf kein Unrecht widerfahren, dass sie vielleicht mit dem Tod bezahlen muss.

Sie hat, dafür verbürge ich mich, nicht getan, was vielleicht behauptet wird.

Majestät, entziehen Sie diese Frau einer Gerichtbarkeit, die sie nicht verdient, da sie keinen Mord begangen hat ...

Die Zofe begann zu keuchen.

»Öffnet das Fenster«, befahl die Kaiserin. Zu Dorothee sagte sie: »Soll Ihr Mieder gelockert werden?«

Dorothee begann hemmungslos zu schluchzen. List setzte sich ebenfalls zu Dorothee und wetzte unbeholfen auf der Sofakante herum. Er hob mehrere Male seine Hand, als wollte er einen Arm um sie legen, wagte es dann aber doch nicht und begnügte sich schließlich damit, ihr sanft über die Schulter zu streichen.

Ihr Weinen wurde trotzdem immer heftiger.

»Mein Kind, ich bitte Sie inständig, reden Sie«, sagte Elisabeth.

Ida zog ein frisches Taschentuch aus ihrem Beutel und ließ es Dorothee durch Latour reichen. Die Zofe wischte sich über Augen und Nase.

»Er... er hat... er hat gedroht, dass er meine Eltern aus dem Haus werfen lässt, das sie von meinen Großeltern geerbt haben. Er hat gesagt, dass er sie auf die Straße setzt und sie ins Armenhaus gehen müssen.«

»Wen meinen Sie?«, fragte die Kaiserin nach.

»Den Baron. Er hat dann ... er hat mich gezwungen ...« Sie holte mehrfach Luft, ohne einen Ton herauszubringen. »Ich kann es nicht sagen«, flüsterte sie.

Ida sah von List zu Latour. »Wäre es leichter zu sprechen, wenn keine Herren anwesend sind?«

Ein stummes Nicken.

Der Oberst gab dem Diener ein Zeichen, ihm nach nebenan zu folgen.

Es dauerte, bis Dorothee unter weiterem Schluchzen, stockend und nur in Bruchstücken, ihr Martyrium schilderte, das sie fast zwei Jahre lang durchmachen musste.

Der Baron hatte sie mit schlimmen Drohungen gequält, was er ihren Eltern alles antun würde. Um das Unheil abzuwenden, musste Dorothee ihm an Abenden, an denen die Baronin nicht im Haus war, »zur Verfügung« stehen.

Baron von Schnabel war von einer ekelerregenden Grausamkeit gewesen und hatte nicht davor zurückgeschreckt, Dorothee mit der Reitgerte zu schlagen.

»Wie er es auch mit der Baronin getan hat«, flüsterte die Zofe. »Am Sonntag sollte ich um neun Uhr in der Bibliothek erscheinen. Ich sollte ...«, sie konnte kaum weitersprechen.

»Sie müssen nichts sagen, wenn es Ihnen so viel Pein bereitet«, versicherte Ida.

Es wurde geklopft und Elisabeth persönlich nahm das Tablett mit der heißen Schokolade entgegen. Sobald sie ein wenig abgekühlt war, trank Dorothee in kleinen Schlucken. Das süße Getränk tat seine Wirkung. Sie beruhigte sich ein wenig.

»Als ich geklopft habe, kam keine Antwort. Ich dachte, es wäre ein Teil des ›Spiels‹, das der Baron von mir verlangte«, fuhr sie langsam fort.

»Wegzugehen habe ich nicht gewagt. Ich habe also die Tür geöffnet. Und da lag er. Auf dem Sofa. Er hat geschwitzt. Auf seiner Stirn hat Schweiß geglänzt. Auf der Oberlippe auch. Er hat sich nicht bewegt. Ich habe die Cognacflasche gesehen. Er hat fast immer getrunken, wenn ich zu ihm kommen musste. Diesmal war es wohl zu viel gewesen und der Rausch hat ihn einschlafen lassen.«

Die Zofe starrte ins Leere.

»Dorothee«, sagte Ida behutsam.

Die Zofe zuckte, als hätte Idas Wort sie berührt.

»Was ist geschehen, als Sie den Baron so liegen sahen?«

Als Dorothee antwortete, klang es, als spräche eine andere Stimme aus ihr.

»Ich bin vor ihn getreten. Er ist nicht aufgewacht. Ich weiß nicht, wie lange ich so dastand und auf ihn blickte. Ich musste an alles denken, was er mir je angetan hatte.«

Ihr Blick hing an etwas, das weder Ida noch Elisabeth sehen konnten.

»Ich sah den Brieföffner auf dem Schreibtisch. Meine Beine führten mich zu ihm. Meine Hände haben von allein zugegriffen. Ich habe seine Jacke geöffnet. Und dann habe ich den Brieföffner in seine Brust gerammt.«

Er durfte sich keinen Fehlschlag leisten. Fruhstuck würde ihn zur Schnecke machen, wenn er ohne Beweise zurück-kehrte und stattdessen mit einer Beschwerde der Gräfin ins Büro zurückkam.

Die Polizeiagenten wühlten mit der gleichen Lust in den wenigen Habseligkeiten der Dienerschaft, wie sie es schon in der Beletage getan hatten. Zimmer um Zimmer wurde von ihnen gründlich durchsucht. Martins Hoffnung schrumpfte jedes Mal, wenn ein Polizeiagent auf den Gang hinaustrat und den Kopf schüttelte.

Schließlich bleib kein Raum mehr übrig.

»Wir waren sehr genau«, versicherten die Polizeiagenten ihrem Vorgesetzten. Sie mussten es ihm nicht sagen, er hatte es mit eigenen Augen gesehen.

Die Mordwaffen waren aus dem Haus geschafft worden, das war die einzige Erklärung. Aber wohin? Waren sie, was das Entsetzlichste wäre, in die Donau geworfen worden oder in einen See? Oder waren sie auf den Wagen geworfen worden, mit dem der Mist abgeholt wurde?

»Gibt es hier einen Abort?«, hörte er einen Polizeiagenten fragen.

»Das ist ein Palais. Hier gibt es alles«, erwiderte sein Kollege trocken.

»Es spricht doch nichts dagegen, wenn ich ihn benutze?«

»Aber mach es fein!«, bekam er von den anderen als Antwort.

Der Abort!

»Wo ist er? Ich muss ihn sehen!«, rief Martin. »Wo ist der Abort für die Dienerschaft?«

Der Hausdiener, der eingeschüchtert an einer Wand stand, zeigte zum Ende des Ganges auf eine Tür. Martin lief los, drängte dabei seinen Kollegen beiseite, und öffnete sie.

Die Einrichtung war einfach, aber wesentlich edler als auf der Gangtoilette seiner Wohnung. Der Kasten, in dem das Wasser für die Spülung gesammelt wurde, befand sich knapp unter der Decke. Von ihm hing eine dünne Kette mit Griff herab. Als Martin daran zog, ergoss sich ein Wasserschwall in die Toilettenschüssel.

Der einzige Einrichtungsgegenstand war ein kleiner Schrank. Er enthielt einige Stapel altes Zeitungspapier.

Martin besah sich die obere Fläche des halbhohen Kastens und beugte sich dann wieder hinunter. Das Fach musste wesentlich tiefer sein, als es auf den ersten Blick erschien. Er schob das Papier zur Seite und konnte nun bis zur Rückwand sehen.

Ganz hinten lag ein Bündel aus hellem Stoff. Er zog es vor und spürte, dass es schwer war. Der Stoff war dick und weich. Seine Hände zitterten, als er auswickelte, was jemand darin eingeschlagen hatte.

Die Bronzefigur eines nackten Jünglings auf einem kleinen Marmorpodest kam zum Vorschein. Es war eine Figur, wie sie in der Bibliothek des Barons standen.

Als Martin den Stoff ganz ausbreitete, entdeckte er neben der Figur einen Brieföffner.

Dunkle Flecken am Marmorsockel, am messerförmigen Öffner und auf dem hellen Stoff ließen keinen Zweifel.

Er hatte es geschafft und die beiden Mordwaffen gefunden.

Der Baron war also mit einem Brieföffner erstochen worden. Martin machte es misstrauisch, dass dem Kammerdiener das Fehlen des Instruments auf dem Schreibtisch nicht aufgefallen war. Ebenso wie das Fehlen der Bronzefigur, groß wie die Hand eines Erwachsenen.

Erschlagen und erstochen.

Die Beweise lagen vor ihm.

Aber wer hatte die Gegenstände hier versteckt? Er legte sie zur Seite und hielt den Stoff vor sich hoch. Es war ein Nachthemd aus Flanell mit zarten Rüschen an Kragen und Ärmeln.

Er vermutete, dass es einer Frau gehörte. Außer der Köchin und der Zofe war ihm aber kein weibliches Mitglied der Dienerschaft bekannt.

Triumphierend kehrte er in die Beletage zurück und verlangte nach Dorothee und der Köchin.

»Ich weiß nicht, wo sich Dorothee aufhält«, murrte die Baronin. »Seit der Rückkehr aus der Kirche habe ich sie nicht gesehen. Genauso wenig wie den Kammerdiener List.«

»Dann die Köchin. Sie soll herkommen.«

»Wieso?«, fragte die Gräfin.

»Weil es einen Fund gibt und ich wissen möchte, wem er gehört.«

Der Hausdiener wurde in die Küche geschickt und kehrte mit der Köchin zurück, der Angst ins Gesicht geschrieben stand.

Martin winkte einem Polizeiagenten, das Nachthemd zu bringen. Er hielt es der Köchin vor das Gesicht. Die braunen Flecken sahen ekelhaft aus.

»Gehört das Ihnen?«

Die rundliche Köchin schüttelte energisch den Kopf. Martin sah, dass das Nachthemd für sie zu eng und zu lang war.

»Es ist also das Nachthemd der Zofe Dorothee?«

»Ich weiß nicht.«

»Sie können gehen«, sagte er barsch. Martin wusste genug. Er drehte sich um und sah in fragende Gesichter.

»Die Besitzerin des Nachthemdes ist die Mörderin«, erklärte er knapp.

»Dorothee!«, rief die Baronin. »Niemals.«

Hinter der Baronin bemerkte Martin das eigenartige Verhalten der Gräfin. Sie hatte die Hände gefaltet und redete tonlos.

Betete sie?

Betete sie vielleicht um das Seelenheil einer Mörderin?

Die Gräfin hatte verhindern wollen, dass er in der Mansarde suchen ließ. Sie hatte gewusst, wer den Baron umgebracht hatte. Es musste Martin gelingen, ihr die Mitwisserschaft nachzuweisen. Dann schaffte er es vielleicht, eine Gräfin hinter Gitter zu bekommen.

Das sollte ihm jemand nachmachen. Eine Beförderung wäre ihm dann so gut wie sicher.

»Gräfin«, sagte er laut.

Elvira fuhr zusammen, als hätte er sie aus einer Trance gerissen.

»Folgen Sie mir zu einer Befragung. Danach werde ich Ihre Tochter befragen.«

»Nur in meiner Anwesenheit«, sagte Elvira.

»Ich werde die Baronin allein befragen, ohne Sie, aber in Anwesenheit meines Kollegen, der das Gespräch protokollieren wird«, erläuterte Martin. »Genauso wie Ihre Aussagen.«

Er winkte einem der Polizeiagenten mitzukommen, einem anderen deutete er, bei der Baronin zu bleiben.

»Als Ort der Befragung schlage ich die Bibliothek vor«, sagte Martin und hielt die Tür des Salons auf.

Die Gräfin folgte ihm zögernd. Er beobachtete, wie ihr Blick zu ihrer Tochter wanderte. Ihre Lippen bewegten sich, doch kein Wort war zu hören. Er würde in Kürze herausgefunden haben, was die beiden ihm verbargen.

»Erstochen«, hauchte Ida. »Sie haben ihn erstochen?«

Elisabeth war irritiert.

Hatte der Schreiber des Briefes nicht die Unschuld der Frau beteuert?

Dorothee sprach weiter. Die Sätze flossen nun aus ihr heraus, als hätte das unvermutete Geständnis ein Ventil geöffnet, das sie nicht mehr verschließen konnte.

»Ich stieß auf etwas Hartes in seiner Brust, woran die Spitze des Brieföffners abgerutscht ist. Ich dachte, ich hätte ihn nicht wirklich getroffen. Deshalb habe ich den Brieföffner herausgezogen und fallen gelassen.«

»Er hat es nicht gespürt? Der Baron hat nicht aufgeschrien oder versucht, Sie abzuwehren?«, fragte Elisabeth erstaunt.

»Ich weiß es nicht. Da war nur ein Zucken. Sein ganzer Körper hat gezuckt. Aber dann war er wieder so schlaff wie davor. Da habe ich einen der Geister geholt.«

»Was meinen Sie mit Geister?«, fragte Ida.

»Eine der Figuren, die er im Regal stehen hatte. Er nannte sie immer seine Geister. Sie haben alle schwere Steinsockel. Ich hab' einen mit beiden Händen genommen und dem Baron damit den Schädel eingeschlagen. Danach ist er mir aus den Händen gefallen, der Geist. Ich bin nur dagestanden und konnte mich nicht mehr rühren.«

»Erstochen und erschlagen«, sagte Ida kaum hörbar. »Wie es in der Zeitung geschrieben stand.«

Elisabeth schwieg. Sie konnte nicht verstehen, wieso jemand von der Unschuld dieser Frau überzeugt war, die soeben den Mord gestanden hatte. Es war ihr unmöglich, eine Mörderin zu schützen.

»Sie haben die Bibliothek dann von innen verschlossen?«, half ihr Ida weiter.

»Verschlossen?«, fragte Dorothee verwirrt. »Nein. Ich habe den Öffner genommen und die Figur und bin hinaus. Ich habe gar nichts geschlossen. Ich bin nach oben gelaufen. Im Abort gibt es einen Schrank. Dort habe ich den Öffner und die Figur versteckt. Ich habe mich nicht getraut, sie wegzuwerfen, ich wusste nicht, wohin ...« Die Zofe stockte. »Dann habe ich meine Hände gewaschen. Ich konnte gar nicht aufhören, sie zu waschen. Immer und immer wieder habe ich sie abgerieben, bis sie ganz wund waren.«

Elisabeth zeichnete mit dem Finger die Naht ihres Rockes nach.

»Dorothee, der Baron hat gezuckt, haben Sie gesagt. Aber er hat sich nicht gewehrt oder mit den Händen um sich geschlagen?«

»Nein. Er war zu besoffen, glaube ich.«

»Wie hat er gezuckt?«, wollte Elisabeth wissen. »Können Sie es vormachen?« Sie bemerkte, wie Ida sie erstaunt anblickte.

Die Zofe überlegte. Sie deutete mit den Händen. »Er hat gezuckt, als wäre ihm etwas von oben auf die Brust gefallen.«

»Kann das nicht durch den Stich geschehen sein? Weil Sie mit dem Messer eine Rippe getroffen haben«, überlegte Elisabeth.

Die Zofe machte einen verständnislosen Eindruck.

»Ich will damit sagen, dass das Zucken keine Reaktion auf den Schmerz war, den der Baron gespürt hat«, erklärte Elisabeth. »Sondern eine rein körperliche Reaktion auf den Reiz, den der Stich verursachte.«

»Wie meinen Sie das, Majestät?«, fragte Ida vorsichtig nach.

»Ich habe noch nie in meinem Leben jemanden erstochen, auch wenn mir manchmal danach wäre«, erwiderte Elisabeth.

»Aber Dorothees Schilderung klingt für mich, als wäre der Baron bereits tot gewesen.«

Dorothee klappte die Kinnlade herunter. Ida schlug die Hand vor den Mund.

»Majestät, Sie meinen, der Baron verstarb, bevor Dorothee das Zimmer betrat?«

»Gestorben oder ermordet, er war auf jeden Fall tot. Deshalb erhielt ich die Bitte, Dorothee vor Strafe zu schützen. Sie hat den Baron, wie es scheint, nicht umgebracht, sondern nur seinem leblosen Körper Gewalt angetan. Ich will es nicht gutheißen, aber auf keinen Fall hat sie sein Leben genommen.«

Elisabeth erhob sich und lief im Salon herum.

»Es erscheint mir allerdings unmöglich, so etwas zu beweisen: Dass man einen Toten erstochen und erschlagen hat.«

Nachdenklich blickte die Kaiserin aus dem Fenster. »Opfer eines offensichtlichen Mordes werden doch untersucht. Auf der Gerichtsmedizin, wo Professor Dlauhy arbeitet.« Sie hatte ihn nach dem rätselhaften Tod eines Lehrers der kaiserlichen Kinder kennengelernt. Damals war Gift im Spiel gewesen, das der Professor nachweisen konnte.

»Ich muss mit Professor Dlauhy sprechen«, entschied Elisabeth. Latour kam ins Zimmer zurück.

»Ich muss mich entschuldigen, doch konnte ich nicht anders, als das Gespräch durch die Tür zu verfolgen«, sagte der Oberst etwas verlegen. »Ich weiß, wo der Professor wohnt, weil ich ihn schon einmal im Auftrag Ihrer Majestät aufgesucht habe. Auch damals war es ein Sonntag. An Sonntagen ist er ausnahmsweise nicht am Institut für Gerichtsmedizin anzutreffen.«

Martin ging vor der Gräfin auf und ab. Fünf Schritte von der Tür bis zum Schreibtisch und dann fünf zurück.

»Wo waren Sie am Abend und in der Nacht des Sonntags, als der Baron ermordet wurde?«

Die Gräfin saß in einem der Lederlehnsessel. Sie wirkte ruhiger, als Martin es erwartet hatte. Ohne viel nachzudenken, antwortete sie.

»An diesem Tag hat die Wahl des Präsidiums des ersten Wiener Frauenvereins für Bildung und Hilfe stattgefunden. Ich war für die Position der Vizepräsidentin vorgeschlagen. Der Wahlvorgang hat vom Nachmittag bis spät in den Abend angedauert.«

»Was dauert so lange?«

»Habe ich Ihnen das nicht schon erklärt, als Sie uns in Hietzing aufgesucht haben?«

»Selbst wenn Sie es schon skizziert haben, will ich es erneut hören, da mit dem Auffinden der Mordwaffen neue Aspekte zu berücksichtigen sind«, erklärte Martin gereizt.

Die Gräfin schwieg. »Was hat an der Wahl so lange gedauert?«, wiederholte Martin seine Frage mit Nachdruck.

»Unser Verein hat mehr als dreißig Mitglieder. Die Versammlung fand im Palais von Fürstin Tilde von Limhart-Thayental statt. Sie ist die Gründerin und hatte die Funktion der Präsidentin inne.«

»Sie hat sie nicht mehr?«

»Doch!« Elvira sprach mit Martin wie mit einem kleinen Kind.

»Aber Tilde wollte ihre Funktion zurücklegen. Aus Gründen ihres Alters, wie sie uns erklärte. Die Mehrheit versuchte sie zu überreden, das Amt trotzdem zu behalten, da sie es ausfüllt, wie es keine von uns könnte. Sie hat sich nach längerer Diskussion umstimmen lassen, aber verlangt, dass ich ihr als Vizepräsidentin zur Seite stehe. Dagegen hat ein Mitglied Einspruch erhoben, was eine heftige Debatte ausgelöst hat.«

»Einspruch? Weswegen?«

»Es sind familiäre Gründe, die mit meinem verstorbenen Gatten zusammenhängen und auf die ich nicht näher eingehen werde.«

»Wieso nicht?«

»Weil Sie diese Sachen nichts angehen«, erwiderte die Gräfin scharf. Ruhiger fuhr sie fort: »Wir waren, wenn ich mich richtig erinnere, von vier Uhr am Nachmittag bis nach zehn Uhr nachts beisammen.«

»Sechs Stunden, nur um eine Präsidentin und ihre Vizepräsidentin zu wählen?«

»Nein!« Elvira klang, als würde sie bald die Geduld verlieren. »Als das Ergebnis der Wahl feststand, haben wir den Abend mit einem gemütlichen Beisammensein ausklingen lassen. Eine kleine Feier zum vierjährigen Bestehen des Vereins.«

»Wo befindet sich das Palais der Fürstin?«

Als Elvira die Adresse nannte, blieb Martin abrupt stehen. »Das ist doch um die Ecke?«

»Ja, so ist es.«

»Wie praktisch«, entfuhr es ihm.

»Praktisch? Wofür?«

»Um danach noch in das Palais Schnabel zu gehen.«

Wenn Blicke einen Menschen durchbohren könnten, so hätten es ihre Augen in diesem Moment getan.

»Sie besitzen die Frechheit, mir zu unterstellen, den Baron umgebracht zu haben?«

»Ich halte die Zofe Dorothee Liebing für die Mörderin, da die Tatwaffen bei ihr aufgefunden wurden. Aber sie kann in Ihrem Auftrag gehandelt haben. Oder Sie haben ihr sogar geholfen.«

»Das ist keine leere Drohung, Herr Kommissär, ich werde an höchster Stelle Beschwerde gegen Sie einlegen.«

Martin blieb ungerührt. »Es steht Ihnen frei, das zu tun. Ich werde morgen meinen Bericht abgeben und darin festhalten, was ich heute hier alles vorgefunden habe.«

Gräfin von Trass lächelte spöttisch. »Schreiben Sie in Ihren Bericht das Folgende. Schreiben Sie, dass ich bereits kurz nach drei Uhr bei Fürstin von Limhart-Thayental eingetroffen bin und sie als letzte verlassen habe. Es war sogar später als halb elf Uhr. Ich meine, eine Turmuhr dreiviertel elf schlagen gehört zu haben, als ich in der Kutsche der Fürstin abgefahren bin, die mich nach Hietzing gebracht hat. Fragen Sie die Fürstin, auch wenn sie Ihren Besuch als eine unerhörte Störung empfinden wird. Die Fürstin kann Ihnen Auskunft über meine Anwesenheit geben, da ich mich ständig in ihrer Nähe aufgehalten habe und das Palais erst verließ, um die Kutsche zu besteigen, die mich nachhause brachte. Fragen Sie den Kutscher der Fürstin, wo er mich abgesetzt hat und ob ich davor irgendwo ausgestiegen wäre. Ich habe das Anwesen der Fürstin zum genannten Zeitpunkt betreten und erst wieder für die Heimfahrt verlassen. Mein Fuß hat das Straßenpflaster nicht berührt, da ich im Hof des Palais von Limhart-Thayental ein- und ausgestiegen bin.«

In Elviras Blick lag Triumph. »Erklären Sie mir also eines: Wie soll ich in das Palais des Baron von Schnabel gelangt sein?«

Martin und die Gräfin starrten einander feindselig an.

»Außerdem sind die Eingänge des Palais immer verschlossen, untertags und auch während der Nacht«, fuhr die Baronin fort. »Ich weiß es von den Besuchen bei meiner Tochter, da ich immer von einem Wächter oder einem Diener in Empfang genommen werde. Wenn ich, wie Sie es mir unterstellen, ins Palais gekommen wäre, dann wäre es wohl nur von oben durch einen Schornstein möglich gewesen.«

Der Polizeiagent, der hinter dem Schreibtisch saß und eifrig mitschrieb, musste auflachen und erntete dafür einen

362

Rüffel von Martin. Eilig beugte er sich wieder über die Notizen.

»Ich werde jetzt gehen«, sagte die Gräfin, die ihre Fassung wiedergewonnen hatte. »Und meine Tochter wird mich begleiten, da ich sie nicht in der Nähe eines so unverschämten und impertinenten Menschen lasse, wie Sie es sind.«

Gräfin von Trass erhob sich und richtete sich kerzengerade auf. Sie war einen halben Kopf größer als Martin und neigte den Blick, als sie nun auf ihn herabsah.

Martins siegessicheres Gefühl war schlagartig verschwunden. Er suchte fieberhaft nach einem Grund, mit dem er die Gräfin festhalten konnte.

Er fand keinen.

An der Tür blieb sie stehen und drehte sich zu ihm um.

»Sie sagen, Sie hätten die Mordwaffen gefunden.«

»So ist es!« Martin bemerkte, dass er bellte wie ein kleiner Köter. Er zwang sich zur Ruhe und wiederholte: »Ja, das haben wir. Wir konnten die Mordwaffen sicherstellen.«

»Sind Sie da so sicher?«

»Ja.« Allerdings verunsicherte ihn ihre Frage.

»Und sind Sie sicher, dass Dorothee Liebing eine Mörderin sein kann? Eine Frau, für die meine Tochter und ich die Hand ins Feuer legen. Eine junge Frau, die sich nie etwas zuschulden hat kommen lassen? Eine unbescholtene Frau, die aus einfachen Kreisen stammt und deshalb gerne Zielscheibe Ihrer Schuldzuweisungen ist, wie ich aus der Arbeit des Frauenvereins weiß. Fürstin von Limhart-Thayental wird Gott und die Welt in Bewegung setzen, wenn ich ihr davon berichte, wie Sie hier vorgegangen sind. Wir haben schon andere Unschuldige vor dem Gefängnis oder sogar dem Galgen bewahrt.«

Im Kinderheim hatte es Holzbausteine gegeben, aus denen Martin gerne Türme und Burgen gebaut hatte. Die Bausteine waren alt und verbogen. Ein leichter Stoß reichte aus, um den Turm einstürzen zu lassen.

In diesem Moment überkam ihn das gleiche Gefühl wie damals. Der Turm, den er mit seinen Nachforschungen errichtet hatte, drohte zu kippen und zusammenzubrechen.

Elisabeths Kutsche hielt an der Ecke der Spitalgasse, in der sich Dlauhys Wohnung befand, nur wenige Meter von seinem Arbeitsplatz entfernt. Latour stieg aus und machte sich auf den Weg zum Haus. Die Hände tief in ihren Muff vergraben, blicke ihm Elisabeth nach.

Unter die Bank der Kutsche hatte ein Diener eine Pfanne mit glühenden Kohlen gestellt. Trotzdem war es in der Kutsche eisig kalt. Die Pferde tänzelten am Stand. Der Kutscher beruhigte sie mit Zurufen und einem Ruck an den Zügeln.

Die Straße war menschenleer. Fuhrwerke waren auch keine unterwegs.

Ungeduldig klopfte Elisabeth mit der Spitze des Stiefels auf den Boden der Kutsche. Endlich vernahm sie Stimmen. Sie erkannte Latour und einen zweiten Mann. Vor dem Kutschenfenster erschien der Oberst, hinter ihm der Gerichtsmediziner in einem grauen Mantel. Er machte auf Elisabeth den Eindruck, als wäre er gerade erst aus dem Bett gestiegen.

Latour öffnete den Wagenschlag und bedeutete dem Mediziner einzusteigen. Dlauhy verneigte sich unbeholfen. Er rutschte mit dem Fuß vom Trittbrett ab und schaffte es erst beim dritten Versuch, in die Kutsche zu steigen und sich auf die Bank gegenüber der Kaiserin fallen zu lassen.

»Ich habe Fragen bezüglich eines Ermordeten«, kam Elisabeth sofort zum Thema.

»Um wen handelt es sich, Majestät?«, fragte Dlauhy und klang keineswegs überrascht.

»Baron Adolf von Schnabel. Sagt Ihnen der Name etwas?«

»Stichwunden in der Brust und Schlagwunde am Kopf«, erinnerte sich der Professor.

»Ich will wissen, ob er daran gestorben ist oder vielleicht schon vorher tot war.«

»Verzeihung, Majestät, ich fürchte, ich habe mich verhört.«

»Nein, Dlauhy, das haben Sie nicht. Ich will von Ihnen erfahren, ob es möglich wäre, dass ein bereits toter Baron von Schnabel erstochen und erschlagen wurde.«

Der Gerichtsmediziner, ein ansonsten sehr gefasster Mann, wirkte verwirrt. »Ich kann Ihnen dazu hier keine Stellungnahme abgeben, Majestät. Mein Gedächtnis ist gut, die

Zahl meiner Untersuchungen aber groß und ich kenne nicht alle Berichte auswendig.«

»Dann gehen wir doch in Ihr Institut«, entschied Elisabeth.

Professor Dlauhy fuhr sich mit den Fingern durch die zerrauften Haare und versuchte, sie zu ordnen. Mit den Handflächen wischte er über seinen Vollbart, der wieder einmal gestutzt werden musste.

»Sie müssen verzeihen, Majestät, aber es ist mein freier Tag und ich hatte mich ein wenig hingelegt«, murmelte er.

»Dann müssen vielmehr Sie verzeihen, dass ich Sie heute stören muss«, entgegnete Elisabeth. »Aber die Angelegenheit duldet keinen Aufschub. Und Sie sind der Einzige, der helfen kann.«

»Ich fühle mich sehr geehrt, dass Ihre Majestät die Gerichtsmedizin so ernst nimmt«, sagte Dlauhy und neigte den Kopf. Die Hufe der Pferde klapperten über das Pflaster, die Kutsche rollte dahin. Elisabeth wollte vermeiden, bei diesem Wetter die Straße entlang gehen zu müssen. Nach wenigen Metern hielt die Kutsche direkt vor dem Eingang des Institutes für Gerichtsmedizin.

»Ich darf schon voraus in mein Büro gehen«, sagte der Professor, der es auf einmal sehr eilig hatte. »Ich erwarte die Majestät und den Oberst dann dort.«

Latour half der Kaiserin beim Aussteigen und hielt das schwere Holztor für sie auf. Elisabeth erinnerte sich an ihren ersten Besuch des Instituts, an die Stille der Halle, den Steinboden und die kalkweißen Wände.

»Das Büro befindet sich im ersten Stock«, erklärte sie dem verwunderten Latour.

Professor Dlauhy machte sich unbeholfen am Ofen zu schaffen, als Elisabeth und der Oberst den hohen Raum betraten. Er wirkte an diesem Sonntag noch düsterer als sonst. Außerdem war es hier fast so eisig wie draußen.

»Ich versuche einzuheizen«, erklärte der Professor. Man konnte ihm ansehen, dass er darin keine Erfahrung hatte. Elisabeth forderte ihn auf, es bleiben zu lassen.

»Wir werden uns kaum lange aufhalten.«

Dlauhy nickte dankbar. Sie ließen ihre Mäntel an. Der Professor schloss einen Schrank auf, der Stapel von Mappen enthielt, und begann, in ihnen zu wühlen.

Während der Professor suchte, berichtete Elisabeth in kurzen Sätzen, was sie über den Fall Baron von Schnabel herausgefunden hatte und auch von dem mysteriösen Brief, der die Unschuld der Zofe Liebing beteuerte.

»Ich erinnere mich an den Toten. Kein sehr gesunder Mensch«, murmelte Dlauhy, ohne sich umzudrehen. »Kein gesunder Mensch.«

»Meine Frage war, ob er schon tot gewesen sein könnte, als der Stich und der Schlag erfolgten«, wiederholte Elisabeth.

Dlauhy zog eine Mappe heraus und schwenkte sie. »Da ist er. Baron von Schnabel.«

Mit einer Geste bot er den Gästen die beiden Sessel auf der anderen Seite des Schreibtisches an, aber Elisabeth und der Oberst blieben lieber stehen.

367

Der Gerichtsmediziner öffnete die Mappe und sah den Inhalt durch. Es war eine Sammlung verschiedener Papiere und Formulare. Dlauhy zog zwei Seiten heraus, legte sie vor sich auf den Schreibtisch, beugte sich vor und stützte sich mit den Händen ab. Er las sich die handschriftlichen Notizen einmal durch. Dann ein zweites und ein drittes Mal.

»Unterrichten Sie mich, was Sie gefunden haben«, verlangte Elisabeth ungeduldig.

»Ich glaube nicht, dass ich bei der Untersuchung etwas übersehen oder falsch erkannt habe«, begann Dlauhy zögerlich. »Im Lichte der Informationen, die Sie mir geschildert haben, ergeben sich allerdings neue Fragen. Oder besser gesagt, sie führen zu neuen Erkenntnissen.« Er las weiter.

Elisabeth schlenderte durch das Zimmer und besah die hohen Regale, die mit Büchern und Mappen vollgestopft waren. Draußen, in einem Garten mit kahlen Bäumen, staksten Raben herum. Auf den Ästen saßen noch weitere Vögel, aufgeplustert und starr.

»Ich wäre bereit«, meldete sich Dlauhy vom Schreibtisch. Elisabeth kehrte zu ihm zurück und sah ihn gespannt an.

»Ich habe in den Unterlagen einen Bericht gefunden, den ich beim ersten Durchsehen überblättert zu haben scheine.« Professor Dlauhy wedelte mit einem halben Blatt. »Es ist der toxikologische Bericht. Ich habe befürchtet, er wäre nicht erstellt worden, weil die Stichwunde und die Verletzung durch den Schlag sehr eindeutig waren. Meine Mitarbeiter waren aber umsichtiger, als ich dachte.«

»Was heißt das?«, wollte Elisabeth wissen.

»Ich kann mit höchster Wahrscheinlichkeit ausschließen, dass der Baron an einer Vergiftung gestorben ist. Es fanden sich in seinem Körper, abgesehen von Alkohol und therapeutischen Mengen von Morphium, keine Spuren der Gifte, die wir nachweisen können.«

»Vielleicht ein neues Gift, wie Strophanthus?«, fragte Elisabeth. Sie klang wie eine Expertin auf diesem Gebiet.

Dlauhy neigte bewundernd den Kopf. »Majestät, mein Kompliment über Ihr Wissen.«

»Ich habe mir nur die Erkenntnisse gemerkt, die beim Mord an Alfred Oberland und der Fürstin Mayenberg gewonnen wurden«, erwiderte Elisabeth bescheiden.

»Verzeihen Sie, Majestät, aber über ein solches Wissen verfügen nicht viele«, erwiderte der Mediziner.

»Lassen wir die Komplimente.« Elisabeth begann wieder, durch das Arbeitszimmer zu wandern. »Sie sagen, es kann sich nicht um Gift gehandelt haben.«

»Nein. Das schließe ich mit höchster Wahrscheinlichkeit aus.«

»Also ist der Baron doch erschlagen oder erstochen worden und daran gestorben.«

»Das steht nicht mehr so fest wie vorerst angenommen.«

Elisabeth wurde ungeduldig. »Können Sie sich deutlicher erklären?«

»Majestät, ich habe bei der Untersuchung in Mund und Nase Schleim entdeckt, der mir damals allerdings nicht verdächtig erschien.«

»Schleim?«, fragte Elisabeth angewidert.

»Es tut mir leid, Sie mit solchen Details belästigen zu müssen.«

»Fahren Sie fort.«

»Der Tote hatte Reste von Schleim in den Nasengängen und der Mundhöhle«, erklärte Dlauhy. »Ich würde den Schleim als klar bis leicht weißlich beschreiben und auf jeden Fall anders, als er von den Nasenschleimhäuten oder im Mund gebildet wird. Ich dachte an eine Erkrankung der Atemwege und bin der Sache nicht weiter nachgegangen.«

»Kann der Schleim mit dem Tod des Barons in Zusammenhang stehen?«

Dlauhy überlegte kurz.

»Was ich mit Sicherheit sagen kann, ist, dass der Baron unter erheblichem Einfluss von Alkohol und Morphium stand. Allerdings war die Menge, auch laut Bericht des Kommissärs über die Flasche Cognac, die er am Ort des Mordes gefunden hat, nicht übermäßig groß.«

»Kann man von zu viel Alkohol sterben? Und was hat das mit diesem Schleim zu tun?« Elisabeth wurde hörbar ungehalten.

Der Gerichtsmediziner hob beschwichtigend die Hände.

»Lassen Sie mich bitte ausführen. Der Alkohol war sicherlich nicht die Ursache des Todes.«

»Dlauhy, ich flehe Sie an, eine endgültige Erklärung abzugeben: Kann der Baron bereits tot gewesen sein, als dieses bedauernswerte Geschöpf ihn umbringen wollte?«

»Ja!«

Elisabeth kam zum Schreibtisch geeilt.

»Ja? Das können Sie bezeugen? Sie können es in einem neuen Bericht schreiben?«

»Leider nein.«

»Aber dann ist es nur Spekulation.«

Der Gerichtsmediziner bildete mit den Händen vor seinem Gesicht ein Dach. Langsam tippte er die Fingerspitzen aneinander, die von der Kälte ganz weiß waren.

»Ich bin dem Recht und dem Gericht verpflichtet, die Wahrheit zu sagen und nichts als die Wahrheit.« Dlauhy sah Elisabeth ernst an. »Es gibt Todesursachen, die nicht natürlich sind, aber auch nicht als unnatürlich oder gewaltsam nachgewiesen werden können.«

»Ich will über den Baron nicht richten, weil es mir nicht zusteht, doch will ich eine Unschuldige vor Strafe bewahren, die sie nicht verdient hat«, erläuterte Elisabeth.

»Es muss gelingen, die Person ausfindig zu machen, die Ihnen den Brief geschrieben hat«, sagte der Professor. »Es scheint sich nicht um einen gewöhnlichen Mörder zu handeln. Wir brauchen Informationen von dieser Person. Mit neuem, zusätzlichem Wissen könnte ich meinen Bericht entsprechend anpassen, auf eine Art, die ich mit meinem Gewissen vereinbaren kann.«

Ida hatte Dorothee in ihre Wohnung mitgenommen. Dort war die Zofe auf Idas Bett eingeschlafen.

Der Kammerdiener wartete im Wohnzimmer auf dem Sofa.

Als Ida jemanden an ihrer Eingangstür hörte, trat sie vor die Tür. »Wer ist da?«

Es war der Oberst.

»Wo ist die Zofe?«, wollte er wissen.

»Psst«, machte Ida und legte einen Finger an die Lippen. »Dorothee schläft nebenan.«

»Wecken Sie das Mädchen. Es gilt Antworten auf wichtige Fragen zu finden. Ihre Majestät ist von wenig Geduld.«

Karl List hüstelte. »Darf ich erfahren, um welche Art von Fragen es sich handelt?«

»Natürlich. Sie arbeiten ja im Haushalt des ermordeten Barons. Sie wissen vielleicht auch etwas zu sagen.«

Der Kammerdiener erhob sich. »Bitte, stellen Sie die Fragen.«

Oberst Latour sortierte seine Gedanken, bevor er weitersprach.

»Erinnern Sie sich genau an den Abend und die Nacht, in der der Baron ermordet wurde«, befahl er dem Diener.

»Sehr wohl.«

»Wer könnte bei ihm gewesen sein?«

»Niemand. Es wurde niemand eingelassen, bevor er sich in die Bibliothek zurückgezogen hat.«

»Kann er jemandem die Haustür geöffnet haben?«, fragte Latour weiter.

»Dann hätten wir ein Läuten hören müssen.«

»Aber er kann doch auf jemanden gewartet haben, der nicht anläuten musste.«

»Ich glaube nicht, dass mir die Anwesenheit eines Gastes entgangen wäre.« Der Diener stutzte. »Der Schatten!«

»Welcher Schatten?«

»Dorothee hat von einem Schatten gesprochen, den sie an der Wand des Stiegenhauses gesehen hat. Auch am Sonntag«, erklärte List.

»Wecken Sie das Mädchen«, befahl Latour Ida. Die Hofdame eilte nach nebenan und kehrte wenig später mit einer erschöpft aussehenden Dorothee zurück.

»Erzählen Sie von dem Schatten«, forderte sie der Kammerdiener auf.

Dorothee starrte ihn angsterfüllt an.

»Es ist zu deinem Besten, Mädchen. Was weißt du von diesem ›Schatten‹?«

»Er war plötzlich da«, begann Dorothee unsicher. »Eines Nachts sah ich ihn. Die Baronin hatte mich gebeten, an ihrer Seite zu bleiben. Sie hat den Baron gefürchtet, genau wie ich. Er war an diesem Abend aus. Wir haben gewartet. Er ist aber nicht nach Hause gekommen. Als ich aus dem Zimmer der Baronin kam, war der Schatten da.«

»Was für ein Schatten?«

»Ein schwarzes Gespenst. In einem Mantel. Ja, wie in einem weiten Mantel mit einer großen Kapuze und weiten Ärmeln.«

»Ein Domino«, entfuhr es Ida.

»Es gibt auch andere weite Mäntel«, entgegnete Latour sofort. Ida verstand seinen warnenden Blick. Sie durfte auf keine Weise die Kaiserin ins Spiel bringen.

»Und am Sonntag ... da war der Schatten auch da. Ich bin aus der Bibliothek. Nachdem ich ...« Sie brach ab.

»Wir wissen, was Sie meinen«, sagte Latour beruhigend. »Was haben Sie danach getan?«

»Ich habe die Sachen im Schrank des Aborts versteckt und meine Hände gewaschen«, wiederholte die Zofe, was sie zuvor schon gestanden hatte. »Dann bin ich noch einmal hinuntergegangen und habe nachgesehen, ob er wirklich tot ist. Dabei habe ich den Schatten bemerkt. Es hat nur eine Lampe gebrannt. Jemand muss die anderen gelöscht haben. Aber ich habe den Schatten gesehen. Kurz. Sehr kurz.«

»Jemand in einem weiten Mantel ... Aber wohin kann diese Person gelaufen sein? Woher kann sie gekommen sein?«, rief Latour.

Die Zofe zuckte zusammen.

»Verzeihen Sie meine Ungeduld«, entschuldigte sich der Oberst bei Dorothee. »Ihre Majestät will Sie und Ihr Leben schützen, doch müssen wir dafür den wahren Mörder ausfindig machen.«

Der Kammerdiener übernahm das Wort. »Ich versichere, dass niemand Zutritt zum Palais hatte. Der Baron hatte

Anweisung gegeben, alle Zugänge immer verschlossen zu halten. Auch für die Mutter der Baronin.«

»Das ist …?«, fragte Latour.

»Gräfin von Trass.«

»Die Gräfin hat ihre Tochter jeden Donnerstag besucht, bevor sie nebenan ihr Treffen mit den anderen Damen hatte. In dem Verein, der Menschen wie uns hilft«, erklärte Dorothee.

»Außerdem wohnt ihr Bruder in der Wohnung im vierten Stock«, fügte Karl List hinzu. »Sie ist oft bei ihm.«

»Und sie nimmt Unterricht in der Japankunde. Bei einem Professor. Er ist von Japan nach Wien gekommen und lebt hier. Die Gräfin hat der Baronin ein ganzes Zimmer im japanischen Stil eingerichtet. Deshalb weiß ich davon«, berichtete Dorothee.

»Japan? Ein Professor aus Japan?« Ida hatte von diesem Mann schon gehört. Jemand, der bei ihm Unterricht nahm, hatte über den Mann gesprochen. Wo aber war das gewesen? Sie erinnerte sich vage.

Dann fiel es ihr ein. Es war vor Weihnachten gewesen, in der Buchhandlung am Graben. Eine Gräfin war vor ihr an der Reihe gewesen. Sie hatte von dem Professor gesprochen.

»Wie sieht die Gräfin von Trass aus?«, wollte Ida wissen.

Karl List beschrieb sie.

»Das war sie«, rief Ida aus. »Und sie hat gehört, wie der Buchhändler mit mir über die Kaiserin gesprochen und mich als ihre Hofdame bezeichnet hat.« Schlagartig wurde ihr etwas klar. »Der Brief! Der Brief, den ich der Kaiserin übergeben sollte. Die Gräfin hat meinen Namen gehört und kennt meine Stellung. Sie wusste außerdem, dass ich die Buchhandlung öfter aufsuche. Daher wollte sie, dass ich den Brief überbringe.«

Latour wandte sich an die Zofe. »Du sagtest, die Baronin hat den Baron genauso gefürchtet wie du?«

»Er hat …«, Dorothee brach ab. »Ich darf es nicht sagen, ich habe es der Baronin geschworen.«

Karl List straffte die Brust. »Dann sage ich es. Er hat sie geschlagen.«

Der Oberst blickte zur Decke und atmete tief durch. »Wir müssen mit der Gräfin reden. Ohne eine Beschuldigung aussprechen zu wollen, ist es möglich, dass sie oder ihr Bruder mit dem Tod des Barons zu tun haben. Der Brief kann von ihr kommen. Oder der Fürst hat ihn verfasst und sie war die Überbringerin. Sie kann uns die Auskunft geben, von der Professor Dlauhy gesprochen hat.« Latour sah zu Dorothee und List. »Wo hält sich die Gräfin auf?«

»Die Gräfin ist derzeit bei ihrer Tochter im Palais«, antwortete der Kammerdiener.

»Wer sollte mit ihr sprechen?«

»Von Frau zu Frau spricht es sich leichter«, meinte Ida.

»Da stimme ich Ihnen zu. Sie müssen umgehend zum Palais fahren.«

»Auch wir müssen zurückkehren«, meinte Karl List.

»Nein, Sie bleiben hier«, sagte der Oberst streng. »Erst wenn auf Dorothee kein Verdacht mehr lastet, verlassen Sie die Hofburg. Hier ist Dorothee vorläufig sicher, vor allem, solange niemand weiß, dass sie sich hier aufhält.« Er wandte sich an Ida. »So soll es auch bleiben.«

»Selbstverständlich« versicherte sie.

Der Bericht über die Ergebnisse, die er zum Mord an Baron von Schnabel vorweisen konnte, war umfassend. Er würde Fruhstuck morgen alles genauestens schildern und ihn dazu drängen, sowohl die Zofe Dorothee Liebing als auch die Gräfin Elvira von Trass und ihre Tochter, die Baronin Louisa von Schnabel, in Haft zu nehmen.

Der Feigling wird nicht zustimmen, dachte Martin grimmig. Bei hohen Herrschaften schreckten seine Obersten immer zurück und verlangten Bedacht und Nachsicht. Doch er, Martin Stutz, würde nachweisen, dass Gräfin von Trass an dem Mord ihres Schwiegersohns beteiligt gewesen war.

Am liebsten hätte Martin in seinem Büro auf dem Boden geschlafen. Er brauchte aber ein sauberes Hemd und musste rasiert sein, wenn er Fruhstuck gegenübertrat. Also legte er Blatt auf Blatt, bis sie einen dünnen Stapel ergaben. Der gesamte Bericht kam in eine Mappe, die er in seinem Schrank verwahrte.

Dabei fiel sein Blick erneut auf den Fächer.

Elisabeth wollte gerade zum Diner der kaiserlichen Familie aufbrechen, als Ida, so schnell es die Schmerzen im Rücken erlaubten, in ihr Appartement geeilt kam.

»Sie sind nicht im Palais. Die Gräfin und ihre Tochter sind beide fort und die Dienerschaft will mir nicht sagen, wohin«, berichtete sie aufgeregt. »Ich habe aber erfahren, dass ein Polizeikommissär mit Polizeiagenten da war. Er hat den Brieföffner und die Statue im Abort gefunden, eingewickelt in Dorothees Nachthemd. Für ihn steht fest, dass sie die Mörderin ist. Er hätte aber auch Anschuldigungen gegen die Baronin und ihre Mutter erhoben. Im Palais herrscht große Aufregung und Sorge.«

Elisabeth war alarmiert. »Es darf keine Stunde mehr verloren werden. Der Schreiber des Briefes muss ausfindig gemacht werden.«

»Oder die Schreiberin«, warf Ida ein.

Die Kaiserin gab ihr recht. »Die Gräfin kann den Brief selbst verfasst haben. Halten sich die Zofe und der Kammerdiener nicht immer noch in deiner Wohnung auf?«

»Natürlich! Sie wissen bestimmt, wo ich die Gräfin und die Baronin finden kann.«

Da Oberst Latour der Zofe Dorothee und dem Kammerdiener List Gesellschaft leistete, schickte Elisabeth einen Lakaien mit einer verschlossenen Nachricht zu ihm. Es dauerte nicht lange, bis Latour persönlich bei der Kaiserin erschien. »Man vermutet die beiden in der Villa der Gräfin in Hietzing«, berichtete er. Er hatte auf die Rückseite der Karte, die ihm Elisabeth in einem Umschlag hatte zukommen lassen, eine Adresse geschrieben, die ihm der Kammerdiener genannt hatte.

Ida deutete zum Fenster hinaus in die Dunkelheit. »Soll ich mich jetzt noch aufmachen?«

»Ja«, beschloss Elisabeth. »Wir haben keine Zeit zu verlieren.«

»Soll ich Sie begleiten, Ida?«, bot der Oberst an.

»Wenn das möglich wäre?«, fragte Ida schüchtern.

»Ich tue es gerne. Und vor dem Aufbruch sollten Sie noch etwas Warmes zu sich nehmen.«

»Sie auch, Latour«, entschied Elisabeth. Sie ließ nach einem Diener rufen und trug ihm auf, Griesnockerlsuppe zu servieren, die an diesem Abend auf dem Menu des kaiserlichen Familiendiners stand. Ein anderer Lakai wurde beauftragt, dem Kaiser die Nachricht zu überbringen, dass sich Elisabeth zu ihrem größten Bedauern aus unaufschiebbaren Gründen zum Essen verspäten würde. Danach begann sie, unruhig im Zimmer hin- und herzulaufen.

»Wenn der Baron also schon vor der Attacke durch die Zofe umgebracht worden war, so ist es offenbar ohne Gift und ohne Gewalt erfolgt«, überlegte Elisabeth. »Wie aber soll das möglich sein?«

»Es gibt zwei Personen, die allen Grund haben, ihm das Schlimmste zu wünschen«, warf Ida ein. Sie berichtete, was sie von der Grausamkeit des Barons gegenüber seiner eigenen Frau erfahren hatte.

Elisabeth blieb stehen. »Mutter oder Tochter bringt ihn um, wird aber von Dorothee überrascht. Die Zofe meint, er schläft, und in ihrer Verzweiflung tut sie das, was gerade vorhin schon jemand anderer getan hat: Sie ermordet ihn. Sie versucht einen Toten zu töten, was kein Verbrechen ist.«

»Wenn die Gräfin oder die Baronin die Tat begangen haben, dann haben sie sich allerdings schuldig gemacht«, warf Ida ein.

»Wenn er wirklich durch ihre Hand starb«, sagte Elisabeth, »dann so raffiniert, dass es nicht einmal einem Experten wie Dlauhy aufgefallen ist.«

»Weil er sich nur auf die anderen Verletzungen konzentrierte«, meinte der Oberst.

»Was wäre geschehen, wenn Dorothee nicht in der Bibliothek erschienen wäre?«, stellte Elisabeth die Frage in den Raum. »Man hätte den Baron gefunden. Wahrscheinlich erst in der Früh. Hätte man Mord vermutet?«

»Wahrscheinlich nicht«, sagte Ida.

»Nein, sogar ziemlich sicher nicht«, bestätigte Elisabeth. »Weil er auf eine Weise getötet wurde, die keine Spuren hinterließ.«

»Der Schweiß auf seiner Stirn und seiner Oberlippe«, fiel Latour ein. »Davon hat die Zofe berichtet. Er hat geschwitzt, bevor er starb.«

Elisabeth drehte sich schwungvoll um. »Hat er geschwitzt? Oder war es vielleicht gar kein Schweiß? Ich habe erst neulich die neue Creme Celeste aufgetragen bekommen. Als Gesichtsmaske und deshalb etwas dicker. Erinnere dich, Ida. Es war nach deiner Rückkehr von dieser Malerin, bevor wir uns mein Portrait im Arbeitszimmer des Kaisers angesehen haben. Der Glanz auf meiner Stirn und meinen Wangen erweckte den Eindruck, ich wäre nass.«

»Professor Dlauhy sprach von Schleimresten in Nase und Mund«, fiel dem Oberst ein.

Ida wischte nervös über ihren Rock. »Man kann ihm doch keine tödliche Gesichtsmaske verpasst haben.«

Elisabeth lachte bei der Vorstellung auf. »Ich erinnere mich an eine Packung mit Moor, die man mir auf das Gesicht gelegt hat. Die Heilerde wurde mit warmem Wasser vermischt und auf ein Tuch aufgetragen. Ich habe es aber nach Sekunden wieder runtergerissen, weil ich das Gefühl hatte, darunter zu ersticken.«

Sie hielt in ihrem unruhigen Lauf inne. »Ersticken. Das kann es gewesen sein! Er wurde erstickt.«

»Mit Schleim?« Ida schüttelte sich bei der Vorstellung.

»Das Moor abzuwaschen war ein schwieriges Unterfangen«, spann Elisabeth ihren Gedanken weiter. »Außerdem war die Erde, obwohl ich lag, überall auf dem Laken unter mir, dem Laken, mit dem man mich zugedeckt hatte, in meinem Haar und sogar in meinen Ohren. Bei Schleim wäre das wohl nicht anders.«

Für Latour gab es noch eine andere große Frage. »Wie ist derjenige, der den Baron umgebracht hat, in die Beletage des Palais eingedrungen, wenn alle Türen verschlossen waren?«

»Mit einem Schlüssel«, meinte Ida.

»Es kann sich jemand im Palais versteckt gehalten haben«, fiel Elisabeth ein.

»Wie soll die Person es wieder unbemerkt verlassen haben?«, fragte Latour zweifelnd.

»Die Tür der Bibliothek war von innen versperrt«, erinnerte sich Ida.

»War sie das wirklich?«, fragte Latour. »Es ist meiner Meinung nach nicht unmöglich, einen Raum von außen abzuschließen, selbst wenn ein Schlüssel auf der anderen Seite im Schloss steckt.« Er lächelte verlegen. »Ich spreche aus Erfahrung. Ich habe in meiner neuen Wohnung den Schlüssel innen stecken lassen. Zum Glück hatte ich der Hausmeisterin aber den Zweitschlüssel anvertraut, da der Rauchfangkehrer mein Ofenrohr putzen sollte, während ich beim Kronprinzen war. Es war mir möglich, meine Tür aufzusperren. Der richtige Schlüssel hing auf der anderen Seite halb aus dem Schloss.«

Elisabeth hatte wieder begonnen, unermüdlich durch das Zimmer zu wandern, und redete dabei.

»Die Bibliothek, die von innen verschlossen ist, war Teil des wahren Mordplanes. Der Tod sollte wie ein Unfall wirken, als hätte den Baron der Schlag getroffen. Man sollte denken, er wäre in die Bibliothek gegangen und hätte von innen abgeschlossen, um in Ruhe zu trinken. Als ihm übel wurde, hat er sich auf das Sofa gelegt und ist dort verstorben.«

Für Ida und Latour klang das nachvollziehbar.

Dorothee hatte diesen Plan aber vereitelt. Trotzdem hatte der Mörder sein ursprüngliches Unterfangen fertig ausgeführt. Schließlich gab es der Sache etwas sehr Mysteriöses: Ein Ermordeter wird in einem von innen verschlossenen Raum aufgefunden.

»Den Verdacht von Dorothee abzulenken, war vielleicht auch Teil der Überlegung«, fiel dem Oberst ein.

»Der Fächer!«, rief Ida.

»Der Mörder muss ihn mitgebracht haben«, sagte Elisabeth. »Ich gebe viel dafür zu erfahren, wieso der Mörder ihn eingesteckt hat, aber ich bin fast überzeugt, der Fächer wurde beim Toten zurückgelassen, um mir ein Zeichen zu geben und mich später dazu zu bewegen, der Zofe zu helfen.«

»Der Mörder ist also der Mann, der den Fächer auf dem Ball gefunden hat«, folgerte Ida.

Elisabeth dachte über die Worte ihrer Zofe nach. »Der Fürst, der Onkel der Baronin, war auf diesen von Schnabel genauso schlecht zu sprechen wie ihre Mutter. Er kann es gewesen sein.«

»Ich spreche gegen mein eigenes Geschlecht«, widersprach Latour, »aber mir erscheint der Plan zu raffiniert für einen Mann.«

Die Kaiserin stimmte ihm zu. »Es war die Rache einer Mutter, die zur Löwin wurde, um ihre Tochter zu schützen.«

»Die Gräfin? Gräfin von Trass?«, fragte Ida.

Es klopfte und ein Lakai bat, die Suppe servieren zu dürfen. Er brachte Teller, Löffel und eine große Terrine, in der viele Griesnockerl schwammen.

»Ich hoffe, es ist was für den Kaiser übriggeblieben«, bemerkte Elisabeth. »Griesnockerlsuppe zählt zu seinen Leibspeisen.«

Ida und Latour begannen zu löffeln, während die Kaiserin ans Fenster trat und in die Nacht hinausblickte.

»Wie kommt man unbemerkt in ein verschlossenes Haus? Eigentlich nur über das Dach oder durch den Keller.«

Ein Löffel fiel klirrend auf den Teller. Elisabeth drehte sich erschrocken um. Ida starrte sie an, den Mund weit geöffnet. »Oder durch den Kanal!«, sagte sie.

»Durch den Kanal? Wie meinst du das?«, wollte Elisabeth wissen.

»Ich habe in der Zeitung gelesen, dass die Kanäle der Häuser vergittert werden müssen«, erklärte Ida. »Manche wären wie Tunnel. Ein Netz unter den Straßen, das Häuser verbindet.«

Die Kaiserin spähte in die Terrine, während sie über Idas Worte nachdachte. Da auch für sie gedeckt worden war, nahm sie ihren Löffel und fischte damit ein Griesnockerl heraus. Sie blies darauf, bis es ausgekühlt war, und biss ein Stück ab.

»Der Schatten«, fiel dem Oberst ein. »Der Schatten, der im Haus gesehen wurde. Vielleicht handelte es sich um eine Frau in einem weiten Mantel, die unterirdisch gekommen und die Stiegen hinaufgehuscht war.«

Die Kaiserin schluckte den Rest des Griesnockerls. »Sie haben recht, Latour. Einen so raffinierten Plan denkt sich kein Mann aus.«

Ida sah den Oberst nachdenklich an. »Ich glaube, ich sollte unter vier Augen mit der Gräfin reden. Wenn Sie mich bei dieser Eiseskälte nicht begleiten wollen, so kann ich das gut verstehen.«

»Ich komme mit und warte in der Kutsche«, versprach Latour.

Die Glocke schrillte in der Halle. Sie wollte gar nicht mehr aufhören. Wer wagte es, um diese Zeit zu läuten?

Gräfin von Trass richtete sich in ihrem Bett auf. Sie hatte kein gutes Gefühl über diese späte Störung. Elvira entzündete eine Kerze, schlüpfte unter der dicken Tuchent hervor und steckte die Füße in die kalten Pantoffel. Vom Sessel nahm sie ihren dicken Winterschlafrock, legte sich noch ein Wolltuch um die Schultern und öffnete die Tür ihres Schlafzimmers. Unten an der Eingangstür war das Hausmädchen zu hören.

»Die gnädigen Damen schlafen schon. Kommen Sie morgen wieder.« Es folgte ein lautes Gähnen, bei dem sie sich bestimmt keine Hand vorhielt.

»Ich muss die Gräfin auf der Stelle sprechen«, verlangte die später Besucherin.

Elvira hielt die Luft an. Sie ahnte, wer dort unten stand, aber wie hatte die Hofdame sie ausfindig gemacht? Woher wusste sie ...?

»Gehen Sie!«, sagte das Hausmädchen schroff.

»Ich bleibe, bis die Gräfin bereit ist, mit mir zu sprechen.« Laut rief die späte Besucherin: »Gräfin! Ich komme im Namen der Dame, der Sie einen Brief geschrieben haben.«

Die Gräfin konnte nicht vorgeben, keine Ahnung zu haben, wovon die Rede war. Sie stieg die knarrende Holztreppe hinunter.

Das Hausmädchen stand in Nachthemd und Ausgehmantel da, eine Wollmütze auf dem Kopf. Sie leuchtete mit einer Petroleumlampe einer Dame ins Gesicht, die Elvira sofort erkannte. Es handelte sich um Elisabeths Hofdame.

»Geh schlafen«, befahl Elvira dem Hausmädchen, das abermals hemmungslos gähnte und den Mund dabei weit aufriss. »Ich mache das.« Sie wartete, bis das Mädchen am Ende des Ganges hinter einer Tür verschwunden war. Erst dann wandte sie sich der Besucherin zu.

»Ich habe den Auftrag, mit Ihnen zu reden. Es geht um die Bitte, die Sie an die Majestät gerichtet haben.«

Elvira hielt es für das Beste, erst mal zu schweigen.

»Die Kaiserin hat mich gesandt, um zu besprechen, was für das arme Mädchen getan werden kann«, fuhr die Besucherin fort. Elvira machte eine einladende Handbewegung. Die Hofdame trat ein und Elvira schloss hinter ihr die Tür.

»Ich lasse im Wohnzimmer den Ofen anheizen. Wollen Sie heiße Limonade? Oder Schokolade?«

»Ein Punsch wäre mir lieber«, gestand Ida. »Mit einem doppelten Schuss Rum.«

Wenig später saßen die beiden Frauen im Salon, jede eine Tasse dampfenden Punsch vor sich. Die Kerzen in den dreiarmigen Leuchtern waren angezündet worden und spendeten einen weichen Lichtschein. Aus dem Ofen kam ab und zu das Knistern von feuchtem Holz. Langsam wurde es wärmer. Trotzdem hatte Ida ihren Mantel anbehalten.

»Dorothee und Ihr Kammerdiener sind derzeit in Sicherheit, aber lange können sie nicht mehr in ihrem Versteck bleiben«, begann Ida das Gespräch.

»Dorothee ist keine Mörderin!«, sagte Elvira.

»Die Kaiserin will helfen«, versicherte Ida. »Sie ist von der Unschuld der Frau überzeugt und hat mehr als nur eine Ahnung, was wirklich geschehen ist.«

Elvira ließ die Punschtasse sinken, aus der sie gerade hatte trinken wollen. »Was wirklich geschehen ist?«

»Die Wahrheit über den Tod des Barons.«

»Die Wahrheit?« Elvira lachte auf. »Ich kann Ihnen gerne die Wahrheit über diesen Mann sagen. Er ist auf windige Art zu viel Geld gekommen, hält die Menschheit in Geiselhaft und versetzt unschuldige Opfer in Angst und Schrecken. Er hat Leben zerstört und Seelen zerbrochen. Und …«, sie legte eine Pause ein, »… er durfte so viele Jahre ungestraft herumlaufen und immer mehr Unglück stiften.«

Ida deutete zur Tür des Salons. »Sind Sie überzeugt, dass uns niemand belauschen kann?« Der Gräfin stand auf, warf einen Blick in den Flur und schloss dann wieder die Tür.

»Mein Hausmädchen ist viel zu faul, um zu dieser Zeit noch aufzubleiben. Zum ersten Mal erweist es sich als Vorteil.«

Langsam schritt die Gräfin an einer Kommode entlang, auf der gerahmte Bilder standen. Sie ging weiter und stellte sich neben den Ofen. Die Arme vor der Brust verschränkt, sah sie die Hofdame nur schweigend an.

»Wenn Sie nicht bereit sind zu reden, so lassen Sie mich die Überlegungen vortragen, die die Kaiserin angestellt hat.«

»Die Kaiserin stellt Überlegungen an?«, entfuhr es Elvira.

»Sie ist eine wissende und weise Frau«, erklärte Ida voll Stolz. »Meine Wenigkeit und andere dürfen ihr beim Anstellen dieser Überlegungen behilflich sein.«

Elvira setzte sich wieder. Mit einer Handbewegung bedeutete sie Ida, fortzufahren.

»Sie haben den Baron umgebracht, damit er Ihrer Tochter nichts mehr zu leide tun konnte«, begann Ida.

»Und anderen, vielen anderen«, warf Elvira ein, die nicht einmal den Versuch unternahm, etwas zu leugnen.

»Es hätte wie ein natürlicher Tod aussehen sollen«, sprach Ida weiter. »Aber die verzweifelte Dorothee kam dazwischen.«

Elvira nickte langsam.

»Der Baron war bereits tot, als sie auf ihn eingestochen und eingeschlagen hat.«

Wieder nickte Elvira.

»Er muss wohl sehr betrunken gewesen sein«, fuhr Ida fort. »So hat er keine Gegenwehr geleistet, als Sie ihn erstick haben. Mit ...« An dieser Stelle zögerte Ida kurz. »Mit Schleim?«

»Das hat die Kaiserin herausgefunden?« Es war Elvira anzumerken, wie überrascht sie war. Sie nahm einen großen Schluck von ihrem Punsch.

»Adolf hat dem Cognac gerne und reichlich zugesprochen«, sagte sie, nachdem sie die Tasse abgestellt hatte. »Außerdem seit einiger Zeit dem Morphium, das ihm sein Hausarzt Doktor Jost verabreicht hat. Die Phiolen mit der täglichen Dosis wurden größer, aber Adolf hat, wie ich von Louisa weiß, manchmal auch zwei davon eingenommen. Er war von Doktor Jost gewarnt, Cognac und Morphium niemals zu vermengen. Aber Adolf hörte auf seinen Arzt genauso wenig wie auf irgendjemand anderen. Er tat es trotzdem und war von Louisa im Jänner sogar einmal bewusstlos aufgefunden worden. Es war meine Spekulation, dass er den Sonntagabend, an dem er allein im Haus war, nutzen würde, um sich wieder zu berauschen.«

»Nur eine Spekulation?«, fragte Ida.

»Er war, wenn es darum ging, berechenbar«, stellte Elvira trocken fest. Sie spielte mit den Fransen ihres Wolltuches.

»Als er sich bewusstlos getrunken hatte, haben Sie ihn erstickt, nicht wahr?«

Elvira schwieg. Die Hofdame hielt den Blick so lange auf sie gerichtet und schien in Elvira hineinsehen zu können.

Die Gräfin fröstelte. »Frau Gräfin, Dorothee kann nur gerettet werden, wenn der Gerichtsmediziner seinen Bericht ändert und festhält, dass der Baron bereits tot war, als

Dorothee kam. Dafür aber müssen wir, also muss er, mehr über den tatsächlichen Mord erfahren.«

Elvira rang mit sich selbst. Letztlich ließ sie sich von Idas Worten überzeugen.

»Bei meinen Studien der japanischen Geschichte habe ich von einer Tötungsart erfahren, die verzweifelte Frauen manchmal angewandt haben«, fuhr die Gräfin langsam fort. »Es handelt sich um eine Art, die den Tod natürlich erscheinen lässt.«

Sie stand auf und verließ den Salon. Mit einem großen Blatt Papier kehrte sie zurück und reichte es Ida.

»Japanpapier. Gut geeignet für Tuschmalerei. Und zum Töten.«

Ida befühlte die raue Oberfläche und sah fragend zur Gräfin hoch. »Mit einem Blatt Papier töten? Wie soll das möglich sein? Wir dachten, es wäre mit Schleim geschehen. Der Gerichtsmediziner hat Reste davon gefunden.«

»Japanpapier wird aus Fasern des Papierbaums hergestellt, aus Baumwolle und auch aus Pferdehaar«, erklärte die Gräfin. »Gebunden werden die Fasern mit Schleimstoffen, die getrocknet dem Papier Festigkeit und Härte geben. Wird Japanpapier aber wieder in Wasser getaucht, so quillt es und wird klebrig. Ein nasses Blatt auf ein Gesicht gelegt, verschließt alle Öffnungen. Die Nasenlöcher wie den Mund.«

»Jeder würde es sofort herunterreißen, um nicht zu ersticken«, warf Ida ein.

»Jeder, der bei Bewusstsein ist«, erwiderte die Gräfin ruhig. »In Japan haben Mütter, die unerwünschte Töchter zur

Welt brachten, die Säuglinge mit dem aufgeweichten Papier bedeckt. Wie entsetzlich, dass sie sich zu so einer Tat durch die Sitten ihres Landes gezwungen sahen. Wie gut aber, dass ich davon erfahren habe.« Sie schnaubte kurz. »Adolf hat nichts bemerkt. Sein Tod verlief ohne Schmerzen, auch wenn er die schlimmsten Qualen verdient hätte.«

»Der Schweiß auf Stirn und Oberlippe kam also von dem aufgeweichten Papier«, warf Ida ein. »Dorothee hat geglaubt, Schweißtropfen im Gesicht des Barons gesehen zu haben.«

»Ich wollte ihm gerade das Gesicht abwischen, als ich jemanden kommen hörte und mich versteckte. Ich bin hinter dem Vorhang gestanden. Als ich erkannt habe, was Dorothee tun wollte, war es zu spät, ich konnte sie nicht mehr daran hindern. Aber es trifft sie keine Schuld. Deshalb darf sie auch keine Strafe treffen. Dafür muss die Kaiserin sorgen.«

»Damit aber laden Sie die Schuld auf sich«, gab Ida zu bedenken.

»Welche Schuld? Ich war an einem anderen Ort, umgeben von den feinsten Damen der Gesellschaft. Ich kann also mit dem Tod des Barons nicht in Zusammenhang gebracht werden.«

»Hat Ihr Bruder von Ihrem Vorhaben gewusst?«, fragte Ida.

»Nein. Es war niemand eingeweiht.«

»Hatten Sie Schlüssel zum Palais?«

»Nein.« Elvira lachte bitter. »Das hätte Adolf niemals zugelassen.«

»Sie hatten nicht einmal einen zweiten Schlüssel zur Bibliothek?«

»Woher wissen Sie …« Elvira brach ab. »Ja, den hatte ich. Ich habe den Schlüssel schon vor einiger Zeit einmal abgezogen und eingesteckt. Adolf hat deshalb seinen Zweitschlüssel verwendet.« Sie sah Ida siegessicher an. »Man kann kein Mitglied meiner Familie mit dem Mord in Verbindung bringen. Mein Bruder August und Louisa waren in Baden. Das kann von vielen Zeugen bestätigt werden. Und ich habe an der Wahl des Präsidiums des Wiener Frauenvereins teilgenommen.«

»Wo befindet sich dieser Verein?«, fragte Ida.

»Im Palais der Fürstin Limhart-Thayental.«

»Und wo befindet sich dieses Palais?«

Als Elvira die Adresse nannte, ging ein Strahlen über Idas Gesicht. »Dann habe ich recht.«

»Womit wollen Sie recht haben?«

»Sie sind durch die Kanäle gekommen. Die Palais sind durch die Kanäle verbunden.«

Niemals hätte Elvira damit gerechnet, dass jemand diese Idee durchschauen könnte. Sie hatte von Louisa erfahren, dass der Baron aufgebracht war, weil es durch die neuen Kanäle Zugänge in das Palais gäbe, die geschlossen werden mussten. So hatte sie von der Verbindung erfahren und den Weg in den Keller ihrer Freundin Tilde entdeckt. Unter Vortäuschung, eine Brosche verloren zu haben und sie suchen zu wollen, hatte sie sich am Sonntag ins Untergeschoss begeben und von dort in den Keller.

»Wie sind Sie an den Fächer der Kaiserin gekommen?«, wollte Ida wissen Diesmal würde Elvira ihr nichts verraten. Sie schwieg eisern. »Hat Ihr Bruder ihn gefunden?«

Nicht einmal ein Wimpernzucken.

»Wollten Sie die Kaiserin mit Ihrer Tat in Verbindung bringen?«

»Ganz sicher nicht«, brauste Elvira auf. »Ich wollte nichts anderes, als Dorothee schützen.« Die Gräfin brach ab und blickte Ida wütend an. Sie hatte mehr als genug gesagt.

Ida wusste nicht, was sie die Gräfin noch fragen sollte. Deshalb blickte sie beiläufig im Wohnzimmer umher. Das Einzige, was ihr auffiel, waren die gerahmten Bilder auf der Kommode. Es musste sich um Fotographien handeln.

»Darf ich sie mir ansehen?«, fragte Ida und deutete zu den Fotografien.

Die Gräfin nickte. Also stand Ida auf, trat an die Kommode und betrachtete ein Bild nach dem anderen.

Das erste zeigte ein Mädchen in einem weißen Kleid. Das zweite eine junge Frau. Das dritte war das Foto einer Familie, Vater, Mutter und Tochter, in der Ida die Gräfin erkannte. Das vierte Bild zeigte die Gräfin neben einem Mann, jünger als sie, mit hellem Haar. Zwischen ihnen bestand eine gewisse Ähnlichkeit. Auf dem letzten Bild war nur der Mann zu sehen. »Ein Verwandter?«, fragte Ida und hielt das Bild des Mannes hoch.

»Mein Bruder.«

»Ah, Ihr Bruder. Der im Palais wohnt.«

»Genau derjenige.« Ida begann zu husten. Sie griff sich an die Brust und hustete immer schlimmer.

»Kann ich etwas Wasser haben?«, bat sie krächzend.

Die Gräfin stand schnell auf und eilte aus dem Zimmer. Als sie zurückkehrte, war der Hustenanfall schon schwächer geworden. Ida leerte das Glas und reichte es mit einem dankbaren Lächeln der Gräfin zurück.

»Ich denke, unsere Unterredung kann einem Ende zukommen«, schlug die Gräfin vor.

»Wenn Sie mir nichts mehr zu sagen haben, was helfen könnte, den Bericht des Gerichtsmediziners zu ändern«, sagte Ida langsam.

»Sie wissen doch schon alles. Die Kaiserin kann sicherlich erwirken, dass Dorothee nichts geschieht.«

»Das kann sie nicht garantieren.«

Das Gesicht der Gräfin nahm einen harten Ausdruck an. »Ich weiß, wo sie den Fächer verloren hat. Ich weiß, mit wem sie dort getanzt hat. Ich weiß, dass sie verkleidet war. Dieses Wissen behalte ich gerne für mich, denn ein Gerücht macht schnell die Runde und kann zum Skandal anwachsen, der eine Existenz zerstört. Glauben Sie mir, ich spreche aus Erfahrung.«

Montag,
25.
Februar
1867

»Das kann er sein. Ich bin zwar nicht völlig sicher, aber halte es für sehr wahrscheinlich«, sagte Elisabeth. Sie saß im Toilettenzimmer und wurde von Fanny frisiert.

Ida hatte ihr bereits vor dem Eintreffen der Frisöse vom Gespräch mit der Gräfin berichtet und zeigte nun die Fotografie des Fürsten, die sie heimlich ›geliehen‹ hatte. Die Kaiserin reichte der Frisöse das Bild. Fanny studierte es eingehend.

»Was meinst du, Fanny? Du hast ihn auch gesehen.«

»Ich bin auch ziemlich überzeugt, dass er der Mann am Ball war.«

»Der große Unbekannte ist also ein Graf«, stellte Elisabeth fest.

»Ein Fürst«, verbesserte Ida.

»Fürst August von Schrattbach.«

Fanny begann eine Haarsträhne zu drehen und sie hochzustecken. Elisabeth wiegte das Bild in der Hand. »Er kann meinen Fächer gefunden und mitgenommen haben.«

»Oder er hat ihn gestohlen«, warf Fanny giftig ein.

»Wie ein Dieb hat er nicht auf mich gewirkt«, entgegnete Elisabeth. »Vielleicht hat er seiner Schwester den Fächer gezeigt und ihr von unserer Begegnung erzählt.«

Sie hielt inne. »Was bedeuten würde, dass er meine Verkleidung durchschaut hat.«

»Mich trifft keine Schuld, Majestät«, verteidigte sich Fanny sofort. »Die Maskerade war ausgezeichnet, aber Majestät ist so bekannt.« Diesmal tadelte Elisabeth sie nicht.

»Aber die Gräfin wird doch nicht den Fächer bei sich gehabt haben, als sie den Mord ausführte«, warf Ida ein.

»Ihr Bruder hat doch seine Wohnung im Palais«, entgegnete Elisabeth.

»Sie hat sicher einen Schlüssel«, mischte sich Fanny wieder ein.

Elisabeth musterte die Frisur im Spiegel und gab Fanny Anweisungen für Änderungen. Fanny machte Anstalten, noch etwas zu sagen, doch Elisabeth unterbrach sie.

»Mach weiter mit dem Frisieren und sei still, Fanny. Was Ida und ich zu bereden haben, geht dich nichts an.«

Ida gestand es sich ungerne ein, aber sie spürte so etwas wie Genugtuung.

»Hat die Gräfin keinen Schlüssel, gibt es vielleicht einen Diener oder ein Zimmermädchen in der Wohnung des Fürsten, von denen sie einen Schlüssel entwendet haben könnte, «, sagte Ida.

Elisabeth gab ihr recht. »Auf jeden Fall hätte sie sich Zutritt verschaffen und den Fächer holen können.«

»Das scheint mir sehr gut möglich«, stimmte Ida zu.

Elisabeth überlegte, ließ Fannys Arbeit dabei aber keine Sekunden aus dem Auge.

»Ida, lass Doktor Seeburger holen«, verlangte sie schließlich.

»Ist Ihnen nicht gut, Majestät?«

»Keine Sorge um mich. Ich brauche eine ärztliche Meinung zu dem, was du vom Baron und seiner Einnahme von Morphium berichtet hast.«

Fruhstuck war nicht zum Dienst erschienen.

Martin konnte es nicht glauben. Er stand seit sieben Uhr in der Früh bereit, seinen Bericht zu geben. In der Nacht hatte er kaum geschlafen, weil er im Kopf immer wieder seinen Vortrag durchgegangen war. Nun aber war der Oberkommissär nicht anwesend.

Wo blieb er? Ungeduldig wanderte Martin durch das Gebäude, damit ihm die Ankunft Fruhstucks nicht entging.

»Majestät haben mich rufen lassen.«

Er stand in der einzigen Haltung vor ihr, in der sie ihn kannte: Aufrecht, lächelnd, die Arzttasche in der Hand.

»Doktor Seeburger, wollen Sie sich nicht ein wenig zu mir setzen?«, bot Elisabeth dem Hausarzt der kaiserlichen Familie an.

»Sehr gerne, wenn Sie das wünschen.« Der Arzt ließ sich nieder und stellte die längliche Tasche auf seine Knie. Dann legte er die Hände darauf, eine über die andere. »Wie kann ich Majestät behilflich sein?«

»Es geht um Morphium«, begann Elisabeth.

Der Arzt verzog keine Miene.

»Sie haben mir das Morphium vor Kurzem angeboten, um meine Migräne zu verbessern.«

»Das ist richtig. Ich setze es gelegentlich bei Kopfschmerzen ein. Auch zur Behandlung stärkerer Schmerzen«, berichtete der Arzt.

»Wann wird einem Patienten davon eine regelmäßige Dosis verabreicht?«

»Regelmäßig? Nur, wenn es sich um eine sehr schwere Erkrankung handelt, die mit einer großen schmerzlichen Belastung einhergeht.«

»Das bedeutet, wenn die Schmerzen schlimmer werden, erhöht der Arzt die Dosis?«, fragte Elisabeth.

Seeburger nickte. »So kann es geschehen.«

»Wenn der Patient nun gerne und stark Alkohol konsumiert …?«

Sie wartete mit Spannung auf die Reaktion von Doktor Seeburger.

»Das Vermengen von Alkohol und Morphium muss unter allen Umständen unterlassen werden«, sagte der Doktor deutlich und mit erhobenem Zeigefinger, um seine Worte zu unterstreichen.

»Je nach Höhe der Dosis können schwere Begleiterscheinungen eintreten. Halluzinationen, Ohnmacht und noch schlimmere Folgen.«

»Kann es tödlich sein?«

»Wahrscheinlich nicht direkt«, antwortete Seeburger. »Aber ein tödlicher Sturz ist möglich. Oder Übelkeit mit Erbrechen, die zum Verlust der Atemfähigkeit führt.« Doktor Seeburg runzelte die sonst so glatte Stirn. »Darf ich fragen, woher das Interesse Eurer Majestät kommt? Ich hoffe, Sie beschreiben mir nicht die Zustände eines Menschen, der Ihnen nahesteht.«

»Nahesteht? Nein, ganz sicher nicht«, antwortete Sisi wahrheitsgemäß.

Ida und der Oberst waren zu Elisabeth gerufen worden.

»Es muss ein Treffen der beiden geben«, hatte Elisabeth ihnen erklärt. »Vielleicht kann es ein Ergebnis bringen. Sie müssen miteinander reden. Es geht darum herauszufinden, wieso der Baron so viel Morphium konsumiert hat und warum er immer größere Dosen von seinem Arzt erhielt.«

Was die Kaiserin beiden eingeschärft hatte, war, kein Wort über das Geständnis der Gräfin zu erwähnen. Es sollte ein Geheimnis bleiben.

»Wie sollen wir das Treffen der beiden arrangieren?«, fragte Ida den Oberst, während sie die Adlerstiege hinuntergingen.

»Professor Dlauhys Patienten können warten, die von Doktor Jost womöglich nicht«, meinte Latour. »Wir werden Dlauhy ersuchen, mit uns zu Doktor Jost zu fahren.«

Zwei Stunden später hielt die kaiserliche Kutsche vor dem Haus, in dem sich die Praxis von Doktor Jost befand. Sie lag im ersten Stock, war aber geschlossen. Ida klopfte und klingelte, doch niemand öffnete.

Hinter ihr standen Latour und ein ungeduldiger Dlauhy.

»Ich unterbreche meine Tätigkeit höchst ungern«, sagte der Professor ungehalten. »Auch wenn meine ›Patienten‹ warten können«, wie Sie es ausdrückten, meine Berichte können es nicht.«

»Sie müssen verzeihen, es war uns nicht möglich, Erkundigungen über die Ordinationszeiten einzuholen«, sagte Latour. Als die drei wieder hinuntergingen, trafen sie auf die Hausmeisterin, die mit einem Besen bewaffnet aus ihrer Wohnung kam.

»Wollen Sie zum Herrn Doktor?«, fragte sie.

»Ja. Wissen Sie, wann er wiederkommt?«, fragte Latour.

»Heute nicht mehr. Am Montag ist die Ordination zu.«

»Das ist bedauerlich, es ist ein …« Ida überlegte, wie sie es formulieren sollte, »… ein Notfall.«

»Vielleicht ist er zu Hause. Er wohnt im Palais Schnabel.«

»Danke, vielen Dank.« Der Oberst drückte ihr eine Münze in die Hand, die sie prüfend betrachtete. Das Trinkgeld war hoch ausgefallen.

»Wollen Sie nicht noch was wissen?«, rief sie ihnen hinterher.

Vor dem Palais stiegen die drei aus der Kutsche und nahmen den linken Eingang, der zu den Wohnungen in den oberen Stockwerken führte. Die Tür mit dem Messingschild Doktor Jost wurde von einem Hausmädchen geöffnet. Es wollte die Besucher gleich dem Herrn Doktor melden. Er war zum Glück daheim.

Doktor Jost, ein weißhaariger kleiner Mann, der am Essen sichtlich seine Freude hatte, kam an die Tür.

»Unser Mädchen konnte mir nicht genau erklären, wer mich sprechen will«, sagte er kauend. Sie hatten ihn also beim Essen gestört.

»Als Hausarzt von Baron von Schnabel wollen wir Sie um eine Auskunft bitten«, sagte Latour.

Jost musterte den Oberst durch seine kleinen Brillengläser.

»Was denken Sie sich? Haben Sie noch nie von der ärztlichen Schweigepflicht gehört?«

»Professor Dlauhy«, stellte sich der Gerichtsmediziner vor. »Ich bin ein Kollege.«

»Kollege?« Jost glaubte ihm kein Wort.

»Gerichtsmedizin Wien, ich bin der Vorstand.«

»Ach ja? Dann können Sie mir sicher sagen, was die *facies hippocratica* ist?«

»Sie meinen den Gesichtsausdruck eines sterbenden Menschen«, antwortete Dlauhy ungerührt.

»Tatsächlich, ein Kollege«, stellte Jost fest. »Was führt Sie zu mir?«

»Der Tod des Barons, zu dem neue Fragen aufgetaucht sind«, erwiderte Dlauhy.

»Hören Sie, kann das nicht warten?« Jost deutete auf die offene Zimmertür, durch die das Klappern von Besteck drang. »Wir sind beim Essen.«

»Ich wäre Ihnen zu großem Dank verpflichtet, wenn es sofort sein könnte.«

Der Arzt gab sich geschlagen, ließ an seinem Widerwillen aber keine Zweifel.

»Kommen Sie rein.« Er deutete zu einer Tür auf der anderen Seite des großzügigen Vorraums. »Sie, Herr Kollege, folgen mir in mein Arbeitszimmer.« Ida und Latour wies er an, vor der Tür zu warten.

Niemand kümmerte sich um die beiden. Das Hausmädchen trug ein Tablett mit einer Suppenterrine an ihnen vorbei und schloss dann auch die Tür zum Esszimmer.

»Sie wachen, ich lausche«, flüsterte Ida.

Oberst Latour nahm seinen Posten ein, während Ida das Ohr an die Tür zum Arbeitszimmer presste. Die Stimmen waren gedämpft, doch laut genug, damit sie ein paar Worte und Sätze aufschnappen konnte.

Die Ärzte besprachen die Medikationen des Barons und die Höhe der Morphindosis, die Doktor Jost Baron von Schnabel verschrieben hatte.

»Er … immer mehr«, erzählte Jost. »Auch auf mein Abraten hin … Nicht zu belehren. … eigene Wege … starrsinnig.«

Jost bestätigte, dass von Schnabel trotz Warnungen mehr eingenommen hatte, als er sollte.

»Ida!«, zischte Latour warnend. Sofort machte sie einen Sprung von der Tür fort. Keine Sekunde zu früh, denn das Dienstmädchen kam mit einem Tablett voll schmutziger Teller zurück.

Dem Rest der Unterhaltung zwischen Dlauhy und Jost konnte Ida nicht mehr lauschen. Die Tür zum Esszimmer war offengeblieben und eine Frau blickte immer wieder argwöhnisch in den Vorraum.

Endlich verlies Dlauhy das Arbeitszimmer. Jost watschelte hinter ihm. »Er wollte es nicht wahrhaben. Wie gesagt, ein paar Wochen. Höchstens Monate. Mehr nicht. Jetzt entschuldigen Sie mich, eine Lammkrone erwartet mich, auf die ich mich seit Tagen freue.«

Ein Nicken zum Abschied und der Arzt war im Esszimmer verschwunden.

Wieder im Treppenhaus bestürmten Ida und der Oberst den Gerichtsmediziner, ihnen zu sagen, was er erfahren hatte.

»Kurz zusammengefasst: Der Baron hat viel zu hohe Dosen des Morphiums zu sich genommen«, berichtete Dlauhy. »Der Grund für die Einnahme war eine Geschwulst im Magen, die ihm immer größere Schmerzen bereitete. Es gab keine Hilfe oder Heilung. Jost ist der Meinung, dass der Baron nur noch kurze Zeit zu leben hatte. Der Baron aber wollte die Krankheit nicht wahrhaben, hat sie standhaft geleugnet und nur von vorübergehenden Magenschmerzen gesprochen.«

»Einen Moment«, sagte Latour, »von Schnabel war todkrank?«

Dlauhy bestätigte dies mit einem Nicken. »Nach Aussage seines Hausarztes, ja. Das Tumorgeschehen habe ich bei der Obduktion vorgefunden. Es hatte aber keinen Einfluss auf das Todesgeschehen. Ich habe ja gesagt, dass der Mann nicht gesund war!«

»Das Entscheidende ist, ob der Baron durch Stich und Schlag oder aus einem anderen Grund schon davor verstorben ist«, erinnerte Ida drängend. »Wie sehen Sie das nun, Herr Professor?«

Dlauhy raufte sich die Haare. »Dieser Fall bringt mich in eine professionelle Bedrängnis, wie ich sie noch nie zuvor erfahren habe. Die hohe Dosis des Morphiums, der Alkohol, die Krankheit … Was tun Sie mir an? Wie soll ich einen neuen Bericht verantworten?«

»Aber ich sage Ihnen doch, sie sind nicht hier!«, hörten sie eine Frau rufen.

Durch das Glas der Tür, die in den Hof führte, sah Ida die Köchin, die mit drei Herren redete.

»Lassen Sie mich vorbei, ich habe den Auftrag, Dorothee Liebling, Baronin von Schnabel und Gräfin von Trass in die Oberpolizeidirektion zu bringen.«

»Aber so glauben Sie mir doch, keiner von den dreien ist da«, beteuerte die Köchin.

»Sie machen sich eines Verbrechens schuldig, wenn Sie die Amtshandlung behindern.«

»Dlauhy, können wir auf Ihre Unterstützung zählen?«, fragte Latour. »Die Polizei und das Gericht werden nur darauf vertrauen, was offensichtlich vor ihnen liegt.«

»Die Weise, wie sich der Körper des Barons beim Zustechen bewegt hat, die hat die Majestät auf den Verdacht gebracht, er könnte schon tot gewesen sein«, sagte Ida eilig.

»Professor, sehen Sie die Möglichkeit, eine Unschuldige vor Gefängnis und Galgen zu retten?«, drängte Latour.

Der Gerichtsmediziner seufzte. »Ich werde Ihnen helfen«, sagte er schließlich. »Ich werde einen neuen Bericht verfassen.«

Latour drückte die Schnalle der Tür hinunter und öffnete sie in den Hof.

»Herr Kommissär«, rief er.

Martin Stutz drehte sich um.

»Herr Kommissär, die Frau spricht die Wahrheit! Professor Dlauhy und ich werden Sie auf die Polizeioberdirektion begleiten, um dort mit Oberkommissär Fruhstuck zu sprechen.«

Zu Dlauhy gewandt, sagte Latour: »Ein mündlicher Bericht sollte ausreichen. Wäre das in Ihrem Sinne?«

Der Professor atmete auf. »Jedes Schriftl ist ein Giftl, besonders in diesem Falle. Wenn ich meine Erkenntnisse nur verbal schildern muss, so ziehe ich das auf jeden Fall vor.«

88

Wie nahe konnten Glück und Unglück, Euphorie und tiefste Enttäuschung zusammenliegen?

Martin Stutz stand neben der Tür des Amtszimmers von Fruhstuck und blickte verstohlen zum runden Tisch, an dem der Oberst und der Gerichtsmediziner mit dem Oberkommissär saßen.

Ein Termin beim Zahnarzt hatte Fruhstuck später kommen lassen und außerdem seine Laune für den Tag gründlich verdorben, wie Martin zu spüren bekommen hatte.

Seinen Bericht hatte Martin im Stehen vor dem Schreibtisch vortragen müssen. Fruhstuck hatte sich wenig beeindruckt gezeigt, war aber auf Martins Verlangen eingegangen, die Zofe, die Baronin und die Gräfin zu einer weiteren Befragung in die Polizeioberdirektion zu holen.

Nun aber war niemand von den dreien hier. Dafür hatte der Gerichtsmediziner neue Erkenntnisse, die alles, was Martin herausgefunden hatte, zunichte machten.

»In Ergänzung des vorliegenden Berichts muss ich hinzufügen, dass wir es hier mit einem seltenen, wahrscheinlich sogar noch nie dagewesen Fall zu tun haben«, erklärte Dlauhy dem Oberkommissär. »Wir müssen davon ausgehen, dass die Möglichkeit besteht, Baron von Schnabel könnte bereits aufgrund des Alkoholgenusses und der Vermengung mit Morphium tot gewesen sein, als man ihm die Verletzungen auf Brust und am Kopf zufügte. Die Dosis, die er wahrscheinlich zu sich nahm, lässt dies folgern.«

Kam es Martin nur so vor, oder klang Professor Dlauhy unsicherer als bei ihrer ersten Begegnung?

»Dazu kommt noch die Erkenntnis, dass der Baron das Morphium auf Grund einer schweren und schmerzhaften Erkrankung eingenommen hat, die lebensgefährlich war«, fuhr Dlauhy weiter aus. »Auszuschließen ist nicht, dass er, geschwächt durch Alkohol und Morphium, an den Folgen der Erkrankung frühzeitig verstorben ist.«

»Aber wieso hat dann jemand auf ihn eingestochen?«, wollte Fruhstuck wissen.

»Als Gerichtsmediziner kann ich dazu keine Erklärung liefern«, antwortete der Professor.

»Hass«, warf Martin ein. »Die Person muss ihn gehasst haben.«

Der Oberst übernahm das Wort. »Wir müssen uns fragen, welche Relevanz solche Überlegungen haben. Fruhstuck, hältst du es nicht auch für besser, bei den Tatsachen zu bleiben? Der Baron war schwer krank und hat seinen Körper überlastet.«

»Dann wären der Stich und der Schlag Leichenschändung«, meldete sich Martin zu Wort.

»Hören Sie mir damit auf«, wies ihn Fruhstuck zurecht. »Damit will ich hier nichts zu tun haben.« Seine linke Backe war dick geschwollen. »So ein Mord ist mir in meiner Laufbahn noch nie untergekommen«, polterte der Oberkommissär und verzog gleich darauf vor Schmerz das Gesicht.

Vorsichtig taste er seine Backe ab. »Ein Folterknecht, dieser Zahnarzt«, schimpfte er. »Der hat mir nicht nur den Zahn, sondern den halben Kiefer rausgerissen.«

Dlauhy stand auf, um sich zu verabschieden. »Dank dem Einsatz der Polizei habe ich neue Arbeit«, erklärte er und verließ hastig das Büro. Fruhstuck winkte Martin näher.

»Dann ist die Sache also geklärt. Stutz, schreiben Sie einen Abschlussbericht.«

»Aber Herr Oberkommissär, wie ich erst vor ein paar Stunden ausgeführt habe …«

Er wurde rüde unterbrochen. »Einen Abschlussbericht.«

Martin hatte noch einen letzten Trumpf, den er unbedingt ausspielen wollte, vor allem in Anwesenheit des Erziehers des Kronprinzen. »Der Fächer in der Hand des Toten«, warf er ein. »Ich habe schriftlich beigelegt, was meine Erkundigungen ergeben haben.«

»Egal. Spielt keine Rolle«, sagte sein Vorgesetzter.

»Dazu würde ich gerne etwas beitragen«, meldete sich der Oberst zu Wort. »Der Fächer hat sich bis vor wenigen Wochen im Besitz der Kaiserin von Österreich befunden, die ihn auf einem Ball verloren hat. Ich sage ›verloren‹, weil ich nicht davon ausgehen will, dass jemand Ihre Majestät bestohlen hat. Könnte es nicht sein, dass der Baron ihn gefunden und eingesteckt hat? So ein Stück, das die Kaiserin in Händen hatte, stellt einen hohen ideellen Wert dar für manche Leute.«

Martin ließ nicht locker. »Aber wieso hat er ihn ausgerechnet in der Hand gehalten, als er ermordet …«

»Gestorben«, unterbrach ihn Fruhstuck.

»… als er das Zeitliche gesegnet hat«, fuhr Martin wütend fort.

»Weil Menschen in Gegenständen dieser Art Trost finden können«, erwiderte der Oberst ruhig. »Baron von Schnabel war ein schwer kranker, vom Tode gezeichneter Mann. Er wusste, dass sein Ende bevorstand.«

»Dann nimmt er den Fächer der Kaiserin? Wieso nicht den Fächer seiner Frau?« Martin schrie fast.

»Mäßigen Sie sich, Stutz«, tadelte ihn Fruhstuck laut.

»Wir werden den Baron nicht mehr fragen können«, sagte Latour ruhig. »Darf ich Sie bitten, mir den Fächer zu übergeben, damit ich ihn der Kaiserin zurückbringen kann?«

»Tun Sie, was der Oberst verlangt«, befahl der Oberkommissär.

Wütend verließ Martin das Büro. Vor der Tür musste er seinen Atem beruhigen, weil er das Gefühl hatte, zu ersticken. Als er sich ein wenig beruhigt hatte, legte er sein Ohr an die Tür.

»Ich muss mich für meinen Mitarbeiter entschuldigen«, hörte er den Oberkommissär sagen. »Der junge Stutz wird von zu viel Ehrgeiz geplagt.«

Martin fühlte, wie die Wut in ihm aufstieg. Doch die Wut wich einer Überraschung, als er hörte, was Latour antwortete.

»Das müssen Sie nicht«, sagte der Oberst. »Er hat eine äußerst gründliche Untersuchung durchgeführt. Dafür gebührt ihm Respekt.«

Donnerstag,
21.
März
1867

Franz Josef beförderte einen Akt auf den rechten Stapel, der an diesem Vormittag bereits eine beachtliche Höhe erreicht hatte.

Er war mit seiner Arbeit ausnahmsweise nicht unzufrieden. Die Vorfreude auf den Frühlingsball verlieh ihm zusätzlichen Schwung.

Er gönnte sich einen Blick auf das Portrait von Sisi, das Original, das endlich wieder vor ihm stand.

Ihr Lächeln war jenes Lächeln, an dem er sich nicht sattsehen konnte. Er hatte sich also nicht getäuscht: Es hatte sich etwas auf dem Bild verändert, nur war nicht seine Sisi der Grund, sondern ein Diebstahl und eine Fälschung. Franz Josef hatte Sisi seine Hochachtung dafür ausgedrückt, dass sie diese Fälschung entdeckt hatte.

Abgesehen von dem gemeinsamen Ballbesuch gab es noch einen anderen Grund, wieso Franz Josef den Abend nicht erwarten konnte. Er hoffte bis dahin in Händen zu halten, was ihm versprochen worden war.

Es wurde geklopft und sein Sekretär trat ein.

»Majestät.«

»Leitner, Sie können diese Akten schon wegtragen lassen.«

»Sehr wohl, Majestät.«

Die militärische Haltung des Sekretärs gefiel Franz Josef. Seine Kanzlei hatte darauf bestanden, dass der neue Sekretär sich schon im Kriegseinsatz bewährt hatte und über die besten Kenntnisse auf allen Gebieten verfügte.

Noch immer war Franz Josef über Benedikt enttäuscht, der in einem kurzen Brief seine Entscheidung mitgeteilt hatte, in Afrika als Missionar zu leben und Hals über Kopf aufgebrochen war.

Einen solchen Fehlgriff wollte keiner mehr.

»Sagen Sie, ist das Paket aus Paris endlich angekommen?«

»Melde gehorsamst, vor zwanzig Minuten, ich wollte Ihre Majestät aber deswegen nicht in der Arbeit unterbrechen.«

»Das ist gut so, Leitner. Aber jetzt bringen Sie es mir.«

»Sehr wohl, Majestät. Es wartet aber noch ein Polizeikommissär im Vorzimmer. Die Kaiserin hat gebeten, dass der Mann eine Belobigung von Seiner Majestät erhält, da er bei der Auffindung eines Stücks, dass Ihrer Majestät kostbar und wichtig ist, sehr behilflich war. Es gibt weiters diesen Vorschlag.«

Severin reichte dem Kaiser ein Blatt.

Franz Josef las den kurzen Text.

»Wenn man es empfiehlt und die Kaiserin für den Mann spricht, dann werde ich mich nicht widersetzen. Holen Sie ihn herein.«

Severin ging zur Tür.

»Polizeikommissär Martin Stutz«, sagte er laut.

Ein junger Mann erschien im Arbeitszimmer, von der Umgebung sichtlich eingeschüchtert. Er verneigte sich.

»Majestät.«

Franz Josef stand auf und trat vor seinen Schreibtisch.

»Man hat mir berichtet, dass er seine Arbeit gut macht«, begann der Kaiser.

Martin Stutz stand die Verwunderung ins Gesicht geschrieben.

»Man hat mich gebeten, ihm dafür Anerkennung auszusprechen und seine Beförderung zum Oberkommissär.«

»Majestät!« Martin konnte seine Überraschung nicht verbergen.

»Ich habe hier einen Vorschlag, dass er der Hofkanzlei in Fragen der öffentlichen Sicherheit zur Verfügung stehen soll. Man wird sich bei ihm melden.«

»Majestät!«, sagte Martin zum dritten Mal. Mehr brachte er nicht heraus.

Der Kaiser kehrte an den Schreibtisch zurück. Er hörte, wie Severin zu dem überwältigenden Stutz trat und zischte, dass »man sich wieder entfernen könne«.

Fanny hatte den Brief zu Ida gebracht, unentschlossen, was damit geschehen sollte.

Er war ihr übergeben worden, als sie am Postamt in der Wollzeile ein Paket mit einem Geschenk für eine ihrer Tanten aufgegeben hatte.

Gabriele
Postlagernd Wien

Ida hatte sich mit Latour beraten. Der Oberst empfahl, dass die Majestät den Brief bekommen und selbst entscheiden sollte, wie sie damit verfahren mochte.

So lag er nun vor Elisabeth auf ihrem Schreibtisch. Sie hatte ihn bestimmt schon eine halbe Stunde angesehen.

Dieser Brief musste von ihrem Begleiter auf der Redoute kommen. Ida und Latour waren überzeugt, dass es sich um den Bruder der Gräfin von Trass, Fürst August von Schrattbach, handelte.

Was aber schrieb der Fürst so viele Wochen nach der Redoute? Wieso erst jetzt und nicht schon früher?

Sisi nahm den Brieföffner und schlitzte den Umschlag auf. Er enthielt ein gefaltetes Blatt, beschrieben in einer leicht krakeligen Schrift. Sie las die Zeilen und lächelte dann.

415

Verehrte Gabriele,

lange habe ich gezögert, diesen Brief an Sie zu schreiben. Als ich Sie neulich im Prater reiten gesehen habe, habe ich mir aber ein Herz gefasst.

Ja, Gabriele, ich weiß, mit wem ich an diesem Abend getanzt habe. Ich habe Sie gleich erkannt in Ihrer unvergleichlichen Haltung und Ihrer Anmut. Es war mir eine Ehre, die ich bis zu meinem letzten Atemzug nicht vergessen werde, diese Ballnacht mit Ihnen verbracht zu haben.

Wieso Sie ausgerechnet mich aus all den Herren, die allein gekommen waren, gewählt haben, ist eine Frage, die mich beschäftigte. Ich habe aber beschlossen, nicht weiter eine Antwort zu suchen.

Ihre Wahl ist eine Ehre, die dem Blick auf mich und mein Leben eine Stärkung gegeben hat. Ich hatte den Glauben in Frauen verloren, weil ich eine Enttäuschung von schlimmer Art erleben musste.

Aber das ist vergessen.

Ich weiß, dass ich Sie nur aus der Ferne als die elegante Reiterin bewundern darf, die Sie sind, und vielleicht bei einem Korso oder einem anderen Ereignis einen Blick von Ihnen erhaschen kann.

Ich darf Ihnen auf diesem Weg meine tiefste Hochachtung und Ergebenheit ausdrücken.

Unterschrieben war der Brief mit dem Namen August und einem *PS.*

P.S.: An unserem gemeinsamen Abend habe ich nie meinen Namen genannt und ich hoffe, es ist für Sie in Ordnung, wenn ich es dabei belasse.

Wenn er wüsste, dachte Elisabeth. Wenn er wüsste, was ich alles weiß. Als geklopft wurde, ließ sie den Brief schnell in der Lade verschwinden.

Franz Josef betrat ihr Wohnzimmer.

»Franzl, du? Um diese Zeit?«

»Sisi, eigentlich wollte ich dir mein Geschenk am Abend vor der Abfahrt zum Ball übergeben. Aber ich dachte, vielleicht kann es dich schon jetzt erfreuen.«

»Ein Geschenk? Es ist doch weder mein Namenstag noch Weihnachten und es jährt sich auch nicht der Tag unserer Vermählung«, sagte Elisabeth überrascht.

»Es hat gedauert, bis ich bekommen habe, was ich für dich wollte.« Franz Josef lächelte. »Der Attaché in Paris hat Himmel und Hölle dafür in Bewegung gesetzt. Eigentlich wollte ich es dir schon zu Weihnachten zum Präsent machen, aber es war damals nicht zu aufzutreiben. Deshalb bin ich auf den unseligen Vorschlag vom Steindl eingegangen, der mit der Behauptung kam, du möchtest so ein Bild, wie ich es dir dann geschenkt habe.«

Franz Josef sah sich um.

»Wo ist es überhaupt?«

»Jetzt hast du mich neugierig gemacht«, sagte Sisi schnell, damit er nicht weiter nachfragte.

Der Kaiser überreichte ihr eine flache Schachtel, die mit einem roten Band verschlossen war.

Sisi sah ihn fragend an.

»Willst du es nicht öffnen?«, sagte er.

»Ein Amulett?« fragte Sisi.

»Sieh nach.«

Elisabeth schüttelte das Kästchen prüfend. Nein, es war zu leicht für Schmuck. Ein Klappern hörte sie auch nicht. Sie setzte sich auf das Sofa, Franz Josef nahm neben ihr Platz und ließ sie nicht aus den Augen.

Sisi zog die Schleife auf und hob den Deckel.

In der Schachtel lag etwas in Seidenpapier eingeschlagen.

»Ein Büchlein?«, lautete ihr nächster Versuch, das Geschenk zu erraten.

»Pack es doch aus.«

Als Elisabeth das Seidenpapier auseinanderzog, durchfuhr sie ein Schreck.

Es waren Briefe.

Drei Umschläge, schon geöffnet.

Franz Josef wusste also mehr, als sie ihm gestanden hatte.

»Franzl?« Sie sah ihn erschrocken an.

Er nickte. »Ja, meine liebe Sisi.«

»Franzl, ich wollte dir immer sagen …«

Er griff nach ihrer Hand. »Du musst manchmal gar nichts sagen, weil ich dich vielleicht besser kenne, als du meinst.«

»Aber du musst böse auf mich sein.«

»Für deinen ungewöhnlichen Geschmack? Daran habe ich mich gewöhnt.«

Sisi nahm einen der Umschläge hoch und besah ihn genauer. Er war schon ein wenig vergilbt und braun an den Rändern.

Er war gar nicht an sie adressiert, sondern an einen Mann in Paris.

Als sie den Brief herauszog und öffnete, sah sie wenige Zeilen und ein Gedicht.

Gezeichnet war der Brief mit …

»Franzl!« Sisi sah ihn ungläubig an. »Ist das wirklich …?«

»Es sind drei Briefe von Heinrich Heine«, bestätigte Franz Josef.

»Von seiner Hand geschrieben. Der Botschafter in Paris hat sie mir nach langer Suche beschaffen können. Ich weiß doch, wie sehr du deinen Lieblingsdichter verehrst.«

Sisi war sprachlos. Sie beugte sich zu Franz Josef und küsste ihn fest auf die Wange.

91

»Bist du dir sicher?« Fürstin Tilde von Limhart-Thayental konnte nicht glauben, was sie las. »Seid ihr euch sicher?«

»Ja, teuerste Tilde, das sind wir. Und wie uns die Advokaten und Bankiers, die August vermittelt hat, versichern, können wir es uns leisten. Oder besser ausgedrückt: Kann Louisa es sich leisten.« Elvira streichelte ihrer Tochter über den Arm. Sie lächelten einander an.

»Mit diesem Betrag können wir … eine ganze Schule errichten!«, schwärmte die Fürstin.

»Ich will damit gutmachen, was Adolf Schlechtes getan hat«, erklärte Louisa.

»Das wird geschehen, mein Kind. Aber nur, wenn du Mitglied unserer Vereinigung wirst, als zweite Vizepräsidentin.«

»Nein, nein, dieser Aufgabe fühle ich mich noch nicht gewachsen«, lehnte Louisa ab.

»Du wirst schon hineinwachsen«, sagte die Fürstin. »Dessen bin ich mir gewiss.«

»Es gibt eine kleine Bedingung, die an diese Spende geknüpft ist«, fügte Elvira vorsichtig hinzu. »Oder lass es mich so ausdrücken: ein kleines Ersuchen.«

»Lass hören.«

»Der Name meines geliebten Mannes ist ohne sein Verschulden beschmutzt worden«, begann Elvira. »Adolf hat ihn in Geschäfte getrieben, von denen er wusste, dass sie schiefgehen mussten. Wir haben die Bestätigung dafür erhalten. Er wollte damit Louisas Hand erzwingen, das war sein einziges Ziel.«

Elvira reichte ihrer Tochter schnell ein Taschentuch, da ihr Tränen in die Augen getreten waren. »Und mein armer Bruder August wurde von seiner Verlobten sitzen gelassen, deren Eltern ihre Zustimmung entzogen haben, da Adolf schlimme Gerüchte über Wilhelm in die Welt gesetzt hatte. Aber das muss ich dir nicht erneut schildern.«

»Nein, das ist die Vergangenheit«, versicherte die Fürstin.

»Wenn unser Verein tatsächlich eine Schule errichtet, meinst du, können wir sie nach Wilhelm benennen?«, fragte Elvira.

Fürstin Limhart-Thayental klatschte in die Hände. »Brava! Was für eine vorzügliche Idee. Wir können nicht nur, wir haben die Verpflichtung, seinem Namen ein Denkmal zu setzen und werden es auf diese Weise tun.«

Ida drehte das Gesicht zum Himmel und seufzte. »Eine Wohltat, die Wärme der Frühlingssonne.«

»Der Winter wollte in diesem Jahr lange nicht weichen«, sagte der Oberst.

Die beiden waren zu einem kleinen Spaziergang aufgebrochen, um den prachtvollen Tag nicht nur in den Mauern der Hofburg zu verbringen.

»Ich muss gestehen, dass mir das kalte, feuchte Wetter der letzten Wochen nicht so viel ausgemacht hat«, meinte Ida. »Die Kaiserin musste ihre körperliche Ertüchtigung an den Geräten in der Hofburg machen und konnte nicht zu ihren gefürchteten Märschen nach Laxenburg aufbrechen. Wir Hofdamen können mit ihr kaum Schritt halten.«

»Das hat Ihnen wohl auch die Zeit gegeben, mit den Aufzeichnungen über den Mord des Baron von Schnabel fortzufahren, von denen Sie mir erzählt haben«, sagte Latour.

»So ist es«, bestätigte Ida. »Ich habe das auch bei den beiden anderen mysteriösen Todesfällen so gemacht, an deren Aufklärung unsere Majestät nicht unbeteiligt war. Es ist wieder eine dicke Mappe geworden, mit einem Bericht, den Zeitungen und den Briefen, die eine Rolle gespielt haben.«

Latour und Ida hatten die Baustelle der neuen Hofoper erreicht.

»Ein stattliches Gebäude«, stellte Ida bewundernd fest.

»Derzeit wird an der Innengestaltung gearbeitet«, sagte Latour.

Sie schlenderten weiter.

»Josef?« Ida erlaubte sich diese Anrede nur, wenn sie allein waren, und auch dann nur selten.

»Sie sehen aus, als läge Ihnen etwas auf dem Herzen, Ida.«

»Es ist Recht und Unrecht. Es ist Gesetz und Gerechtigkeit.«

»Das müssen Sie mir näher erläutern«, bat Latour.

»Als ich meine Aufzeichnungen verfasste, sind mir Fragen gekommen, die mich beschäftigen. Fast quälen.«

»Sie können Sie mir gerne anvertrauen.«

»Die Kaiserin hat eine Unschuldige geschützt«, sagte Ida. »Doch gab es auch eine Schuldige.«

Latour hatte die Hände hinter dem Rücken verschränkt. Den Blick zu Boden gerichtet, überlegte er genau, bevor er zu sprechen begann.

»Manchmal, Ida, trennt bloß eine sehr feine Linie Recht von Unrecht«, begann der Oberst. »Wie rechtens war das Verhalten des Barons gegenüber seiner Frau und der Zofe? Seien wir uns ehrlich, er hätte niemals eine Strafe dafür erhalten. Ist das gerecht? Ist das treu den Gesetzen? Oder entging er seiner gerechten Strafe nur, weil es unmöglich war, ihn für seine Verbrechen zu belangen?«

Ida hörte ihm aufmerksam zu.

»Der Baron mochte einige großzügige Spenden gegeben haben, vielleicht aus Schuldgefühlen, wer weiß, jedenfalls war er auch, wie mir von verschiedenen Seiten bestätigt wurde, in zwielichtige Geschäfte verwickelt«, fuhr Latour fort. »Er war grausam und hatte den Ehebruch zu seinem guten Recht erklärt. Ich würde den Baron nicht als einen ehrenhaften Mann bezeichnen.«

»Aber ihn deshalb … Sie wissen schon…« Ida sah sich prüfend um, ob auch sicher niemand mithören konnte.

»Es war nicht rechtens, da stimme ich zu«, gab Latour zu. »Auf die andere Waagschale sind die Untaten zu legen, die

Krankheit mit dem bevorstehenden Tod und der unverantwortliche Umgang mit Alkohol und Morphium.«

»Es war also nicht rechtens ...«, sagte Ida, aber Latour ließ sie nicht weiterreden.

»Liebe Ida, die Entschlüsse unserer Gerichte sind es auch nicht. Die Bespitzelung unter Metternich möchte ich nicht als rechtens bezeichnen. Vielleicht wäre die Gräfin, so die Wahrheit ans Tageslicht gekommen wäre, verurteilt worden, vielleicht aber auch nicht. Vielleicht hätte das Gericht, wenn es Einsicht in die Hintergründe bekommen hätte, einen Freispruch verfügt. Deshalb schlage ich vor, dass wir in diesem Fall den Mantel des Schweigens und des Vergessens über die Hintergründe der Tat legen. Wären Sie damit einverstanden?«

Ida lächelte ihn zustimmend an.

»Etwas müssen Sie mir aber noch erklären, lieber Josef«, sagte Ida. »Wieso haben Sie der Kaiserin den Vorschlag unterbreitet, diesen Kommissär nicht nur befördern zu lassen, sondern auch in den Dienst der kaiserlichen Kanzlei zu stellen?«

Latour lächelte.

»Ach, der gute Stutz ist ein Mann, den man nicht unterschätzen darf. Er hat mit den Zähnen geknirscht, als der Akt von Schnabel geschlossen wurde, ohne dass es eine Festnahme gegeben hat. Stutz wollte sich wohl einen Namen machen, wie es mir mein Kamerad Fruhstuck beschrieben hat. Ich habe von einem väterlichen Freund etwas für mein Leben gelernt: Statt Feinde in den eigenen Reihen zu bekämpfen oder abzuwehren, ist es eine Möglichkeit, sie so fest zu umarmen, dass sie in der Nähe bleiben und man immer ein Auge auf sie werfen kann.«

»Wie weise«, lobte Ida.

»Wie gesagt, nicht von mir«, bemerkte der Oberst bescheiden.

Sie spazierten weiter und schwiegen eine Weile.

Ida sah Latour verstohlen von der Seite an. Was für ein fescher Mann und von so feinem Benehmen.

»Ich wollte Sie etwas fragen, liebe Ida«, sagte der Oberst zögernd.

Ida schluckte. »Und das wäre?«

Latour drehte sich zu ihr und lächelte sie an. »Es ist etwas, das mir nicht aus dem Kopf will. Ich weiß nicht, wie ich es ausdrücken soll.«

»Einfach raus damit, Josef«, forderte sie ihn auf.

»Hätten Sie auch so gerne ein Stück Fächertorte beim Demel wie ich?«

»Ach, Torte!« Ida hatte einen kurzen Moment lang mit einer anderen Frage gerechnet.

»Oder wollen Sie woanders hingehen? Ich würde Sie gerne auf einen guten Kaffee und eine Torte einladen.«

»Der Demel ist schon recht«, versicherte Ida hastig.

Im Stillen schimpfte sie sich eine dumme Gans für die Annahme, der Oberst könnte ihr eine Frage stellen, die sie zwei betraf.

Vielleicht aber war es auch gut so. Als Hofdame der Kaiserin musste sie ungebunden und unverheiratet sein. Und obwohl Ida manchmal über das Leben mit einer eigenen Familie nachdachte, war es für sie unvorstellbar, nicht mehr für Elisabeth tätig zu sein.

Das Leben im Dienst der Kaiserin war nicht immer einfach. Dafür aber aufregend. Manchmal sogar mehr, als Ida lieb war. Aber Elisabeth war eben keine gewöhnliche Kaiserin.

Oh nein!

Danksagung

Das Schreiben der Sisi-Krimis fühlt sich für mich wie eine Zeitreise an. Wenn ich nach acht oder mehr Stunden den roten Wohnwagen verlasse, der in meinem Garten steht und in den ich mich zum Arbeiten zurückziehe, dann brauche ich einige Minuten, um zu begreifen, dass ich wieder in die Gegenwart zurückgekehrt bin.

Möglich machen diese Zeitreisen die Gespräche mit Expertinnen und Experten, die mich nun schon zum dritten Mal unterstützt haben.

Da wäre Michaela Lindinger vom Wien Museum, die Kaiserin Elisabeth, den Kaiserhof, die Atmosphäre und das Lebensgefühl zur Mitte des 19. Jahrhunderts auf eine Art schildern kann, die ein regelrechtes Kinoerlebnis in meinem Kopf auslöst.

Örtlichkeiten und Abläufe in der Hofburg beschreibt mir detailreich Elfriede Iby, Leiterin der wissenschaftlichen Abteilung des Schloss Schönbrunn, die mich noch dazu mit Plänen und diesmal sogar mit einem Reisekalender von Kaiserin Elisabeth ausstattete.

Das Treffen mit meinem lieben Freund und Gerichtsmediziner Christian Reiter hat wie immer mit der gleichen Frage begonnen: Wie morden wir diesmal?

Nach einer kurzen Schilderung des Falles hat er mir eine Liste mit möglichen Methoden gegeben, die für drei weitere Fälle ausreichen sollte.

Über die Entstehung der Kriminalpolizei und wie Ermittlungen in der Zeit vor Fingerabdrücken und DNA abgelaufen sind, habe ich für diesen Fall viel von Harald Seyrl vom Wiener Kriminalmuseum erfahren.

Meinem Experten-Team: Vielen Dank für die Beratung und das sorgfältige Fachlektorat des fertigen Manuskripts.

In meinem Kopf ist die Geschichte klar, sie aber über meine Finger in den Laptop zu bringen, ist eine ziemlich fordernde Angelegenheit. Um meine Schultern und meinen Rücken zu schonen, arbeite ich an einem Schreibtisch, dessen Höhe ich verstellen kann. Zeitweise stehe ich auch auf einem Wackelbrett, was ich jedem nur empfehlen kann.

Wenn dann endlich alles getippt ist, stehe ich ziemlich neben meinen Schuhen, und daran ist nicht das Wackelbrett schuld. Ich bin glücklich und gleichzeitig völlig geschafft.

Mein Lektor Maximilian Hauptmann hat viele Qualitäten. Eine davon ist es, die erste Fassung sofort durchzulesen und mir innerhalb weniger Tage ein ausgiebiges Feedback über Struktur und die Charaktere des Romans zu geben. Wenn ich mit der ersten Überarbeitung beginne, kenne ich also schon wichtige Punkte zur Verbesserung. Die zweite Fassung lektoriert er mit viel Respekt vor meinem Stil

Beim Verlag edition a und Verleger Bernhard Salomon ist das Buch in ausgezeichneten Händen und wird professionell von der Entwicklung des Covers bis zur Auslieferung betreut.

Mein Management und die Betreuung meiner Projekte liegen in den starken Händen von Walter Fischl, Michael

Prügl und Bernhard Trenz der Firma TOM STORYTEL-LER GmbH., die mir – wie es so schön heißt – den Rücken freihalten. In meinem Fall ist es vor allem mein Kopf, damit alle meine Kraft in die Geschichte fließen kann.

Meine Freuden, Höhen, Tiefen und Launen des Schreibens teilt mit stoischer Ruhe mein wunderbarer Mann Ivo, der meiner Leidenschaft fürs Schreiben immer mit Verständnis begegnet.

Mein Hund Joppy sorgt dafür, dass ich nicht am Schreibtisch festwachse, indem er unerbittlich seine Spaziergänge und Spielstunden einfordert.

Ich danke euch allen aus ganzem Herzen. Ich bin so glücklich und dankbar, mit euch durch das Leben zu gehen. Danke nicht nur für eure Professionalität, sondern besonders für eure Leidenschaft und Begeisterung.

Woher meine Ideen kommen, will und werde ich nie ergründen. Mein Dank gilt auch der Kraft irgendwo über oder in mir, die Ideen wachsen lässt. Ich liebe meinen Beruf und freue mich schon darauf, weiterzuschreiben.

Wird Kaiserin Elisabeth auch einen vierten Fall lösen?

Ich traue es ihr zu …

P.S.: Den gelben Domino der Kaiserin gab es wirklich und auch ihr heimlicher Ballbesuch fand tatsächlich statt.